UN PROFOND SOMMEIL

Tiffany Quay Tyson

UN PROFOND SOMMEIL

Traduit de l'anglais (États-Unis)
par Héloïse Esquié

SONATINE ÉDITIONS

Directeur de collection : Arnaud Hofmarcher
Coordination éditoriale : Marie Misandeau
et Élisabeth Richard

Titre original : *The Past Is Never*
Éditeur original : Skyhorse Publishing, Inc., New York

Sonatine Éditions
32, rue Washington
75008 Paris
lisezsonatine.com

Ouvrage réalisé par Cursives à Paris

ISBN 978-2-35584-838-4
N° d'édition : 838 – Dépôt légal : août 2022

Le passé n'est jamais mort. Il n'est même pas passé.

William Faulkner, *Requiem pour une nonne*

Pour John, toujours

La créature attendait, à l'affût. Tapie juste derrière les arbres, ou bien sous l'eau, ou sur la ligne d'horizon, juste sous le sable boueux, ou bien au-dessus des nuages, au-delà des étoiles. Elle m'attendait. Elle t'attendra aussi.

Je ne sais combien de temps j'ai flotté sous le soleil de plomb ; combien de temps j'ai dérivé au pays des alligators et des crocodiles, où les hommes marchent sur l'eau, où Dieu et le diable se serrent la main, où les morts se relèvent pour vivre de nouveau. À un moment donné, mon corps a cessé de transmettre des signaux à mon cerveau enfiévré. J'ai cessé d'avoir envie d'eau ou de nourriture. J'ai cessé de griffer les cloques brûlantes laissées sur ma peau par les moustiques et les mouches noires. L'engourdissement de ma jambe s'est propagé dans tout mon corps. Bientôt, je ne vais plus rien sentir du tout, me suis-je dit. Enfin. Dieu merci.

Ma vie n'a pas défilé devant mes yeux en un éclair ; non, elle s'est déployée comme un livre d'images, un livre pour enfants. Et les vies d'autres gens, les souvenirs d'autres gens, les histoires d'autres gens me sont venus aussi. J'ai reconnu certains d'entre eux, pour le reste je ne les avais jamais vus, cependant je les connaissais tous. Nous étions tous rassemblés et il n'y avait aucun moyen de me distinguer de toi ou de te distinguer de moi, pas moyen de séparer sœurs et frères, mères et pères, amis et ennemis. Il n'y avait pas de passé, pas d'avenir. Tout ce qui s'était un jour produit existait en un instant unique. Nous étions tous reliés.

Un grand oiseau noir décrivait des cercles au-dessus de moi, attendant que je meure. J'ai senti la fumée d'incendies ayant eu lieu cent ans plus tôt. J'ai senti la sueur propre d'un homme maniant la pioche. J'ai senti du pain de maïs et du chou vert braisé. J'ai senti le parfum sucré des mûres sauvages poussant dans les bois hantés. J'ai senti la fumée des cigarettes de ma mère. J'ai senti la putréfaction moite du corps de mon père. J'ai senti les cheveux de ma sœur; c'était l'odeur de l'été. J'ai senti la menace métallique de la pluie. J'ai senti le quatre-quarts au citron de ma grand-mère. J'ai senti les vêtements de mon frère après une longue nuit passée sur l'eau, une odeur salée et âcre. J'ai senti un fumet de moutarde et d'oignons. J'ai senti l'argile humide de la carrière et l'odeur de soufre fétide laissée par les feux d'artifice.

Les gens parlent du ciel et de l'enfer, ils racontent avoir vu la lumière ou les ténèbres, mais je n'ai eu aucun avant-goût d'une vie après la mort. Aucun ange n'est descendu me consoler. Pas de vision apocalyptique. Seulement un homme sur un bateau. Un homme à la fois familier et inconnu. Et tandis que je flottais sur l'eau, j'ai regretté de ne pouvoir revenir en arrière. J'aurais voulu retourner au jour où nous sommes arrivés ici, à la première fois que nous avons navigué sur les rivières claires et dans les marais saumâtres, ramant dans les tunnels de la mangrove, les bras brûlés par le soleil, musclés à force de nous accrocher aux branches. La poule d'eau nous appelait en avant, l'anhinga écartait grand, grand ses ailes, et nous, nous effleurions des plants d'ananas qui poussaient spontanément, vivant d'humidité et d'espoir; quand nous avons vu le figuier étrangleur étouffer le cyprès chauve, j'ai pris ça, à tort, pour une embrassade.

Mais non.

J'aurais voulu revenir encore plus loin en arrière.

Revenir au tout début. Ou bien sauter des épisodes, pour arriver directement à la fin. Je l'ai compris, flottant sur ce petit bateau dans le golfe du Mexique : le début et la fin étaient une seule et même chose.

Les monstres étaient partout. Et les morts marchaient sur l'eau.

1

White Forest, Mississippi

1976

On était en août et il faisait plus chaud, bizarrement, qu'en juillet ; une chaleur lourde, étouffante qui nous laissait poisseux et nous empêchait de dormir même au plus noir de la nuit. Il pleuvait presque tous les après-midi dans le delta du Mississippi, de violents orages dans des ciels gris tendre. La pluie aurait dû nous soulager, mais dès que les nuages se dispersaient, laissant poindre le soleil, une vapeur s'élevait de l'herbe desséchée, du bitume craquelé et des champs bruns et il faisait encore plus lourd. Les gens qui croyaient au vaudou et aux signes affirmaient que cette chaleur était un avertissement. Nous n'étions pas superstitieux à l'époque, mais nous avions tort de mépriser les choses que nous ne pouvions voir.

L'été du bicentenaire, on s'habillait en rouge, blanc et bleu. Les couleurs de nos vêtements bon marché se sont estompées aussi vite que des feux de Bengale brûlant dans la soirée. Les longues journées écrasantes, nous les passions ensemble. On regardait des rediffusions de sitcoms merdiques à la télé, on mangeait des céréales sucrées avec du lait froid pour déjeuner, on lisait des livres piochés dans les étagères poussiéreuses, et on se plaignait de la chaleur, de l'humidité, de l'ennui et de nos vies.

C'était Willet, du haut de ses seize ans, qui râlait le plus fort. « On se croirait dans le cul d'une chienne en chaleur », s'écriait-il au réveil. Ou : « Je transpire comme un mac forcé d'aller au catéchisme. » Il refusait de porter tee-shirts et chaussures. À l'adolescence, les garçons pouvaient se permettre de proférer des grossièretés et de se balader à moitié nus, mais les filles étaient obligées de rester vêtues de pied en cap, et n'avaient pas droit à la vulgarité libératrice. Faute de pouvoir jurer, on geignait. Pansy, qui n'avait que six ans, avait appris l'art de retirer les glaçons de leur bac en plastique dans le freezer. Elle suçait les cubes froids, allongée, immobile comme un cadavre, devant le ventilateur du salon. La chaleur me tapait sur les nerfs. Comme n'importe quelle fille de quatorze ans, je n'avais qu'une envie, qu'il se passe quelque chose de neuf, de différent, d'intéressant ou de scandaleux.

Assise à côté de maman sur le canapé du salon – une vieille monstruosité toute fanée, trop rembourrée, qui appartenait autrefois à sa mère, la grand-mère dont je portais le prénom –, j'ai sorti une mince serviette bleue du panier en plastique pour la plier. Vous vous doutez bien que ni Willet ni Pansy ne s'occupaient jamais du linge. « Où est papa ? Qu'est-ce qu'il fait ? Quand est-ce qu'il rentre à la maison ? Pourquoi il s'en va ? » Mes questions ne s'arrêtaient jamais.

Notre père était parti depuis trois semaines. Il avait disparu la semaine qui avait suivi la fête du 4 Juillet de notre ville, au cours de laquelle je m'étais rendue malade à force de bouffer des hot dogs et de la nougatine, Willet avait failli perdre un doigt en allumant une chandelle romaine et Pansy s'était endormie sous le chêne vert devant le tribunal. L'absence de papa n'était pas inhabituelle. Il lui arrivait souvent de s'éclipser un certain temps – voyages d'affaires, disait-il –, cependant la nature exacte de sa profession restait floue. Il n'était pas comme les autres pères. Il ne passait pas ses journées en costume cravate derrière un bureau. Il ne s'asseyait pas devant la télé avec un verre de whisky en rentrant le soir. Il ne tondait pas la pelouse le week-end, il ne bricolait pas dans le garage. Il ne s'intéressait pas aux infos du jour. Papa vivait dans le passé, dans un univers souterrain saumâtre, celui des légendes et de la tradition. *Tout ce qui peut se passer en ce monde s'est déjà produit*, nous disait-il. *Il n'y a rien de nouveau.* Il apparaissait et disparaissait sans prévenir. Nous étions censés être contents de le voir, et en général nous l'étions. Papa était charmant, comme les hommes malhonnêtes sont obligés de l'être, et trop beau pour son propre bien. Il ressemblait à s'y méprendre à Paul Newman. Il le disait lui-même.

Cet été-là, avec tonton Chester, ils ont arrosé tout le Sud de faux billets. Ils ne s'en cachaient pas. Ils rinçaient des coupures de cinq dollars jusqu'à ce qu'elles prennent une teinte gris pâle, puis imprimaient dessus des billets de cinquante et de cent. Papa était fier de leur œuvre. Les billets de cinq constituaient une base idéale, ils n'étaient pas aussi mous que ceux d'un dollar. Avec un billet de cent trop mou, les gens risquaient de se méfier, disait-il. Ensuite, ils blanchissaient cet argent en le dépensant. Par exemple, ils achetaient quelques centaines de dollars d'appareils divers puis les rapportaient au magasin. Le remboursement se faisait en argent véritable. Les caissiers ne détectaient pas les faux billets. Au pire, ils passaient un stylo de la banque sur les plus gros, mais ce procédé ne révélait que les faux réalisés sur du mauvais papier ; papa partait d'une base saine.

Parfois, papa et tonton Chester vendaient leurs billets. Des hommes en délicatesse avec la justice ou incapables de trouver un emploi régulier se présentaient chez nous pour demander à investir dans des œuvres d'art. Papa leur prenait vingt-cinq dollars pour un billet de cinquante, quarante pour un billet de cent. Maman détestait ça, quand on recevait ces types, elle abhorrait leur regard aux abois et leurs mains crasseuses. Ils avaient une façon de traîner les pieds et de marmonner qui la rendait folle, ou presque, et elle a supplié papa de trouver une autre occupation ou du moins d'éviter de ramener son commerce de faux à la maison. *On a des enfants*, lui rappelait-elle, comme s'il risquait de l'oublier. De fait, cela semblait possible qu'il oublie notre existence lors d'un de ses longs voyages. Je n'aimais pas ça quand papa s'en allait.

Souvent, je harcelais maman au sujet des absences de papa, je voulais savoir quand il allait rentrer. Willet me grondait, me disait de ne pas poser de questions auxquelles il n'y avait pas de réponses. Il protégeait maman, même avant que ça dégénère vraiment.

Maman m'a arraché la serviette des mains. Elle détestait que je me mette à la soûler avec papa. Elle n'en savait pas plus que moi. « Ça suffit, Roberta Lynn. »

Maman était la seule à m'appeler par mon prénom complet. J'en avais horreur. C'était un prénom démodé : on aurait dit celui d'une fille destinée à faire carrière dans la country ou à pondre plus tard des enfants à la chaîne. Or je chantais faux, et je ne rêvais pas du tout de maternité. Je préférais de loin qu'on m'appelle Bert. J'étais un garçon manqué, et je passais mon temps à tenter de rivaliser avec mon frère. À une époque où les jupes longues et les chemisiers en vichy étaient de rigueur, je portais des salopettes et des tee-shirts délavés. Willet me traitait de camionneuse. Je n'étais pas sûre à cent pour cent de comprendre ce qu'il voulait dire, mais je pigeais l'idée générale. C'était une insulte, mais elle ne me dérangeait pas.

Quand maman en avait marre, quand elle n'en pouvait plus de nos jérémiades et de mes questions incessantes, elle nous fichait dehors. « Je veux pas voir une seule de vos taches de rousseur avant le dîner, vous m'entendez ? »

Elle piquait surtout ce genre de crises quand papa restait absent trop longtemps. On attrapait deux, trois affaires au vol et on filait, laissant la porte claquer violemment derrière nous, car le bruit rendait maman folle.

Une fois en exil, on allait toujours au même endroit, la carrière interdite et abandonnée, une expédition de plus de trois kilomètres sur le bitume brûlant, dans la poussière étouffante. Le soleil miroitait comme une tache d'essence. Il avait le chic pour faire voir des choses aux gens, des trucs qui n'étaient pas là, ou peut-être plus là. Cette journée d'août où il faisait si chaud, Pansy a juré qu'un chien sauvage bondissait vers elle depuis les bosquets de la plaine alluviale. Willet a tendu le pouce pour arrêter une camionnette fantôme. Un corps sec et frais a glissé sur mon pied nu : un mocassin d'eau en quête d'humidité. En arrivant à la carrière, nous avons continué de marcher tout droit et nous avons sauté du bord pour couler à pic dans l'eau froide et sombre – une mort minuscule, ce premier plongeon.

Papa prétendait que la carrière faisait un kilomètre et demi de profondeur. Parfois, il nous racontait des histoires sur l'époque où elle avait été creusée, nous expliquant comment les hommes qui avaient extrait ces pierres avaient souffert et étaient morts. Il nous mettait en garde contre cette carrière et les bois qui l'entouraient. « C'est un lieu maléfique, concluait-il. Le diable vous y trouvera. »

Nous ignorions ses avertissements, trop attirés par l'eau fraîche.

Plus tôt dans l'été, Willet avait accroché une vieille corde à un chêne vert. Tour à tour, on s'y suspendait avant de se balancer au-dessus de l'eau puis de s'y laisser tomber, plongeant plus profond chaque fois.

Le country club, en ville, avait une piscine pleine d'eau fraîche, propre, chlorée, mais nous n'étions pas membres et ne le serions jamais. Papa disait qu'il était maléfique aussi, pour d'autres raisons. C'était un endroit où des hommes blancs jouaient au golf et fumaient le cigare, où des femmes blanches déjeunaient de salades de poulet, où des enfants blancs se baignaient et mangeaient des sandwiches à la crème glacée. Nous étions blancs, mais pas du même blanc. Papa affirmait que ce n'était pas bien de nager dans un lieu dont tant de gens étaient exclus.

Avant, il y avait une piscine municipale, mais des types y avaient jeté des bouteilles de verre brisées pour protester contre la mixité raciale. Nous y nagions en chaussures mais, même comme ça, nous ressortions avec des coupures aux jambes et aux bras. Des filets rouges flottaient dans l'eau chlorée. Finalement, la ville a décidé qu'il valait mieux que personne ne nage plutôt que de laisser les enfants noirs et les enfants blancs barboter ensemble. Alors ils l'ont vidée et l'ont revendue à un concessionnaire de voitures d'occasion. La carrière était notre seule alternative.

Nous plongions dans les eaux interdites. Nous tentions d'atteindre le fond. Plonger nous donnait le tournis et nous épuisait. Pansy s'en fichait, de la profondeur. Seule comptait l'eau fraîche.

C'était la plus intelligente, celle qui avait de la chance. Elle était censée commencer l'école quelques semaines plus tard, ce qui ne la ravissait guère. Elle n'était jamais allée à la crèche ou chez des baby-sitters. Maman l'avait inscrite à la maternelle l'année d'avant, mais Pansy avait piqué une crise. Papa a décrété qu'elle était déjà plus futée que la moitié des enfants de la ville et qu'elle n'avait pas besoin d'une année supplémentaire sur les bancs de l'école. Maman l'a laissée rester à la maison. C'était comme ça, avec Pansy. Elle obtenait tout ce qu'elle voulait. Je peux vous dire que maman ne nous aurait jamais gardés à la maison un an de plus, Willet et moi. Mais Pansy allait bientôt devoir quitter les jupes de maman à son tour. La maternelle, c'était facultatif. L'école primaire, obligatoire. Elle aurait beau piquer toutes les crises qu'elle voudrait, il allait bien falloir qu'elle aille en classe comme nous autres.

Maman appelait Pansy son petit miracle, parce qu'elle était arrivée par surprise alors que nos parents pensaient en avoir fini avec tout ça. Elle ne s'était pas vu refourguer le prénom d'une personne morte, contrairement à Willet et moi, mais elle était entrée dans le monde de la même façon que nous.

Nous ne sommes pas nés à l'hôpital. Papa ne faisait pas confiance aux instruments froids et stériles. Il ne se fiait pas aux médecins et aux infirmières. Il ne croyait pas aux médicaments. C'est contre nature, disait-il. Nous sommes nés sur un édredon moelleux. Et les mêmes mains qui avaient cousu l'édredon nous ont tiré du ventre de notre mère. Nous avons été mis au monde par notre mamie Clem. Nous n'étions pas les seuls.

Mamie Clem savait y faire avec les femmes enceintes. Elle connaissait les herbes à leur donner pour atténuer la douleur et les gestes pour accélérer les contractions. Elle savait faire se retourner un bébé qui se présentait par le siège en massant le dos de la mère tout en plaçant en elle une main chaude. Elle savait d'autres trucs, aussi, des trucs plus obscurs. Parfois, les femmes venaient la trouver avec des grossesses imprévues, dont elles ne voulaient pas. Mamie Clem les renvoyait chez elles avec le nécessaire pour se préparer une semaine de tisanes corsées à la menthe pouliot, à la tanaisie, à l'écorce de racine de coton, et Dieu sait quoi d'autre. La plupart du temps, la tisane provoquait le retour des saignements et l'utérus des femmes se vidait, mais quand ça ne marchait pas, mamie Clem prenait des mesures plus drastiques. Elle savait comment enfoncer une longue tige d'acier dans le col de l'utérus pour éliminer la grossesse. Pour beaucoup de femmes, mamie Clem représentait le dernier espoir.

L'avortement était déjà légalisé, mais les cliniques se trouvaient à plusieurs heures de route et elles étaient souvent envahies par les protestataires et les caméras des journalistes. Les femmes riches se rendaient dans le privé ou prenaient l'avion vers des régions où les cliniques étaient moins rares et où elles pouvaient s'en remettre dans un bel hôtel avec room-service. Les pauvres et les lycéennes se débrouillaient avec les cliniques locales quand elles pouvaient y accéder, se chargeaient elles-mêmes du problème ou recouraient aux services de personnes comme mamie Clem. Maman n'approuvait pas l'activité d'avorteuse de mamie Clem, mais papa disait que sa mère accomplissait l'œuvre de Dieu. D'après lui, on ne devrait jamais laisser naître un enfant dans un monde qui ne veut pas de lui.

Même si maman et papa n'avaient pas planifié la naissance de Pansy, ils voulaient d'elle, très fort. La grossesse a été difficile. Maman a pris plus de poids pour Pansy que pour Willet et moi. Ses pieds ont enflé et elle a eu des éruptions noirâtres sur le visage. Nous trouvions des mèches de ses cheveux entre les coussins du canapé et dans le panier à pain. Quand les contractions sont arrivées, elle s'est mise à hurler comme un animal blessé. Papa a demandé à Willet de me surveiller et il a traîné maman jusqu'à son pick-up. Elle pouvait à peine marcher, elle avait les genoux qui flageolaient et elle traînait les pieds.

Willet a passé un bras autour de moi tandis qu'ils s'éloignaient. « Tout va bien se passer, Bert. » Il ne pouvait pas le savoir, et il devait avoir peur lui aussi. À dix ans, il avait pris sa responsabilité au sérieux : me rassurer. Ça s'est passé en pleine nuit et nous savions que nous n'allions pas dormir. Nous avons mangé du beurre de cacahuète sur des crackers et bu de la root beer, un soda avec des glaçons. Willet m'a appris à jouer au gin-rami.

L'accouchement de maman a duré près de vingt heures. Mamie Clem lui a fait sucer du peyotl pour soulager ses douleurs et évacuer les associations néfastes. C'est sous l'influence du peyotl que maman a lâché le nom de sa fleur préférée, la pensée, dans un fou rire, après avoir enfin accouché. *Pansy.* Le prénom est resté. Quand je lui ai demandé comment elle aurait appelé Pansy si elle n'avait pas été aussi défoncée, maman a répliqué que Pansy était Pansy et n'aurait jamais pu être quelqu'un d'autre.

Dès sa naissance, Pansy a été bizarre, différente de nous sur presque tous les plans. Elle est née avec une chevelure fournie, des cheveux rêches et noirs, et un hâle irrégulier. Une grosse tache de naissance mauve s'étalait sur sa cuisse gauche. Sur nos photos de bébé, Willet et moi étions chauves et pâles comme de la glace à la vanille.

Pansy avait les yeux en amande, vert sauge et écartés, tandis que les nôtres étaient ronds et couleur chocolat au lait. Elle est née avec des dents, quatre, qui dépassaient de sa mâchoire inférieure. Mamie Clem a décrété que ça signifiait qu'elle était exceptionnelle, puissante ; c'est sûr qu'elle semblait exercer un pouvoir sur notre père. Quand il la tenait dans ses bras, il passait le pouce sur sa tache de naissance comme si cette marque mauve était une espèce de signe divin.

Pendant ses premiers mois chez nous, Pansy n'a fait que pleurer. Elle avait l'air contrariée. Elle dormait rarement. Quand maman tentait de lui donner le sein, elle refusait de manger ou serrait de toutes ses forces avec ses dents grotesques jusqu'à lui faire pousser un cri de douleur. Maman est passée au biberon, mais seule la marque la plus chère parvenait à satisfaire Pansy. Papa disait qu'à force d'être nourrie ainsi, elle allait tous nous mettre à la rue avant son premier anniversaire, mais il n'avait pas l'air de s'en formaliser. En fait, il semblait plutôt fier. Quand elle est passée aux aliments solides, ça n'a pas aidé. Petite, elle était si difficile que maman avait peur qu'elle finisse par souffrir de malnutrition. Pendant que nous mangions des légumes en bouillie et du pain de maïs, Pansy avait droit à du beurre de cacahuète sur du pain blanc. Pendant qu'on s'étouffait avec du chou farci trop gras, garni de steak haché et d'oignon, Pansy avait droit à des nuggets de poulet avec des frites. Si quelqu'un tentait d'insister pour qu'elle mange la même chose que nous, elle piquait des crises si violentes que son visage devenait violet. Maman lui frottait le dos tandis qu'elle s'étranglait dans ses hoquets.

Ça sautait aux yeux du premier venu que maman et papa préféraient Pansy. Willet et moi, on était des enfants ordinaires, mais Pansy était magique. Quand papa était à la maison, il chantait des chansons douces que nous n'avions jamais entendues et la trimballait partout comme un objet précieux. Tous les matins, sans faute, maman lui apportait un verre de lait chocolaté au lit. Pansy refusait de se lever sans cette faveur, et maman se pliait à ses exigences – alors que Willet et moi n'avions pas le droit d'apporter de la nourriture dans nos chambres. Dès mon plus jeune âge, je participais un peu aux tâches ménagères, mais Pansy n'a jamais levé le petit doigt à la maison. Je ne vais pas prétendre que ça n'était pas blessant, de voir maman et papa s'extasier devant Pansy, de devoir passer en second alors que j'étais leur première fille. Par moments, j'aurais voulu que Pansy disparaisse, qu'elle ne soit jamais née. Des pensées honteuses, émanant d'une enfant mesquine, mais bon.

Rien n'expliquait pourquoi nos parents choisissaient de céder si souvent et de si bonne grâce aux caprices de Pansy. D'abord, j'ai cru qu'ils avaient de la peine pour elle parce qu'elle était si laide, avec ses cheveux de vieillard, sa peau marbrée et ses dents de bébé bizarres. Mais les cheveux rêches sont tombés, et à la place sont apparues des boucles brunes soyeuses et rebelles. Elle a perdu ses dents de naissance, et son teint s'est unifié et adouci si bien qu'on avait envie de toucher sa peau. Même moi, je le voyais. Je l'aimais autant que je lui en voulais. Elle était magnifique. Qui ne préfère pas une belle enfant à une gamine ordinaire ?

Pansy faisait la planche, immobile comme une bûche à la surface de l'eau profonde. Sa peau était bronzée, comme toujours à la fin de l'été. Willet et moi, on prenait des coups de soleil, on pelait et on avait des taches de rousseur, mais la peau de Pansy absorbait le soleil. Tout le monde voulait bronzer à cette époque, et je lui enviais son teint. Tout semblait facile pour Pansy. Elle pouvait faire la planche pendant des heures. Parfois, elle s'endormait. Je ne pouvais pas flotter pendant dix secondes sans relever la tête pour regarder autour de moi, craignant de louper un truc important. Willet ne tenait pas en place. Il se jetait à l'eau encore et encore, poussant des hurlements de Tarzan ou des ululements de sorcière avant de sauter. Seule Pansy semblait en paix sur l'eau. Elle faisait confiance au monde pour la soutenir.

Nous nous sommes éclaboussés pendant des heures, et au milieu de l'après-midi, je crevais la dalle.

« Je pourrais bouffer un alligator », a déclaré Willet.

Pansy n'a pas ouvert les yeux.

« Moi ça va.

– On devrait t'appeler Pissenlit, plutôt que Pansy, a dit Willet. Un jour le vent va t'emporter d'un coup.

– Oh, la ferme. »

La voix de Pansy était aussi calme que l'eau.

« Il y a des baies sauvages de l'autre côté de la route, a fait Willet.

– Et si elles sont toxiques ? »

Je suis une anxieuse de naissance.

« C'est des mûres, les mêmes qu'au supermarché. »

Nous avons dit à Pansy que nous revenions tout de suite. Nous n'avons pas hésité une seconde à laisser notre petite sœur de six ans dans un plan d'eau profond au milieu de nulle part. C'était une bien meilleure nageuse que nous le serions jamais, l'un comme l'autre. Nous nous disions qu'elle était magique, et, comme la plupart des enfants – zut, comme la plupart des gens –, nous pensions surtout à notre pomme.

J'ai suivi Willet vers les buissons, qui poussaient en hauteur dans une clairière située un peu trop loin dans les bois à mon goût, mais ma faim l'a emporté sur ma peur. Les mûres noires étaient charnues et sucrées, et nous les avons dévorées à toute vitesse, à mesure que nous les cueillions.

Willet s'est essuyé les mains sur son short et a jeté un coup d'œil par-dessus son épaule.

« Je reviens, a-t-il dit.
– Me laisse pas toute seule ici !
– Je reviens tout de suite ! »

Je l'ai suivi jusqu'à ce qu'il se retourne pour me signifier que je me comportais comme un bébé. Je suis restée en arrière et j'ai attendu. Le craquement des branches sous les pas de Willet s'est affaibli. Une discrète odeur de fumée sucrée planait dans l'air et j'ai pris ça pour l'arôme persistant d'un feu allumé par des boy-scouts ou par une famille évitant les prix du camping municipal. Les baies ont gonflé furieusement dans mon estomac. J'ai frotté mon ventre douloureux et souhaité très fort que Willet revienne. J'ai fermé les yeux et compté, me disant qu'il serait là quand j'arriverais à dix, puis vingt, puis cinquante, puis cent. Mon maillot de bain trop petit me rentrait dans les fesses en séchant. J'ai tiré dessus, en colère contre maman parce qu'elle ne m'en avait pas acheté un nouveau cet été. Des nuages se sont amoncelés, plongeant la clairière dans la pénombre. Une nuée de moucherons s'est rassemblée devant mon visage et j'ai agité les mains pour éviter d'inhaler ces enquiquinantes créatures. Le ciel, qui avait été bleu et dégagé toute la matinée, a viré au gris menaçant. J'en avais assez.

« Willet ! ai-je crié. Willet, c'est pas drôle ! »

Les grands arbres ont englouti ma voix. On aurait cru un de ces cauchemars où on appelle à l'aide sans parvenir à produire un seul son. Un vent chaud a parcouru les bois, faisant bruisser les feuillages. Des nuages gris foncé cachaient le soleil. La première grosse goutte de pluie s'est écrasée sur mon épaule nue. J'ai appelé Willet encore une fois, puis je me suis mise en marche dans la direction où il avait disparu. Un roulement de tonnerre a retenti. La pluie s'est mise à tomber à torrents lourds et aveuglants et la poussière sous mes pieds s'est changée en boue. C'était un violent orage.

Plus haut, devant moi, quelque chose a bougé. C'était quelqu'un qui filait parmi les arbres.

« Willet ! » J'ai couru après la silhouette qui s'échappait, préméditant déjà ce que je dirais à maman en rentrant à la maison. « Tu vas avoir de gros ennuis ! »

Il faisait de plus en plus sombre. Je dérapais sur la boue et les feuilles mortes. J'ai mis mes mains devant moi pour éviter de rentrer la tête la première dans les arbres autour de la clairière, qui semblaient surgir de nulle part. Il y avait de forts coups de tonnerre et la terre tremblait. Je m'étais déjà fait surprendre par le mauvais temps, mais c'était pire que tout ce que j'avais vu de ma vie. La pluie était si drue qu'on aurait cru pouvoir l'attraper par poignées. Les nuages gommaient complètement la lumière. Au moment où la foudre a zébré le ciel, il faisait aussi noir qu'en pleine nuit. À la lueur de cet éclair, j'ai vu une créature obscure traverser la clairière d'un pas titubant. Elle était penchée en avant. Elle portait des vêtements mal ajustés, en lambeaux, et avec l'éclat de la foudre, sa peau m'a paru de la même couleur que l'argile de la carrière – un gris verdâtre et lisse. Elle m'a fait penser aux trolls dans les contes pour enfants. La créature portait quelque chose dans ses bras, un truc trop gros pour être trimballé dans les bois en plein orage. Je me suis complètement figée, espérant passer inaperçue. Je respirais à peine. Lorsqu'un nouvel éclair a fendu le ciel, j'ai tenté de repérer de nouveau la créature, mais elle avait disparu. Je suis restée immobile sous l'averse, trop effrayée pour avancer ou reculer. Qu'avais-je vu ? Un monstre, ou un vagabond ? Était-ce le diable en personne ? Est-ce que papa avait raison de dire que ce lieu était le sanctuaire de Satan ?

Tout semblait possible au milieu de cet orage phénoménal. J'ai pensé à Margaret Halsey, une camarade de classe qui avait dit à sa mère qu'elle allait dormir chez une copine, mais était en fait allée passer le week-end avec son copain sur le terrain de chasse des parents du garçon, non loin de ces bois. Margaret refusait de révéler ce qui s'était passé, mais elle était revenue changée, et pas en mieux. Certains disaient qu'une bande de petites brutes l'avaient violée avec le canon d'un fusil de chasse. D'autres, qu'elle avait trop bu et laissé son copain et les amis de celui-ci lui faire ce qu'ils voulaient, et qu'elle avait adoré ça. Les gens l'évitaient, comme si ce qu'elle avait vécu pouvait se transmettre. Si ça lui était arrivé, ça pouvait m'arriver aussi. Elle avait été touchée par le mal, et je ne voulais rien avoir à faire avec. Si je ne bougeais pas du tout et ne faisais pas de bruit, peut-être le mal allait-il m'ignorer.

L'averse s'est calmée. Les trombes d'eau se sont changées en gouttelettes. Les nuages se sont dispersés et de tendres doigts de lumière ont commencé à percer dans le ciel. De la vapeur s'élevait des arbres, et la buée a dissipé mes peurs irrationnelles. Je me suis dit que j'étais idiote, que je me faisais des idées.

« Willet ! » ai-je crié.

Comme il ne réapparaissait pas, j'ai repris le sentier menant à la clairière. Willet devait s'y trouver, se demandant sans doute ce que je fabriquais. Peut-être que je l'avais loupé dans l'orage, ou peut-être qu'il avait fait un détour et était rentré par un autre chemin. Je me suis secouée comme un chien mouillé, et des gouttes d'eau ont jailli de mes cheveux et de ma peau. J'avais les mains violettes à cause des mûres. Quand je suis sortie des bois, le soleil m'est tombé dessus avec une clarté aveuglante. Toute la fraîcheur apportée par la pluie a disparu, se muant en sueur collante entre mes cuisses. L'eau de la carrière était calme et paisible. J'ai fait le tour, m'attendant à voir Willet émerger des bois ou même de l'eau profonde, haletant d'avoir retenu sa respiration trop longtemps. Dans la chaleur montante, c'est Bubba Speck qui est apparu. Je n'arrivais pas à deviner d'où il sortait ; soudain, il était là. Bubba était torse nu, et même à seize ans, c'était clair qu'il deviendrait gros à l'âge adulte. Son ventre grassouillet pendouillait par-dessus son short et il avait plus de seins que moi – les miens commençaient à peine à s'annoncer au monde.

Quand on était plus jeunes, Bubba et Willet étaient très amis. Ils avaient une passion commune pour la construction. Ils aimaient tout particulièrement fabriquer des engins explosifs à partir de pièces de voitures, de bouts d'allumettes et de produits ménagers. En cinquième, ils avaient fait exploser une petite bombe dans les toilettes des filles du collège. Le principal avait déclaré aux infos locales que c'était seulement par la grâce de Dieu qu'il n'y avait pas eu de blessés. La grâce de Dieu, c'était un truc en quoi beaucoup de gens croyaient, à l'époque. Je l'ai hélé.

« Qu'est-ce que tu fais, Bubba ? »

Il a jeté un caillou dans l'eau calme de la carrière.

« T'as vu Willet ? »

Il a lancé un autre caillou. C'était comme s'il ne m'entendait pas, comme si je n'étais même pas là.

« T'as pas le droit de m'ignorer, Bubba Speck ! »

Bubba a levé la tête et désigné un point dans le ciel. J'ai suivi son doigt du regard, mais je n'ai rien remarqué, si ce n'est les nuages qui se dispersaient et le soleil d'un blanc aveuglant. Mes yeux se sont encombrés de points brûlants qui éclataient puis devenaient noirs. Lorsque j'ai recommencé à y voir normalement, Bubba avait disparu.

Entre Willet et Bubba, je ne savais pas quoi penser. Pourquoi étaient-ils si méchants avec moi ? Je ne voyais pas ce que j'avais bien pu faire pour mériter un traitement pareil. J'ai décidé d'ignorer Willet pendant au moins une semaine, et de raconter à maman qu'il m'avait abandonnée dans les bois et s'était caché quand je l'avais appelé. J'étais en train de dresser la longue liste de mes griefs envers mon frère quand j'ai pris conscience que quelque chose n'allait pas.

Pansy ne flottait pas sur le dos dans la carrière à l'endroit où nous l'avions laissée. Pansy n'était pas assise sur le bord, les pieds dans l'eau comme elle le faisait parfois. Pansy n'était pas sur le chemin qui menait aux bois. Pansy n'était pas en train d'escalader le chêne avec la corde pour se balancer. Pansy n'était nulle part. Les baies que j'avais mangées me sont remontées dans la gorge. J'ai vomi une purée tiède de fruits sucrés, m'éclaboussant les pieds.

J'ai appelé Pansy. J'avais l'impression d'avoir passé l'après-midi à crier le nom de gens qui ne répondaient pas.

« Willet ! Bubba ! Pansy ! »

Je les ai appelés très fort à plusieurs reprises, mais rien. Je m'accrochais à l'idée qu'ils étaient en train de me jouer un tour. D'une minute à l'autre, ils allaient surgir de derrière un arbre et se moquer de moi parce que je m'étais fait du mouron. Mais ils n'ont pas reparu, et on aurait dit que même les oiseaux avaient sombré dans le silence. Le soleil, brillant, chaud et implacable, s'est mis à descendre dans le ciel.

On approchait de l'heure du dîner, et j'ai pensé à maman qui devait être en train de faire cuire du pain de maïs ou de remuer une casserole de haricots cornilles. Peut-être que Willet et Pansy s'étaient mis en route sans moi. Peut-être qu'ils me donnaient une leçon. Je me suis repassé mentalement la semaine précédente en tentant de comprendre ce que j'avais fait pour les braquer contre moi. Mais à la place, j'ai établi une longue liste des affronts que j'avais subis. Quelqu'un avait mangé le biscuit que j'avais mis de côté pour mon petit déjeuner. Pansy m'avait flanqué un coup de pied assez fort pour me faire un bleu quand je lui avais demandé de trier son linge sale. Willet m'avait traitée de petite sotte. Des doléances banales entre frères et sœurs, mais voilà que je me retrouvais seule, abandonnée, pour une raison qui m'échappait complètement. J'avais la poitrine serrée et lourde, la tête qui tournait, et j'avais honte. Je ne savais pas pourquoi. Mon visage était en feu, mais mes bras étaient hérissés par la chair de poule, comme si j'avais froid. N'ayant pas d'autre choix que de rester poireauter là ou d'avancer, j'ai pris la direction de la maison. J'étais à mi-chemin, sur cette portion de route chaude, sans une trace d'ombre, quand j'ai entendu Willet m'appeler. Toute la colère qui me restait contre lui s'est évaporée. Je m'étais pratiquement convaincue que le monde entier avait disparu pendant cet orage et qu'en passant la porte de la maison, j'allais constater que maman avait disparu aussi et qu'aucun dîner ne mijotait sur le gaz. Quand Willet m'a rattrapée, j'ai enroulé mes bras autour de lui comme un singe atèle. Sa peau avait une odeur âcre et sucrée, un parfum bizarre émanait de sa sueur.

« T'étais où ?

– Bon Dieu, Bert, je suis juste là. »

J'ai commencé à lui raconter l'orage et la créature dans les bois et Bubba, mais il m'a interrompue.

« Et Pansy, elle est où ?

– Je croyais qu'elle était avec toi.

– Mais pourquoi elle serait avec moi, putain ? Elle était dans la carrière. »

Willet avait le visage luisant de sueur. Ses pupilles lui mangeaient les yeux.

À ce moment-là, ma gorge s'est vraiment serrée, et j'ai eu la sensation d'étouffer. Tout s'est mis à tourner et à devenir noir, jusqu'à ce que le monde ne fasse plus que la taille d'un trou de serrure. Je me suis cramponnée au bras de Willet pour éviter de tomber.

« Peut-être qu'elle est repartie sans nous. »

Pansy n'était jamais rentrée toute seule.

Willet m'a secouée si fort que je me suis mordu la langue. Le goût métallique du sang s'est répandu dans ma bouche.

« Comment t'as pu la laisser ? »

Il postillonnait.

« Je croyais qu'elle était avec toi. Je croyais que vous me jouiez un tour.

– Faut qu'on y retourne.

– Mais c'est presque l'heure du dîner. Maman va s'inquiéter.

– S'inquiéter ? Si on rentre sans Pansy, elle va devenir folle, oui ! Putain, Bert, dis pas n'importe quoi. »

Je n'avais pas les idées claires. En général, c'était moi la plus réfléchie. Pansy était petite, et elle avait encore une prédilection pour les idées fantaisistes, les amis imaginaires, et les brusques sautes d'humeur. Willet était imprévisible, sauvage et indomptable comme le sont souvent les garçons à qui on laisse trop de libertés. Je respectais les règles. Ça le rendait fou. Il m'avertissait que je me préparais une existence de vieille fille. *Les mecs détestent ce genre de conneries*, c'est comme ça qu'il le formulait. Il avait le chic pour aller droit au but, sauf que là, il semblait incapable de se concentrer. Le monde tournait dans le mauvais sens, et je me suis demandé si les baies qu'on avait mangées étaient toxiques, si tout cela n'était qu'un délire dû à la fièvre. Nous sommes restés à nous engueuler bien trop longtemps en plein milieu de la route. Le soleil approchait à présent de l'horizon. Finalement, Willet m'a ordonné de rentrer à la maison. Il est retourné vers les bois, vers la carrière où nous avions vu Pansy pour la dernière fois. J'ai frissonné quand m'est revenue une image de la créature que j'avais aperçue, mais Willet était déjà loin. Je ne l'ai pas rappelé. Je ne l'ai pas prévenu. Je n'avais pas confiance en ce que j'avais vu, et en plus, je savais que Willet n'allait pas croire une histoire abracadabrante sur un monstre dans les bois.

« Sois prudent », ai-je murmuré, bien que je sache qu'il ne pouvait pas m'entendre.

Un trou dans le sol, une dépression dans la terre, une plaie béante, une bouche ouverte. C'est ça, et rien d'autre – une bouche ouverte avide buvant l'eau de pluie et aspirant le soleil dans ses ténèbres. La nuit, lorsque les étoiles se cachaient derrière les nuages et que la lune se réduisait à un fin croissant, les gens apportaient des offrandes pour nourrir cette bouche. Ils jetaient leurs péchés dans l'eau boueuse, espérant être libérés de leur sentiment de culpabilité et de leur honte. Des sacs d'os, surtout canins, des coffrets pleins de mots d'amour écrits par le mari d'une autre, les restes gluants d'un enfant pas formé, un couteau couvert de sang, un fusil de chasse, un miroir brisé, un gant en cuir orphelin – ces choses coulaient dans l'eau profonde et se logeaient parmi les pierres grises que personne ne déterrait. Bien sûr que c'était un endroit maléfique. Ce trou contenait trop de secrets pour qu'il en soit autrement.

Les choses qu'il sait, on ne les trouve pas dans les livres, dans les journaux ou dans les griffonnages des historiens locaux. Les choses qu'il sait, il les sait tout au fond de lui, sous sa peau. Il récolte les histoires des fantômes et il les mêle aux siennes. Elles s'y fondent comme de la cire de bougie. Ces derniers temps, il s'est mis à tout noter dans un petit carnet, tout ce qu'il parvient à se remémorer, et toutes les choses qui sont plus profondes que le souvenir.

La carrière fut creusée par des esclaves au tout début du XIXe siècle. Ceux-ci s'étaient enfuis des champs de coton de la région et avaient été rattrapés par l'homme cruel qui possédait la terre. Cet homme se promit de les briser au travail, un travail qu'un cueilleur de coton ne pouvait pas imaginer. Il les enchaîna les uns aux autres et les força à creuser avec des pioches, avec des pelles et à mains nues. Les hommes travaillaient de l'aube à la nuit sans relâche. Quand l'un d'eux avait soif, il buvait de l'eau boueuse qui sourdait du sol. Quand l'un d'eux avait besoin d'uriner ou de se vider les tripes, il le faisait tout en continuant à enfoncer ses outils et ses mains dans la terre pour creuser. Chaque soir, le propriétaire de la plantation apportait de maigres rations de bouillie de maïs et de haricots froids. Les hommes se servaient de cette pâtée dans un seau commun, avec leurs mains dégoûtantes. Bien vite, le plus faible tomba malade, puis mourut. Le propriétaire de la plantation laissa le cadavre de l'homme enchaîné aux travailleurs en guise de mise en garde.

« L'âme de cet homme trime en enfer, à présent, déclara-t-il aux survivants. Vous le rejoindrez sous peu, mais en attendant, c'est pour moi que vous allez trimer. »

Les hommes parlaient du sentiment affreux qui leur venait quand ils creusaient. L'un fit observer qu'ils creusaient dans la bouche de l'enfer. Un autre perdit la tête et se coupa la jambe avec une petite pelle afin de se libérer de ses fers. Il succomba à l'hémorragie, et le travail continua autour de lui. Tous ces hommes donnèrent leur vie à la carrière.

Le propriétaire de la plantation qui avait lancé le chantier donna aussi la sienne, mais pas aussi vite. Avec les premières pierres extraites du site, il posa les fondations d'une maison destinée à sa fille. Ses esclaves, ceux qui travaillaient encore dans ses champs, transportèrent les pierres autour de leur cou, en écharpe, jusqu'au terrain de construction, à plus d'un kilomètre. Ils creusèrent une tranchée régulière dans la terre et disposèrent les blocs comme des pièces de puzzle, posant une fondation si stable que seul Dieu en personne aurait pu l'ébranler. Le propriétaire de la plantation travaillait à la construction de la maison aux côtés de ses esclaves. Il voulait qu'elle soit parfaite, et il se voyait déjà en train de la montrer avec fierté à sa fille et à son fiancé, leur expliquant qu'il l'avait bâtie lui-même. Il prit les meilleures planches de sapin qu'il put trouver pour les fenêtres, réparties de façon à capter la lumière du matin. Il ajouta une cheminée et un poêle à bois. Il dressa les murs de trois chambres et il imagina ses futurs petits-enfants qui y dormiraient paisiblement.

Mais une fois la maison terminée, il n'en fut pas satisfait. Quelque chose semblait de travers, et pourtant il avait mesuré chaque angle lui-même. La maison était carrée et droite, comme il se doit, mais elle n'était pas dans l'axe du terrain. Il s'en rendit compte et ça le mit en colère. Puisqu'elle avait été construite à partir de sa vision et de ses plans, il ne pouvait s'en prendre qu'à lui-même. Néanmoins, il trouva des prétextes pour fouetter les hommes qui avaient travaillé avec lui, qu'il accusa de sabotage.

Lors du mariage de sa fille, il ne put penser à rien si ce n'est à la déception qu'elle allait éprouver en passant sa première nuit dans sa nouvelle demeure. Sa femme le rassurait : il s'en faisait pour rien. D'après elle, la maison était bien comme ça. Et sa fille avait de la chance d'avoir un père si généreux.

Mais il y eut toujours quelque chose qui clochait dans cette maison. Sa fille affirmait qu'il y faisait froid en permanence. Elle allumait un feu dans la cheminée même les jours les plus chauds de l'été. Tous les repas cuisinés dans le poêle à bois en sortaient ratés. La jeune femme n'arrêtait pas de dormir, même en pleine journée. Elle ne tombait pas enceinte. Elle répétait à son mari que son ventre avait trop froid pour porter des enfants. Rien n'allait comme il fallait. Par une chaude nuit d'été, pendant leur sommeil, une braise baladeuse s'échappa de la cheminée et se posa sur le tapis de laine qui recouvrait le plancher. La braise se consuma lentement et gagna en vigueur. Les flammes s'élevèrent dans la pièce principale, atteignant les rideaux et un tas de chutes de tissu. Lorsque la femme et son mari se réveillèrent, la maison était pleine de fumée. Ils réussirent à sortir et regardèrent la maison se réduire en cendres. Une fois les gravats déblayés, il n'en resta que le lit de pierres de la carrière. La femme fut prise d'une toux persistante et passa l'année suivante à tenter de reprendre haleine. Ses poumons cessèrent de fonctionner. Elle mourut un an exactement après l'incendie, à un jour près. Elle avait vingt ans. Son mari refit sa vie, épousa une autre femme, mais le propriétaire de la plantation ne se remit pas de son deuil. Il se sentait responsable de la mort de sa fille, qu'il mettait sur le compte de la maison.

Ses esclaves savaient qu'il en allait autrement. Ils surveillaient bien leurs enfants et leur expliquaient, à l'aide de contes, que la terre pouvait devenir maléfique. Ils les mettaient en garde, leur interdisant de jouer avec les galets gris de la carrière.

« Ce sont les pierres de Satan, disaient-ils. Ne volez pas le diable. »

2

Quand je suis rentrée de la carrière, j'ai senti les odeurs familières du dîner qui cuisait. Dans la cuisine, une casserole de haricots blancs mijotait sur le feu. Un pain de maïs doré, juste sorti du four, refroidissait dans une sauteuse en fonte sur le plan de travail. Des lamelles de gombos trempées dans la farine et la semoule attendaient à côté du gaz, prêtes pour la poêle à frire. Maman est entrée par la porte de derrière, chargée d'un bocal de confiture de piments qu'elle était allée chercher dans le garage.

« Je commençais à m'inquiéter », a-t-elle dit en me glissant le pot de verre entre les mains.

J'ai entrepris de dévisser le couvercle du pot, qui faisait partie de la fournée de l'été précédent. Maman a monté le feu sous la poêle pour les gombos. Une cigarette pendouillait au coin de sa bouche. Elle parlait sans la retirer, et de la fumée s'échappait de ses lèvres à chaque mot.

« Va te laver un peu avant le dîner.

– Mais maman… »

Le couvercle s'est décoincé avec un bruit sec.

« Recule, Roberta Lynn. L'huile risque de gicler. »

Je me suis écartée du fourneau, et j'ai écouté l'huile siffler et cracher. Je ne voulais pas lui parler de Pansy. Je ne voulais pas mettre en branle toute cette angoisse. Je voulais remplir mon assiette de nourriture savoureuse et regarder une connerie à la télé. Peut-être que si je réussissais à gagner du temps, Willet allait surgir à la porte avec Pansy. Peut-être que tout allait s'arranger.

J'ai sorti des assiettes du placard et les ai empilées sur la table avec des fourchettes et une cuillère pour la confiture. J'ai regardé par la fenêtre, espérant voir rappliquer Willet et Pansy, mais la rue était déserte. Dans la cuisine, maman étalait de gros morceaux de beurre sur des tranches de pain de maïs tièdes.

J'aurais voulu que papa soit là.

Dans la salle de bains, j'ai laissé mes mains sous le robinet jusqu'à ce que maman me crie de me dépêcher avant que ça refroidisse. Le temps a paru ralentir, et pourtant tout allait trop vite. J'ai fermé le robinet et essuyé le lavabo en porcelaine avec une serviette en papier. Je me suis assise sur les toilettes, les coudes sur les genoux, la tête appuyée sur les mains. Les battements de mon cœur semblaient résonner contre le carrelage défraîchi. J'avais du mal à respirer, un creux dans la poitrine. J'ai tiré la chasse, même si je n'avais pas utilisé les toilettes, regardé l'eau propre tourbillonner dans la cuvette, puis j'ai de nouveau passé les mains sous le robinet.

J'aurais beau traîner, je ne pouvais pas éviter d'affronter maman. La porte de la salle de bains a grincé quand je l'ai ouverte. Le couloir semblait s'étirer comme un long tunnel. Je me déplaçais au ralenti, espérant que Willet arrive avec Pansy d'une minute à l'autre et que tout rentre dans l'ordre. Maman m'a jeté un regard bizarre. Elle avait l'air jeune et vulnérable. Son vieux short et son chemisier délavé étaient constellés de farine et de taches de gras. Elle ne prenait jamais la peine de mettre un tablier quand elle faisait la cuisine. Elle était pieds nus. Elle ne portait pas de maquillage et un bandeau en plastique bas de gamme retenait ses cheveux. De la sueur perlait sur sa lèvre supérieure.

Je ne pouvais pas dire à maman que Pansy avait disparu. Je ne pouvais pas le dire. Une mauvaise nouvelle au sujet de Pansy, ça aurait été pire que tout. Il aurait mieux valu que je disparaisse, moi, ou bien Willet. Maman nous aurait échangés tous les deux contre Pansy, je le soupçonnais. Je n'ai pas pu prononcer les mots. Mais elle a su. Rien qu'à voir mon visage, elle avait compris que quelque chose n'allait pas du tout.

« Où sont-ils ? a-t-elle demandé d'une voix douce, sans le moindre tremblement. Où ? »

Maman s'est laissée tomber lourdement sur le canapé du salon.

La conscience glaçante de la faute que nous avions commise envers maman en laissant Pansy seule dans la carrière est devenue bien trop tangible. Nous étions les aînés, nous aurions dû être plus prudents. Elle nous avait fait confiance. Nous étions censés surveiller notre sœur, assurer sa sécurité. Pansy était encore un bébé. Le bébé de maman. Willet allait la retrouver, me répétais-je. Willet était capable d'accomplir n'importe quoi. J'ai repensé à la fois où il avait tué un serpent avec une carabine à plombs, à celle où il s'était hissé sur le toit pour récupérer un ballon perdu, et au bond de chat gracieux qu'il avait exécuté pour redescendre. Quand j'avais eu la varicelle, Willet avait fait des coloriages avec moi dans les cahiers premier prix apportés par les dames de l'église, alors que ce n'était plus de son âge. Willet ne m'avait jamais laissée tomber. Il était courageux, fort et sans peur. Il allait ramener Pansy. Il le fallait.

Mais lorsque Willet a passé la porte, il était seul. Maman et moi, on en était encore à se dévisager, cherchant le courage de dire quelque chose. Je ne sais pas si cet instant avait duré une heure ou cinq minutes. Le déroulement de cette journée est tout chamboulé dans ma tête. Willet a dit des trucs dont je ne me souviens pas. Ce que je me rappelle, c'est sa tête. Tout d'un coup, mon frère avait l'air d'un homme. Quand maman a voulu se lever, il lui a pris le bras et l'a aidée à garder son équilibre, en douceur. À un moment, il a enfilé un tee-shirt, comme si se balader demi-nu n'était pas à la hauteur de notre situation présente. Il est resté près de maman pendant qu'elle appelait la police et a composé les numéros pour elle parce que ses mains tremblaient. Il a lancé un café et éteint tous les feux de la gazinière. Comment savait-il quoi faire ? S'était-il préparé à la tragédie ? Avait-il secrètement répété ce moment ?

Pendant ce temps, je restais inutile et gauche. J'ai laissé échapper un verre d'eau dans la cuisine et me suis fait une entaille au pouce en voulant ramasser les morceaux. Le sang s'est mis à couler dans ma paume comme une rivière paresseuse. Willet a placé ma main blessée sous un filet d'eau froide puis l'a enveloppée dans un torchon. Il voyait que j'étais dans les vapes. Il m'a prise par les épaules et m'a regardée bien en face. C'était comme s'observer dans la glace. Nous avions les mêmes yeux marron, les mêmes taches de rousseur sur nos joues pâles, les mêmes cheveux filasse. Il avait les traits plus découpés et le visage plus large que moi, mais personne n'aurait jamais pu mettre en doute notre lien de parenté.

« Il faut qu'on aide maman, a-t-il dit. Tu comprends ? »

L'aider à faire quoi ? me suis-je demandé. Que pouvions-nous bien faire pour réparer ce drame ? Nous pouvions retrouver Pansy et la ramener à la maison. Rien d'autre ne serait du moindre secours.

Une voiture s'est garée devant la maison. C'était la police, mais il n'y avait ni gyrophares ni sirènes, juste deux officiers en uniforme avec des petits carnets. Maman les a fait entrer directement. Ça n'aurait pas plu à papa, me suis-je dit. Même de là où je me tenais, je sentais l'odeur de produit chimique de la buanderie où il travaillait. Il avait caché un carton plein de billets décolorés derrière la machine à laver. On ne risquait pas de tomber dessus par hasard, mais il n'était pas non plus dissimulé avec soin. Maman n'avait pas l'air de s'en préoccuper du tout. Elle pensait à Pansy, bien sûr, et à rien d'autre.

Les policiers, un gros qui perdait ses cheveux et un maigre avec une volumineuse coiffure afro, se sont entretenus avec elle. Ils ont noté la taille, le poids, l'âge et la couleur de cheveux de Pansy. Ils nous ont interrogés, Willet et moi, d'abord ensemble, puis séparément. Nous avons répondu à toutes leurs questions jusqu'à ce qu'elles semblent se confondre comme des taches de peinture humide.

À quelle heure avez-vous laissé Pansy pour aller manger des baies ? À quelle heure avez-vous quitté la carrière ? Nous ne portions de montre ni l'un ni l'autre. *Pourquoi Pansy n'est-elle pas restée avec vous ?* Elle n'avait pas faim. Elle préférait nager. *Quand avez-vous vu votre père pour la dernière fois ?* Il y a quelques semaines. *Y avait-il quelqu'un d'autre avec vous ?* Non. Bubba Speck est passé, mais juste une minute. *À quelle heure ?* Je ne sais pas. *Pansy serait-elle partie toute seule ?* Je ne crois pas. *Pansy serait-elle partie avec Bubba ?* Je ne crois pas. *Était-elle fâchée contre vous, quelle qu'en soit la raison ?* Non. Je ne sais pas. *Où est votre père ?* Je ne sais pas. Je ne sais pas. Je ne sais pas.

Le policier maigre a demandé à maman une liste des amis de Pansy, ou de voisins à qui elle aurait pu rendre visite. Maman l'a regardé comme s'il avait perdu la tête.

« Nous sommes tout son univers. »

Oh, merde.

Je me suis installée avec le gros et j'ai répondu à d'autres questions, une réponse nulle après l'autre. Il faisait chaud, et j'avais envie d'avancer la main pour essuyer l'ourlet de sueur qui dégoulinait de sa mâchoire prognathe. L'odeur d'huile végétale refroidie et un peu rance flottait autour de nous. Mon estomac gargouillait, mais je ne me serais pas vue manger quoi que ce soit.

J'ai répondu aux questions du policier, mais je n'ai pas pris l'initiative de donner des détails supplémentaires. Je ne lui ai pas parlé de la créature dans les bois ; c'était trop surnaturel, et ça ressemblait à un mauvais rêve. Je lui ai dit que j'étais retournée à la carrière juste après l'orage. C'est là que j'avais vu Bubba et que je m'étais aperçue que Pansy avait disparu. Le policier a posé beaucoup de questions sur Bubba, mais aucune de mes réponses ne semblait le satisfaire.

« Bubba ne ferait pas de mal à Pansy », lui ai-je précisé.

La sueur coulait du front du policier jusque dans son cou. Ses poumons sifflaient un peu quand il respirait trop fort. Les boutons de son uniforme comprimaient son ventre proéminent. On aurait dit que le tissu allait éclater. Il m'a demandé de quoi nous avions parlé, Bubba et moi.

« On n'a pas parlé », ai-je dit.

Il a grogné et griffonné quelques mots dans son carnet, m'a remerciée et m'a prévenue qu'il aurait peut-être d'autres questions à me poser par la suite.

Quand ils en ont eu terminé avec nous, j'ai pensé que ce jour était le seul jour qui ait jamais existé. Il était impossible d'imaginer que nous allions manger, nous brosser les dents, nous mettre en pyjama ou nous coucher. Il semblait impossible que ce soit un autre jour à notre réveil. Le champ des possibles se réduisait à rien. J'avais la sensation que j'allais rester assise, à faire oui ou non de la tête, jusqu'à la fin des temps.

Pendant que nous répondions aux questions, deux hommes en tenue de plongée étaient allés sonder le plan d'eau de la carrière. Voilà ce qu'ils y ont trouvé : une coccinelle Volkswagen de 1969, une moto japonaise transformée en rouille pure, deux frigos identiques, trois fusils de chasse et un pistolet, une machette, assez d'os de chiens pour constituer une meute, des centaines de bouteilles de bière ambrée, une vieille guitare, toutes sortes de pièces de monnaie, un sac en toile contenant les carcasses d'une portée de chatons, cinq chaises, trois tabourets de bar, une boîte en plastique remplie de seringues, un sac à dos plein de livres d'école gonflés d'eau. Voilà ce qu'ils n'y ont pas trouvé : Pansy.

Une fois les policiers partis, Lorna Speaks, qui habitait en face, est passée. C'était une femme religieuse, qui essayait tout le temps de nous convaincre d'aller à l'église baptiste. On y allait, de temps en temps, à Pâques ou à la période de Noël, mais maman ne nous obligeait jamais à nous y rendre les dimanches ordinaires. Ni elle ni papa n'étaient particulièrement religieux. Encore un truc qui nous séparait des autres familles. La plupart des gens qu'on connaissait étaient très pieux ; même les pires salopards allaient à la messe tous les dimanches.

Je savais que Lorna avait dû nous observer de la fenêtre de son salon, tremblant de curiosité en voyant que les flics s'étaient pointés chez nous. Maman disait toujours que c'était la femme la plus indiscrète que la terre ait jamais portée, mais elle ne l'a pas renvoyée. Elle lui a dit que Pansy avait disparu et a laissé Lorna la serrer longuement dans ses bras. Quand Lorna s'est mise à prier, maman a baissé la tête et lui a pris les mains.

« Seigneur bien-aimé, a fait Lorna, soutiens cette famille dans son épreuve. Nous prions pour que tu ramènes Pansy saine et sauve dans son foyer, que tu la protèges, et que tu l'enveloppes de ton amour et de ta protection. En ton nom nous prions. *Amen.*

– *Amen* », a dit maman.

Je ne l'avais jamais vue prier.

Willet a proposé une tasse de café à Lorna. Tout d'un coup, ses manières étaient impeccables. Il l'appelait m'dame. C'était comme si tout le monde, dans la famille, avait connu une métamorphose atroce. Je ne voulais pas d'un frère avec des bonnes manières. Je ne voulais pas d'une mère qui prie. Tout ce que je voulais, c'était que les choses rentrent dans l'ordre. Je voulais que Pansy rentre et nous raconte une histoire fantastique sur où elle était allée et ce qu'elle avait fait. Par-dessus tout, je voulais mon papa. Il aurait su quoi faire, et il ne se serait pas laissé impressionner par des voisines trop curieuses et des policiers soupçonneux. Papa aurait réglé le problème comme il le faisait toujours, sans faire intervenir une bande d'étrangers.

Maman était assise à la table de la salle à manger avec Lorna, et leurs tasses de café refroidissaient entre leur mains. Willet et moi, nous avons nettoyé les restes du dîner que nous n'avions pas mangé. J'ai pris une bouchée de pain de maïs mais elle a gonflé comme du sable mouillé dans ma bouche. Nous avons tout jeté à la poubelle et empilé les plats dans un seau d'eau savonneuse dans l'évier. Willet a promis à maman qu'on ferait la vaisselle le lendemain matin. Il a demandé si elle avait besoin de quelque chose.

Quand elle a secoué la tête, je me suis rendu compte qu'elle évitait le regard de Willet. Elle était en colère contre lui, en colère contre nous deux, car nous avions laissé Pansy seule. Tout était notre faute, et notre bonne volonté et notre prévenance n'y changeraient rien.

Il était tard, mais il n'était pas question d'essayer de dormir. Incapable de rester seule dans la chambre que je partageais avec Pansy, je suis allée me blottir contre Willet dans la sienne. Je ne pouvais pas m'arrêter de parler. Comment une telle chose avait-elle pu se produire ? Comment pouvions-nous réparer ça ? Peut-être que si nous avions agi différemment, on n'en serait pas arrivés là. J'attaquais la journée par tous les angles, tentant de trouver un chemin qui mènerait ailleurs que là où nous en étions. Willet me laissait divaguer. Il intervenait de temps à autre pour me dire que ce n'était pas ma faute. C'était lui, l'aîné. Il aurait dû se montrer plus responsable. Il parlait d'une voix triste, blanche, qui me faisait peur. Un des trucs que je préférais chez mon frère, c'est que tout ce qui sortait de sa bouche semblait plus intéressant. Il jurait avec un à-propos inégalé. Il écorchait la grammaire alors même qu'il la connaissait parfaitement, ce qui rendait toutes ses phrases plus brutes, plus excitantes. J'admirais son talent pour parvenir à la vérité par le biais de l'exagération. Mais sur Pansy, il n'avait pas de repartie habile, ce qui me montrait bien à quel point la situation était affreuse.

J'ai déblatéré non-stop, effrayée à l'idée de laisser le silence glacial tomber autour de nous, mais je n'ai pas évoqué ce que j'avais vu dans les bois. Si je parlais de la créature à Willet, il allait répliquer que j'inventais des histoires, que je lâchais la bride à mon imagination. Il a dit qu'il nous fallait trouver notre père. Je ne pouvais qu'être d'accord. Maman se sentirait forcément mieux si papa était à la maison, mais le but de Willet n'était pas de rassurer notre mère. Willet était persuadé que papa avait quelque chose à voir avec la disparition de Pansy. Je ne comprenais pas sa logique. Si papa devait emmener quelqu'un dans l'une de ses aventures, ça aurait dû être moi.

« Il ne ferait pas ça à maman », ai-je protesté.

Willet a gardé le silence un long moment. Quand il a repris la parole, c'était d'une voix grave et triste. Il a déclaré que notre père n'était pas un type bien. Qu'il se fichait complètement de blesser maman. Il a dit que papa prenait tout ce dont il avait envie, y compris notre sœur, et qu'il se foutait bien de qui en souffrirait.

Je n'en revenais pas. Certes, Willet avait des relations tendues avec notre père, mais seulement parce que c'était un garçon, et qu'il était l'aîné. Papa était obligé d'être plus sévère avec lui qu'avec moi et Pansy. L'idée que notre père puisse enlever notre sœur et l'emmener avec lui ne semblait guère crédible. Cela dit, rien ne semblait crédible.

« Au moins, si c'est papa qui l'a enlevée, elle est en sécurité », ai-je fait observer.

Willet a répondu que je ne devrais pas en être si sûre.

Je savais que Willet se sentait responsable de Pansy. C'était notre cas à tous les deux. Nous l'avions laissée toute seule dans la carrière pour aller nous remplir la panse. Nous nous étions éloignés quand nous aurions dû rester aux aguets, nous nous étions montrés égoïstes, inconséquents et faibles. Peut-être que Pansy était sortie du plan d'eau et partie toute seule. Peut-être que la créature des bois l'avait emportée. Peut-être qu'elle avait coulé dans les profondeurs, que sa chair s'était liquéfiée. Rien de tout cela ne semblait possible et pourtant elle avait disparu.

Il avait vu des hommes rentrer de la guerre. Il avait vu leurs yeux morts, mais les guerres qui s'étaient déroulées dans des pays lointains ne le hantaient pas de la même façon que les guerres menées sur leur sol. Il avait lu sur les batailles, celles qui avaient pris place tout près et celles qui avaient pris place plus loin, où des villes entières avaient été réduites en cendres. La guerre portait tellement de noms : la guerre d'agression nordiste, la guerre de Sécession, la guerre pour l'indépendance du Sud, et bien sûr, la guerre civile, ce qui paraissait le nom le moins adapté de tous. Les vieux de White Forest disaient simplement *notre récent désagrément*, et c'est vrai que ça semblait récent. Plus de cent ans s'étaient écoulés, mais il entendait le craquement des mousquets et sentait l'odeur de soufre de la poudre à canon. Il sentait la gangrène s'insinuer dans chaque éraflure de ses jambes. Il entendait les cris et les chuchotements des hommes qui faisaient traverser les rivières à leurs chevaux. Surtout, il entendait les voix de ceux qui étaient restés chez eux : les vieillards, les femmes, les enfants, les esclaves. Les voix des impuissants étaient les plus fortes de toutes.

En 1862, les soldats confédérés avaient besoin de quelque chose de plus stable que la conviction et la boue pour les porter.

Les esclaves furent déplacés des champs de coton à la carrière et de la carrière aux routes. Ils scellèrent les pierres avec un mélange d'argile et de limon sur les chaussées que les rivières environnantes inondaient souvent.

Pendant que les hommes travaillaient sur les routes, dans les champs et à la carrière, leurs femmes, leurs filles et leurs sœurs travaillaient dans les cuisines de plantations majestueuses et de maisons modestes. Les femmes étaient invisibles, du moins on l'aurait cru, puisque les habitants de ces demeures parlaient de tout en leur présence, comme si elles ne s'étaient pas tenues là, oreilles aux aguets. C'est ainsi qu'elles apprirent que des esclaves se soulevaient et reprenaient leur liberté par la force. C'est ainsi qu'elles découvrirent l'existence d'une communauté d'anciens esclaves installés au fin fond des Everglades, en Floride, où aucun homme blanc n'aurait osé poser le pied, sous peine d'être abattu à vue.

Quels ingrats, soupiraient les femmes blanches. *Quelle honte*, pestaient les vieux.

Les esclaves domestiques apportèrent la nouvelle aux esclaves des champs. Devant leurs repas frugaux de gruau ou de pain de maïs, ils parlaient de la guerre, se demandaient si sa fin aurait des conséquences pour eux. Un homme, ni esclave des champs ni domestique, entendit tout. Moses Fortune s'était distingué en apprenant à lire et à écrire quand il était petit. Personne ne savait comment il avait acquis ces aptitudes. Ses parents étaient tous deux analphabètes, et le seul livre qu'il ait jamais vu était la Bible. Même les plus sinistres des propriétaires terriens accordaient une bible à leurs esclaves, bien qu'ils les considèrent comme au-delà de toute rédemption. C'était la charité chrétienne qui voulait ça. À sept ans, huit ans, neuf ans, Moses feuilletait cette bible. Sa mère se moquait de lui, le prévenant qu'il allait se mettre à loucher s'il n'arrêtait pas de fixer les gribouillis sur la page. À l'âge de dix ans, après le dîner, un soir, il se leva et se mit à lire tout haut un passage du livre.

« C'est pour la liberté que Christ nous a affranchis, entonna-t-il d'une voix profonde que sa propre mère eut peine à reconnaître. Demeurez donc fermes, et ne vous laissez pas mettre de nouveau sous le joug de la servitude. »

C'était saint Paul s'adressant aux Galates, mais ceux qui entendirent Moses lire ce soir-là jurèrent que le Christ en personne était descendu du ciel pour leur apporter un message.

« Demeurez fermes dans la liberté, répéta Moses. Demeurez fermes. »

Lorsque Moses eut quinze ans, il prêchait déjà régulièrement pour les esclaves. Son maître encourageait cette activité.

« J'offre une belle vie à mes esclaves, disait le vieillard. Ils préfèrent être ici, avec moi, que tout seuls dans le vaste monde. »

Le vieil homme boitait fortement et se servait d'une canne. Malgré sa démarche laborieuse, il parcourait quotidiennement ses terres à pied. Il aimait surveiller le déroulement des travaux et rappeler sa présence à ses esclaves. Il parlait avec eux, et pas seulement pour leur donner des ordres.

« T'es pas heureux ici, Moses ? lança-t-il un après-midi. C'est pas une belle journée ?

– Oh, si, m'sieur.

– T'es pas satisfait de ta place dans le monde ?

– Je veux rien de plus que ce que j'ai.

– Tu te réjouis pas de pas être obligé de te démener pour trouver le gîte et le couvert ?

– Vous m'donnez tout ça et plus.
– Et je te le redemande, Moses, t'es pas heureux ?
– Heureux comme Adam avant la pomme. »

Comme les hommes qui extrayaient des pierres dans la carrière travaillaient pendant les heures réservées en principe au culte et à la famille, Moses avait le droit de leur délivrer un sermon pendant qu'ils trimaient. Le maître estimait que l'inspiration pousserait les hommes à travailler encore plus dur, et il était fier de sa générosité. Il s'en vanta auprès des propriétaires des plantations voisines, qui lui demandèrent si Moses ne pourrait pas venir prêcher pour leurs esclaves. Ça ne pouvait être qu'une bonne chose d'amener la parole de Dieu aux impies, dirent-ils.

Moses prêcha le Livre de Jérémie : « Malheur à celui qui bâtit sa maison par l'injustice, et ses chambres par l'iniquité ; qui fait travailler son prochain sans le payer, sans lui donner son salaire. » Et il prêcha le Livre des Proverbes : « La justice exalte une nation ! »

Le maître s'arrêtait souvent écouter les sermons. Il était impressionné par la puissance incantatoire des prêches de Moses.

« Je ne sais pas où il a appris ça, le petit, mais il parle mieux que la plupart des Blancs », fit-il observer à sa femme.

Celle-ci lui déconseilla d'encourager ce genre de propos et de réflexions parmi les esclaves.

« Il ne faudrait pas qu'ils se mettent à se faire des idées », protesta-t-elle.

Il ne l'écouta pas.

« Ils m'aiment, l'assura-t-il. Ils ne me quitteraient pas si Jésus lui-même descendait du ciel pour leur offrir la liberté. Où iraient-ils ? Que feraient-ils sans moi ? »

Dans la carrière, Moses émaillait ses sermons d'informations. Toujours conscient de la possible présence du maître, il choisissait ses mots avec soin. Il glissait les actualités entre des versets de la Bible, en continuant de parler sur le même ton monocorde. Le timbre de sa voix endormait les distraits, mais ceux qui savaient écouter en apprenaient beaucoup. C'est comme ça qu'ils entendirent parler des Noirs libres vivant en Virginie. C'est comme ça qu'ils découvrirent l'existence d'une petite ville, à cent kilomètre au nord-ouest, où le frère du président confédéré fournissait aux esclaves soins dentaires et éducation, où des hommes noirs travaillaient dans le commerce, touchaient un salaire. Autour d'eux, le monde changeait, mais leurs journées demeuraient identiques. Ils creusaient, ils soulevaient des pierres et ils pompaient l'eau de source qui jaillissait, bouillonnante, du fond de la carrière. Ou bien ils cueillaient cent cinquante kilos de coton par jour et se soumettaient au fouet lorsqu'ils ne parvenaient pas à remplir leur quota. Ils trimaient ainsi depuis toujours. Le labeur les épuisait et les abrutissait, mais quand Moses parlait, quelque chose s'éveillait en eux. La rébellion germait.

L'automne arriva, et avec lui la cueillette du coton. Les hommes cueillaient, et formaient des balles jusqu'à ce que leurs mains saignent. Les femmes les rejoignaient dans les champs quand la récolte était trop plantureuse. Cette année-là, les jeunes enfants des esclaves, trop petits pour travailler dans les champs, firent un jardin près de leurs baraquements. Ils plantèrent des graines et des boutures chapardées dans les bois près de la carrière. Moses était à la tête du projet : il expliqua aux parents et aux propriétaires d'esclaves que c'était bon d'occuper les enfants.

« Le désœuvrement est la mère de tous les vices », affirmait-il.

Les enfants arrosaient le jardin avec le trop-plein d'eau de la carrière. Digitales, muguet, pruche d'eau poussèrent et fleurirent. Moses félicita les enfants pour leur travail. Il les appelait ses petites flèches, en référence au Livre des Psaumes. « Comme les flèches dans la main d'un guerrier, ainsi sont les fils de la jeunesse. »

Les hommes blancs, jeunes et vieux, s'engageaient dans l'armée. Même les hommes précédemment jugés trop âgés ou trop fragiles pour servir sous les drapeaux allèrent prêter main-forte aux troupes. Bientôt, il n'y en eut quasiment plus. Le boiteux resta. Quelques-uns des plus vieux propriétaires terriens restèrent aussi, mais leurs fils et petits-fils partirent à la guerre.

Au printemps 1863, le général Grant ordonna à ses troupes de franchir la rivière Tallahatchie pour se rendre à Vicksburg. Les soldats confédérés accoururent afin de défendre la région, qui n'avait guère été touchée par les combats jusque-là. Ils attelèrent les esclaves les plus costauds à la construction d'un fort. Ils tirèrent les balles de coton qu'ils avaient remisées à l'automne jusqu'à l'intersection de la Tallahatchie et du Yazoo. Les gens s'imaginent que le coton est une substance molle, fine et vaporeuse, mais bien serré, il est plus solide que le bois ou l'acier. Ils recouvrirent les balles de terre et attendirent, prêts.

Les soldats de l'Union s'élancèrent dans la rivière, mais les confédérés les empêchèrent d'avancer à coups de colts et de fusées Congreve légères. Les confédérés étaient inférieurs en nombre, mais les troupes qui avançaient étaient exposées et vulnérables. Les soldats de l'Union battirent en retraite. Par la suite, ils prirent Vicksburg, mais White Forest fut épargnée.

Après la bataille, certains soldats confédérés sollicitèrent le gîte et le couvert dans les maisons avoisinantes. Le vieux planteur boiteux se fit une joie d'accéder à leur demande. Sa femme ordonna aux esclaves de préparer un festin pour les hommes. Les voisins se rassemblèrent et apportèrent des victuailles. Moses dit aux enfants de récolter les plantes.

« C'est pour ça qu'on a travaillé, leur expliqua-t-il. Pour leur faire manger le fruit de votre labeur. »

Les enfants apportèrent des paniers de plantes tout juste cueillies à leurs mères et à leurs tantes qui s'affairaient aux fourneaux. Les femmes hachaient, remuaient, enfournaient pour les soldats euphoriques, mais fourbus. Elles glissèrent de la ciguë dans le ragoût de légumes et sucrèrent le thé avec des digitales. Elles moulurent des tiges de muguet dans la bouillie de maïs à partir de laquelle elles préparaient le pain. Elles servirent le tout aux soldats, aux vieillards, aux femmes et aux enfants. C'était un soir de liesse. Quelqu'un sortit une bouteille de bourbon de la cave. Les hommes partagèrent du tabac à pipe.

Le matin, la maladie s'empara de la plantation. Tous ceux qui avaient participé au festin étaient soit souffrants, soit morts. Les soldats vomissaient et perdaient le contrôle de leurs tripes. La puanteur était affreuse. Fiévreuses et paniquées, les femmes se précipitèrent au chevet de leurs enfants. Les plus petits étaient déjà morts. Les plus grands n'en étaient pas loin. Au cours des deux jours qui suivirent, quarante-huit personnes périrent des suites de ce souper empoisonné.

Le vieux planteur boiteux fut l'un des rares survivants. Sa femme avait succombé aux derniers assauts du poison, et il était persuadé qu'il allait la suivre de près. Il passa une semaine au lit, trempé de sueur et affligé d'hallucinations, mais il s'accrocha à la vie. Quand il eut repris assez de forces pour marcher, il traversa les champs pour se rendre aux quartiers des esclaves.

Il les trouva vides. Il apprendrait par la suite que la plupart de ses hommes s'étaient engagés dans l'armée de l'Union. Les femmes et les enfants avaient fait route vers le nord, en quête de communautés libres. Personne ne pouvait jurer de ce qu'il était advenu de Moses, mais de Géorgie, d'Alabama et de Floride lui parvinrent des rumeurs au sujet d'un fougueux prêcheur qui faisait la tournée des églises noires.

Le vieux planteur s'indigna de cette révolte, bien sûr. Moses n'avait-il pas dit qu'il était heureux comme Adam avant la pomme ? Qu'est-ce qu'un homme pouvait bien vouloir de plus ? La réponse se trouvait sur une croix en bois plantée dans le jardin vénéneux des enfants. En grosses lettres profondément gravées au couteau, on y lisait : « LA VÉRITÉ VOUS AFFRANCHIRA ».

La croix était calée par un monticule de pierres de la carrière. Le vieux planteur passa les mains sur les lettres. Elles ne voulaient rien dire pour lui. Il était capable de signer de son nom pour acheter de la terre ou des esclaves, mais il n'avait jamais appris à lire. C'était l'un de ses seuls regrets. Sa femme lui faisait la lecture, le soir, avant. Elle lui lisait des passages de la Bible ou des rares livres qu'ils possédaient. Elle lui lisait les nouvelles du jour, s'il allait assez loin pour trouver un journal. Mais sa femme n'était plus là, et ses fils étaient partis mener des batailles perdues. Toutes les soirées de sa vie s'étalèrent devant lui, longues et solitaires. Il déterra la croix et la porta jusqu'à sa maison, où il la replanta à la tête de la tombe de sa femme.

3

Les jours qui ont suivi la disparition de Pansy se mélangent dans ma tête. Est-ce le dimanche que tout le monde s'est rassemblé pour fouiller les bois ? Je crois que oui. Il me semble que les églises du coin ont laissé sortir les fidèles en avance et encouragé les membres de leurs congrégations à participer aux recherches. Il me semble que les femmes sont rentrées chez elles pour retirer leurs jupes ou robes et enfiler des jeans et des tee-shirts. Il me semble que les hommes ont retiré leurs cravates et leurs chemises amidonnées et échangé nerveusement des plaisanteries sur les vertus d'un sermon abrégé, quelle qu'en soit la raison. Quand les choses vont de travers, les gens ont envie de se sentir utiles. Et ils sont curieux. Les tragédies aiguisent la curiosité de tous. Personne ne veut passer à côté de la découverte morbide. Si, des années plus tard, quelqu'un parle de la fois où une fille a disparu, les gens veulent pouvoir dire : *J'y étais. J'étais là quand ils l'ont retrouvée. J'étais là quand ils ont trouvé le corps. Tu ne peux pas imaginer le spectacle. Attends, je vais te raconter.*

Cent personnes, peut-être davantage, se sont espacés de front, et ont parcouru des kilomètres à pied. Willet souhaitait participer, mais la police a dit non. Ils ne voulaient pas qu'il trébuche sur le cadavre de notre sœur. Ou alors ils pensaient qu'il savait quelque chose et pourrait compromettre les recherches. Je ne sais pas. Personne ne nous a rien dit. Nous ne nous sommes pas mis dans le rang pour traverser les bois, les yeux rivés au sol, en quête du moindre indice susceptible de nous guider jusqu'à Pansy. Nous n'avons pas trouvé l'élastique à cheveux bleu, l'alligator en peluche ou le livre de comptines détrempé, ces objets qui ont été récupérés, mis en sachets et confiés aux policiers avec précaution et solennité.

Nous étions là lorsque la police a apporté ces objets à notre mère. L'agent les lui a tendus avec le respect réservé aux reliques sacrées. Maman a secoué la tête, retroussé les lèvres.

« Non », a-t-elle dit.

Elle s'est détournée, comme si la vue des affaires perdues par un autre enfant constituait un affront. Rien de ce qu'ils avaient ramassé n'appartenait à Pansy. Rien ne les faisait avancer sur la piste de Pansy.

« Elle est pas là, m'a dit Willet.

– Mais elle est où ?

– Ailleurs. »

Willet avait une vieille moto qu'il avait retapée avec des pièces récupérées à la casse. Elle n'était pas immatriculée, c'était illégal et maman la détestait. Elle était convaincue qu'un jour, il allait se tuer avec. Je n'avais pas le droit de monter dessus, mais quelquefois, si je suppliais, Willet m'emmenait faire un tour. Ce jour-là, nous ne roulions pas pour le plaisir. Willet avait une destination précise en tête. J'adorais rouler derrière lui, mes bras autour de son torse, mon visage appuyé contre son dos. Le vent dans la figure, on aurait cru voler. Avec tout ce qui se passait à la maison, ça m'aurait paru indécent de prendre plaisir à quoi que ce soit. J'ai blotti mon visage contre l'épaule de Willet et fermé les yeux pour éviter toute joie accidentelle.

Je crois que c'était un lundi, un jour où les gens devaient être en train de travailler à leur bureau ou sur les chantiers. Une journaliste blonde peroxydée de la chaîne d'infos locales a demandé à maman de réunir quelques photos récentes de Pansy. Les photos qu'elle a sorties étaient posées, apprêtées. Elles avaient été prises pendant les fêtes, et Pansy portait une robe amidonnée et arborait un sourire impatient. Ça ne lui ressemblait pas du tout, si vous voulez mon avis. Pansy, dans la vraie vie, avait une tignasse fournie, des boucles indomptables. Elle ne souriait pas souvent, mais quand elle le faisait, c'était avec une joie sauvage. Elle ne souriait jamais comme sur ces photos, découvrant à peine ses dents minuscules. Bon, personne ne m'a demandé mon avis.

Willet et moi, on était dans ses pattes. Vous pourriez imaginer que maman n'aurait pas voulu nous quitter des yeux, avec déjà une fille portée disparue. Vous pourriez imaginer qu'elle se serait rapprochée de nous et qu'elle aurait consacré son énergie à protéger les enfants qui lui restaient, mais vous feriez erreur. Elle était énervée, en colère contre nous à cause du rôle que nous avions joué dans la disparition de Pansy. Ce matin-là, tandis que Willet préparait un deuxième broc de café et que je faisais le ménage dans le salon pour la journaliste avec le Caméscope, maman nous a rabroués.

« Tu essaies de me tuer, ou quoi ? » a-t-elle demandé quand elle a trébuché sur le fil de l'aspirateur.

« Mais maman… »

Ça n'aurait servi à rien d'expliquer que j'essayais d'aider. Je savais que ça ne lui plairait pas du tout si la journaliste de la télé nous montrait vivant dans la saleté et le désordre.

« Range-moi ce truc, et fais-toi discrète. Je veux pas vous avoir dans les pattes aujourd'hui. »

Quand Willet m'a prise par le bras et entraînée par la porte de derrière une heure plus tard, je ne lui ai pas demandé où nous allions. N'importe où vaudrait mieux que la maison, me semblait-il.

Quand nous sommes arrivés chez tonton Chester, j'ai changé d'avis. Le frère de papa était un homme dur. Il vivait en pleine campagne, dans un mobile home double, à quelques mètres de la maison en brique parfaitement salubre où habitait sa mère. Je ne sais pas si mamie Clem l'avait jeté dehors ou s'il préférait habiter seul. Je n'étais pas certaine que ce soit une bonne idée de passer le voir, mais si quelqu'un savait comment trouver notre père, ce serait Chester. J'ignorais même s'il était au courant de la disparition de Pansy. J'avais entendu maman parler avec mamie Clem au téléphone, mais nous n'avions pas eu la moindre nouvelle de Chester.

Willet était persuadé que les affaires louches de papa et de tonton Chester avaient un lien avec la disparition de Pansy. Si papa n'avait pas enlevé Pansy, ce devait être quelqu'un de sa sphère.

« Tu les vois, tous ces types qui viennent acheter des billets ? Ils sont prêts à tout, Bert. Ils ont rien à perdre. »

Je n'étais pas convaincue. Si quelqu'un avait enlevé Pansy pour demander une rançon, même une rançon en faux billets, n'en aurions-nous pas déjà eu des nouvelles ?

Mamie Clem était devant quand nous nous sommes garés. Elle protégeait ses yeux contre le soleil du matin et la poussière de la moto. Willet a mis la béquille. Ça lui a pris longtemps, et je ne comprenais pas pourquoi il traînait comme ça. Maintenant, je pense qu'il était nerveux. C'était culotté de notre part, de débarquer sans être invités.

« Votre mère sait que vous êtes là ? »

Mamie Clem se tenait sous son porche, les mains sur les hanches, le soleil dans la figure. Je n'aurais su dire si elle était en colère ou curieuse.

« Non, m'dame », a répondu Willet. Il était poli quand ça l'arrangeait. « On cherche tonton Chester. Il est là ?

– Je sais pas trop. Va falloir que tu frappes à sa porte. Je tiens pas le compte de ses allées et venues. »

Willet a acquiescé d'un signe de tête.

« Quand vous aurez fini, a lancé mamie Clem, passez me voir, tous les deux. J'ai fait un quatre-quarts. »

Mamie Clem était réputée pour deux choses : son savoir-faire avec les femmes enceintes et les bébés, et son quatre-quarts au citron. Une part de ce gâteau, c'est souvent la première chose qu'une femme goûtait après son accouchement, et certaines mères juraient que leurs enfants gardaient un parfum de citron et de beurre dans les plis de leur peau jusqu'à l'adolescence et au-delà. Par la suite, quand j'ai travaillé pour mamie Clem, des femmes passaient parfois avec des enfants qu'elles avaient mis au monde ou adoptés par son intermédiaire ; elles m'encourageaient à renifler leurs tout-petits pour sentir les relents citronnés qui demeuraient.

Mamie Clem a disparu dans sa maison. Willet m'a jeté un coup d'œil.

« T'es prête ?

– Non.

– Moi non plus. »

Néanmoins, il s'est dirigé vers le mobile home. Il marchait à longues foulées, torse bombé. Il avait l'air d'un homme adulte.

Il ressemblait à papa. Il n'y avait pas de place pour deux, donc j'ai attendu au pied des marches pendant que Willet frappait à la porte. C'était un mobile home assez haut de gamme, mais la structure a semblé plier un peu sous le poing de mon frère. Immédiatement, nous avons entendu du mouvement à l'intérieur. Chester a passé la tête derrière un rideau à l'autre bout. J'ai levé une main et tenté un sourire. Nous l'avons entendu s'agiter. Le soleil cuisait l'arrière de ma nuque. Un corbeau a poussé un croassement menaçant. Une odeur âcre d'engrais me remplissait les narines, mais je ne voyais aucune plantation à proximité. On aurait pu croire que tonton Chester allait nous laisser poireauter là pendant des heures, mais finalement, la porte en aluminium s'est ouverte avec un grincement et il a reculé pour nous laisser entrer. Tandis que je me glissais à l'intérieur, un chat blanc efflanqué a filé devant moi.

D'épais grains de poussière flottaient dans la pénombre. Chester a allumé une cigarette et s'est installé à une petite table. Une vieille cannette de bière lui tenait lieu de cendrier. Le mobile home sentait comme s'il n'avait pas été aéré depuis des années. Tabac froid, relents graisseux de cuisine, et l'odeur rance de Chester lui-même se mêlaient en une puanteur affreuse. Les vapeurs chimiques salées de l'encre dont lui et papa se servaient pour imprimer les billets s'attardaient sous les mauvaises odeurs, et j'ai réalisé que tonton Chester n'habitait que dans cette toute petite partie de sa caravane. La moitié du fond était réservée au business.

Je me suis étranglée, et Willet m'a filé une claque par-derrière. Il avait raison, bien sûr. On ne pouvait pas se permettre d'être grossiers.

Chester ne semblait remarquer ni l'odeur ni ma réaction. Il portait un tee-shirt couvert de taches, qui tombait en lambeaux

aux endroits où il l'avait aspergé d'eau de Javel. Ses cheveux étaient gris et rêches. Le voir comme ça, voûté et dégoûtant, m'a terrifiée. Je ne parvenais pas à me souvenir de la dernière fois que je l'avais croisé. Il n'assistait jamais aux fêtes ou aux dîners de famille. Ce que lui et papa faisaient ensemble, ils le faisaient loin de chez nous. Papa avait au moins cette prudence. Il ne nous cachait pas la nature de son commerce, mais il ne laissait pas ses magouilles infiltrer notre quotidien. Papa n'avait pas l'air d'un criminel. Tonton Chester n'avait l'air de rien d'autre.

Willet et moi, nous sommes restés debout. Nous n'avions guère le choix. Les meubles étaient enfouis sous une couche de cochonneries : vieux journaux, cannettes écrasées, sachets de croquettes pour chat à moitié vides, assiettes en mélamine fissurées avec des restes croûteux de haricots ou de ragoût en boîte.

« Qu'est-ce qui vous prend de débarquer ici ? a-t-il demandé.

– On cherche notre père, a dit Willet. On pensait que tu saurais peut-être où on pourrait le trouver. »

Chester a éclaté de rire, un rire qui s'est dissous en quinte de toux prolongée et convulsive. À croire que ses poumons faisaient leur possible pour sortir de sa poitrine. Il s'est essuyé la bouche avec le bas de son tee-shirt, laissant une traînée de glaires jaunâtres sur le tissu. Il a fait un sourire grimaçant, découvrant des dents d'un brun alarmant, puis il a tiré sur sa cigarette et l'a laissée tomber dans la vieille cannette de bière ; le mégot s'est éteint avec un sifflement.

« Vous savez parfaitement que vous pouvez pas fouiner comme ça, les enfants. Je peux rien pour vous. »

C'était une erreur d'être venus. Même si tonton Chester savait où se trouvait papa, il n'allait sûrement pas nous en faire part.

Lui et papa avaient une manière d'opérer qui ne prenait pas les autres en compte. C'est pour ça que papa estimait qu'il avait le droit d'aller et venir sans jamais se soucier de ce que ça pouvait bien nous faire. Pendant un instant, je les ai détestés tous les deux. J'ai cru qu'on allait s'en aller et passer chez mamie Clem manger une part de quatre-quarts, mais Willet ne s'est pas laissé démonter si facilement.

« T'as peut-être appris pour Pansy, a-t-il dit. Elle a disparu.

– J'ai entendu dire que vous l'aviez paumée, vous deux. »

Il parlait d'une voix amusée.

« Quelqu'un l'a enlevée, a dit Willet. Tu saurais pas qui pourrait vouloir l'enlever ? »

Chester s'est allumé une autre cigarette. La fumée me piquait les yeux. J'avais le plus grand mal à rester debout et à respirer.

« Vous avez été sacrément imprudents avec cette petite fille, tous les deux. »

Il a tiré une longue bouffée de sa cigarette. Willet s'est crispé, et j'ai cru qu'il allait lui flanquer un coup de poing. Je suis intervenue :

« Notre mère est dans tous ses états. Elle est moitié morte d'inquiétude. Il faut qu'on retrouve Pansy. »

Chester s'est penché, a reniflé et s'est essuyé de nouveau la bouche avec son tee-shirt sale.

« Ça a toujours été une faible, cette femme. J'avais prévenu Earl qu'il aurait pas dû l'épouser. »

Tonton Chester n'aimait pas trop la plupart des gens. Il n'avait pas l'air de s'aimer tellement lui-même, et sa vision du mariage et de la famille était tout sauf généreuse. Cependant, ça paraissait un peu fort de café, se vanter d'avoir déconseillé à notre père d'épouser notre mère. Après tout, nous étions debout devant lui, sa nièce et son neveu, les produits de ce mariage. Et maman et papa s'aimaient.

Vraiment, ils s'aimaient.

Papa était trop souvent absent, c'est vrai, mais maman était toujours contente de le voir quand il rentrait. À présent, je me rends compte que cette joie, c'était peut-être du soulagement. Que ferions-nous si papa ne revenait pas ? De quoi vivrions-nous ? Malgré toutes ses activités criminelles et son manque de régularité, il subvenait à nos besoins. Je ne sais pas ce qu'il faisait d'autre dans ses voyages, mais il gagnait de l'argent, et il rapportait du liquide à maman. C'est une forme d'amour.

« Espèce de fils de pute, a fait Willet. Tu sais quelque chose, pas vrai ? »

Chester a souri de nouveau, laissant voir un reflet sur ses dents tachées.

« Qu'est-ce que je pourrais savoir ? Qu'est-ce que je pourrais bien savoir sur tout ça, putain ?

– S'il te plaît, ai-je insisté. Dis-nous simplement comment trouver papa. Ou bien appelle-le et dis-lui de rentrer à la maison. Tu peux faire ça, au moins ? » Je suppliais, et je n'en étais pas fière. Aux grands maux… « S'il savait pour Pansy, il rentrerait direct. Je sais qu'il rentrerait. »

Chester s'est penché vers moi, l'air menaçant.

« Qu'est-ce qui te fait croire ça ? » Il avait l'air sincèrement curieux. « Qu'est-ce qui te fait croire qu'Earl n'est pas déjà au courant de tout ? Qu'est-ce qui te fait croire que cette petite fille n'est pas mieux là où elle est ? Qu'est-ce qui te fait croire que ton père en a quelque chose à foutre ?

– Peut-être qu'il en aura quelque chose à foutre quand la police l'aura localisé, a dit Willet. Peut-être que tu seras un peu plus coopératif quand la police t'interrogera, *toi*. »

Chester s'est levé et a empoigné Willet par le cou à deux mains. Sa cigarette pendouillait entre ses lèvres et il a soufflé la fumée dans le visage de mon frère.

« Petit, je sais que t'es pas assez débile pour me menacer de m'envoyer les flics. »

J'ai protesté :

« Lâche-le. On dira rien.

– Bien sûr que si », a fait Willet d'une voix étranglée. Il plissait les yeux pour se protéger des volutes de fumée qui s'élevaient de la gueule pourrie de Chester, mais il continuait de parler. « Les flics sont chez nous tous les jours, et faudrait vraiment que tu sois con pour t'imaginer qu'ils vont pas arriver jusqu'ici. Ils posent déjà des questions sur notre père. Ils le cherchent. Ça va leur prendre combien de temps, à ton avis, de découvrir votre petite entreprise de faux billets ? »

Chester tenait toujours fermement la gorge de Willet, et ils étaient tous les deux enveloppés d'un épais nuage de fumée, donc je ne sais pas comment mon frère a réussi à faire ce speech, mais on aurait dit que rien ne pouvait l'arrêter. J'ai remarqué un fusil de chasse appuyé derrière un tas de vieux papiers. Il était hors de portée de Chester, mais tout juste. Que ferions-nous s'il s'en emparait ? Était-ce sa seule arme ? Peu probable. Qui sait combien de flingues étaient planqués dans son bordel ?

« Regarde-moi cette piaule. Tu crois qu'ils ne vont pas trouver ton matos d'imprimerie ? Tu t'imagines qu'ils vont pas remarquer tes faux billets ?

– T'es tout aussi minable que ce que dit ton père. » Chester a serré plus fort. « Un lâche, qui sera jamais un homme. »

La respiration de Willet est devenue sifflante et il s'est mis à se débattre. J'avais mal au ventre et mon cœur s'emballait. Mais curieusement, dans ma panique, j'avais les idées claires. J'ai fait un pas de côté en direction du fusil de chasse. *A priori*, Chester n'a pas remarqué que j'avais bougé.

« Devenir un homme comme toi, ça m'intéresse pas du tout », a glapi Willet.

Son visage devenait violet.

J'ai fait un demi-pas sur la gauche, m'approchant encore du fusil. Il se pouvait qu'il ne soit pas chargé, mais il y avait peu de chances. Chester n'était pas le type à s'embarrasser de ce genre de précaution avec les armes à feu.

« Je rendrais service à Earl si je te coupais la gorge sur-le-champ. »

J'ai remarqué le couteau à sa ceinture. Celui-ci n'était pas particulièrement gros, mais sans doute qu'il savait s'en servir. Je ne pouvais pas regarder mon oncle tuer mon frère les bras croisés. Je me suis jetée sur le fusil que j'ai saisi par le canon et sorti de derrière son tas de détritus. J'ai réussi à faire glisser ma main de façon à le caler contre mon épaule. Je l'ai pointé sur Chester, mais mon bras tremblait. Il était plus lourd que je ne l'aurais cru, et plus long. J'ai placé mon doigt sur la gâchette. Une chose que papa m'avait enseignée précocement, c'était de ne jamais viser avec une arme à feu si je n'étais pas prête à tirer. Il avait dit ça au sujet de la chasse aux cerfs et aux écureuils, mais je voyais bien que ça s'appliquait à cette situation. Si je montrais la moindre hésitation, Chester aurait l'avantage.

« Bert, a fait Willet d'une voix rauque. Fais pas ça.

– Lâche-le », j'ai dit.

Chester a desserré sa prise sur le cou de Willet. Il a ri.

« Ce fusil, il vaut rien, petite sœur. Le coup part une fois sur trois. La seule raison pour laquelle il était sorti, c'est que je voulais essayer de le réparer.

– Peut-être que le coup va partir, peut-être que non. » Je m'efforçais de parler d'une voix ferme, même si j'avais mal aux bras et aux épaules et que mon cœur tambourinait dans ma poitrine. « Tu veux qu'on essaie ? »

Chester a reculé d'un pas, lâchant Willet, qui s'est frotté le cou.

« OK. On arrête là, a dit Chester. Pas la peine de tuer quelqu'un aujourd'hui.

– Bert, a fait Willet. Pose ce fusil. C'est bon. »

Je ne demandais qu'à le poser, mais je n'arrivais pas à lâcher l'acier froid. Mes mains s'étaient transformées en griffes. Je m'étais penchée en arrière pour contrebalancer le poids de l'arme. Si je desserrais ma prise, j'allais tomber sur le cul.

Willet est venu à ma rescousse. Il a placé ses mains sous les miennes et soulevé le fusil juste assez pour en porter tout le poids. Je me suis détendue et écartée.

« Cette gamine, elle a deux fois plus de couilles que toi », a fait Chester. Il a émis un petit rire sifflant et allumé encore une cigarette. « Maintenant barrez-vous de là.

– On a pas terminé, a protesté Willet.

– Non, je vois bien que vous avez pas terminé, mais vous avez fait tout ce que vous pouviez aujourd'hui. La prochaine fois que je parlerai à Earl, je lui dirai que vous êtes venus me rendre visite. Ça vous va ? »

Nous avons laissé Chester dans la pestilence bleue et moite de son mobile home. Lorsque la porte merdique s'est refermée derrière nous et que nous nous sommes retrouvés sur la terre ferme, Willet m'a attirée contre lui.

« Ça va ? »

Je n'ai pas pu me laisser aller à pleurer, même si je savais que ça m'aurait soulagée.

« Ça va, oui. »

Il m'a relâchée et mes jambes ont cédé. Je me suis assise lourdement sur le sol dur.

Willet s'est accroupi à côté de moi.

« Lève-toi, Bert.

– Tu sais, je crois que je peux pas. Mes jambes marchent plus. »

Il m'a relevée. Me soutenant avec force, il m'a presque traînée jusqu'à la maison en brique. J'avais l'impression d'avoir les jambes en coton, mais je tentais de faire bonne figure en mettant un pied devant l'autre.

Dedans, mamie Clem m'a apporté un verre de limonade glacée et une épaisse tranche de son gâteau jaune. Sa maison était propre comme un sou neuf et son linge sentait le frais. Mamie Clem portait de longues robes en coton en forme de sacs et rassemblait ses cheveux gris à l'arrière de sa tête en un chignon serré. Des poils épais dépassaient d'un grain de beauté sur sa lèvre supérieure et un réseau de fines rides entourait ses yeux et ses lèvres, mais n'importe qui pouvait voir qu'elle avait été très belle. Elle n'était pas voûtée comme certains vieux. Elle n'hésitait jamais à grimper sur une échelle. Elle était petite, mais pas fragile.

« Vous devriez pas aller embêter Chester, les enfants. Il est pas tout à fait normal.

– Pourquoi il est comme ça ? » j'ai demandé.

Willet a fait *chut*.

Mamie Clem m'a donné une petite tape amicale sur l'épaule.

« Il est né comme ça, ma petite. Né à une époque violente, dans des circonstances violentes. Il y a des hommes qui surmontent ça, d'autres qui s'y noient. »

Elle s'est assise en face de nous sur un rocking-chair en bois ciré.

Willet a posé son assiette sur la table basse.

« Tu as eu des nouvelles de *lui* ? »

Mamie Clem a crispé ses mains sur ses genoux et secoué la tête.

« Désolée. J'aimerais bien, mais non.

– Il a Pansy, a dit Willet. Ou il sait qui l'a enlevée. »

Mamie Clem s'est balancée vers l'avant et a regardé Willet droit dans les yeux.

« Je sais qu'Earl ne ferait jamais de mal à votre sœur. Il l'aime. Il vous aime tous.

– Alors pourquoi il rentre pas à la maison ? ai-je demandé. Maman a besoin de lui.

– Je peux pas dire pourquoi votre père fait ce qu'il fait, mais je sais qu'il est convaincu de faire ce qu'il y a de mieux pour vous.

– Ce qu'il y a de mieux ? » Willet a haussé la voix. « Il est presque jamais à la maison. Comment ça serait ce qu'il y a de mieux ?

– Tout n'est pas simple dans ce monde. En fait presque rien ne l'est. Vous ne comprenez peut-être pas le comportement de votre père, mais vous ne devriez pas mettre en doute ses intentions. Il fait du mieux qu'il peut pour vous et votre mère. » Mamie Clem a marqué une pause et s'est balancée vigoureusement quelques secondes. Elle a regardé Willet, puis moi. « Il était comment, ce gâteau, ma chérie ?

– Parfait.

– On n'est pas venus pour le gâteau, a fait Willet.

– Je sais bien. Je voudrais bien avoir des réponses à vous donner. Je voudrais bien savoir où trouver votre père. Je voudrais bien savoir ce qui est arrivé à votre sœur. Mais vous étiez au courant, qu'il fallait pas nager dans cette carrière, quand même. Je sais que votre père vous a mieux élevés que ça.

– Papa, il dit que la carrière est maudite », ai-je fait.

Mamie Clem a fermé les yeux, comme si elle ne pouvait pas supporter de me regarder. « Il s'est passé des choses terribles, là-bas. Des choses infernales. Votre père le sait.

– C'est ridicule, a protesté Willet. Les malédictions, ça n'existe pas. C'est juste des sottises inventées pour faire peur aux gens. Et je ne crois pas au diable. Je sais que les hommes peuvent être ignobles, mais c'est pas un bout de terre qui les rend comme ça. »

Mamie Clem a rouvert les yeux.

« Ce que tu crois ou pas, ça ne va pas changer les faits. Votre père vous a ordonné de ne pas vous approcher de cette carrière, et à juste titre. Tu vois ce qui s'est passé.

– Tout ça, c'est notre faute. »

Mes mains tremblaient et j'avais la tête qui tournait à cause de la culpabilité ou de l'excès de sucre.

« Non, a corrigé mamie Clem. Je ne vous accuse pas, mais vous devez comprendre qu'il y a des choses dans ce monde qui dépassent votre entendement. On ne peut pas disqualifier une chose rien que parce qu'on ne peut pas la voir.

– Par exemple Dieu, ai-je dit.

– Par exemple le diable, a renchéri mamie Clem.

– Y a pas de diable, a dit Willet. Je suis pas convaincu de l'existence de Dieu, mais je sais avec certitude qu'il y a pas de diable. »

Je ne savais pas trop ce que je croyais, mais j'avais vu une créature dans les bois et, à mon avis, ça pouvait très bien être le diable. Je ne pouvais pas parler de ce genre de trucs avec mon frère, parce qu'il ne se fiait qu'à ce qu'il pouvait voir de ses yeux ou tenir entre ses mains.

Mamie Clem a dit :

« Bien sûr que si, il existe, le diable. Faut juste que t'apprennes à le reconnaître. C'est pas une bête avec des cornes et des yeux incandescents. Il a la même apparence que toi, que moi, ou toute personne qu'il choisit.

– Allons-nous-en, Bert, a dit Willet. J'en peux plus de toutes ces histoires. »

Je n'étais pas sûre d'avoir envie de m'en aller. Malgré tous ces discours sur les malédictions et le diable, je me plaisais chez mamie Clem. J'aimais bien l'écouter parler. Je trouvais que ce qu'elle disait était sensé. C'était rassurant de voir quelqu'un qui était capable de croire en tant de choses.

Mamie Clem nous a raccompagnés à la porte. Elle m'a pris la main.

« Ce n'est pas ta faute, a-t-elle répété. C'est compris ? »

J'ai acquiescé d'un hochement de tête, même si je ne la croyais pas.

« Je passerai chez vous bientôt. Dites à votre mère de m'appeler si elle a besoin de quoi que ce soit. »

Dehors, en grimpant sur la moto, j'ai demandé :

« Willet, et si elle avait raison ?

– Ça n'existe pas, les malédictions, Bert. Le truc, c'est que quand il arrive un malheur, les gens veulent pouvoir accuser autre chose qu'eux-mêmes. »

Je ne savais trop que croire. Toutes ces histoires que nous avaient racontées papa et mamie Clem sur le mal qui émanait de la carrière, nous nous en étions toujours moqués, les prenant pour des rumeurs absurdes, pas plus réelles que les contes de fées qu'on trouvait dans les livres. Mais si nous avions eu tort ? Alors quoi ?

Petit garçon, il n'aimait rien tant qu'écouter les femmes raconter des histoires. Il aimait leurs voix qui se répandaient en chuchotements et en éclats de rire. Il aimait les entendre répéter inlassablement les mêmes histoires. Sa mère lui avait raconté des histoires douloureuses, difficiles à recevoir et difficiles à raconter, mais nécessaires, comme il est nécessaire d'aspirer le poison d'une plaie. Il lui arrivait d'écouter aux portes, mais surtout, il était attentif. Tant qu'il restait muet et immobile, il n'y avait rien qu'elles se seraient retenues de dire devant lui.

Quand Clementine avait quinze ans, sa mère tomba malade. Elle disait seulement qu'elle était fatiguée, mais Clementine voyait bien que ce n'était pas une banale fatigue. Elles avaient passé le week-end à préparer des bocaux de haricots cornilles, de pois gourmands et de tomates. Certes, c'était un labeur pénible, qui donnait chaud, mais sa mère le faisait tous les ans. Même si elle vivait jusqu'à cent ans, Clementine ne parviendrait jamais à bout de toutes les conserves de sa mère. Sa mère soutenait qu'il n'y en avait jamais assez. La faim finit toujours par arriver, disait-elle à sa fille. Quand le père de Clementine rentra ce soir-là, couvert, comme d'habitude, de la poussière grise de la carrière où il travaillait, il alla chercher le médecin. C'était tout juste s'ils avaient de quoi régler la note, mais ils se souvenaient de l'épidémie de grippe quelques années auparavant. Ils savaient que c'était dangereux de laisser pourrir une maladie.

Le médecin expliqua qu'il avait entendu parler de cas similaires, affectant seulement des femmes. Il parla de « maladie du sommeil ». D'après lui, soit la mère de Clementine allait se relever d'ici environ une semaine, soit elle allait sombrer davantage pour finir par ne plus se réveiller. Il ne connaissait ni solution ni traitement. Chaque jour, Clementine apportait du bouillon clair et de la tisane à sa mère et la convainquait gentiment d'en avaler quelques gorgées. C'était difficile, car sa mère s'endormait avec le liquide tiède dans la bouche. Il coulait entre ses lèvres molles et se répandait sur ses joues et son cou. Clementine l'essuyait avec un tissu humide, et la suppliait d'ouvrir les yeux, mais sa mère semblait hors d'atteinte, comme dans un autre monde.

Ora, la meilleure amie de Clementine, passait aussi souvent qu'elle le pouvait. Ora, qui était superstitieuse, affirmait qu'un esprit malin s'était emparé de la mère de Clementine. Elle recommanda à son amie de balayer dans le sens inverse des aiguilles d'une montre autour du lit de sa mère et de glisser un brin de mélisse sous son matelas. Sa mère continua de dormir. Clementine ouvrait la fenêtre à côté de son lit tous les matins pour aérer la pièce. Elle persévéra même lorsqu'il se mit à faire froid et que le givre couvrit le sol. Un rouge-gorge à la panse rebondie se percha sur l'arbre devant la fenêtre. Il chantait pour Clementine et elle s'imagina que l'oiseau exhortait sa mère à se lever. Elle posa un édredon supplémentaire sur le lit et ouvrit plus grand la fenêtre. Il devait rester un peu de douceur dans le vent, pour que cet oiseau se porte si bien. Elle lut un passage de la Bible à sa mère, puis quelques pages des romans qu'Ora lui avait prêtés : *Winesburg, Ohio, Sister Carrie* et *Mon Antonia*. La mère de Clementine n'aurait pas approuvé ces ouvrages, mais rien n'indiquait qu'elle en saisît un mot, et Clementine n'avait rien contre la Bible, mais à petites doses.

Quand Clementine parla à Ora du rouge-gorge et de son chant énergique du matin, Ora lui donna une gifle.

« C'est l'oiseau de la mort, affirma-t-elle. Il vient chercher l'âme de ta mère. Il prendra la tienne aussi, si tu ne fais pas attention. »

Clementine pleura, non pas parce qu'elle pensait qu'un oiseau avait le pouvoir de voler les âmes, mais parce que la situation semblait désespérée. Sa mère ne se réveillait pas, et Clementine avait grand-peine à lui faire avaler une gorgée d'eau par jour. Elle était en train de mourir de faim, cette femme qui avait rempli l'équivalent d'un entrepôt contre la menace de la faim, et personne ne savait expliquer pourquoi. Peut-être que c'était ainsi que Dieu punissait Clementine pour son entêtement et son refus de se plier aux volontés de sa mère. Au printemps, un garçon plus âgé, issu d'une famille de commerçants, lui avait fait la cour. Elle l'avait repoussé, bien que sa mère ait dit qu'elle ne serait pas éternellement une jolie fille et qu'elle n'était pas sûre de pouvoir trouver mieux. Peut-être que si elle avait accepté la demande en mariage, elle aurait eu assez d'argent pour aider sa mère à présent. Peut-être sa mère était-elle tombée malade de déception.

Ora lui prit la main et la pressa contre son sein, contre son cœur. Elle lui dit quoi faire : tuer l'oiseau. D'un coup de feu, ou à l'aide d'un piège pour lui briser le cou ensuite, puis enduire de son sang son cœur et celui de sa mère.

« C'est peut-être trop tard pour elle, dit Ora. Son âme est faible. »

Ora recommanda à Clementine d'allumer une bougie aux quatre coins de la chambre de sa mère et de saupoudrer le seuil de sel. Elle lui conseilla de laver les pieds de sa mère avec du savon au lait de chèvre et au romarin. Clementine ne voyait pas du tout où elle irait trouver un savon pareil.

Le lendemain matin, avant le lever du soleil, Clementine prit le fusil de chasse de son père et alla se planter derrière l'érable. Lorsque le soleil étira ses doigts dans le ciel sombre, elle attendit que l'oiseau pousse ses premières notes dans le matin, mais il ne vint pas. Il savait qu'elle l'attendait. Il l'avait sentie, et ne s'approcha pas. Ou peut-être avait-il déjà ravi l'âme de sa mère. Peut-être que le corps qui respirait superficiellement dans le lit n'était plus qu'une coquille vide. Malgré tout, Clementine alluma les bougies et répandit le sel. Elle entailla sa propre main jusqu'à faire couler le sang et passa sa paume collante et chaude sur la poitrine de sa mère. Elle lui lava les pieds avec du savon ordinaire. Elle espéra que ça suffirait à tromper le diable.

Le médecin revint quelques jours avant Noël et déclara qu'il ne voyait guère de guérison possible. Au moins, Ora lui offrait un espoir. Le médecin prédit que sa mère ne vivrait pas jusqu'à la nouvelle année, mais Clementine était décidée à le faire mentir. Elle fit avaler de force du bouillon et du lait à sa mère, et lui parla sans discontinuer, mais rien ne la ranimait.

Clementine tua et pluma une poule le soir de Noël. Ni elle ni son père ne mangeaient correctement ces derniers temps – ils se nourrissaient de bouillie insipide et de haricots froids. Mais elle tenait à préparer un dîner de Noël digne de ce nom. Elle avait mis de côté une belle citrouille et comptait préparer du pain de maïs frais dans la sauteuse en fonte de sa mère. Elle pensait aussi faire le quatre-quarts de sa mère, et elle avait sorti un bocal de citrons confits du garde-manger. En fait c'était un gâteau d'été, et il était meilleur avec des citrons frais, mais Clementine se disait que ça ferait plaisir à son père de manger le gâteau que sa femme préparait si souvent. Elle espérait que l'odeur, quand il serait au four, allait déclencher une réaction chez sa mère.

Elle était en train de brider la volaille quand elle entendit le rouge-gorge chanter. Il était de retour, le chant de la mort. Ça ne pouvait pas être le même oiseau, et pourtant elle savait que si. Clementine sortit avec le fusil de son père et tira en plein dans sa gorge grasse et rouge. L'oiseau tomba lourdement au sol. Elle le ramassa et pressa son corps encore chaud dans sa paume. Le sang jaillit dans ses mains et elle se les passa sur la poitrine. Elle rentra d'un pas décidé, comptant enduire de sang la poitrine de sa mère. Mais son père était à genoux près du lit, en sanglots ; elle n'osa pas le déranger dans son chagrin. Sa mère était morte.

Un mois plus tard, son père enfonça le canon du même fusil dans sa bouche et appuya sur la gâchette. Ora vint aider Clementine à retirer les morceaux de cervelle de son père collés sur la porte de derrière. Elle l'aida à creuser la tombe. Elles l'enterrèrent à côté de la mère de Clementine, sur un site à la lisière de leur propriété. Elles entourèrent la double tombe de pierres de la carrière. Clementine en avait trouvé un tas dans l'armoire à outils de son père. Il n'y avait pas d'argent pour faire graver une dalle. Les cailloux de la carrière allaient devoir faire l'affaire.

4

Dans la semaine qui suivit sa disparition, le visage de Pansy était partout, à la télévision et dans les journaux, placardé dans les vitrines et sur les poteaux électriques. Bien campée au centre de notre esprit à tous, elle murmurait : *Regardez-moi, regardez-moi, regardez-moi.* Nous regardions. Nous cherchions. Nous suppliions les autres de le faire aussi. Les policiers qui étaient passés le premier jour étaient désormais des visiteurs réguliers. Le gros m'a apporté un ours en peluche avec une plaque de shérif. Même si j'étais beaucoup trop vieille pour ce genre de jouets, je l'ai remercié et j'ai serré l'ours très fort contre ma poitrine.

Maman allait repasser au journal du soir. Nous nous sommes installés devant la télé avec un bol de fromage fouetté au piment et des crackers. Notre frigo débordait de gratins déposés par des voisins pleins de bonnes intentions, mais nous n'en pouvions plus de leurs plats. Tout avait le même goût. Spaghettis au poulet gratinés au vieux cheddar, pain de viande à la gélatine, ragoût aux boulettes avec trop de levure, salade de pêches au Jell-o trop liquide, tarte au citron à la meringue suintante. Nous ne pouvions plus en avaler une bouchée.

Maman ne mangeait rien du tout. Elle fumait des cigarettes et buvait du thé glacé. Elle nous a fait taire et a allumé le poste.

Nous gardions le fromage et les crackers dans nos joues jusqu'à ce qu'ils ramollissent suffisamment pour pouvoir les mastiquer sans faire de bruit.

La journaliste blonde est apparue à l'écran, à côté d'une photo de Pansy. Elle avait l'air du genre à porter trop de parfum. Je le jure, j'ai senti des effluves de Chanel à travers l'écran.

« Cette enfant, cette précieuse, innocente enfant, a disparu depuis cinq jours. Elle est brune, avec des yeux verts. Elle mesure à peine plus d'un mètre. Elle ne pèse que vingt kilos. Quelqu'un l'a vue. Quelqu'un sait où elle est. Sa mère est folle d'inquiétude. Nous nous sommes entretenus avec elle tout à l'heure. »

Et maman apparaissait à l'écran. Elle implorait la pitié pour Pansy, suppliait quiconque pouvait fournir des informations. Notre mère avait l'air particulièrement petite et fatiguée à côté de la journaliste avec son tailleur bien repassé et ses épaulettes saillantes. Par rapport à cette femme avec ses cheveux cuivrés et ses créoles en or, elle semblait se fondre dans le mur.

« Je vous en prie, disait maman à la caméra. Je vous en prie, ramenez-moi ma petite fille. Je vous en prie, ne lui faites pas de mal. Elle est tout ce que j'ai au monde. »

Tout ? J'ai regardé Willet, mais il avait les yeux fixés sur la télé et ne m'a pas rendu mon coup d'œil. L'image est passée sur le gros policier, qui a donné un numéro de téléphone à appeler pour qui aurait la moindre information.

J'ai regardé maman. Je voulais savoir ce qu'elle pensait. Ses mains étaient crispées sur sa poitrine ; elle ne clignait pas des yeux. Une cigarette se consumait dans un cendrier à côté d'elle. Quand tout le monde a eu terminé, la photo de Pansy, avec le numéro vert, a empli le poste. C'était effrayant, de voir le visage de notre sœur en si gros. L'image est restée à l'écran un très long moment. Le fromage et les crackers se sont figés dans mes tripes. Enfin, juste au moment où je me mettais à croire qu'on allait passer le restant de nos jours à contempler un portrait agrandi de notre sœur, la femme blonde est réapparue. Elle s'est penchée vers la caméra. On aurait dit qu'elle s'adressait directement à nous, qu'elle nous dévisageait.

« Quelqu'un, quelque part, est responsable de la disparition de cette petite fille. Quelqu'un sait ce qui s'est passé. Faites le bon choix : contactez les autorités. Apportez la paix à la mère de cette enfant. Apportez la paix à cette communauté. Et parents, surveillez vos petits d'encore plus près ce soir. Ne les laissez pas s'éloigner. Tant que nous n'avons pas d'explication, tant que nous n'avons pas d'arrestation, nous sommes forcés de supposer que le mal rôde dans les parages. Aucun enfant n'est en sécurité. »

Par ces mots, la journaliste a mis un point final à l'été pour tous les enfants de notre ville. Fini les expéditions en solo jusqu'au camion du glacier. Fini les tours de vélo sans but. Fini les parties de cache-cache dans les bois, la construction de petits ponts sur Little Sand Creek, fini les lucioles qu'on attrape dans des pots de mayonnaise pour se faire des lanternes. Les seules personnes de moins de dix-huit ans qui auraient droit à un peu de liberté, c'était Willet et moi. Maman était trop dévastée ou trop distraite pour surveiller les enfants qui se trouvaient encore sous son toit. Elle était trop absorbée par sa quête de l'enfant qui ne s'y trouvait pas. Elle nous en voulait de la disparition de Pansy. Bien sûr. Si on avait surveillé son bébé, si on n'était pas allés à la carrière, ce drame ne se serait jamais produit.

Tous les jours, des gens appelaient chez nous pour dire qu'ils avaient vu Pansy dans une supérette à Shreveport ou un centre commercial en Alabama. Un homme a appelé pour dire qu'il détenait Pansy et qu'elle allait bien, il ne fallait pas s'inquiéter. Une gamine, jouant une farce cruelle, a voulu se faire passer pour notre sœur ; elle criait dans le téléphone : « Maman, viens me chercher ! Je suis toute seule ici ! » Willet a arraché le combiné des mains de maman et a juré à son adresse jusqu'à ce que l'enfant à l'autre bout du fil éclate en sanglots et raccroche.

Une femme se prétendant médium a affirmé que Pansy se trouvait entre les mains d'un méchant homme. Elle disait qu'elle pouvait la trouver et la libérer de son emprise si maman lui envoyait trois cent trente-trois dollars dans les trente-trois heures. Le chiffre 3 avait une importance particulière mais je n'ai pas retenu l'explication. Maman a voulu s'exécuter, mais Willet l'en a dissuadée. Les policiers l'ont félicité.

« C'est une arnaque, a expliqué le maigrichon. Ça loupe pas, chaque fois qu'une personne disparaît. »

C'est à cette période qu'une femme bizarre s'est présentée chez nous. Elle avait des cheveux gris et fins, la peau du visage trop tendue sur ses os. Elle était tout de noir vêtue, malgré la chaleur d'août. Maman l'a invitée à entrer et lui a offert un café et une cigarette. L'intruse était venue de Pittsburgh, une ville que j'imaginais laide et froide, en voiture. Elle nous a raconté que son fils avait disparu dix ans plus tôt, enlevé en pleine rue alors qu'il rentrait de l'école. Maman a hoché la tête ; elle se souvenait d'en avoir entendu parler aux infos. Assises dans le salon, leurs tasses de café réchauffé et leurs cigarettes à la main, elles ont parlé de son fils. Tous les quelques mois, a expliqué la femme, quelqu'un prétendait l'avoir repéré. On l'avait vu à une station-service avec un homme plus âgé et un autre adolescent à la frontière du New Jersey. On l'avait vu fumer du hasch dans les rues de San Francisco. Quelqu'un avait juré qu'il avait volé de la nourriture dans un restaurant de Boulder, dans le Colorado. Un film à l'image granuleuse montrait un garçon qui aurait pu être lui, qui aurait pu être n'importe qui, en train de faire des choses innommables à des hommes pour de l'argent.

« Des gens vont vous raconter ce genre de trucs, a prévenu la femme. À chaque coup, vous allez les croire, et ça va vous briser le cœur, mais il ne faut jamais renoncer. Je n'ai jamais arrêté de chercher. Je ne perdrai jamais espoir pour mon enfant.

– Bien sûr que non, a approuvé maman. Comment vous pourriez ? Comment je pourrais ? »

La femme a confié à maman qu'elle continuait de rechercher son fils alors que tout le monde autour d'elle avait abandonné. Elle priait. Elle plaçait sa foi en Dieu. Son mari l'avait quittée. Ses amis et sa famille s'étaient éloignés. La police avait cessé de prendre ses appels.

Les enquêteurs, d'après elle, n'allaient pas tarder à laisser tomber.

« Ils ne vont pas continuer à chercher une fois que les pistes se seront refroidies. Et les journalistes passeront à autre chose. Vous serez la seule à poursuivre les recherches pour retrouver votre fille vivante. Vous devez être diligente. Vous devez vous transformer en peste. Ce n'est pas facile. Je sais que vous avez envie de faire plaisir à tout le monde, d'être sympathique. Vous ne pouvez pas vous permettre d'être sympa, polie ou silencieuse. Vous allez devoir crier et vous mettre en colère. Les gens vont se mettre à vous haïr, et vous devez apprendre à vous en moquer. Vous comprenez ? »

Maman a acquiescé.

« Merci. C'est très utile, ce que vous dites. »

Je n'en étais pas persuadée. Pour qui se prenait-elle, cette femme, à venir chez nous pour nous dire de nous attendre à ce que ce cauchemar dure éternellement ? pour nous dire que ça allait sans doute empirer ? Ça faisait dix ans qu'elle vivait avec l'horreur de la disparition de son fils, mais Pansy ne manquait à l'appel que depuis une semaine. Il était trop tôt pour parler de pistes refroidies. S'il y avait bien une enfant capable d'échapper à ses ravisseurs, c'était Pansy. Elle n'était pas comme les autres enfants de son âge. Elle ne se comportait pas comme une petite fille, elle ne parlait pas comme une petite fille. Je savais que Pansy était capable d'échapper à l'emprise de la créature dans les bois. Pansy n'était pas comme le fils de cette femme. Ce n'était pas une enfant ordinaire perdue dans la rue. Elle était différente. Elle était exceptionnelle.

Pour commencer, Pansy ne babillait jamais, elle ne parlait jamais de la voix douce, pâteuse que prennent la plupart des enfants. Les trois premières années de sa vie, elle n'avait pas prononcé un mot. Pas de « mama », « papa », « bébé », ou tous les premiers trucs que disent les enfants ordinaires. À près de quatre ans, elle s'était mise à s'exprimer clairement, en phrases complètes, avec un vocabulaire qui nous avait sidérés. La première chose qu'elle avait dite, c'était : « Maman, j'ai faim, et Bert ne veut pas me préparer un casse-croûte. » Rien que ça. Comme si j'avais ignoré une demande de sa part, comme si nous nous étions disputées. Maman l'avait fixée, choquée, puis elle avait éclaté de rire.

« Roberta Lynn, va préparer un sandwich à ta sœur, elle a faim. »

J'avais protesté. Pourquoi devais-je m'occuper de la nourrir ? Je n'étais pas sa bonne. Je n'étais pas sa mère. Mais maman m'avait jeté un regard grave.

« On honore la première volonté exprimée par quelqu'un. Et la dernière. Pour le reste, on peut négocier. »

J'ai préparé le sandwich, déchirant le pain en étalant le beurre de cacahuète à petits coups colériques. Si c'était ça, le résultat du fait que Pansy savait parler, je la préférais muette.

Peu après, Pansy nous a présenté Ivy. Ivy, affirmait-elle, était sa sœur, sa sœur préférée, et nous devions tous être gentils avec elle. Le fait que nous ne puissions pas la voir ne rendait pas sa présence dans nos vies moins intrusive. Ivy passait ses journées à se prélasser sur le canapé. Elle portait de longues robes diaphanes.

« Voilà Ivy, annonçait Pansy. Vous entendez sa robe qui frotte contre le sol ? »

Parfois, je le jure, je l'entendais.

Ivy adorait les sucreries. Elle était dingue du gâteau à la noix de coco de maman. Elle n'avait jamais assez de biscuits avec de la confiture ou du miel. Pansy nous expliquait tout ça, et la nourriture semblait effectivement disparaître.

Maman préparait des biscuits presque tous les matins et nous les mangions dans la journée, des biscuits au beurre avec une pâte feuilletée, avec de la confiture de myrtilles, avec du miel et de la crème aigre, ou nature et trempés dans le babeurre. J'aimais bien m'en garder un pour le lendemain : je cassais en deux le disque de pâte rassis, enduisais les deux moitiés de beurre et passais le tout sous le gril sur une feuille d'alu. J'adorais les bords brunis, craquants du biscuit grillé, et j'aimais quand mes dents faisaient éclater la croûte salée en petits morceaux. Je le conservais dans un coin du plan de travail, sur une serviette en papier. Tout le monde savait qu'il était à moi. Lors d'une semaine exceptionnellement fraîche pour la saison, mon biscuit s'est mis à disparaître. Je n'ai rien dit le premier jour, mais quand ça s'est produit trois fois de suite, je me suis mise en colère.

« Qui me vole mes biscuits ? »

J'avais réuni maman, Willet, et Pansy dans le salon pour l'interrogatoire. Papa était parti pour un de ses voyages, donc ça ne pouvait pas être lui. Je les avais tous les trois accusés, tour à tour, les derniers jours, et ils avaient nié. Je pense que je croyais que si je les confrontais tous ensemble, l'un d'entre eux finirait par avouer. Mais personne ne s'est désigné. Willet s'est moqué de moi et m'a dit de me détendre. Maman a répliqué que j'étais ridicule. Pansy a juré que ce n'était pas elle, mais là, elle a fait une pause, puis un grand sourire : « Je parie que c'est Ivy ! »

Je détestais Ivy. Pansy et moi, nous partagions notre chambre, et j'étais forcée de l'écouter jacasser avec Ivy tous les matins. Maintenant, elle disait qu'Ivy me volait mes biscuits ? C'en était trop. J'ai piqué une crise.

« Elle n'existe pas ! C'est ton imagination ! »

Pansy a souri.

« C'est pas parce que tu peux pas la voir qu'elle existe pas. »

Heureusement, maman est intervenue, sinon je crois que je l'aurais étranglée.

« Je sais que tu aimes faire semblant d'avoir une amie de ton âge, mais tu l'as inventée, Pansy. Ivy n'existe pas, ma chérie.

– Elle existe. C'est ma sœur, et vous ne pouvez pas la chasser. »

Maman a regardé longuement Pansy.

« Allons, Pansy, c'est agréable d'imaginer des choses, mais mentir, ce n'est pas bien, on en a déjà parlé.

– Je mens pas. Et tu le sais. »

Maman s'est levée. Elle s'est frotté les mains.

« Bon, j'ai du travail. La maison est dans un état lamentable. »

La maison était très bien comme ça. Elle n'était ni plus ni moins dans un état lamentable que d'habitude. J'ai tapé du pied comme un enfant gâtée. J'avais à peu près douze ans à l'époque.

« Roberta Lynn, je suis désolée que tu aies perdu ton biscuit, mais tu sais qu'il y a des enfants qui meurent de faim dans le monde. Il y a des enfants en Afrique qui n'ont jamais goûté de biscuit. »

Ce genre de raisonnement me mettait hors de moi. Bien sûr, je savais qu'il y avait des enfants qui n'avaient pas assez à manger, qui n'avaient pas d'eau potable. Si j'avais pu donner mon biscuit à un de ces enfants, je l'aurais fait avec joie. J'aurais définitivement renoncé à manger des biscuits si ça avait signifié que ces pauvres petits Africains pouvaient se remplir le ventre, mais ce n'était pas possible, et maman le savait.

« Ça n'a aucun rapport, ai-je dit. Ce ne sont pas des enfants affamés qui me volent mes biscuits ! C'est quelqu'un qui se trouve dans *cette* maison !

– Ivy adore les biscuits avec du miel », a dit Pansy.

Willet a levé les yeux au ciel.

« Cette gamine, elle a un pet au casque. Elle est complètement givrée, bordel.

– Ça suffit, les gros mots, a dit maman. L'inquisition est terminée, Roberta Lynn. Il va juste falloir que tu trouves une meilleure cachette pour tes biscuits, un endroit où ils ne seront pas mangés accidentellement.

– Comment peut-on manger accidentellement ? ai-je crié.

– Je veux que vos chambres soient rangées. De fond en comble. Essuyez les plinthes. Retirez les livres des étagères et dépoussiérez-les. »

J'avais envie de pleurer, mais je savais que le seul résultat, ce serait que maman ajouterait quelque chose à la liste. Willet s'en moquait. Sa chambre était toujours impeccable; la poussière n'avait pas de surfaces où s'accumuler. Pansy ne participait jamais au ménage dans notre chambre. J'étais punie, et je ne comprenais pas pourquoi. De mon point de vue, j'étais la seule à n'avoir rien fait de mal.

À présent, je me rends compte que ce n'est pas comme ça que maman voyait les choses. C'était moi qui déclenchais une dispute pour un truc aussi futile qu'un biscuit. Cela paraissait idiot d'en faire tout un plat, mais à mes yeux, ça ne l'était pas. Je partageais tout avec Pansy, et elle se débrouillait toujours pour avoir plus de tout – plus de dessert, plus d'attention, plus d'amour de notre mère. Même quand maman était agacée par son amie imaginaire, c'était moi qu'elle punissait. L'injustice de la situation couvait en moi et me rongeait comme une maladie.

Quelques années plus tard, j'ai interrogé maman à ce sujet. Je lui ai demandé pourquoi elle favorisait tellement Pansy. Elle a affirmé ne l'avoir jamais fait, m'a dit que je racontais n'importe quoi, qu'elle traitait tous ses enfants exactement de la même façon. Elle a nié qu'elle lui apportait du lait chocolaté au lit, ou qu'elle lui préparait des repas à la carte.

« Non. Je n'aurais jamais fait ça. Mais avec tout ce qui s'est passé, je le regrette. »

Je n'ai pas insisté. Après tout, la mémoire, c'est une chose instable, et qui pouvait affirmer que la mienne était plus fiable que la sienne ?

Peut-être que la femme de Pittsburgh ne retrouverait jamais son fils, mais j'étais persuadée que nous allions retrouver Pansy. Comment quelqu'un aurait-il pu prendre une enfant pareille et ne pas la rendre ? Qui pourrait supporter son imagination débridée ? Je m'étais résignée à vivre avec la honte d'avoir perdu Pansy, mais ce n'est que lorsque cette femme de Pittsburgh est venue que j'ai compris que nos vies avaient changé du tout au tout. Nous n'étions pas seulement *cette famille* pour un certain temps. Nous pourrions bien être *cette famille* pour toujours. Et être *cette famille*, ça signifiait que des gens pouvaient s'inviter chez nous sans crier gare. Étions-nous obligés de les laisser entrer ? Maman avait l'air de penser que oui.

Elles ont parlé pendant des heures. C'était le milieu de l'après-midi, le moment le plus chaud de la journée. Le ciel était clair et sans nuage. Notre climatisation bourdonnait et le ventilateur sifflait, mais ils n'étaient pas à la hauteur, avec le soleil et la chaleur épaisse, lourde. J'étais couverte d'une pellicule luisante de sueur. Willet faisait les cent pas dans la maison comme s'il avait perdu quelque chose. Une odeur aigre s'élevait de la cuisine. Nous n'avions pas sorti les poubelles depuis des jours.

Je me suis mise à avoir des idées noires. Je n'arrêtais pas de revoir Pansy sur le dos dans la carrière, faisant la planche, son air paisible, sa satisfaction à laisser l'eau la porter. Sa disparition n'avait pas de sens. D'une façon ou d'une autre, elle avait été engloutie par le monstre des bois. Si je le retrouvais, peut-être la recracherait-il. J'ai laissé maman et la femme, sans m'excuser. J'ai repris, seule, la route chaude et poussiéreuse, retraçant le parcours que nous avions fait ce jour-là. La chaleur s'élevait à ma rencontre. Elle me repoussait, m'avertissait que j'aurais dû rebrousser chemin, mais j'ai continué. Ce n'était pas la carrière, que je voulais voir, mais la clairière dans les bois. Si ce monstre répugnant s'y trouvait encore, je l'affronterais. Si le mal se présentait à moi, j'étais prête. J'en avais assez d'attendre que maman,

Willet et la police retrouvent Pansy. J'en avais assez d'attendre que papa rentre à la maison.

Le jour de sa disparition, j'avais manqué à mes devoirs envers ma sœur en me cachant comme une enfant effrayée dans les bois. J'avais manqué à mes devoirs envers maman et Willet, mais je pensais pouvoir me rattraper. Le monstre vivait parmi les ombres, et il avait emmené Pansy pour qu'elle y vive aussi. La plupart des gens n'y voyaient rien dans les ombres, mais moi si. Il me suffisait de retrouver cet endroit dans la clairière, de retrouver les ombres, de retrouver le monstre. Alors, je retrouverais forcément ma sœur. Je ne pouvais pas vivre les dix prochaines années avec cette culpabilité dévorante. La femme de Pittsburgh se satisfaisait peut-être de se mettre en colère et de prier, mais ça ne me suffisait pas.

J'ai pensé à un des contes du livre dont je lisais des passages à Pansy presque tous les soirs. C'était un vieux livre épais, plein de légendes sinistres sur des monstres et de mauvais parents. Une des histoires parlait d'une fille qui se déguisait en animal afin de se cacher du roi, son propre père, qui avait déclaré son intention de l'épouser après la mort de sa mère. Elle savait que c'était un projet malfaisant. Pour s'échapper, elle devenait « toutes-fourrures », s'enveloppant de peaux d'animaux et se noircissant le visage de suie. Sous ce déguisement, elle travaillait dans la cuisine royale. Son père lui jetait des bottes à la tête lorsqu'elle lui apportait sa soupe. C'était une histoire accablante, sinistre, mais Pansy l'aimait bien. Les histoires tristes étaient ses préférées. J'aimais bien, moi aussi. Peut-être que Pansy se cachait dans les bois, vêtue d'une cape de peaux, passant le temps en attendant que quelqu'un la retrouve. Peut-être qu'Ivy était avec elle. Ça ne semblait pas plus improbable qu'autre chose, pour tout dire.

Les moustiques m'attaquaient le visage, mais je ne prenais pas la peine de les chasser. Des boutons apparaissaient sur ma peau nue. Mes joues et mon cou ont enflé sous l'effet de l'inflammation. Encore quelques pas, et je suis arrivée à l'orée des bois. Mes yeux me brûlaient d'avoir regardé trop directement le soleil blanc aveuglant, mais je ne me suis pas arrêtée pour les laisser s'adapter. Ça me semblait important de continuer d'avancer dans le demi-jour, dans les ombres où vivait la créature.

Les bois grouillaient de vie, même si les oiseaux se taisaient. Les arbres m'ont attirée en avant. La peur m'oppressait la poitrine. Les aiguilles de pin fraîches chatouillaient mes pieds couverts d'ampoules. Une branche qui dépassait m'a écorché la figure. J'ai trouvé les buissons où nous avions mangé des fruits. Ils dégageaient une odeur sucrée qui m'a retourné l'estomac, mais les baies n'avaient pas la même apparence. Dans mon souvenir, nous avions cueilli des mûres, noires, or là, c'était des baies lisses, violet foncé. Pourquoi mes souvenirs de cette journée étaient-ils si peu fiables ? Je me suis éloignée du buisson, suis revenue sur mes pas, mais n'ai pas trouvé de clairière. J'ai fait demi-tour, suis repassée devant les baies, et repartie dans une autre direction. Peut-être que j'avais été désorientée par l'orage. Mais j'avais beau essayer dans tous les sens, je ne retrouvais pas la clairière où j'avais vu la créature. Je tournais en rond, j'étais faible, j'avais des vertiges. Quand avais-je mangé pour la dernière fois ? Je ne me rappelais pas. Une cuillerée de pudding à la banane trop cuit dans la matinée – à moins que ce soit la veille au soir ? Je ne buvais que du café depuis une semaine. Notre lait avait tourné, donc je m'étais mise à le boire noir, avec un peu de sucre. J'avais affreusement mal à la tête. Mes mains tremblaient. Mes jambes flageolaient.

Je n'ai pas trouvé la clairière. Je n'ai pas trouvé la créature. Je n'ai pas trouvé ma sœur. Et je n'avais pas l'énergie de retrouver le chemin de la maison. Les piqûres sur mon visage et mon cou se sont mises à me démanger. Ma peau me brûlait, à cause de l'excès de soleil. Mon cerveau semblait proche de l'extinction, me laissant des pensées embrouillées et de longues plages de néant. J'avais besoin de sommeil. Avant la disparition de Pansy, il m'était très facile de sombrer dans la torpeur tiède d'une chambre plongée dans le noir, mais à présent, l'obscurité semblait pleine de danger. Les cauchemars m'arrachaient au sommeil chaque nuit, et seule une consommation soutenue de café me permettait de tenir la journée. Je me suis allongée sous un chêne vert et j'ai fermé les yeux. La poussière s'est réchauffée sous moi. Mon pouls a ralenti. Mes bras et mes jambes sont devenus lourds. Le chant des grillons a écarté les idées noires. Pour la première fois depuis des jours, je me suis sentie calme. Willet m'a retrouvée des heures après, dormant comme un loir sous l'arbre. Il m'a secouée, la voix pressante et inquiète.

« Bert, allez ! Faut que tu te réveilles. »

Je lui ai souri. Il paraissait tellement loin, sa voix résonnait comme s'il parlait du bout d'un tunnel.

« Qu'est-ce que tu fiches ici ? »

Je lui ai dit qu'il dégoisait.

« C'est ma place, ici.

– Je te ramène à la maison. »

C'était le début de la soirée. Je l'ai vu à la douceur de la lumière marbrée qui filtrait entre les arbres. Je ne m'étais jamais sentie plus à l'aise, plus détendue. Mon corps était mou, chaud et lourd. J'avais envie de garder cette sensation éternellement.

« Putain ! J'étais malade d'inquiétude. Je croyais que quelqu'un t'avait enlevée aussi. » Le visage de Willet était penché sur le mien. « T'as perdu ta tête de linotte, ou quoi ? »

Tout me paraissait drôle. Pansy était impliquée dans une partie de cache-cache cosmique. Nous la retrouverions si nous suivions les règles.

« Compte jusqu'à cent », j'ai dit.

Willet m'a sortie des bois en me portant dans ses bras. Des rubans orange de la police étaient accrochés entre quelques troncs d'arbres, et je me suis demandé comment je ne les avais pas vus en arrivant.

Willet a trébuché, mais ne m'a pas laissée échapper.

« Je pense pas que je vais pouvoir te porter tout du long. »

Même si je savais que j'étais bien trop vieille et trop lourde pour être portée, je n'ai pas proposé de marcher. C'était tellement agréable d'être dans les bras de quelqu'un, qu'on s'occupe de moi. Les grillons chantaient et les crapauds coassaient dans le crépuscule. Les étoiles sont apparues au-dessus de nous. Il restait une lueur argentée dans le ciel, mais la nuit gagnait du terrain. J'étais partie au moins une demi-journée.

« Maman s'est inquiétée ? »

Willet n'a rien dit, il a juste continué à avancer. Il n'avait pas besoin de rétorquer. Je connaissais la réponse. Maman n'avait pas remarqué mon absence.

Il croyait dans le mal, qu'il voyait non comme une abstraction, mais comme une présence en chair et en os évoluant dans le monde. Des hommes commettaient des violences abjectes et personne ne leur demandait de comptes. Parfois il rêvait de vengeance et de justice, mais la plupart du temps, il se demandait ce qui faisait qu'une personne se révélait mauvaise. Certains hommes étaient-ils nés avec une tendance au mal ? Était-ce son cas ? Il avait beau retourner ces hypothèses dans tous les sens, il ne trouvait jamais la réponse.

Après la mort de son père, Clementine décrocha un emploi à la quincaillerie. Elle avait dix-sept ans et elle avait besoin de cette place. Le patron ouvrait un rayon jardinerie, avec des outils et des plantes. Clementine expliquait aux clientes quand tailler leurs rosiers et comment faire pour avoir des buissons d'azalées hauts et vigoureux. Petite, elle rechignait à aider sa mère dans ses travaux domestiques permanents, mais elle avait tout de même absorbé les informations.

Les clientes de la quincaillerie apportaient des photos, des réclames sur papier glacé découpées dans *McClure's* ou *Coliers*, et demandaient à Clementine de les aider à recréer tel ou tel parterre de fleurs. Elle comprenait ce qu'elles voulaient et substituait si nécessaire des variétés adaptées au climat et à la saison. Pendant que Clementine travaillait avec les plantes, Ora apprenait la médecine toute seule. Elle commandait de gros livres sur catalogue, et Clementine lui rapportait les lourds paquets de la poste. De temps en temps, Ora demandait à Clementine de lui apporter une plante ou une herbe rare. Elle en avait certaines sous la main, d'autres qu'elle devait commander expressément. Ora préparait des tisanes pour apaiser une toux, puis elle faisait réduire la tisane aux herbes avec du sucre afin de confectionner des pastilles expectorantes, ou assemblait un bouquet d'herbes et de racines pour préparer des compresses contre la fièvre.

Il arrivait que Clementine remarque, à la boutique, une femme affligée d'un rhume qui traînait, ou de cernes noirs dus au manque de sommeil.

« Venez voir Ora, proposait-elle. Elle pourra vous soulager. »

Et Ora les soulageait. Les médecins disaient à ces femmes qu'elles étaient faibles ou hystériques, que leurs maux se trouvaient dans leur tête. Ora prenait leurs plaintes au sérieux. Une grande partie de ces problèmes, expliqua Ora à Clementine, étaient liés à des choses dont les femmes ne voulaient pas parler avec des médecins de sexe masculin. Leurs cycles étaient imprévisibles depuis leur accouchement, ou leurs flux trop abondants tous les mois.

« C'est toujours une question de sang », résuma Ora.

Ora se mit à concocter des remèdes pour les femmes qui saignaient trop ou trop souvent, et pour les femmes dont le sang ne venait pas. Elle traita les femmes pour la douleur écrasante qui précédait le flux tous les mois et elle tenta de les soulager des suites de leurs accouchements, en particulier dans les cas où leurs maris se remettaient trop vite à les pénétrer. Clementine apprit à son contact. Elle aimait travailler avec les herbes et les plantes. Elle aimait voir les femmes guérir. Ora délaissa ses vieilles superstitions macabres au profit des lumières de la médecine.

Même si elle préférait travailler avec Ora, Clementine conserva son emploi à la quincaillerie. Elle aimait le sentiment d'indépendance que lui procurait la certitude d'un salaire régulier. Un soir, elle terminait l'inventaire lorsqu'éclata un orage violent. Une pluie grise se mit à s'abattre et le tonnerre gronda. C'était le genre d'orage qui allait durer des heures, peut-être jusqu'au matin. Elle appréhendait le trajet du retour. En général, elle venait en ville à vélo, mais elle avait crevé en rentrant la veille. Le trajet à pied était long, environ cinq kilomètres, mais pas désagréable quand il faisait beau. Avec ce déluge, elle serait trempée jusqu'aux os en quelques minutes. Le ruisseau qu'elle traversait d'habitude à vélo ou pieds nus aurait débordé. Elle allait devoir prendre le plus long chemin, s'en tenant aux routes et aux ponts sans couper à travers champs.

Elle décida de prendre un café au *diner* du trottoir d'en face. Peut-être la pluie allait-elle se calmer. Ora allait s'inquiéter, mais elle s'inquiéterait de toute façon, par un temps pareil. Elles n'avaient pas le téléphone à la maison. Clementine n'avait aucun moyen de l'appeler pour la prévenir.

Au *diner*, elle commanda son café et s'installa au comptoir avec un vieux *Scribner's*. Un homme qu'elle connaissait du magasin apparut à côté d'elle. Il s'appelait Ray; sa femme était une bonne cliente. Il fit glisser une pièce d'un cent sur le zinc.

« Pour savoir à quoi vous pensez. »

Elle rit.

« J'attends que l'averse se calme.

– Vous risquez d'attendre toute la nuit. Il pleut comme vache qui pisse. »

Elle but une gorgée de café.

« Je vais sans doute devoir l'affronter.

– Vous êtes à pied ?

– C'est tout ce que j'ai, dit-elle.

– Vous allez loin ?

– Oh, pas trop. Juste à quelques kilomètres au nord, après Sand Creek.

– Ça fait une trotte par ce temps. »

Elle haussa les épaules. Que pouvait-elle ajouter ?

« Il fait nuit.

– Raison de plus pour me mettre en route, j'imagine. »

Il proposa de la déposer, expliquant que son pick-up était garé juste devant. Il allait prendre son poste de nuit à l'égreneuse de coton. Elle voulut savoir si le détour n'allait pas le mettre en retard, mais il l'assura que ça n'aurait pas d'importance.

« Beaucoup de gars vont être en retard, avec cette chienlit. »

Elle se dit qu'elle ne devrait pas accepter. Ça ne faisait pas bon effet, de monter dans la voiture d'un homme marié à la nuit tombée ; mais le trajet à pied promettait d'être atroce et dangereux.

« Merci infiniment », dit-elle.

Son pick-up était un véhicule coûteux, bien entretenu et propre. Il lui prit le bras et lui tint la porte jusqu'à ce qu'elle soit installée, sa jupe lissée sous ses jambes. Elle lui indiqua la route à prendre. La pluie faisait paraître la nuit plus noire que d'habitude. Aucune étoile ne brillait sur les champs de coton, mais il y avait des éclairs, qui projetaient une lueur mauve sur la route.

« Vous faites le chemin à pied tous les jours ?

– J'ai un vélo. Avec un pneu crevé.

– Vous trouvez pas que c'est dangereux, de vous déplacer toute seule comme ça tout le temps ? Pourrait y avoir des animaux sauvages, dans le coin. Ou autre chose. »

Elle ne pouvait pas imaginer quelle autre chose pourrait se tapir là, mais elle avait vu beaucoup d'animaux, surtout des biches et des oies sauvages. Un jour, elle était passée devant deux ratons laveurs en train de s'accoupler au petit matin. En la voyant, ils avaient craché puis s'étaient mis à japper d'une voix suraiguë, irréelle, en la toisant de leurs yeux rouges luisants. Elle entendait souvent des dingos qui hurlaient au loin et elle faisait attention à éviter les serpents, mais elle ne s'était jamais sentie menacée par les bêtes.

« Z'avez entendu ça ? » demanda Ray.

Elle n'avait rien entendu d'extraordinaire. Le pick-up ralentit, il se mit à rouler au pas.

« Il y a un problème ?

– On dirait. Peut-être un truc dans le moteur. »

Il quitta la route et alla se garer derrière un gros chêne près de l'ancienne carrière, qui n'était plus désormais qu'un large et profond plan d'eau. Personne n'avait extrait de pierres depuis les inondations, deux ans plus tôt. Clementine scruta la pluie noire à travers le pare-brise du pick-up. Elle ne pouvait pas voir la carrière, mais elle savait qu'elle était juste devant elle. Elle frissonna.

La pluie tambourinait, encore plus forte sans le grondement du moteur.

« Il a peut-être besoin d'huile », fit Ray.

Elle attendit qu'il sorte regarder le moteur, mais il resta immobile.

« Inutile d'essayer d'y voir avec ce temps, dit-il.

– Vous n'avez pas une lampe ? »

Les lampes de poche se vendaient bien à la quincaillerie. La plupart des hommes qui y faisaient des courses en gardaient une dans leur véhicule pour ce genre de situation.

« Va falloir qu'on attende que ça se calme, reprit-il. Comment on pourrait passer le temps ? »

Elle lui annonça qu'elle allait finir la route à pied. Ils étaient à moins de deux kilomètres de sa maison à présent.

Il lui prit la main. « Vous pressez pas comme ça. Moi j'ai quelques idées. » Il posa sa main sur son cou avant de la faire glisser jusqu'à ses seins, qu'il empoigna. Il pouvait l'étrangler, personne ne l'entendrait crier.

« Vous avez une femme.

– Laissons-la en dehors de ça. »

Il lui écarta les jambes et remonta sa jupe. Elle ne portait pas de pantalon dessous, comme elle n'avait pas fait de vélo ce jour-là. À la place, elle avait passé un vieux slip en laine effiloché qu'elle avait cousu à partir d'un caleçon long de son père. Gênée par ses dessous gris inélégants, elle tenta de maintenir sa jupe autour de ses chevilles. Ray écarta ses bras et arracha le tissu disgracieux, exposant sa nudité à l'air libre. Ce qu'il faisait était mal, affreusement mal. Elle savait qu'elle aurait dû l'arrêter, mais il avait une expression incroyablement décidée. Elle ferma les yeux.

Ça ne lui fit qu'un peu mal, et seulement au début. L'aspect physique n'était pas trop effroyable, beaucoup de poussées et de frottements, mais les grognements de Ray la rendaient malade. Son haleine était chaude et aigre. La poignée de la portière était enfoncée entre ses épaules et elle savait qu'elle aurait un bleu.

Quand il eut terminé, il se servit du slip disgracieux pour s'essuyer puis jeta vers elle la boule de tissu collante. Elle entrouvrit la porte et la jeta sur le sol détrempé.

La pluie se calma un peu et il sortit du pick-up et, avec ostentation, regarda sous le capot. Elle lissa sa jupe et s'assit bien droite. Elle savait déjà que le véhicule n'avait aucun problème. Ray reprit la route sans la regarder. Elle ne parla que pour lui donner les dernières indications. Quand il la déposa devant la maison, elle le remercia. Elle se détesta pour l'avoir remercié.

5

Parfois, il me vient les trucs les plus étranges, des souvenirs pleinement formés, aussi nets qu'au cinéma : les ingrédients et la recette exacte du gâteau marbré à la noix de coco, le poème « Jabberwocky », d'*À travers le miroir*, les pas de danse d'une chorégraphie vue à la télé. Ces échantillons d'informations inutiles oblitèrent les choses importantes, comme la chronologie des événements ayant suivi la disparition de ma sœur.

Je ne me rappelle plus quel jour nous sommes allés voir Bubba, mais nous avons pris la moto de Willet et nous nous sommes rendus dans le quartier miteux qui se trouve de l'autre côté de la voie ferrée. Les maisons étaient petites et délabrées, les jardins envahis par les mauvaises herbes. Bubba était le plus jeune de six garçons, et il n'avait pas de mère. Elle était morte quelques jours après l'avoir mis au monde. Ses frères l'avaient élevé. Son père soudait de l'acier du lever au coucher du soleil. Je crois qu'il faisait tout ce qu'il pouvait pour que ses fils aient de quoi s'habiller. Ça ne devait pas être de trop. Ça ne devait pas être assez.

Certains des frères de Bubba étaient adultes et avaient déménagé, mais il en restait un ou deux qui continuaient d'habiter dans la maison familiale ou d'y squatter entre deux emplois.

Ils avaient tous la même dégaine – grands, maigres, les cheveux longs et le visage aplati. Seul Bubba était petit, rondouillard et différent.

Le frère qui a ouvert la porte a salué Willet, mais ne nous a pas invités à entrer.

« Il ne veut voir personne, a-t-il dit. La police l'a interrogé trois fois, et maintenant cette blondasse de la télé n'arrête pas de passer. Ils croient qu'il a fait quelque chose à votre sœur. Vous croyez qu'il a fait quelque chose à votre sœur ?

– Non, ai-je répondu. Non, pas du tout. »

Le frère s'est gratté le ventre à travers son tee-shirt délavé et il a regardé à droite et à gauche dans la rue comme s'il cherchait quelque chose.

« Il va pas retourner au lycée, a-t-il repris. Pas ici. Papa l'envoie à l'académie militaire de Port Gibson. Ils vont le remettre sur les rails.

– Il part quand ? a demandé Willet.

– La semaine prochaine. Il est pas jouasse.

– Non, j'imagine. »

Le frère a croisé les bras et nous a examinés quelques instants.

« C'est pas seulement à cause de cette histoire avec votre sœur. Il a toujours été un peu bizarre. Seulement papa a pas l'énergie.

– Mais Bubba est intelligent, j'ai dit. Il a toujours été intelligent. »

Le frère m'a montrée du doigt. Ses ongles avaient besoin d'être coupés et il y avait une demi-lune grise sous chacun d'entre eux.

« Pourquoi t'as raconté à ces flics que t'avais vu mon frère à la carrière ? »

Mon visage s'est mis à me brûler.

« Parce que je l'ai vu. Mais je l'ai accusé de rien. Je ferais jamais ça. »

Le frère a jeté un nouveau coup d'œil de chaque côté de la rue. Il avait l'air nerveux. Je me suis demandé s'il attendait quelqu'un.

« Si tu nous laissais entrer, tu serais pas forcé de rester là, sur le seuil », a fait observer Willet.

La maison sentait le chou et le poisson frit. C'était petit pour une si grande famille. Je m'attendais à trouver du bazar, mais tout était propre et bien rangé. Nous nous sommes assis sur un petit canapé grumeleux. Le salon était sombre, les meubles vieux et abîmés. La télévision posée dans un coin était débranchée et couverte d'une housse en plastique. Des feuilles d'alu bloquaient presque toute la lumière des fenêtres. Je ne savais pas s'ils essayaient d'empêcher quelqu'un de voir à l'intérieur ou s'ils ne voulaient pas voir à l'extérieur. Dans les deux cas, ça me faisait froid dans le dos.

Le frère s'est assis dans un fauteuil devant un plateau sur lequel étaient posés des feuilles à rouler et un petit sachet de marijuana. Il s'est employé à rouler un joint, puis un autre. Il a placé les joints tout prêts dans une petite boîte en métal.

« Tu veux acheter ? a-t-il demandé à Willet.

– Pas aujourd'hui. »

J'ai été surprise de voir mon frère en parler avec tant de naturel. Je connaissais des garçons qui en fumaient, au collège, mais c'étaient des imbéciles, paresseux et abrutis. Willet ne leur ressemblait pas du tout.

Le frère a fermé sa boîte en métal et glissé un gros élastique autour.

« Je vais aller chercher le gosse. Peut-être qu'il a envie de compagnie, après tout.

– Qu'est-ce qu'on fait ici ? ai-je demandé quand le frère a disparu dans le couloir.

– Je veux des explications. »

Le frère est resté absent un long moment. Je l'ai entendu parler avec Bubba dans une des chambres qui donnaient sur le couloir, mais je ne distinguais pas les mots. Je n'en voulais pas à Bubba de ne pas avoir envie de nous voir. Il ne nous devait rien, à Willet et moi. Le frère a dû dire quelque chose qui l'a convaincu de sortir de sa tanière, car Bubba est arrivé dans le salon en traînant les pieds. Il semblait avoir perdu du poids depuis que je l'avais vu à la carrière. Il n'avait pas l'air en bonne santé.

« Salut, mec », a dit Willet.

Bubba nous a dévisagés.

« On veut juste parler, a repris Willet.

– De quoi ? »

Bubba restait debout, figé, à part ses poings qu'il ne cessait de serrer. Je me suis demandé s'il avait l'intention de cogner.

Willet a repris la parole d'une voix tendue et courroucée.

« À ton avis, Bubba ? Tu crois qu'on veut parler du temps qu'il fait ? »

Bubba lui a jeté un regard noir. Il ne m'a pas accordé un coup d'œil.

« Ils m'envoient dans un lycée militaire. »

C'était ma faute si Bubba avait tous ces ennuis. Je n'avais aucun moyen d'arranger ça.

« Qu'est-ce que tu fichais à la carrière ? a demandé Willet.

– Et *vous*, qu'est-ce que vous fichiez à la carrière ?

– Allez, mec, tu sais ce que je veux dire. »

Quand Bubba a repris la parole, on aurait dit que les mots avaient du mal à sortir de sa gorge.

« Je sais pas pourquoi j'y étais. J'y étais, c'est tout. J'ai rien fait de mal. Et j'ai pas vu Pansy. » J'ai cru qu'il allait pleurer, mais il s'est retenu. « J'ai déjà dit tout ça à la police.

– T'étais bourré ? a demandé Willet. T'avais fumé de l'herbe de ton frère ?

– Non. Je me rappelle pas. Je dormais, et je me suis réveillé à la carrière. Je sais que ça a l'air dingue. Je me rappelle pas comment je suis arrivé là-bas. Je me rappelle pas pourquoi j'y suis allé. » Il s'est frotté le visage comme s'il tentait de retirer quelque chose. « Tu crois que je suis cinglé.

– Je ne trouve pas que ce soit un signe de bonne santé mentale de se réveiller au milieu de nulle part.

– Je suis pas fou !

– Personne ne pense que tu es fou », ai-je dit.

Le frère de Bubba a ricané.

« On voit que tu vis pas avec. »

Bubba l'a ignoré. Il s'est adressé à moi :

« Bert. Tu te rappelles quoi, toi ? Qu'est-ce que je faisais quand tu m'as vu ? »

Je me suis prêtée au jeu.

« Tu jetais des cailloux dans l'eau. La pluie venait de s'arrêter. J'étais de l'autre côté de la carrière. J'ai crié pour t'appeler, mais t'as fait comme si tu m'entendais pas. T'as levé les yeux vers le ciel. T'as montré le ciel du doigt. Puis t'es parti dans les bois. C'est ce que je me rappelle. C'est ce qui s'est passé. »

Bubba a serré les dents.

« N'importe quoi.

– C'est juste une gamine, a fait Willet. C'est pas sa faute. »

J'ai protesté.

« Je suis pas un bébé. Je t'ai vu, Bubba. Je t'ai vu.

– Mais t'as vu autre chose ? T'as vu quelque chose, dans le ciel ?

– J'ai vu le soleil ressortir après la pluie. Je t'ai vu. Et t'as refusé de me parler. »

Bubba s'est tourné vers Willet.

« T'étais où, toi ? »

Willet a dégluti bruyamment et gratté un bouton sur son menton.

« J'étais dans les bois.

– Et tu faisais quoi, au juste ?

– Mec, sans déconner…

– Tu laisses ta petite sœur toute seule à la carrière, et t'as le culot de m'accuser, moi ?

– Je t'accuse de rien du tout.

– J'ai rien fait à Pansy. Je l'ai pas vue du tout. Et maintenant, grâce à toi, je dois passer mon année de term en uniforme, à défiler comme un nazi. » Bubba est devenu tout rouge et sa voix est partie dans les aigus. « Tout ce que t'avais à faire, c'est la surveiller. Rien d'autre ! Si t'avais pas détourné les yeux, elle serait toujours là. C'est ta faute, pas la mienne. »

Willet m'a tirée par le bras.

« Allons-nous-en.

– Mais… » Nous n'avions rien appris, et Bubba était furieux contre nous. Je n'étais pas prête à partir. « Je suis désolée, j'ai dit. Je suis désolée pour l'école militaire.

– Rentre chez toi, Bert », a fait Bubba. À l'intention de Willet, il a ajouté : « Tâche de pas la perdre en route. »

J'ai cru que Willet allait lui coller son poing dans la figure. Au lieu de ça, il m'a poussée trop fort vers la porte. J'ai trébuché.

Nous étions déjà sur la moto, prêts à démarrer, lorsque le frère de Bubba est sorti.

« Désolé, mec. »

Il était plus sympa que quand il nous avait accueillis.

« Je peux te dire un truc ? »

Willet a fait tourner le moteur.

« Vas-y, rapide.

– Il est persuadé que votre sœur a été enlevée par les petits hommes verts.

– Tu crois qu'on plaisante avec ça ?

– Je plaisante pas. Crois-moi, j'aimerais mieux. Il est persuadé que des aliens débarquent et l'emmènent, lui. Il perd des journées entières, à ce qu'il me dit. C'est complètement dingue. » Le frère a enfoncé ses poings dans les poches de son jean sale. « Je pensais qu'il fallait vous le dire. On peut pas se fier à ce qu'il raconte, mais je pense pas qu'il ferait de mal à qui que ce soit. Je peux pas croire ça.

– Qu'est-ce qu'il a dit aux flics ? a demandé Willet.

– À peu près la même chose qu'à vous. Il se rappelle pas comment il s'est retrouvé là-bas. Il s'est réveillé à côté de la carrière. Il leur a pas dit que des aliens l'avaient déposé là, parce qu'il sait que ça lui donne l'air trop schtarbé. Mais il est convaincu. Franchement, ils l'ont cuisiné un long moment. Je croyais qu'ils allaient l'arrêter, mais j'imagine qu'ils manquaient de preuves.

– Il est rentré à quelle heure, ce jour-là ?

– Qui sait ? » Le frère a haussé les épaules. « Papa était encore au boulot, donc ça devait être avant la nuit.

– T'étais là ?

– Ben oui, où tu voudrais que je sois ? J'ai une affaire à tenir. » Il a ri. « Je te promets, ça n'aide personne, d'avoir la police qui vient fouiner. »

Willet a de nouveau fait vrombir le moteur. Le frère a sorti l'un de ses joints bien tassés de sa poche et l'a glissé dans la poche poitrine du tee-shirt de Willet.

« Offert par la maison. »

Willet a ressorti le joint et le lui a rendu.

« À partir de maintenant, j'ai l'intention de garder les idées claires. »

J'ai pensé à ce qu'avait dit le frère de Bubba. Ça semblait dingue d'accuser des aliens de la disparition de Pansy, mais pas plus dingue qu'autre chose. Pas plus dingue que ma créature dans les bois. Pas plus dingue que la malédiction de papa et mamie Clem. Contrairement à Willet, je refusais de rejeter une hypothèse sous prétexte qu'elle semblait abracadabrante. J'avais une étagère pleine de livres racontant des histoires d'hommes changés en crapauds et d'enfants s'avérant plus malins que des sorcières. Le monde réel n'était en rien plus logique que ces histoires.

Après notre visite à Bubba, Willet m'a avoué que lui et quelques autres mecs avaient enterré dans les bois une boîte de produits illicites – des bouteilles d'alcool, quelques joints, une poignée de cachets chipés à la mère de l'un d'entre eux. Le jour fatidique, il avait entendu un bruit suspect et il s'était dit que c'était peut-être un des mecs qui dévalisait leur stock. Arrivé à leur coin, il avait constaté que personne n'avait touché à la boîte. Il l'avait déterrée et avait fumé un des joints. C'était la première fois qu'il fumait autant d'herbe à lui tout seul. Le temps s'était ralenti et il s'était mis à planer, ou peut-être endormi. J'ai bien vu, à ses épaules contractées et à ses yeux qui m'évitaient, qu'il en avait terriblement honte.

« Je suis tellement désolé, Bert. J'aurais jamais dû te laisser toute seule.

– Et on aurait jamais dû laisser Pansy toute seule. T'es pas le seul fautif. »

Nous étions assis dans la chambre de Willet. On se mettait toujours là pour parler. Ma chambre était trop pleine des affaires de Pansy. Le lit de Pansy avait des draps roses et une couette à fleurs. Une poupée de chiffon à deux têtes était étalée sur son oreiller. Le Petit Chaperon rouge d'un côté, et le Grand Méchant Loup déguisé en grand-mère de l'autre, quand on renversait la jupe. Les deux visages étaient visibles, tout était comme Pansy l'avait laissé, avec la jupe tirebouchonnée entre les jambes. C'était ma poupée, autrefois, mais je ne l'avais jamais aimée. Quelque chose dans les yeux du loup me mettait mal à l'aise. Maintenant, elle me fixait tous les jours, le loup lubrique et l'enfant innocente, le menteur et la victime, réunis dans une seule poupée.

Il arrivait que de bonnes choses résultent d'actes mauvais. Et même une chose accomplie avec la meilleure des intentions pouvait s'avérer néfaste. Il se dit que la seule façon de s'empêcher de faire du mal aux autres serait de mourir aussitôt né, et à quoi ça rimerait ? On ne pouvait rien prédire en ce monde. On croisait les doigts. C'était tout ce qu'on pouvait faire.

Lorsque Clementine eut été deux mois sans saigner, elle révéla tout à Ora, qui jura qu'elle allait tuer Ray. Clementine lui dit qu'elle se moquait de Ray. Elle ne voulait pas qu'il meure, et elle n'avait aucune intention d'aller lui demander des comptes.

« Ce que je veux, c'est faire partir ça, expliqua-t-elle. On pourrait pas faire quelque chose ? »

Ora sortit un de ses vieux grimoires de l'étagère. Elle dit à Clementine de quoi elle avait besoin. C'était une longue liste d'herbes et de plantes inconnues. Clementine n'était pas certaine de pouvoir se les procurer toutes.

« Il le faut, répliqua Ora. Et vite. Il est peut-être déjà trop tard. »

Clementine commanda les herbes. Elle dut appeler à Boston pour obtenir les plus rares, et elle dut expliquer l'appel à son patron. Elle lui raconta qu'elle passait ces commandes pour une riche dame de la ville qui avait des problèmes de femme. Il prit un air gêné et lui fit signe d'un geste qu'il ne voulait pas en entendre parler. Son patron connaissait les activités d'Ora, comme tout le monde. Ça ne le dérangeait pas que Clementine passe commande depuis la boutique tant qu'elle payait les produits de sa poche.

À la maison, Ora fit bouillir deux fois les herbes et surveilla Clementine qui se mit à boire la décoction amère trois fois par jour. La boisson provoqua des crampes violentes et une lourdeur sourde dans son ventre.

« Je crois que ça marche », dit-elle à Ora.

Mais les jours passèrent, et son sang n'arriva pas.

Elle refusait de verser une larme sur cette situation, alors qu'Ora pleurait souvent, sans retenue. Il allait se passer quelque chose, se répétait Clementine. D'une manière ou d'une autre, tout allait s'arranger. Elle roulait à vélo imprudemment, sans faire d'écart pour éviter les nids-de-poule sur la route. Au magasin, elle soulevait des sacs lourds et grimpait à l'échelle sans hésitation. Elle espérait tomber. La nuit, elle bourrait de coups de poing son ventre qui grossissait malgré ses idées noires et son absence de précautions. Le bébé qui se nichait là refusait de sortir de force avant son heure. Les vêtements de Clementine devinrent trop étroits, et elle les transforma. Une éruption brunâtre apparut sur son cou, causant des démangeaisons, et Ora prépara un baume pour l'apaiser. Finalement, six mois après sa rencontre fatidique avec Ray, son patron lui demanda de démissionner.

« Vous êtes malade, ça se voit », dit-il.

Elle perçut le jugement et la désapprobation sur son visage, bien qu'il évitât son regard.

« Je ne peux pas me permettre d'avoir une femme atteinte de cette maladie-là dans mon personnel. Je tiens une affaire familiale. »

Ora la rassura : ça n'avait pas d'importance. Son activité était en plein essor. Elles n'avaient pas besoin du salaire de la quincaillerie. Clementine était reconnaissante de la présence d'Ora, de son sens pratique, de son savoir médical et de sa compassion, mais rien ne tout cela ne pouvait changer ses sentiments à l'égard de l'enfant qui grandissait en elle. Elle n'en voulait pas. Elle ne le méritait pas. Elle espérait une fausse couche. Elle espérait un enfant mort-né. Parfois, elle espérait mourir.

Mais malgré tous ses souhaits, elle savait ce qui allait se passer. Elle allait avoir un bébé et elle serait ostracisée. Les femmes sans mari n'avaient pas d'enfants. À moins que ce soit des putes. Elle était une pute. Ces pensées lui passaient par la tête tous les jours et, la nuit, elles se renforçaient. Elle faisait des cauchemars affreux et se réveillait couverte de sueurs froides. Quand elle n'arrivait pas à se rendormir, elle sortait marcher sous les étoiles, ses pieds nus claquant sur l'herbe humide et la terre dure et froide, avec le bébé dans son ventre qui se tournait, donnait des coups de pied et tentait désespérément d'attirer son attention. Elle voulait travailler. Elle voulait se rendre utile. Elle voulait être indépendante. Tous ces désirs la conduisirent à désirer moins. Le désir, c'était le malheur.

Les derniers mois, le bébé donnait de si violents coups de pied qu'ils faisaient trébucher Clementine. Quand elle s'asseyait pour manger, le bébé roulait sur lui-même et poussait brutalement contre son ventre proéminant, qui ondulait et palpitait comme un lac avant un orage. Ora lui recommanda de rester au lit. Elle ne voulait pas que Clementine se blesse, disait-elle, mais celle-ci savait qu'il n'y avait pas que ça. Ora ne voulait pas que les femmes qui venaient se faire soigner la voient broyer du noir en titubant comme une grosse vache ivre dans la maison. Ça leur faisait peur.

Enfin, alors qu'elle ne pouvait plus supporter sa grossesse et commençait à menacer de s'ouvrir le ventre avec un couteau pour arracher le bébé, elle perdit les eaux. Ora apporta des couvertures chaudes et un tissu humide pour lui éponger le front. Elle donna la main à Clementine et lui dit quand pousser et quand se reposer. La douleur était incroyable. Clementine grinça si fort des dents qu'elle s'ébrécha une molaire.

Ora lui donna une tranche de peyotl à mastiquer. Clementine l'avala en dépit des instructions d'Ora et très vite un brouillard tomba sur elle. Des bêtes sauvages étaient tapies dans le coin de la pièce. Elle les entendait gronder et gémir. Leur haleine brûlante embuait la pièce. Elles sentaient le sang rance, comme un steak cru tourné au soleil. Elles voulaient son bébé; elles n'en feraient qu'une bouchée. Elle supplia Ora de les chasser. Elle n'avait pas voulu cet enfant, mais elle n'allait pas le céder à ces bêtes. Ora lui dit de pousser et de pousser encore. Clementine était épuisée, assoiffée. Sa bouche était sèche et rêche comme du papier de verre, comme la mâchoire de Ray contre sa joue ce soir-là. Elle toucha la joue d'Ora, sa peau lisse et parfaite, et prononça « Je suis désolée » un nombre incalculable de fois. Ora lui répéta de pousser. Elle sentit le lit tomber, ou bien elle se mit à flotter au-dessus de cette besogne sale de l'accouchement, au-dessus du sang et des muqueuses moites. À un moment donné, ses boyaux lâchèrent, même si elle le sentit à peine à cause de la douleur déchirante de la tête du bébé qui poussait pour sortir. Sa taille paraissait monstrueuse. Comment était-elle censée expulser une créature si grosse par une fente si étroite? Comment faisaient les femmes?

Ora devint solennelle. Elle lui expliqua que c'était presque fini. Elle l'assura que le pire était bientôt passé, mais qu'elle devait pousser. Ora plongea les mains à l'intérieur de Clementine et guida le bébé dans ce monde. Clementine se sentait se déchirer de plus en plus. Elle était envahie d'une douleur brûlante qui n'avait pas de source. Ce n'était pas le bébé. Ce n'était pas son propre corps. C'était une douleur lancinante, ancienne, brûlante, et insupportable, et elle savait qu'elle était en train de mourir. Elle savait qu'elle irait en enfer. Elle tenta de trouver des prières, de demander pardon pour son âme sinistre, d'implorer la pitié et la rédemption. Il y eut un pic de douleur et ses pensées se brouillèrent. Les ténèbres l'inondèrent, mais au loin elle vit un petit point lumineux. La lumière s'agrandit. Sa peur fondit. Sa douleur s'effaça comme un chien pris de honte. Les bêtes dans le coin tombèrent en poussière. Ora plaça une chose chaude et mouillée sur sa poitrine, et la chose hurla.

« C'est un garçon, annonça Ora. Qu'est-ce qu'on va faire d'un garçon ? »

Clementine regarda Ora, et les deux femmes éclatèrent de rire. Ora essuya la sueur de son visage luisant, mais aussi les larmes. Clementine serra la créature gluante et hurlante contre sa poitrine.

6

La femme de Pittsburgh avait raison sur bien des points. Au bout d'un mois, les policiers ont cessé de passer à la maison, puis ils ont cessé d'appeler. Ils n'avaient pas trouvé la moindre trace de Pansy, et ils ne parvenaient pas à localiser papa. Ils ont posé à maman des centaines de questions, lui demandant où il pouvait bien être parti et où il pouvait bien se cacher, mais elle n'avait pas de réponse. Où qu'il soit, papa était prudent. Il n'avait pas fait de chèque et n'avait pas retiré de liquide sur le compte commun. Peut-être avait-il suffisamment de billets douteux pour tenir un moment, mais maman ne pouvait pas parler de ça aux policiers. Comme il n'y avait rien de neuf à raconter, l'horrible journaliste peroxydée est passée à d'autres sujets. Même les dames de l'église ont reporté leur énergie sur les collectes alimentaires et les projets d'embellissement.

Cependant, deux mois après la disparition de Pansy, on a appris qu'une autre enfant manquait à l'appel. En octobre, une fillette de huit ans avait disparu sur le court trajet à vélo entre sa maison et la boîte aux lettres à Miracle Valley, en Arizona. Elle était allée poster une carte d'anniversaire pour sa tante. Ne la voyant pas rentrer tout de suite, sa grande sœur était partie à sa recherche. Elle avait trouvé le vélo abandonné à côté de la boîte aux lettres, mais pas trace de la disparue.

Je me suis demandé si la sœur se sentait responsable. Je savais que oui.

« Dans quel monde vivons-nous ? » a fait maman quand la photo de la petite fille est passée aux infos du soir. Elle n'attendait pas de réponse. La mère de la petite a pris la place de la nôtre dans les journaux télé, où elle suppliait qu'on lui rende sa fille saine et sauve. La police de White Forest a repris le dossier de Pansy. Peut-être que les deux affaires étaient liées, disaient-ils. Peut-être que quelqu'un parcourait l'Amérique pour enlever des petites filles. Ils se sont replongés dans les registres de disparitions non élucidées pour voir s'ils trouvaient d'autres affaires présentant des points communs avec la disparition en Arizona et celle de notre sœur. D'autres filles du même âge s'étaient-elles évaporées aussi totalement ? Avaient-elles été laissées sans surveillance par des parents ou frères et sœurs ? Les proches avaient-ils été aussi imprudents avec ces filles que nous avec Pansy ?

La police a retrouvé l'enfant, en Arizona. On a arrêté un homme qui l'avait étranglée. Il avait abandonné son cadavre dans le désert brûlant autour de Tucson. L'homme a avoué lorsque les enquêteurs ont trouvé du sang et un lambeau du tee-shirt de la petite à l'arrière de son pick-up. Il a raconté qu'elle avait déboulé brusquement devant sa voiture dans la rue. Il l'avait renversée par accident et il avait paniqué. Aux infos du soir, ils ont montré quelques images de l'enterrement de l'enfant. J'ai repéré la femme de Pittsburgh au deuxième rang.

Vu la façon dont Pansy a disparu – dont elle s'est évaporée, disaient certains –, il n'y avait rien d'étonnant à ce que des rumeurs se mettent à circuler. Les habitants du delta du Mississippi adorent les histoires. Il y en avait qui disaient que notre père était coupable. Où était-il, et comment pouvait-il ne pas rentrer alors que sa fille avait disparu ? D'autres soupçonnaient Bubba d'avoir joué un rôle dans l'affaire. Ils avaient entendu dire qu'il était à la carrière, et tout le monde le trouvait bizarre. Mais la superstition et les légendes populaires renferment plus de pouvoir que la science et la logique. L'inconnu se pare de mythe et de légende. Les fissures de l'univers physique se voient saupoudrées d'imaginaire : fantômes et diables, esprits et dieux. Les gens veulent des explications. Les gens veulent des réponses. Personne ne peut supporter l'incertitude de l'inconnu. La mère de l'Arizona n'avait pas récupéré sa fille, mais elle avait obtenu des explications. Nous étions coincés avec des questions, des légendes délirantes et des histoires à dormir debout.

Les gens parlaient de fantômes dans ces bois, de fantômes qui survivaient en aspirant l'haleine des vivants. Des types qui avaient campé ou chassé là rapportaient avoir eu des vertiges ou s'être sentis désorientés. Il arrivait que des gens s'évanouissent. Je l'avais éprouvé moi-même le jour de la disparition de Pansy et celui où la femme de Pittsburgh s'était présentée à notre porte. *L'esprit a pris ton haleine*, disaient-ils, quand vous leur racontiez que votre vision s'était rétrécie et assombrie, que vos oreilles semblaient pleines d'eau coulant de façon torrentielle, et vos pieds flotter à un cheveu du sol. Pansy, petite comme elle était, avait peut-être donné toute son haleine aux esprits, elle était peut-être devenue l'un d'entre eux.

Willet méprisait les histoires de fantômes. Je ne le disais pas, mais je pensais que, peut-être, un esprit avait englouti Pansy. Elle était tellement minuscule. Si un esprit était venu l'embrasser, elle ne se serait sans doute même pas enfuie. Elle se serait sans doute penchée pour lui rendre son baiser. Mais ce genre de réflexions ne nous aidait nullement à la retrouver.

« Sois pas idiote, Bert, disait Willet. Pansy, elle a pas été enlevée par un fantôme. Elle a été enlevée par un individu en chair et en os, et je parierais mon testicule droit que notre cher père est dans le coup. Lui, c'est pas un fantôme, mais c'est peut-être bien le diable. »

Les gens raisonnables ne croyaient pas aux fantômes ou aux esprits maléfiques. Les gens raisonnables pensaient que le plus probable était tout simplement que Pansy se soit noyée. La carrière était vaste et profonde. Les plongeurs qui avaient cherché notre sœur dans les eaux profondes avaient pu la manquer parmi tous les détritus jetés dans le lac artificiel au fil des ans. Après la disparition de Pansy, des gens se sont mis à se rendre à la carrière afin de lui laisser des petits cadeaux : des ours en peluche, des cœurs en papier, des fleurs liées par un ruban. Un tas d'offrandes s'est amoncelé sur le rebord de la carrière. Certains ont érigé des croix en bois, ce qui a rendu Willet furieux.

« Les croix, c'est pour les tombes », disait-il.

Beaucoup de gens ont pris l'habitude de répandre des pétales de pensées sur l'autel de fortune. Presque tout le monde a placé un bac de pensées sous son porche. Je trouvais que c'était un beau geste, mais d'après Willet, c'était pour signaler à l'esprit de Pansy que les gens de la maison ne lui voulaient pas de mal. Je ne pouvais pas marcher dans notre rue sans voir des jardinières débordant de fleurs de couleurs vives. Elles fleurissaient toute l'année, dans la chaleur écrasante comme en pleine saison des pluies. Du moins c'est comme ça dans mon souvenir.

La circulation en direction de la carrière s'est intensifiée. L'ancienne voie d'accès, envahie par les plantes grimpantes au cours des années suivant l'arrêt de l'exploitation de la carrière, est redevenue praticable. Les ronces et les lianes ont été taillées, les mauvaises herbes piétinées.

Halloween tombait un dimanche cette année-là. Pansy avait disparu depuis deux mois et vingt et un jours. C'était la seule occasion de l'année où les enfants de notre rue faisaient du porte-à-porte tandis que les adultes bavardaient entre eux. Nous connaissions nos voisins, mais nous n'étions pas très liants, tous. Les hommes de notre quartier faisaient de longues journées de travail, certains dans des bureaux ou des boutiques, mais beaucoup à la fabrique de coton ou à la scierie. Certaines femmes travaillaient comme secrétaires ou faisaient les trois huit à l'usine de tracteurs de Star River, mais beaucoup restaient à la maison avec leurs enfants. Notre quartier était sûr et propre, et les gens s'enorgueillissaient d'entretenir leur façade et leur jardin. Les familles de la rue étaient autonomes et fières. Si quelqu'un souffrait, on ne le savait pas.

Les années où il faisait beau, le jour d'Halloween, les femmes du quartier s'installaient sous leur porche ou sur des chaises pliantes dans leur jardin et sirotaient du thé glacé ou une boisson plus forte en versant des poignées de bonbons dans les taies d'oreiller et les sacs en papier que portaient les enfants. C'était plus facile que de répondre à la sonnette toute la soirée, prétextaient-elles. Les enfants les plus grands surveillaient les plus petits, et les adultes ne les accompagnaient jamais.

Mais cette année-là, les mères ont accompagné leurs enfants de maison en maison sans jamais les quitter des yeux. Avec Willet, on était trop vieux pour le porte-à-porte, mais on a préparé un petit sac de bonbons et de marshmallows au beurre de cacahuète pour les distribuer. On n'aurait pas dû se donner cette peine. Personne n'a frappé chez nous et, quand je suis sortie pour voir les enfants enveloppés dans des draps, avec leurs masques de plastique, le spectacle était triste, voire lugubre. Personne ne courait, ne criait ou ne se cachait derrière des arbres pour faire peur à quelqu'un en surgissant. Au contraire, les enfants marchaient solennellement d'une maison à l'autre et récupéraient leurs poignées de friandises d'un air sinistre. Ça a été plié en moins d'une heure. Les gosses ont été remisés derrière les porte fermées de leur propre foyer, plantés devant la lumière bleue tremblotante de la télévision avant que la nuit ait pu s'imposer vraiment.

Le lendemain, nous avons appris la nouvelle pour Cindy Bartell. Deux garçons de notre lycée, des basketteurs, avaient conduit leurs copines respectives à la carrière le soir d'Halloween. Ils avaient bu de la bière et du whisky volés à leurs pères. Ils avaient raconté des histoires de fantômes et fait pleurer les filles quand ils avaient parlé de Pansy, cette pauvre petite fille qui faisait la planche dans la carrière quand on l'avait vue pour la dernière fois. Cindy s'était mise à sangloter et avait supplié qu'on la ramène chez elle. Elle disait qu'elle sentait la présence glaciale du mal dans les bois et pensait que la carrière voulait l'avaler tout entière. Son copain, un basketteur dégingandé du nom de Timothy, avait tenté de la calmer. Il l'avait assurée que c'était une plaisanterie, tout ça. Il n'y avait rien de maléfique tapi dans les bois, pas de fantômes. Mais Cindy devenait hystérique. Timothy avait crié pour appeler le garçon qui les avait conduits à la carrière mais il était introuvable. Le jeune homme et sa copine étaient enlacés sous un arbre dans les bois et tous deux ont juré qu'ils n'avaient rien entendu. La plupart des gens ont cru que les deux jeunes gens avaient ignoré les cris, trop pris par les émois de la passion adolescente pour venir en aide à un ami, mais je savais qu'un appel au secours se perdait facilement dans ces bois.

Cindy paniquait de plus en plus. Elle a dit à Timothy qu'elle allait rentrer à pied. Il fallait absolument qu'elle s'en aille. D'après Timothy, il était seulement 22 heures, environ, quand elle s'était mise en route dans les bois sombres. Il avait essayé de la suivre, mais elle disparaissait sans cesse entre les arbres.

« Je ne savais pas qu'elle pouvait marcher si vite », a-t-il déclaré à la police.

Le lendemain matin, elle a été retrouvée à environ huit cents mètres de la carrière, ses vêtements déchiquetés comme par un animal sauvage. Ses cheveux avaient été coupés courts, irrégulièrement, comme si on les avait taillés avec des ciseaux crantés. Ses pieds étaient pris dans un piège à ressort, de ceux qu'on pose pour attraper les coyotes. C'était un petit piège, et Cindy aurait dû pouvoir se dégager, mais elle avait paniqué, et, en tirant dessus, elle s'était ouvert une artère près de la cheville. L'hémorragie lui avait fait perdre connaissance, et elle a affirmé qu'elle ne se souvenait de rien. Le médecin a tenté de sauver son pied, mais l'acier rouillé avait empoisonné son sang et il a dû sacrifier le pied pour sauver la jambe.

La semaine suivante, le père de Cindy a démoli Timothy à coups de poings et passé quelques nuits dans la prison du comté. Il disait que le mec l'avait cherché. Cindy défendait Timothy, mais rien n'y faisait. Il n'y avait personne d'autre à blâmer et le père de Cindy avait besoin d'un responsable. Les parents interdisaient à leurs enfants de se rendre à la carrière, mais certains garçons y emmenaient encore leur copine, dans l'espoir que la peur précipite les filles dans leurs bras, donc les hommes qui dirigeaient la ville ont décidé de prendre des mesures.

« C'est seulement une question de temps avant qu'il se passe quelque chose de pire », a dit le chef du conseil municipal.

Ils ont voté à quatre contre un pour vider la carrière et la combler de terre afin d'empêcher de nouvelles tragédies de se produire. Personne ne nous l'a dit en face, mais des gens murmuraient qu'on pourrait bien faire des découvertes, des choses que les plongeurs avaient manquées quand ils cherchaient Pansy. Ils disaient que trouver le corps de Pansy mettrait un terme à toutes ces fariboles sur les fantômes et les esprits.

Le membre du conseil qui avait fait campagne pour l'assèchement de la carrière possédait aussi une entreprise de bâtiment, et il s'est vu confier le chantier. Des camions jaune vif avec des pompes submersibles sont venus détourner l'eau de la carrière vers la Tallahatchie River. Les travaux ont pris deux fois plus de temps que prévu. Bien sûr, ils ont coûté deux fois plus cher que les estimations de départ. Le comté a dû trouver un moyen de couvrir les dépenses. Nous avons appris que notre lycée n'aurait ni nouveau gymnase ni air conditionné pendant encore au moins deux ans. Naturellement, les élèves ont mis ça sur le compte de Pansy et, par extension, sur celui de Willet et moi.

Le drainage de la carrière a provoqué toutes sortes de problèmes. Dans un champ à proximité, il s'est formé un entonnoir qui a englouti un labrador nommé Molly. Un homme qui travaillait sur le chantier a fait une chute mortelle lorsque les parois de la carrière se sont écroulées avec la baisse du niveau de l'eau. Les autres hommes ne se sont pas rendu compte qu'il ne savait pas nager avant qu'il soit trop tard. Ils ont cru qu'il plaisantait. Apparemment, se noyer ressemble beaucoup à faire le clown, aux yeux de certains. Chaque jour, il fallait dégager des pompes de nouveaux débris : vieilles voitures, pick-up et motos ; vélos d'enfants ; armes à feu, dont une mitraillette de style militaire, trois revolvers ordinaires et une demi-douzaine de fusils de chasse, ainsi que des objets plus mystérieux, comme un coffre scellé à la cire qui, une fois ouvert, s'est révélé contenir une poupée avec un nœud coulant au cou et les yeux en plastique arrachés de leurs orbites.

Il a fallu près d'un mois pour vider la carrière. Chaque jour, j'attendais d'apprendre qu'ils avaient retrouvé Pansy, mais la nouvelle n'est jamais tombée. Ils ont découvert les ossements d'un adulte de petite taille et ceux d'un nourrisson coincés derrière une des voitures submergés, mais ils n'ont pas vu trace d'enfant dans le limon grisâtre.

« Je le savais, a dit Willet. Elle est pas là-dedans. Pansy se noierait jamais. »

Il s'en est réjoui, et maman aussi, parce que ça entretenait leur espoir de la retrouver vivante. Elle devait être quelque part, en vie, participant aux événements. Et si elle était quelque part, on finirait par la trouver. J'avoue que je ne partageais pas leur optimisme. Naturellement, je n'espérais pas que Pansy soit morte, même si la retrouver aurait mis un point final à cette angoisse. Il me semblait que plus longtemps Pansy restait introuvable, plus nous étions coincés dans cette boucle d'incertitude. C'est affreux, d'ignorer une chose aussi vitale.

Mamie Clem nous a invités à dîner chez elle pour Thanksgiving, mais maman a refusé. Le matin de Noël, mamie Clem nous a apporté un gâteau à la noix de coco et a tenté de nous convaincre de venir manger chez elle plus tard dans la journée. Willet et moi, on avait envie d'y aller. On avait prévu de faire la cuisine, mais nos spaghettis faisaient pâle figure à côté de la dinde rôtie et du gratin de mamie Clem. Seulement maman a dit non, et nous ne nous sentions pas de la laisser seule. J'ai suggéré que mamie Clem apporte le festin chez nous, mais elle a répliqué que Chester ne viendrait pas, et elle ne voulait pas l'abandonner non plus. Je pouvais comprendre les réticences de Chester. Une fois la carrière vidée, en l'absence d'explication au mystère de la disparition de notre sœur, Willet était plus décidé que jamais à trouver notre père. Il est repassé chez tonton Chester, et il en est revenu avec l'œil au beurre noir.

Je ne sais pas pourquoi il continuait à solliciter des informations d'une source si hostile.

« Même s'il sait où est papa, lui fis-je remarquer, il est pas près de te le dire. »

Notre famille était divisée, et toute la nourriture ou les célébrations de façade n'y changeraient rien. Nous avons mangé nos spaghettis de Noël trop cuits, enduits de sauce tomate en boîte, avec une laitue iceberg. Nous n'avons pas décoré de sapin ou échangé de cadeaux. Nous n'avons pas préparé de truffes ou de biscuits à la menthe. C'est tout juste si maman a touché son assiette. Elle buvait du thé glacé et fumait à table. Elle a refusé une part du gâteau de mamie. Willet et moi nous sommes rendus malades à nous empiffrer de ce gâteau. Il était splendide : un glaçage blanc aérien, couvert de copeaux de noix de coco, étalé sur quatre épaisses couches de pâte jaune. Ça aurait été dommage de le laisser perdre. Nous l'avons fait disparaître en trois jours, et nous avons tous les deux passé la semaine entre Noël et le Nouvel An dans un brouillard sucré et moite. Nous avons été soulagés de retourner au lycée à la fin des vacances. J'étais contente de tourner la page du calendrier et d'entamer une nouvelle année. La dernière avait été tellement abominable qu'il était difficile d'imaginer que les choses puissent empirer. Peut-être que 1977 apporterait de bonnes nouvelles.

Toutes sortes de femmes venaient voir Clementine et Ora : des riches, des pauvres, des Noires, des Blanches, des jeunes, des vieilles. Elles avaient toutes des histoires à raconter. Clementine et Ora ne posaient jamais de questions, mais les femmes se sentaient comme obligées de révéler leurs secrets. Il écoutait les histoires et les recueillait. Il entendait des récits sur des hommes cruels, sur le désir et la trahison. Le monde n'était pas un lieu sûr pour les femmes, apprit-il. Le monde n'était tendre envers personne, mais visiblement, les femmes souffraient davantage que les hommes.

Sur une plantation voisine, des prisonniers allemands travaillaient dans les champs de coton. On était en 1944. Les hommes plaisantaient en disant qu'il faisait plus chaud dans le Mississippi qu'au cœur d'un crématorium, mais les prisonniers ne se mélangeaient guère. Ils travaillaient quand on leur disait de travailler. Ils dormaient quand on leur disait de dormir. Quand quelqu'un leur apportait de la nourriture, ils mangeaient. Peu parlaient couramment anglais, même si beaucoup en comprenaient davantage qu'ils ne le laissaient voir. Un officier de la Luftwaffe, Manfried Brun, parlait parfaitement anglais. Chaque jour, la jeune épouse du propriétaire de la plantation venait aux champs et supervisait les servantes qui distribuaient le déjeuner. Elle apportait des pichets de thé glacé ou de limonade et remplissait des tasses en cuivre de liquide froid et sucré. Ses mains étaient blanches comme du lait, et lisses. Un jour, elle trébucha en apportant le pichet et Manfried la rattrapa avant qu'elle tombe. Il prit le broc moite de ses mains tremblantes et insista pour qu'elle se repose un petit moment.

Elle lui sourit.

« Ça va. Je suis juste un peu maladroite.

– Vous ne devriez pas travailler si dur. »

Elle s'étonna de l'entendre parler avec une telle facilité dans sa langue. Il lui expliqua qu'il manquait de pratique. Les gardiens du camp n'avaient pas envie de bavarder, et ils étaient souvent grossiers et incultes.

« J'aimerais parler comme un gentleman, dit-il.

– Je trouve que vous vous exprimez comme un parfait gentleman. » Elle lui tendit la main. « Je m'appelle Mary Helen. »

Il prit sa petite main délicate dans la sienne et se présenta à son tour.

À partir de ce jour-là, chaque fois que son mari s'absentait de la plantation, Mary Helen invita Manfried dans la maison après le déjeuner. Elle savait que son mari n'approuverait pas son amitié avec cet homme, mais son mari était vieux, et gris, avec de hideuses touffes de poils qui dépassaient de ses oreilles. Manfried n'était pas tellement plus vieux qu'elle, et il était beau. Il avait les cheveux noirs et bien coiffés. Même s'il travaillait tous les jours dans les champs, il maintenait ses ongles propres. Il sentait la brise marine, salée. Elle éprouvait pour lui des choses qu'elle n'avait jamais éprouvées pour son mari. La nuit, quand ce dernier roulait sur elle, elle fermait les yeux et comptait jusqu'à ce que ça soit terminé. Elle ne comptait que jusqu'à vingt, la plupart du temps, mais son mari sentait le chou bouilli, et chaque seconde auprès de lui était une torture.

Un week-end, alors que son mari était parti négocier les prix du coton dans le Tennessee, Manfried l'embrassa. Ou peut-être qu'elle l'embrassa. Dans les deux cas, elle ressentit quelque chose qu'elle n'avait jamais ressenti. Elle avait envie d'être avec Manfried, d'ôter tous ses vêtements et de lui offrir son corps tendre. Ce ne serait pas la même expérience qu'avec son mari. Elle avait tellement envie de lui qu'elle se mis à tirer sur la chemise de coton qu'il portait. Ils étaient dans la bibliothèque, entourés de volumes à reliure de cuir que son mari avait choisis plus pour leur apparence que pour leur contenu.

Manfried la prit par les épaules.

« Pas ici, chuchota-t-il. Vous allez le regretter. Et je voudrais que vous ne regrettiez jamais un moment passé avec moi. »

Il lui demanda si elle avait accès à l'un des véhicules de son mari. Ils se mirent d'accord pour se retrouver ce soir-là à l'ancienne carrière. Elle lui indiqua le chemin. Il expliqua qu'il pouvait s'échapper après le repas du soir. Le garde de nuit s'endormait en général juste après le crépuscule.

« On va s'enfuir ensemble, promit-il. On sera mari et femme. »

Le mari de Mary Helen avait pris leur belle voiture pour se rendre à Nashville, mais il avait laissé un vieux pick-up de chantier. Elle dit à la cuisinière d'oublier le dîner. Elle n'avait pas faim. À la tombée de la nuit, elle sortit le pick-up en marche arrière du garage et roula sans phares jusqu'à ce qu'elle dépasse les limites de la plantation. Une fois à la carrière, elle resta assise dans la pénombre et se força à ne pas se projeter trop loin dans l'avenir. Son mari serait furieux, mais il se trouverait une autre femme. Il était riche et puissant. La nuit devint plus noire, et elle se demanda si Manfried allait se montrer enfin. Peut-être que le garde ne s'était pas endormi. Peut-être que Manfried s'était fait surprendre en train de s'échapper. Peut-être qu'il s'était ravisé, qu'il ne voulait plus s'enfuir avec une idiote comme elle.

Finalement, quelqu'un sortit des bois. Elle ne voyait rien, si ce n'est un mouvement dans l'obscurité. Elle ouvrit la portière du pick-up, se glissa dehors, et murmura son prénom. Pas de réponse. Elle s'avança vers la silhouette.

« Manfried ? »

La silhouette l'empoigna et lui fourra un chiffon sale dans la bouche avant qu'elle puisse hurler. Derrière elle, elle entendit le moteur du pick-up. L'homme qui la tenait était fort, beaucoup plus carré que Manfried. Elle se débattit entre ses mains, sentant dans son cou son haleine chaude et moite. Il la força à se tourner et elle vit Manfried au volant du pick-up, un autre prisonnier à côté de lui. Il souriait. Il allait la sauver, se dit-elle, mais le pick-up disparut sur la route obscure et elle resta seule avec le gardien baraqué. Il n'avait pas du tout profité du sommeil de cet homme. Il lui avait fait miroiter la perspective d'une belle jeune femme seule dans un lieu sombre et isolé.

Le garde avait plus d'énergie que son mari. Juste au moment où elle pensait qu'il en avait fini avec elle, il s'écartait et fixait un point au loin. Après un bref répit, il recommençait avec une vigueur qui la sidérait. Elle s'était débattue, au départ, mais sa résistance semblait exciter l'homme. Autant le laisser terminer, se dit-elle. Quand il arrêta, elle avait des bleus partout, et elle saignait. Son dos portait les marques des racines noueuses d'un chêne. Des cailloux s'étaient coincés dans la fente moite entre ses fesses. L'homme retira le chiffon de sa bouche et s'en servit pour s'essuyer le visage. Il lui fit un grand sourire.

« Mon mari va vous tuer, dit-elle.

– Ça m'étonnerait que vous lui racontiez ça. Que dirait-il de votre projet de vous enfuir avec un nazi ? Non, vous allez lui dire que quelqu'un a volé le pick-up, et que c'est tout ce que vous savez. »

L'homme avait raison, bien sûr. Elle avait été idiote.

Au bout de quelques semaines, elle découvrit qu'elle était enceinte. Elle savait que l'enfant ne serait pas de son mari. Ce serait le rejeton du garde brutal. Chaque fois qu'elle regarderait l'enfant, elle penserait à Manfried, comment il s'était joué d'elle, comment il l'avait séduite avec ses bonnes manières et ses belles mains. Elle penserait à cette nuit de violence à la carrière.

C'était trop, d'imaginer une vie entière à haïr son propre enfant. Elle avait entendu parler de ces deux femmes qui vivaient ensemble et possédaient un remède contre les enfants non désirés. Elle leur raconta son histoire et les supplia de lui donner cette potion amère. Elles étaient son seul espoir, expliqua-t-elle. Elle ne pouvait pas garder cet enfant. Elle préférait encore s'attacher une enclume à la taille et plonger dans les eaux noires et profondes de la carrière. Clementine et Ora lui donnèrent la potion et lui recommandèrent de revenir si ça ne marchait pas. La femme ne revint jamais.

7

Juste après le Nouvel An, pendant une période d'une douceur inhabituelle pour la saison, un homme d'Eudora, dans l'Arkansas, était à la chasse aux tourterelles lorsque Fetch, son redbone coonhound, a disparu dans un bosquet de liquidambars, sur les berges du bayou Macon. L'homme a cru que Fetch courait après un lapin. La vue et l'ouïe du vieux chien déclinaient, mais son odorat était aussi aiguisé que celui d'un chiot. L'homme a suivi l'animal et découvert ce que Fetch avait trouvé : un cadavre en putréfaction, infesté de mouches, dans un sac-poubelle déchiré, enterré à seulement une trentaine de centimètres dans le sol. Une pluie torrentielle, récemment, avait dégagé la terre. Les prédateurs s'étaient occupés du reste.

« Un jour de plus, a dit l'homme au shérif, et je crois qu'il ne serait resté que des os. »

Le médecin légiste du comté a déclaré que le corps appartenait à une petite fille, environ de l'âge de Pansy. Elle avait été étouffée, peut-être avec un oreiller. Le légiste a localisé une plume d'oie dans ses bronches. La découverte du corps de cette enfant a provoqué une certaine effervescence chez les enquêteurs chargés de la disparition de Pansy. La fillette avait été découverte à guère plus d'une heure de route de White Forest.

Le gros policier a montré à maman une photo du cadavre tel qu'il était avant qu'ils ne l'ouvrent en quête d'indices. Nous avons fixé l'image d'une enfant sur une table de métal, son torse minuscule couvert d'un drap blanc. Elle avait été retrouvée nue et le médecin légiste affirmait qu'elle avait été battue au cours des heures ou des jours précédant le meurtre. Son visage était bouffi et une grande partie de la peau s'était décomposée ou avait été dévorée par un animal de la forêt. Ce qu'il en restait était cireux et verdâtre. Une portion de la mâchoire manquait, exposant des petites dents qui brillaient d'une blancheur bizarre à côté de la chair grise en putréfaction. Mais les bouclettes qui jaillissaient de son cuir chevelu ressemblaient à celles de Pansy.

Les mains de maman sont restées étonnamment fermes pendant qu'elle étudiait cette image terrible.

« Non. » Elle a rendu la photo au gros policier. « Ce n'est pas ma fille. Les cheveux de cette enfant sont trop foncés. »

Le policier a tenté de la convaincre d'y regarder de plus près.

« La couleur des cheveux paraît peut-être un peu foncée, mais ils ne sont pas propres, et parfois le développement n'est pas tout à fait fiable.

– Je sais à quoi ressemblent les cheveux de ma fille, propres ou sales. Ce n'est pas ma fille.

– Bon, ça nous aiderait quand même d'avoir votre groupe sanguin. Ça ne prouvera sans doute rien, mais ça pourrait nous aider à écarter cette enfant.

– Ce n'est pas nécessaire, a tranché maman. Ce n'est pas Pansy. Je connais ma fille, et ce n'est pas elle. »

Willet était d'accord avec maman. Il a dit que le corps sur cette photo ne ressemblait en rien à notre sœur. Pour ma part, je n'étais pas convaincue.

« Maman, je sais que tu veux pas le croire, mais ce serait pas mieux d'en avoir le cœur net ?

– J'en ai le cœur net. Ce n'est pas Pansy. Et de toute façon je ne connais pas mon groupe sanguin.

– C'est un test très simple, a fait le policier.

– Mais vous auriez aussi besoin de celui d'Earl, non ?

– Ce serait mieux.

– Donc ça ne rime à rien. »

L'absence de papa planait sur la conversation comme elle planait sur nos vies. Les policiers le soupçonnaient d'être responsable de la disparition de Pansy, et ils l'avaient cherché, mais en vain. Ils avaient posé des centaines de questions à maman pour savoir où il avait bien pu aller, et ils s'étaient agacés de son ignorance totale. Nous ne pouvions pas fournir d'explication valable à l'absence prolongée de notre père, nous ne pouvions pas même nous l'expliquer. Il s'était écoulé six mois depuis la dernière fois que nous l'avions vu. Toute ma vie, il avait fait des allées et venues, sans prévenir, et sans cérémonie. Il pouvait partir deux semaines ou un mois, ça n'empêchait pas que quand il passait la porte, il nous saluait comme s'il était seulement sorti pour la journée. Cette fois, c'était différent. Je le savais. Willet le savait. Maman ne pouvait pas se l'avouer.

Malgré ses dénégations, les enquêteurs étaient persuadés que c'était le corps de Pansy. Ils sont passés de la recherche de notre sœur à la traque de son assassin. C'était le plein hiver à présent et, souvent, un froid humide et glacial s'installait au cours de la journée. Willet et moi, on continuait d'aller au lycée, mais on trouvait tous les deux que c'était une perte de temps. Rien de ce que nous apprenions ne nous semblait avoir de valeur, et notre statut de frère et sœur de la disparue nous transformait soit en parias, soit en objets de fascination.

La plupart de nos camarades de classe pensaient que Bubba était dans le coup. Tout le monde savait que je l'avais vu à la carrière ce jour-là. Jusqu'ici, il n'avait jamais été qu'un gamin un peu bizarre, mais depuis qu'il était parti au lycée militaire, c'était devenu un monstre. Quand le corps a été retrouvé en Arkansas, les gens se sont mis à raconter que Bubba avait pu faire du stop sur les petites routes, transportant le corps de Pansy dans un sac-poubelle, jusqu'à ce qu'il trouve un coin pour l'enterrer. C'était ridicule, et je l'ai fait savoir. Les coins isolés pour enterrer un corps, ce n'était pas ça qui manquait près de chez nous. Pourquoi se serait-il embêté à aller dans un autre État ? Et quand était-il censé avoir fait le trajet ? Il était chez lui quand la police était venue l'interroger, les jours et les semaines qui ont suivi la disparition de Pansy. Mais la logique ne l'emporte jamais sur la rumeur. Les gens avaient envie de gober des inepties, et ils n'allaient pas se laisser dissuader par les faits.

Cependant ces rumeurs n'ont eu aucun poids. En définitive, maman avait raison. Le corps enterré sous les liquidambars n'était pas celui de Pansy. C'était le corps d'une enfant noire tuée par sa propre mère. Dans un premier temps, la mère avait prétendu que sa fille s'était enfuie, mais par la suite, elle a avoué son crime à son pasteur, qui l'a encouragée à se dénoncer. La femme a expliqué que la petite était possédée par le Malin ; elle était capricieuse et rebelle. La mère n'avait pas eu l'intention de tuer son enfant, seulement de chasser le diable.

« Le diable était fort, a-t-elle expliqué aux inspecteurs. Il l'a emmenée avec lui. »

J'ai eu de la peine pour cette petite fille. Il n'y avait pas eu d'émission spéciale sur sa disparition. Pas de journaliste blonde éplorée à son sujet. Pas de battue organisée par la police. Il y avait eu des prières, certes, mais personne ne s'était réuni pour allumer des bougies. Il n'y avait pas eu d'indignation générale, pas de demande de justice. Je parie que la femme de Pittsburgh n'avait jamais rendu visite à cette mère. Ça m'inspirait colère et reconnaissance : colère à l'idée que la vie d'une enfant soit considérée comme plus précieuse que celle d'une autre ; reconnaissance à l'idée que Pansy puisse encore être en vie quelque part. Surtout, j'étais inquiète. Si Pansy était vivante, pourquoi ne l'avions-nous pas retrouvée ? Et où était papa ? Je m'inquiétais surtout pour maman.

Maman faisait des trucs que je trouvais incompatibles avec la mère qu'elle était avant la disparition de Pansy. Elle envoyait de l'argent qu'on n'avait pas à des prêcheurs de la télé, qui l'exhortaient à en envoyer davantage : *Dieu vous réserve des miracles. Il vous demande de faire des sacrifices pour recevoir sa bénédiction.* Ces sacrifices consistaient à vider nos comptes en banque en envoyant trente ou cinquante dollars à chaque demande. Après quoi elle s'est mise à envoyer des billets de cent.

Willet et moi, quand on le pouvait, interceptions les lettres. On récupérait les billets dans les enveloppes et on s'en servait pour faire les courses, payer les factures. On a essayé de parler d'argent à ma mère, mais elle refusait d'écouter.

« Il faut que je fasse quelque chose, disait-elle. Et si c'était la graine de la prière qui allait ramener Pansy ? Comment pourrais-je ne pas envoyer ça ? »

Willet a expliqué qu'on allait bientôt être sur la paille si elle continuait. Papa était parti depuis si longtemps qu'on ne pouvait plus compter sur des rentrées d'argent.

« Je m'en fous, de l'argent », répliquait maman.

Elle s'en foutait de nous. Elle s'en foutait d'elle-même. Tout ce qui l'intéressait, c'était de retrouver Pansy. Comment pouvions-nous lui en vouloir ?

Willet s'est mis à travailler à la station de lavage auto, le soir après les cours, et le week-end. Il touchait le salaire minimum, mais les clients donnaient parfois des pourboires.

« C'est mieux que rien, disait-il. Mais tout juste. »

Il pensait qu'il pourrait trouver un boulot dans le bâtiment, mais il aurait fallu qu'il arrête le lycée.

« Il ne te reste plus que quelques mois, ai-je protesté. N'arrête pas maintenant.

– De toute façon, je vais pas être employé de bureau. Je travaillerai dans le bâtiment quoi qu'il arrive, en fin de compte. »

Je l'ai supplié de s'accrocher. Je m'en fichais que Willet ait son diplôme, mais j'aimais bien le savoir au lycée avec moi. Je ne le voyais pas souvent dans la journée, malgré tout je savais qu'il était là, dans une classe, quelque part dans le même bâtiment, et que je pouvais aller le chercher si j'avais besoin de lui. Je redoutais déjà amèrement l'année suivante, où j'allais me retrouver seule. Je l'ai assuré que tout allait s'arranger quand papa rentrerait à la maison.

Willet a éclaté de rire.

« Réveille-toi, Bert. Il va pas rentrer, cette fois. »

Je n'arrivais pas à croire qu'il nous aurait abandonnés pour de bon, surtout pas avec maman dans un si sale état. Elle refusait d'écouter les spéculations concernant papa, mais elles étaient nombreuses. Le gros policier disait que la plupart des enfants qui disparaissent sont enlevés par un parent séparé. Maman soutenait qu'elle et papa n'étaient pas séparés, mais c'était un argument difficile à avaler étant donné son absence prolongée.

D'après Willet, la police avait interrogé tonton Chester et mamie Clem. Je ne sais pas comment il était au courant, mais il a précisé qu'ils n'avaient rien trouvé, et que tonton Chester jurait qu'il n'avait pas parlé à son frère depuis des mois.

Rien n'avait de sens, et plus j'y réfléchissais, plus les réponses semblaient m'échapper. Les souvenirs cauchemardesques de la créature des bois, de l'orage, des baies suspectes se sont mis à s'effacer. Tout dans cette journée semblait aussi glissant qu'un serpent qu'on aurait huilé. J'essayais de me rappeler le moment où nous avions décidé de laisser Pansy. Je me concentrais sur le souvenir de la terre qui collait à mes pieds mouillés et la vision de Willet qui me précédait dans les bois, mais j'avais l'impression de tenter d'attraper du mercure. Le soleil était-il devant nous ou derrière nous ? Le ciel était-il bien bleu, ou constellé de nuages blancs rebondis ? Willet marchait-il devant moi, ou à côté ? Si je ne pouvais pas me remémorer les détails précis, comment pouvais-je être certaine de quoi que ce soit ?

Willet a décrété qu'il fallait qu'on commence à prendre mieux soin de nous et à prendre mieux soin de maman.

« On ne peut plus être des enfants. Il faut qu'on grandisse. »

J'avais quinze ans. Je me suis demandé en quoi Willet s'imaginait que je me raccrochais à mon enfance. Ce n'était pas comme si je jouais à la poupée ou faisais des caprices. Je préparais le dîner presque tous les soirs, même si ça consistait seulement à ouvrir quelques boîtes de conserve.

Willet m'a fait ce speech en changeant l'huile de la voiture de maman. La vieille Ford quatre portes n'avait quasiment pas roulé depuis la disparition de Pansy. Maman préférait ne pas quitter la maison, au cas où Pansy reviendrait ou téléphonerait. Je lui ai passé un vieux chiffon pour s'essuyer les mains.

Willet avait fait réviser la voiture et chaque fois qu'il avait une heure de libre, il roulait jusqu'à la limite du comté et au-delà. Parfois, je l'accompagnais. Il passait devant des cabanes déglinguées avec des carcasses de voitures dans le jardin, où des enfants couverts de poussière jouaient sans gaieté parmi les machines agricoles rouillées et les chiens efflanqués. Il étudiait leurs visages, et de temps en temps il leur parlait, leur montrait des photos de Pansy.

« Vous avez vu cette petite fille ? »

Ils le dévisageaient avec une expression passive et indifférente. La pauvreté qui existait si près de notre maison me rendait malade. Avec l'absence de papa et maman qui sombrait dans le chagrin, nous étions bien partis pour devenir pauvres, mais là, c'était un degré de dénuement sans commune mesure.

« Je ne vois pas pourquoi tu penses que les gens d'ici seraient allés enlever Pansy, lui ai-je dit. La dernière chose dont ils ont besoin, c'est d'une bouche supplémentaire à nourrir. »

Willet a répliqué qu'il ne pensait pas qu'ils l'aient enlevée, mais qu'elle avait pu se retrouver là d'une manière ou d'une autre.

« Est-ce que leurs parents le remarqueraient seulement ? D'ailleurs ils sont où, les parents ? Tu vois des adultes, toi ? »

Je ne voyais pas d'adultes, mais je savais qu'ils existaient. Ils étaient en train de travailler dans les champs, ou à l'intérieur, aux fourneaux, peut-être dans la cuisine d'une femme riche. Je n'ai pas pris la peine de faire observer à Willet que les parents de ces enfants n'étaient ni plus ni moins présents que les nôtres.

Lors de ces expéditions sur les petites routes, Willet m'a appris à conduire. Je braquais le nez de la Ford grise de maman sur les voies de terre toute droites du delta et j'appuyais sur l'accélérateur.

C'est l'un des seuls plaisirs que je me rappelle de cette époque. Il n'y a pas mieux que le delta, pour conduire. Vous pouvez accélérer et freiner brusquement sans crainte de heurter quelque chose ou quelqu'un sur ces routes droites, plates, désertes. La première fois qu'on prend vraiment de la vitesse et qu'on voit le blanc pointillé des champs de coton se changer en couverture floue, c'est comme si on roulait dans les nuages. De temps en temps, Willet m'envoyait aux courses ou à la poste toute seule. J'étais prudente, et je ne me suis jamais fait arrêter. Je crois que Willet voulait être sûr que j'allais être capable de m'occuper de moi et de maman. Il savait qu'il allait bientôt devoir trouver un vrai boulot, et il n'y avait pas tellement de possibilités à White Forest.

Quoi que nous fassions, maman basculait de plus en plus dans le désespoir. Elle avait beaucoup de mauvais jours. Même ses bons jours n'étaient pas formidables. Les bons jours, peut-être qu'elle mettait des vêtements dans lesquels elle n'avait pas dormi et s'aventurait dans la cuisine pour se servir un grand verre de thé glacé et une poignée de gâteaux secs. Au mieux, elle prenait une douche. La plupart du temps, cependant, elle ne dépassait jamais le canapé, où elle restait avachie, bouffie, dans un tee-shirt dégueulasse et un short miteux. Elle dormait mal. Elle fumait constamment. J'essayais de l'inciter à sortir de la maison pour aller faire des courses ou acheter des vêtements à la solderie. Elle refusait. Pansy pouvait rentrer n'importe quand, disait-elle, et elle ne pouvait pas supporter l'idée que sa petite fille soit accueillie par une maison vide. Maman parlait comme si Pansy allait revenir et que tout redeviendrait comme avant. C'était une illusion. Même si Pansy parvenait à revenir, je savais que rien ne serait comme avant.

Les histoires des autres étaient plus simples. Ses souvenirs étaient affreusement emmêlés et tenter de les dénouer le laissait avec plus de questions que de réponses. S'il n'était jamais venu dans le Mississippi, serait-il un homme différent ? Peut-être, mais il se disait qu'extraire un rocher de sa terre ne modifiait pas la nature du rocher.

Lui et Fern avaient huit ans quand leur père les abandonna sur le bord de la route. On l'appelait Junior à l'époque, le premier des nombreux surnoms qui lui colleraient à la peau toute sa vie. « Prends soin de ta sœur », lui avait recommandé son père avant de monter dans un train en direction du nord. Ils ne se désolèrent pas de son départ. Ils en étaient encore à se faire à la perte de leur mère.

Ama Story faisait à peine un mètre et demi et ne pesait pas plus lourd qu'un filet de mulets. Comme c'était une Séminole noire, son mariage avec un Blanc avait provoqué un scandale sur Chokoloskee Island. La famille ne s'intégrait ni avec les hommes blancs qui s'occupaient du comptoir et tentaient de monter des écoles et des hôpitaux, ni avec les familles amérindiennes qui vivaient là depuis des centaines d'années, sur les monticules de coquillages et dans les chickees de leurs ancêtres.

Mais à Chokoloskee, les gens s'efforçaient de vivre en bonne intelligence. C'était un lieu où les hors-la-loi pouvaient se cacher, où un Blanc et un chef indien pouvaient goûter de la crème glacée ensemble pour la première fois. C'était un lieu où on pouvait poser un filet le soir et le ressortir plein de poissons au matin. Sur Chokoloskee, les gens vivaient au rythme des marées et de la lune ; ils s'étaient serré les coudes pour tout reconstruire après une tempête dévastatrice, et avaient tué un baron du sucre atrabilaire sans faire d'histoires parce que, franchement, il fallait le tuer, cet homme.

Junior ne voulait pas quitter l'île, mais les temps étaient durs et la mort de sa mère avait fortement affecté son père. Plus jeune, celui-ci gagnait correctement sa vie en faisant passer du rhum dans le pays par le réseau d'îles de la mangrove qui s'étalait jusqu'au golfe du Mexique, mais la fin de la prohibition l'avait laissé sur le carreau, sans moyen de subsistance. Il n'avait jamais eu l'intention d'avoir un enfant, encore moins deux, et il aimait beaucoup le rappeler à Junior et Fern. Il avait aimé leur mère, mais c'était apparemment la seule personne dont il était capable de se soucier, et, quand elle fut partie, il cessa de faire semblant d'être père. Il évoqua l'idée de trouver une compagne pour les élever, mais aucune femme ne pouvait le supporter, et même si les deux enfants avaient la peau claire, tout le monde savait que leur mère était noire. Aucune femme ne voulait prendre le risque d'avoir un jour des petits-enfants de couleur.

Donc la famille prit la direction du nord, en bateau, à pied, et en train quand ils parvenaient à sauter sur un wagon. Leur père pensait pouvoir trouver du travail dans les champs de coton, c'est pourquoi ils se rendirent dans le delta. Les places étaient chères. Personne ne voulait payer un inconnu pour cueillir du coton, surtout pas quand l'homme en question venait avec un bagage très concret, deux jumeaux. En définitive, ce fut Junior qui suggéra à son père de les abandonner. Junior savait chasser, pêcher, et piéger du gibier de petite taille. Il connaissait plus de nœuds qu'un marin. Il avait le chic pour deviner si les baies étaient toxiques ou comestibles. Lui et Fern s'en tireraient très bien, dit-il à son père. Celui-ci ne lui opposa pas de résistance et, en 1939, il les laissa dans un patelin du nom de White Forest, dans le delta du Mississippi. À part celle de prendre soin de sa sœur, le père ne lui donna qu'une consigne.

« Ne dites jamais à personne de la région que votre mère n'était pas blanche. Avec un peu de chance, ils vous chasseraient de la ville. Mais il est plus probable qu'ils vous tuent. »

Il ne serait pas venu à l'idée de Junior de se vanter d'avoir un père contrebandier raté et une mère noire et indienne, et il le dit.

« Je reviendrai vous chercher quand je pourrai », lança son père avant de sauter sur le train de marchandises.

« Bon, au moins c'est le dernier mensonge qu'on entend de sa bouche », dit Junior à sa sœur.

Fern poussa un petit rire et lui prit la main. Junior devait leur trouver un endroit sûr pour dormir. Il se serait contenté de vivre dehors la plus grande partie de l'année, mais ce serait mieux pour eux deux s'ils disposaient d'un toit. Il obligeait sa sœur à porter un chapeau et une robe longue même quand il faisait une chaleur à crever, car sa peau allait brunir si elle passait trop de temps au soleil, et les gens allaient soupçonner qu'elle n'était pas purement blanche.

Ils parcoururent la ville à pied, s'abritant sous les auvents quand c'était possible. Comme la plupart des patelins qu'ils avaient traversés, White Forest périclitait. Des étagères vides s'alignaient au fond de l'épicerie et un panneau manuscrit, sur le *diner*, annonçait : « FERMETURE DÉFINITIVE ». Junior et Fern s'arrêtèrent au carrefour après la poste, près d'un trio de vieillards poussiéreux assis sur un banc. Les hommes se plaignaient du prix qu'ils obtenaient pour leur coton et ils se plaignaient de Roosevelt. C'était la même chose dans toutes les villes; seules les denrées changeaient. En Floride, les hommes se plaignaient du prix du sucre et du pamplemousse. En Géorgie, ils disaient que ça valait à peine le coup de faire pousser des cacahuètes. Junior tendit l'oreille dans l'espoir d'apprendre quelque information utile, un ragot qu'il pourrait mettre à profit, mais les hommes ne faisaient que geindre pour le plaisir d'entendre le son de leur voix.

Ils traversèrent la ville d'un bout à l'autre à l'heure où la plupart des gens prenaient leur déjeuner.

« Eh bien, c'est vraiment un trou », soupira Junior, même si la commune n'était pas plus petite que les patelins des Evergalades.

Fern se pencha pour ramasser quelque chose sur le sol poussiéreux, puis rangea une minuscule plume blanche dans sa poche. Elle récoltait tout le temps ce genre de trucs. Peut-être la nouerait-elle dans une couronne de pissenlits, ou s'en servirait-elle pour faire des dessins dans la terre.

Fern devait son prénom, qui voulait dire fougère, aux plantes vertes qui poussaient dru sous les cyprès le long des rivières et des marais des Everglades. À la saison sèche, quand l'eau s'évaporait, les fougères vert vif se fanaient et brunissaient. En voyant les touffes sèches, n'importe qui aurait pensé que les plantes étaient mortes. Mais dès que la pluie revenait et que le bassin se remplissait, les feuilles absorbaient l'eau et reprenaient vie. Fern, c'était la résurrection.

La sœur de Junior savait rendre belles les choses ordinaires. Elle transformait des mauvaises herbes en longues chaînes qu'elle portait autour du cou et sur la tête. Elle n'avait pas son pareil pour tailler le bois. Elle prenait le couteau de Junior et transformait des morceaux de chou palmiste et de cyprès en œuvres d'art. Elle sculpta un anhinga, avec ses ailes déployées et son cou de serpent. Elle sculpta une tortue de Floride et une poule d'eau. Elle était née avec le don de créer quelque chose à partir de rien. Junior l'adorait.

Il détestait son propre nom et l'idée de venir en second. Sa mère l'appelait son « petit anhinga ». Quand Fern et lui étaient tout petits, il se plantait sur le plus haut monticule de coquillages et écartait les bras pour se gorger de soleil. Son père disait qu'il ressemblait à Jésus sur la croix, mais sa mère trouvait qu'il ressemblait à l'oiseau-serpent perché sur les branches des cyprès. Leur père n'approuvait pas l'adoration de sa femme pour son fils. Il disait qu'elle allait faire du garçon un dégonflé. Il fouettait souvent Junior, et sous le moindre prétexte. Il n'aimait pas les créations fantaisistes de Fern, ni sa tendance à se perdre dans ses rêveries. Il l'avait fouettée une fois, juste après qu'ils avaient traversé le Mississippi. Junior avait pris le revolver de son père dans son sac et l'avait braqué sur la tête de celui-ci. Son père lui avait ri au nez, disant qu'il n'oserait pas tirer. Quelque chose dans les yeux de Junior avait dû le persuader du contraire, car à partir de là, il avait fichu la paix à Fern. Il avait dit à Junior qu'il allait devoir être responsable de sa sœur et de tout ce qui lui arrivait. L'arrangement lui convenait parfaitement.

Ils continuèrent d'avancer, choisissant leur itinéraire au petit bonheur la chance. La région était si plate qu'il se disait qu'il faudrait quasiment le faire exprès pour se perdre. Ils arrivèrent à un embranchement, à la lisière de la ville : ils pouvaient continuer de longer les vastes champs de coton ou s'enfoncer dans les bois. Junior choisit les bois, pour l'ombre. Il espérait trouver de la nourriture et de l'eau et, effectivement, à sa satisfaction, ils tombèrent sur un buisson de baies sauvages. Plus loin, les arbres s'espaçaient et laissaient place à une vaste clairière, avec en son centre une profonde dépression. Il prit la main de Fern, ils allèrent se poster au bord et regardèrent en bas. Il en eut le vertige. Ça faisait quoi, trente mètres ? soixante ? Le trou était plein d'eau, il y avait donc forcément une source à proximité.

« Ils n'auraient pas dû creuser ça, murmura Fern.

– Je crois que c'est une ancienne carrière. T'as vu, c'est la même roche que sur les routes de la région. »

Fern recula de quelques pas, l'entraînant avec elle.

« Il est mauvais, cet endroit. »

Sa sœur était comme ça, superstitieuse et intuitive. Elle tenait ça de leur mère.

« Viens, on va chercher de l'eau fraîche, dit-il. J'ai soif. »

Au loin, il entendait le murmure d'un torrent. Il suivit le son et trouva la source. Ils burent de l'eau fraîche et mangèrent des baies jusqu'à s'en faire mal au ventre.

Les jumeaux s'endormirent contre le tronc d'un chêne blanc. Ils somnolèrent tout au long de la journée. Junior était tellement fatigué par la marche qu'il aurait pu dormir jusqu'au lendemain, mais Fern le secoua vers la fin de l'après-midi. Un petit garçon les fixait. Il avait l'air d'un animal sauvage, ramassé sur lui-même comme une panthère prête à bondir. Ses lèvres étaient humides et entrouvertes. Ses petites dents pointues luisaient. Il n'était pas beaucoup plus vieux que lui et Fern, mais il était mieux nourri, plus grand. Junior se prépara à se lever pour combattre ou fuir.

« Qu'est-ce que tu nous veux ? » demanda-t-il.

Fern murmura : « Il est pas méchant. »

Le garçon fit un grand sourire et s'approcha, à quatre pattes. Junior se tendit. Fern posa une main sur son épaule pour le calmer.

« Il est pas méchant », répéta-t-elle.

Le garçon tendit une main sale et Fern la prit. Junior aurait voulu s'enfuir, mais il ne pouvait pas laisser Fern avec ce garçon sauvage. Elle était trop confiante.

Le garçon se leva et Fern avec lui. Il leur fit signe de les suivre. Fern lui emboîta le pas comme si elle le connaissait depuis toujours. Junior n'eut pas d'autre choix que de les imiter. Ils marchèrent longtemps à travers la forêt de feuillus et traversèrent un petit ruisseau. Junior s'orientait grâce au soleil. Il savait qu'ils se dirigeaient vers le nord-ouest de la petite ville aux boutiques fermées et aux vieillards ronchons.

Le garçon les conduisit jusqu'à une maison au bord d'un long chemin de terre. C'était une petite bâtisse bien construite avec un porche qui en faisait le tour. Ils avaient dépassé des habitations plus somptueuses en traversant la ville, des maisons avec d'imposantes colonnes et de nombreux toits à pignons, mais Junior trouva que cette modeste demeure dans la campagne avait l'air plus accueillante. Le garçon les conduisit jusqu'au porche et tenta de les entraîner directement à l'intérieur. Junior résista et retint sa sœur. C'était une chose de se présenter à la porte de quelqu'un, c'en était une tout autre d'entrer chez des inconnus sans y être invités. Le garçon n'était peut-être pas dangereux, mais ils ne savaient rien des autres habitants.

Au bout de quelques minutes, une femme sortit. Elle portait une salopette et des bottes de travail pour homme. Elle avait les cheveux au carré, au-dessus des épaules. Junior la trouva très belle.

« Eh bien, entrez, dit-elle. J'imagine que vous avez faim. Vous pouvez tout nous raconter devant un bon dîner. »

Fern sourit de toutes ses dents et entra dans la maison aussi sec. Junior la suivit. Que pouvait-il faire d'autre ?

Il y avait deux femmes dans la maison, et pas trace d'un homme. En plus du garçon sauvage qui les avait amenés là, des enfants étaient attablés. Les femmes accueillaient les enfants qui n'avaient nulle part où aller, expliquèrent-elles. Certains restaient un court laps de temps, pendant que leurs parents travaillaient. D'autres des années, jusqu'à ce qu'ils puissent prendre leur indépendance.

« Celui-là, dit la femme qui n'était pas habillée en homme, il est tout à moi. » Elle posa la main sur la tête du garçon sauvage. Elle leur dit s'appeler Clementine. Junior trouva qu'elle avait un des visages les plus sympathiques qu'il eût jamais vus. Elle était jolie, mais sans ostentation. Elle portait ses cheveux bruns épais en chignon bas et sa jupe semblait avoir été cousue à partir de vieux sacs de farine. Elle se débrouillait pourtant pour ne pas avoir l'air pauvre.

La femme en salopette s'appelait Ora. Elle les interrogea sur leur voyage. Junior répondit qu'ils venaient de Floride. Il resta vague, ne voulant pas se dévoiler trop à des inconnues.

« Et vos parents ?

– Morts », fit Junior.

Il n'avait pas l'impression de mentir. Son père pouvait très bien se trouver six pieds sous terre comme sa mère. Il n'allait pas revenir les chercher. Junior n'aimait pas parler de ses parents. Il n'était pas fâché d'avoir perdu son père, mais sa mère lui manquait affreusement. Même pendant sa maladie, elle était restée proche de ses enfants. Elle les prenait à côté d'elle, chaque soir, et leur racontait des histoires au sujet de l'île avant l'arrivée des Blancs. Junior adorait ces histoires. C'était tout ce qu'il lui restait de sa mère.

Son grand-père était un chef puissant et sa grand-mère une esclave en fuite – décidée à échapper au propriétaire de la plantation qui voulait qu'elle fasse davantage que le ménage et la cuisine. Elle avait résisté et il l'avait battue. Un jour, elle s'était enfuie et il l'avait rattrapée. Il lui avait marqué la cuisse gauche avec un fer à bestiaux pour signaler sa propriété. Elle avait de nouveau pris la fuite et les Séminoles l'avaient cachée. Quand elle était tombée enceinte de la mère de Junior, elle avait raclé la cicatrice du fer avec un coquillage tranchant. L'infection l'avait emportée peu après son accouchement. Ama était née avec une grosse tache de naissance violacée sur la cuisse gauche, et son père disait que c'était la trace du malheur de sa mère. Il lui avait appris à ne jamais maudire cette tache ou en avoir honte. La marque entretenait la mémoire de sa mère. Junior aimait poser la main dessus. Elle était chaude même quand le vent était frais. Il aimait penser qu'il descendait d'une femme assez forte pour découper un morceau de sa propre jambe afin d'en retirer une malédiction.

Après un dîner de haricots et de pain de maïs, les femmes conduisirent Junior et Fern dans une chambre avec les autres enfants. Des duvets étaient empilés contre les murs et des rangées de petits matelas rayés alignées par terre.

« C'est pas grand-chose, commenta la femme en salopette, mais je pense que vous trouverez ça plus confortable que de dormir dehors. »

Junior pensa que c'était plus confortable que tous les endroits où ils avaient dormi depuis leur départ de l'île. C'était une chance inouïe, d'avoir trouvé ces femmes. Les temps étaient durs, la nourriture rare. Il n'y avait pas beaucoup de gens qui pouvaient se permettre d'accueillir deux gosses. Presque toutes les nuits, il rêvait de sa mère, des oiseaux et de l'eau tiède clapotant sur le rivage des îles de la mangrove, mais ce soir-là, il dormit d'un sommeil profond et sans rêve.

8

Mamie Clem a débarqué juste après Pâques – encore une fête qu'on ne célébrait plus : pas de jambon cru, pas de gâteau aux myrtilles, pas d'œufs cachés dans les fleurs, pas de panier d'osier plein de lapins en chocolat ni de bonbons à la gelée. Sans Pansy, quel intérêt ?

Mamie Clem apportait un de ses quatre-quarts et un pot de confiture de mûres. Elle a posé le tout au milieu de la table poussiéreuse de la cuisine, placé ses mains sur ses hanches, et regardé autour d'elle. J'avais honte de l'état de la maison, négligée et miteuse. Nous avions renoncé à passer l'aspirateur et à faire la poussière. Le carrelage de la salle de bains était strié de moisissures, et toutes les surfaces étaient collantes. Ça sentait le vieux, une odeur rance de pique-nique abandonné au soleil.

« Je voulais voir comment vous vous en sortiez », a dit mamie Clem.

Willet a lancé un café et je suis allée chercher maman dans sa chambre. Il y avait une cigarette à demi consumée dans le cendrier et la pièce puait le tabac froid. Pansy avait disparu depuis huit mois, et maman s'enfonçait davantage dans la dépression chaque jour. Quand je lui ai annoncé que mamie Clem était là, elle m'a regardée les yeux plissés, comme si elle ne comprenait pas ce que je disais. J'ai sorti un chemisier en vichy et un pantalon corsaire en coton propres de son placard.

« Et si tu enfilais ça ? »

Sa chemise de nuit était pleine de taches et tellement usée qu'on voyait au travers.

« Qu'est-ce qu'elle fiche là ? »

Maman m'a pris les vêtements des mains et a retiré sa chemise de nuit. Elle était tellement maigre que je pouvais compter les côtes sous ses petits seins. Le pantalon glissait sur ses hanches.

J'ai pris sa brosse à cheveux plaqué argent en poils de sanglier sur sa coiffeuse.

« Viens, je vais te brosser. »

Des particules de poussière se sont dispersées dans la pièce. Auparavant, maman se donnait cent coups de brosse chaque soir et elle avait des cheveux épais, brillants et longs, mais à présent, on aurait dit qu'il y en avait à peine assez pour cacher la peau de son crâne. En remarquant une plaque dégarnie de la taille d'une pièce de vingt-cinq cents au-dessus de son oreille gauche, je me suis demandé si elle s'était arraché les cheveux. Je lui ai fait une queue-de-cheval dans la nuque. Puis j'ai caché l'élastique en nouant par-dessus un ruban de satin, étonnée qu'elle m'autorise une telle intimité. À vrai dire, ça m'a dévastée. Je ne me souvenais pas de la dernière fois que je l'avais touchée. Elle avait besoin d'un bain. Une odeur d'œuf pourri, aigre, s'élevait de sa peau.

« Tu es jolie, maman. »

Elle a contemplé ses mains ouvertes.

« Je ne veux pas la voir, Roberta Lynn.

– Elle a apporté du quatre-quarts.

– Je ne lui fais pas confiance. »

Je suis allée chercher un gant de toilette humide dans la salle de bains, de l'autre côté du couloir. Quand je suis revenue, maman était de nouveau affalée sur le lit, une cigarette allumée à la main. Elle fumait en fixant le plafond. Je lui ai lavé la figure avec le gant de toilette tiède. Comment maman pouvait-elle n'avoir aucune confiance en la femme qui l'avait accouchée de tous ses enfants, qui avait élevé son mari ?

« Viens juste un petit moment. »

Maman s'est massé le front du bout des doigts. J'ai cru qu'elle allait refuser de se lever, mais elle a poussé un grognement et posé les pieds par terre. Puis elle a écrasé sa cigarette, lâchant un grand soupir. Je l'ai suivie dans le salon, où Willet et mamie Clem buvaient du café sur le canapé.

Mamie Clem a souri.

« Loretta, comment ça va ? »

Maman s'est laissée tomber dans le rocking-chair rigide.

« À ton avis, Clementine ?

– Attends, je vais te chercher un café, maman », a dit Willet.

Maman a fait oui de la tête. J'ai suivi Willet dans la cuisine.

« Qu'est-ce qu'elle fabrique ici ? »

J'ai sorti des assiettes du placard.

Willet a haussé les épaules. Il a reniflé un litre de crème dans le frigo et en a versé une larme dans une tasse de café, qu'il a remuée avec le doigt.

J'ai coupé de grosses tranches du gâteau posé sur la table. L'odeur me donnait le tournis. Le glaçage au citron me collait aux doigts. Je me suis léché le pouce et j'ai savouré la montée acide et sucrée qui s'est emparée de moi.

Quand nous nous sommes de nouveau assis, mamie Clem nous a exposé la raison de sa visite.

« Je me disais que Bert pourrait peut-être venir travailler avec moi cet été.

– Moi ?

– Tu es assez grande pour m'aider dans le jardin et je pourrais t'apprendre à faire des tisanes médicinales, entre autres choses.

– Non, a répliqué maman. Cette idée ne me plaît pas. »

Je ne savais pas trop si elle me plaisait non plus. J'ai pensé au mobile home de Chester, juste devant la maison de mamie Clem. Avais-je vraiment envie de m'attarder si près de mon oncle ?

« Écoute ce que j'ai à dire, Loretta. »

Mamie Clem parlait comme une femme qui avait déjà pris sa décision, pas comme quelqu'un qui négocie. J'ai appris par la suite à m'attendre à ce ton de sa part, à cette certitude, à cette absence totale de doutes ou de compromis. C'était sa personnalité.

« Je la paierai, bien sûr. Et ça sera bien pour elle d'apprendre un métier. » Elle a posé son assiette de gâteau sur la petite table à côté du canapé et croisé les mains sur ses genoux. « Elle ne m'a pas l'air taillée pour les études de secrétariat, si ? ou l'école d'esthéticiennes ? »

Willet a ricané, et je lui ai jeté un regard noir. Je portais un vieux jean à lui, coupé au-dessus du genou, et un tee-shirt avec un arc-en-ciel délavé sur la poitrine. Je n'étais pas peignée. Je suis à peu près sûre que je ne m'étais pas lavé la figure. J'avais beaucoup d'autres soucis en tête. Comment aurais-je pu passer du temps à me boucler les cheveux ou à me mettre de l'eye-liner bleu comme les autres filles de ma classe ? Ça me semblait tellement futile. En plus, j'avais entendu ce qu'on racontait sur Pansy. Les gens disaient que c'était une enfant d'une beauté exceptionnelle. Ils avaient l'air de penser que ça avait un rapport avec sa disparition. Qui n'aurait pas envie d'enlever une si jolie petite fille ? Je détestais les gens qui parlaient comme ça. Mais je ne voyais pas l'intérêt de se donner du mal pour être belle. La beauté, visiblement, ça rimait avec les ennuis.

Mamie Clem a repris.

« On s'en tiendra aux cours de botanique, je ne vais pas l'entraîner dans les trucs plus costauds. Pas encore. Pas avant qu'elle soit prête. Tu as ma parole.

– Je n'aime pas ça. »

Maman n'avait même pas encore goûté son gâteau.

« Il me semble qu'elle est assez grande pour avoir son mot à dire, tu crois pas ? »

Je savais que j'étais censée me ranger du côté de maman, mais je n'ai pas pu.

« Je crois que ça serait mieux que je le fasse. On a besoin de cet argent. »

Willet a approuvé d'un bref hochement de tête qui m'a fait plaisir.

« Bon, déjà, a dit mamie Clem, je vais lui apprendre à conduire. Elle va avoir besoin d'un moyen de locomotion et elle est assez grande. »

J'ai fait un grand sourire. Je n'ai pas pu m'en empêcher.

« Je sais déjà conduire ! »

Maman m'a jeté un regard sévère.

« Raconte pas de bobards, Roberta Lynn. »

Willet est intervenu.

« C'est moi qui lui ai appris. Je suis désolé, maman. J'aurais dû te demander d'abord. »

Maman s'est levée. Son assiette a glissé de ses genoux et est tombée bruyamment par terre.

Willet lui a pris le bras, mais elle s'est dégagée brusquement.

« Je te prie d'arrêter de me couver. Je ne suis pas une enfant. »

Elle est sortie du salon et j'ai entendu la porte de la salle de bains claquer.

Mamie Clem a bu une gorgée de café et s'est renfoncée dans le canapé. C'était une toute petite femme, mais elle avait le chic pour remplir une pièce.

« Merci pour la proposition, ai-je dit. Sans doute que je ne devrais pas accepter. »

Mamie Clem a enveloppé sa tasse à deux mains.

« Tu me fais bonne impression. Depuis toujours. »

Je n'avais jamais fait bonne impression à personne jusque-là, du moins on ne me l'avait jamais dit.

« Vas-y, Bert, a renchéri Willet. Ça te fera du bien de sortir un peu de la maison. Comment tu vas occuper ton été, sinon ? »

Nous avons discuté des détails pendant que maman restait planquée dans la salle de bains. Mamie Clem m'emmènerait passer le permis de conduire la première semaine des vacances d'été, et je commencerais à travailler pour elle juste après. Ça me gênait de laisser maman en dehors de cette affaire, mais elle était en dehors de tout depuis si longtemps que je ne voyais pas d'autre solution.

La deuxième semaine des vacances d'été, j'ai pris la voiture pour aller chez mamie Clem. Je n'avais jamais conduit toute seule sur une si longue distance. En me garant dans l'allée, j'ai jeté un coup d'œil au mobile home de Chester. J'ai cru voir une ombre passer devant la fenêtre du fond, mais c'était peut-être un reflet du soleil matinal. Je me suis demandé s'il arrivait encore à tonton Chester d'avoir papa au téléphone, ou s'il était aussi dérouté que nous par sa disparition prolongée. Je ne le pensais pas capable de faire tourner l'affaire de faux billets sans lui. Chester ne possédait pas la discipline de son frère. Papa n'aurait jamais mis en circulation un billet raté, tandis qu'à mon avis, Chester ne se serait pas trop embarrassé de questions de qualité. Pourtant, il faisait quelque chose, dans ce mobile home. Quand le vent a tourné, j'ai senti une odeur âcre et piquante. Un mélange de pisse de chat et de linge sale.

Mamie Clem m'a accueillie avec une tasse de café.

« Tu as faim ?

– Ça va », ai-je fait, même si je n'avais pas pris de petit déjeuner. Je ne mangeais jamais le matin.

« Bon, alors on commence. »

Elle a posé un chapeau de paille à larges bords sur ses cheveux grisonnants et enfilé une paire de bottes de chantier à bout coqué. Nous sommes sorties par-derrière et le soleil matinal m'a fait cligner des yeux. Derrière chez mamie Clem s'étendait un vaste champ verdoyant. Rien à voir avec notre jardin minable et négligé. Des rosiers thé grimpants aux branches enchevêtrées encadraient le porche en bois. Je n'ai jamais trop aimé le parfum des roses, mais ces fleurs couleur pêche étaient jolies. Nous nous sommes avancées dans l'herbe humide et mamie Clem m'a désigné les massifs, les uns après les autres. Des barriques de whisky, un vieil abreuvoir. Tous les mètres à peu près, elle en avait fait des parterres surélevés et dans chacun poussaient des plantes mystérieuses que je n'aurais pas su nommer.

Avant de travailler avec mamie Clem, il ne m'était jamais venu à l'idée que les plantes pouvaient servir à autre chose qu'à être mangées ou admirées. Quand maman s'occupait de son jardin derrière chez nous, je ne m'y étais jamais intéressée, et je n'avais absolument rien fait pour l'entretenir depuis qu'elle l'avait délaissé. Mamie Clem m'a montré où elle plantait ses herbes, précisant lesquelles étaient plus efficaces en tisanes et lesquelles il fallait écraser pour en faire des pommades.

« Celles-là, a-t-elle dit en indiquant un long parterre de plantes aux feuilles velues, je les fais surtout pousser pour leurs racines. Mais les feuilles de consoude apaisent les brûlures de sumac vénéneux. Il est très mauvais dans la région. » Elle m'a passé un sécateur. « Tiens, coupe-moi un bouquet de ces tulipes, Bert. On les mettra sur la table à l'entrée. Ça fait plaisir aux femmes que je soigne de voir un peu de belles choses. »

Elle m'a montré comment couper les tulipes, au ras du sol. J'ai fourré le sécateur dans mon short et composé un gros bouquet. Quand je me suis retournée, mamie Clem a gloussé.

« Bert, tu ressembles à une mariée redneck qui passe devant M. le maire pour cause de grossesse. Et jolie, avec ça. »

Personne n'avait pris la peine de me regarder au cours des mois écoulés depuis la disparition de Pansy. Ni maman ni Willet ne remarquaient même ce que je portais ou à quoi je ressemblais quand je sortais de la maison. Jour et nuit, ils ne pensaient qu'à une chose, retrouver Pansy. Je pensais à elle aussi, je pensais à elle tout le temps, et ce moment dans le jardin avec mamie Clem a été le premier depuis longtemps où j'ai pensé à moi. Je me suis sentie coupable, mais pas seulement ; ça m'a fait du bien aussi, étrangement. Par son regard, mamie Clem m'a rassurée sur mon existence. Je n'étais pas un feu follet dans un conte de fées. Je n'étais pas une enfant perdue dans les bois. Je n'étais pas un moucheron exaspérant qui volette autour de vous en attendant qu'on l'écrase. J'avais de l'importance.

Mamie Clem m'apprenait des choses utiles et me payait bien. J'y serais allée tous les jours gratuitement, mais tous les vendredis, elle me donnait une enveloppe. Je ne regardais jamais à l'intérieur en sa présence, j'attendais d'avoir fait un bon bout de route avant de décoller le rabat pour compter les billets. En général, il y avait environ quatre-vingts dollars, mais parfois jusqu'à cent. Nulle part ailleurs à White Forest une adolescente de quinze ans sans expérience professionnelle n'aurait pu toucher un salaire pareil pour quelques heures chaque semaine.

Ça ne plaisait pas à Willet que je passe tant de temps avec mamie Clem. Il était content que je gagne de l'argent, mais il n'avait pas confiance en elle. Il n'a jamais compris la vraie nature de son commerce. Il ne voyait pas sa façon de traiter les nouveau-nés, ni sa douceur avec les femmes qui mettaient fin à leur grossesse ou faisaient adopter leurs bébés. Mamie Clem n'essayait jamais de les faire changer d'avis. Personne ne venait la voir sur un coup de tête.

« Si elles sont là, elles savent ce qu'elles veulent, disait-elle. Ou bien elles sont à court de possibilités, et elles savent ce qu'elles ont à faire. Elles n'ont pas besoin de prêchi-prêcha. Ce qui est un péché pour une personne peut être le salut pour une autre. Ce n'est pas à moi de décider. »

Je travaillais avec mamie Clem depuis à peu près un an quand une jeune femme est arrivée ; elle haletait bruyamment et se plaignait de son ventre enflé.

« J'ai la sensation d'être une tique sur le point d'éclater », a-t-elle expliqué.

Mamie Clem l'a installée dans la chambre d'amis qu'elle utilisait pour les accouchements. La femme n'était pas tellement plus vieille que moi, et son visage me disait quelque chose, comme si je l'avais croisée à la supérette, par exemple. Elle habitait à Clarksdale et elle n'était pas mariée. Elle n'avait parlé de sa grossesse à personne et elle était à terme. En faisant bouillir le forceps de ma grand-mère et en rassemblant un tas de serviettes propres, j'ai fait observer qu'à mon avis, elle se racontait des histoires si elle s'imaginait qu'elle avait pu cacher sa grossesse à quiconque. Mamie Clem a répliqué qu'elle était déjà rondouillarde avant le bébé ; la plupart des gens avaient dû penser qu'elle avait simplement encore grossi.

« Les gens croient ce qu'on leur dit de croire, a résumé mamie Clem. C'est une leçon à retenir, Bert. »

Le travail a traîné pendant des heures, et mamie Clem m'a demandé de rester jusqu'à la naissance. J'avais déjà assisté à plusieurs accouchements, et je n'étais plus horrifiée par le magma de sang et de merde qui s'écoulait du corps des femmes pendant le travail, en particulier quand il durait.

Celle-là n'arrêtait pas de dire qu'elle devait se dépêcher.

« Faut que je rentre à la maison, sinon mon paternel va se demander où je suis partie. »

Mamie Clem a répondu qu'elle aurait dû laisser un mot, parce que ça risquait fort de prendre un moment. Hors de la pièce, j'ai demandé discrètement à mamie Clem ce que la femme comptait dire à son père quand elle rentrerait à la maison avec un bébé dans les bras. Mamie Clem m'a expliqué qu'elle n'allait pas le garder, mais le donner à un autre couple. C'était un aspect de l'activité de mamie Clem que je ne connaissais pas.

Ce n'était pas légal, mais les gens voulaient des bébés, et l'adoption dans les règles prenait des années. Certaines personnes adoptaient dans d'autres pays, mais la plupart des gens voulaient des enfants qui leur ressemblaient. Quand des femmes venaient la trouver avec des grossesses non désirées, elle les aidait soit à y mettre fin, soit à placer le bébé. Elle remplissait le certificat de naissance au nom des familles adoptives. Les couples la payaient dix mille dollars pour un nouveau-né doté de tous ses papiers, plus deux mille qu'ils versaient à la mère naturelle. La somme me paraissait énorme, mais c'était moins cher et plus rapide que de passer par les canaux officiels. Mamie Clem affirmait que les bébés auraient une vie meilleure. Bien sûr, parfois, ça se passait mal. Ce jour-là, par exemple, quand la femme a enfin expulsé le petit garçon, mamie Clem a aussitôt secoué la tête.

« Marianne, a-t-elle grondé, ce couple ne va pas prendre un enfant noir. »

Marianne a fondu en larmes.

« Il n'est pas si foncé que ça. »

Elle a caressé sa peau lisse de nouveau-né.

« Assez quand même. Et il est magnifique, c'est sûr, mais cette snobinarde d'Olive Branch ne va jamais rentrer tranquillement chez elle avec un enfant noir, et tu le sais. Il va falloir qu'on trouve une autre solution.

– Peut-être une famille noire ?

– Peut-être. » Mamie Clem m'a regardée. « Bert, nettoie ce bébé. Je vais passer quelques coups de fil. »

Pendant qu'elle était au téléphone, j'ai essuyé le nourrisson. Ça me rendait furieuse. Cet enfant, ce garçon parfait, en pleine santé, avait moins de valeur qu'un autre parce qu'il avait le teint deux tons plus foncé que prévu. Ce n'était pas juste. Je ne m'attachais jamais trop aux bébés, mais j'ai passé un peu plus de temps à laver et à baigner ce petit qu'un autre. J'éprouvais une tendresse puissante envers lui. Quand je l'ai rendu à Marianne, j'ai vu qu'elle aussi, elle avait de la tendresse pour lui.

« Vous ne pourriez pas le garder ? » j'ai demandé.

Ses yeux se sont remplis de larmes qui ont dégouliné sur ses joues rebondies. Elle a secoué la tête.

« Je ne peux pas subvenir à mes propres besoins. Et je suis censée entrer à la fac, cette année. Papa me tuerait s'il savait que j'ai eu un bébé. Et un bébé noir ? Il me tuerait deux fois. »

Mamie Clem est revenue en annonçant qu'elle avait trouvé une famille susceptible d'être intéressée. Elle leur amènerait l'enfant le lendemain. Cette famille avait déjà cinq filles et voulait un garçon, mais les grossesses successives avaient épuisé la femme. Cela faisait des années qu'elle demandait à mamie Clem une potion pour avoir un enfant de sexe masculin. Mamie Clem pouvait faire beaucoup de choses avec les herbes et les potions, mais elle ne pouvait pas influencer le sexe d'un enfant. Je n'en revenais pas que des gens qui avaient déjà cinq enfants puissent en vouloir un de plus, mais après tout, c'était peut-être comme les chats, peut-être que deux ou vingt c'était du pareil au même. Ça m'exaspérait qu'ils ne veuillent l'enfant que parce que c'était un garçon, mais bon. C'était sans doute une bonne chose qu'on lui accorde de la valeur pour une raison ou pour une autre, à ce gosse.

« Je ne peux pas te donner d'argent, Marianne, a dit mamie Clem, mais je ne te ferai pas payer l'accouchement.

– Je comptais sacrément dessus. » Marianne m'a passé le bébé et elle a disparu un moment dans la salle de bains. J'ai entendu l'eau couler, et j'ai entendu ses sanglots, mais quand elle est ressortie, elle avait à peu près la même tête que quand elle était arrivée plus tôt dans la journée. « Il faut que je rentre avant que papa appelle la police. »

Une fois qu'elle est partie, mamie Clem a pris le bébé et lui a fait boire un peu de lait maternisé, dont elle avait toujours un stock. Il a tété avec avidité, pas comme certains nourrissons qui se faisaient prier pour manger. Il était exceptionnel, je vous le dis. Mamie Clem avait l'air crevée et ça m'ennuyait de m'en aller. Je savais qu'elle n'allait pas dormir. J'ai proposé de rester pour la nuit.

« Ah, Bert, sûr que ça m'aiderait beaucoup. »

Après avoir appelé maman pour la prévenir, j'ai pris le petit garçon et l'ai bercé jusqu'à ce qu'il s'endorme. Je n'arrêtais pas de fourrer mon nez dans les plis doux de son cou. C'était la meilleure odeur que j'aie sentie de ma vie. On est restées debout presque toute la nuit, à boire thé sur thé et à s'occuper du bébé quand il avait besoin de quelque chose. J'ai avoué à mamie Clem que je m'inquiétais pour maman. Certains jours, elle parlait comme si elle s'attendait à ce que Pansy passe la porte d'une minute à l'autre. D'autres jours, on aurait dit qu'elle avait perdu tout espoir. Elle avait une toux affreuse et des difficultés à respirer. Elle mangeait à peine, mais fumait en permanence. Mamie Clem a promis qu'elle me donnerait des herbes pour lui dégager les poumons quand je rentrerais.

« On ne peut pas forcer les gens à vivre, Bert. J'ai appris ça quand j'avais à peu près ton âge. »

J'ai poussé le bébé du nez et il a fait des petits bruits de succion adorables contre ma poitrine. Le lendemain matin, mamie Clem devait emmener le petit garçon chez le couple qui allait l'élever. Je me suis demandé si j'allais lui manquer, s'il penserait que je l'avais abandonné. Il ne m'aurait connue qu'une journée, mais une journée, c'était toute sa vie. J'ai demandé à mamie Clem où habitaient les gens qui allaient le recueillir. Elle a eu l'intelligence de ne pas me le révéler. Elle m'a rassurée.

« Il sera mieux là-bas. Un bon foyer, avec des parents qui l'aimeront. C'est l'idéal. »

Mamie Clem a parlé toute la nuit. Elle disait que ça la tenait éveillée, de parler, mais je crois qu'elle essayait de me communiquer quelque chose sur notre famille. Elle m'a parlé de la mort de ses parents, elle m'a raconté comment elle en était venue à travailler avec les mères et les bébés. J'adorais écouter ses histoires. J'avais l'impression qu'elles s'enracinaient profondément en moi et devenaient miennes. Elle a dit que là-dessus, j'étais comme mon père.

« Il ne se lassait jamais de m'écouter quand il avait ton âge. Il y a des gens qui sont nés pour transmettre les histoires. »

Ça m'a plu, de savoir que je partageais quelque chose d'important avec papa.

Ils étaient restés avec les femmes et Chester nettement plus longtemps qu'il ne l'avait compté. Dans leur maison, dans les bois près de White Forest, Mississippi, sa sœur et lui étaient bien nourris, on s'occupait d'eux, ils étaient en sécurité. Ils étaient aimés. Il le savait bien, mais ce n'était pas la même chose que l'amour d'une vraie mère. Les femmes avaient tout donné aux enfants, y compris un nouveau nom de famille, qu'ils partageaient avec Chester. En ville et à l'école, on les appelait Watkins. Junior n'aimait pas l'école. Ce n'était pas difficile, mais ça ne l'intéressait pas. D'un ton monocorde, la prof parlait chiffres, histoire et géographie sans plus finir. Ça n'avait rien à voir avec les leçons qu'il avait reçues sur l'île. Sa mère lui avait appris à compter et à faire des additions en ramassant des coquillages. Son histoire, c'était l'histoire de ses ancêtres, des femmes et des hommes forts qui avaient été dupés et avilis, mais pas détruits. La géographie de l'île lui revenait dans ses rêves. Il savait se repérer entre les îles comme la plupart des gens se repèrent dans les rues d'une ville. Même après des années d'éloignement, il savait qu'il serait capable de piloter un bateau à travers le labyrinthe de mangroves d'un vert intense, grouillant d'oiseaux, sans jamais s'y perdre.

Les choses qu'on lui enseignait à l'école étaient inutiles. Sa prof ne souffrait guère les questions et n'aimait pas qu'on la critique. Quand elle parla des guerres séminoles, elle appela les Indiens « sauvages ». Elle les décrivit comme des créatures violentes résolues à détruire les colons blancs. Les colons blancs apportaient le progrès, disait-elle. Les colons blancs apportaient la culture. Il savait que c'était faux, et il n'arrivait pas à déterminer si c'était une menteuse, ou juste une imbécile. Elle ne parlait pas des esclaves avec beaucoup plus de bienveillance. À l'écouter, on aurait cru que c'était une bénédiction d'être raflé en Afrique et déporté en Amérique pour travailler sur les plantations. Qu'aurait-elle pensé d'une femme mi-noire, mi-séminole avec deux enfants métis ? Elle l'aurait sans doute méprisée, il le soupçonnait. Il n'y avait rien à gagner à contredire cette idiote. Il s'était fait taper sur les doigts à coups de règle en bois, et il avait appris à la fermer, mais les jours où elle évoquait les sauvages non domestiqués comme sa mère, il bouillait de rage. Une rage qui lui empoisonnait le sang et le rendait violent. Un jour, en sortant de cours, il se tourna et flanqua un grand coup de poing en plein dans l'estomac d'un autre garçon. Celui-ci tomba en se tenant le ventre et s'écria : « Pourquoi t'as fait ça ? »

Les yeux de Junior s'étaient emplis de larmes brûlantes qui ne devaient jamais couler. Seule Fern parvenait à le calmer quand cette colère le prenait. Elle lui chantait des chansons que leur mère leur avait apprises, et il fermait les yeux et imaginait le bruit du vent, des vagues et des cris d'oiseaux.

« Quand est-ce qu'on rentre chez nous ? lui demandait Fern presque tous les jours.

– Bientôt », promettait-il.

Fern ne s'en sortait pas mieux que lui à l'école. Elle n'arrivait pas à rester sans bouger aussi longtemps. Elle avait besoin de faire quelque chose de ses mains. La première année, elle fut punie pour avoir arraché les pages d'un cahier et fabriqué des oiseaux délicats avec le papier. Elle l'avait fait sans réfléchir, il le savait, mais il n'y avait pas moyen de faire comprendre ça à la prof. Elle apprit à garder ses mains immobiles pendant les longues heures de cours. Mais chaque après-midi, elle ramassait des feuilles mortes, des morceaux d'écorce et des carapaces d'insectes et, grâce à la magie de ses doigts, les transformait en objets magnifiques, dignes d'être conservés.

Rien ne pourrait rendre l'école plus supportable, mais Ora et Clementine étaient gentilles, et elles s'occupaient des enfants comme si c'étaient les leurs. Fern était la préférée de Clementine. C'était triste, parce que Chester était son vrai fils. Chester n'était ni intelligent, ni beau, ni doué. Adolescent, il faisait encore des colères et des caprices. Clementine disait que Chester était né d'un acte violent, et qu'il portait cette violence en lui. Les crises de Chester ne gênaient pas Junior. Il les comprenait. Fern calmait les deux garçons avec ses chansons et les objets qu'elle fabriquait. Elle offrait ses créations aux gens qu'elle aimait ou à quiconque lui témoignait de la bonté. Chester et Junior se remplissaient les poches d'oiseaux en papier, de tortues en bois et d'orchidées en tissu et copeaux d'écorce. Les deux garçons l'adoraient, et ils auraient fait n'importe quoi pour elle. Chester était brutal, et beaucoup de gens pensaient qu'il ne vaudrait jamais grand-chose, mais Junior voyait son bon côté. L'une des grandes caractéristiques de Chester, c'était sa loyauté, et sa loyauté envers Fern était sans pareille.

L'année où Chester eut quinze ans et Fern et lui treize, ils passèrent tous les trois une longue journée à pêcher sur les berges d'une rivière des environs. C'était le début du printemps, il ne faisait pas encore trop chaud. Une brise agréable empêchait les insectes de voler partout. Les trois adolescents lancèrent leurs lignes en fanfaronnant, se réjouissant de faire frire une grande poêlée de poissons le soir pour Clementine et Ora. En milieu de matinée, ils avaient attrapé une demi-douzaine de crapets. Fern en eut assez de pêcher et s'éloigna pour ramasser des coquilles de noix de pécan, qu'elle transforma en minuscules crabes. Elle aligna ses œuvres sur la berge sablonneuse.

Junior aurait voulu pouvoir la ramener dans les îles. Elle ne se sentait pas à sa place ici, mais il ne voyait pas comment ils auraient pu faire un si long voyage sans en baver. Bientôt, se promettait-il. Il était un homme à présent, ou presque, et il allait pouvoir trouver du travail. La situation n'était plus aussi terrible qu'au moment où leur père les avait abandonnés au bord de la voie ferrée. Il y avait des emplois dans la construction de ponts ou de barrages, dans les exploitations forestières et les usines d'égrenage de coton. Sous peu, il serait en mesure de subvenir à leurs besoins et ils pourraient se mettre en route. Clementine et Ora seraient tristes de les voir partir. Il les avait entendues parler entre elles, se réjouissant du bien que ça faisait à Chester d'avoir un frère et une sœur. Il se demandait si Chester aurait envie de venir avec eux, mais il savait que ce serait trop demander, de l'arracher à son foyer. L'île serait aussi étrangère à Chester que cette terre plate et verte l'était pour lui et sa sœur. Les seuls points communs entre ces lieux étaient la profusion de lianes vertes et les moustiques gros comme des oiseaux.

Il n'allait pas de soi de quitter un endroit où la nourriture était abondante et le toit étanche, mais ils auraient dû partir ce printemps-là. Ils n'auraient pas dû s'attarder pour cet été atroce, même s'ils étaient à l'aise, même s'ils étaient bien nourris. Sur l'île, les pélicans blancs abandonnaient leurs petits avant leur premier vol. Ce n'était que lorsqu'ils crevaient de faim, lorsqu'ils n'avaient plus le choix, que les oisillons se décidaient à quitter le nid. Penser à ces oiseaux déclenchait chez Junior une nostalgie terrible. Leur mère les mettait au monde, puis elle les nourrissait pendant près de trois mois. Elle quittait le nid chaque jour, et revenait avec des vairons, des crevettes, ou des petits poissons. Puis un jour, elle disparaissait. Les oiseaux, encore petits, encore bien au chaud, en sécurité dans leur nid, attendaient, et attendaient, plus affamés de minute en minute. Avaient-ils peur ? Étaient-ils tristes ? Étaient-ils en colère ? Sans doute, se disait-il. Finalement, ils s'élançaient hors du nid. C'est poussés par le désespoir et la famine qu'ils volaient pour la première fois. Pourquoi leur mère ne pouvait-elle pas rester assez longtemps pour leur apprendre à voler ? Pourquoi ne pouvait-elle pas les aider encore un petit moment ? Il le savait, pourquoi. Les oiseaux ne voleront pas s'ils n'y sont pas obligés. Les oiseaux, comme les enfants, ne quitteront leur nid douillet qu'en tout dernier recours.

9

J'ai travaillé pour mamie Clem pendant tout le lycée. Sa maison est devenue mon second chez-moi et s'il n'y avait pas eu maman, j'y aurais passé tout mon temps. Je m'y sentais mieux que partout ailleurs. Nous marquions l'écoulement des jours, des mois et des années par la seule mesure qui avait du sens à nos yeux. La plupart du temps, nous n'en parlions pas, mais aux grandes occasions – Noël, le 4 Juillet, l'anniversaire de Pansy – mamie Clem secouait la tête, par exemple, et soupirait : « Cette pauvre enfant. » Et je savais qu'elle parlait de Pansy. Quant à Willet, le jour anniversaire de la disparition, il était particulièrement aux petits soins avec maman, lui apportant du thé glacé sans qu'elle ait besoin de demander et se retenant de jurer à tort et à travers comme il en avait l'habitude. La première année a été la plus difficile. La troisième, c'était devenu la routine.

J'ai grandi. J'aurais grandi que Pansy disparaisse ou non, sans doute, toujours est-il qu'à mes dix-sept ans, j'avais assisté à des dizaines d'accouchements, et je savais faire la différence entre les feuilles toxiques et les comestibles. Je ne sais pas qui j'aurais été si les choses s'étaient passées autrement – si nous avions retrouvé Pansy ou ne l'avions jamais perdue. Peut-être que je serais allée au bal du lycée, à la fête des anciens élèves. Peut-être que je me serais maquée avec un garçon de la région, un fils de fermier perpétuellement hâlé, ou un petit-bourgeois, fils de notable, au teint pâle. Peut-être que je me serais inscrite au club de science, ou que je me serais mise à écrire pour le journal du lycée. Toutes sortes de choses étaient possibles avant la disparition de Pansy, mais son absence a réduit mon univers à une pointe acérée.

En l'état, je ne pouvais pas me permettre une adolescence ordinaire. Chez mamie Clem, j'avais affaire à la vie et à la mort. Je passais des heures dans son jardin ou dans sa cuisine. Ce travail m'accompagnait partout. Ma peau sentait le mauve et le vert, la lavande et la menthe, la jacinthe et la mélisse, la naissance et la mort. J'avais de la terre noire sous les ongles. À mon entrée en terminale, ses patientes me faisaient confiance. J'en connaissais tellement. C'étaient les mères de mes camarades de classe. C'étaient la caissière de la supérette et les secrétaires des bureaux de Cotton Row. L'une d'entre elles était assise trois rangs devant moi en cours d'histoire américaine. Elle avait été extrêmement choquée de me voir quand elle était arrivée chez mamie Clem pour qu'elle l'aide à mettre fin à une grossesse imprévue. J'ai appris à mettre les femmes à l'aise. Je trouvais le moyen de laisser mes yeux dériver sur elles sans les voir quand je les croisais dans la rue ou les magasins. Pas de battement de cils de reconnaissance, pas de froncement de sourcils de jugement, pas de grimace de mépris, de pitié ou de tendresse. Les femmes qui venaient trouver mamie Clem ne voulaient pas ma sympathie; elles voulaient mon silence. Je respectais leur volonté, et elles me faisaient confiance.

« Celle-là, elle sait la fermer », a dit l'une d'entre elles.

Mamie Clem a approuvé.

« Oui, elle sait garder les secrets. C'est de famille. »

J'ai passé bien des nuits blanches avec mamie Clem et les nouveau-nés. Ça me plaisait d'être éveillée quand tout le monde dormait. Les bébés sentaient la levure et le citron. Notre maison sentait le moisi, le tabac froid et la solitude de maman. Willet était souvent absent. Il travaillait sur des chantiers sur la côte et dans des villes du Sud-Est. Il s'était acheté un pick-up d'occasion et m'avait laissé la vieille Ford de maman. Je me sentais mal quand je laissais maman toute seule, mais quand j'étais là, on ne parlait que rarement. Tant que je lui faisais les courses et la fournissais en cigarettes, soda light et thé glacé, je ne lui manquais pas. Je n'étais pas la fille qu'elle voulait ou dont elle avait besoin.

Certains soirs, quand je n'avais pas de raison de rester chez mamie Clem, je roulais sur les petites routes du delta et tentais de me perdre. Beaucoup de ces routes n'avaient pas de panneaux et les kilomètres de bitume couvert de poussière se ressemblaient tous, surtout quand le coton était haut. Parfois, je me rendais sur le site de l'ancienne carrière et je regardais les étoiles briller au-dessus de l'endroit où nous avions perdu Pansy. Ça me faisait froid dans le dos, d'être là toute seule. C'était vrai, ce que disait papa ; cet endroit était maléfique. On n'aurait jamais dû aller y nager ou jouer dans ces bois. On cherchait les ennuis.

La plupart du temps, je roulais en silence, mais quand le son de mes propres pensées devenait trop envahissant, j'allumais la radio pour me distraire. Je zappais les stations de rock ou les prêches religieux. Je ne savais pas ce que je cherchais, jusqu'au jour où j'ai entendu une voix familière.

« Nos lignes téléphoniques fonctionnent, donc appelez-nous maintenant. Nous nous entretenons avec Horace Lawrence, rescapé d'enlèvement, qui a écrit le livre *Dans ce ciel sombre.* C'est tout simplement l'une des lectures les plus fascinantes que j'ai faites sur l'expérience de l'enlèvement. Comme vous le savez tous ou presque, j'ai été enlevé à plusieurs reprises dans mon enfance. Les souvenirs d'Horace dans cet ouvrage corroborent tout ce dont je me souviens. Et je sais qu'il y a des sceptiques parmi vous ; il y en a parmi ceux qui écoutent ma voix en ce moment qui ne parviennent pas à croire aux existences extraterrestres et refuseront d'accepter cette réalité même s'ils en ont la preuve sous les yeux, la preuve que ces êtres, non seulement existent, mais viennent sur Terre pour enlever des enfants afin d'en faire des sujets d'études. Nous faisons partie de cette expérience à grande échelle. Les preuves sont partout. Tout ce que vous avez à faire, c'est vous renseigner, et croire les témoignages. Je m'appelle Bubba Speck, et je suis là pour répondre à vos appels. »

Les gens appelaient pour raconter qu'ils avaient été enlevés, qu'ils avaient été sondés par des aliens. Une femme affirmait qu'elle avait été fécondée et qu'elle avait avorté pour se débarrasser d'un fœtus extraterrestre. Un homme parlait de son fils disparu ; il avait la certitude que l'enfant avait été arraché de son lit et emmené dans un vaisseau spatial. Bubba écoutait ces gens. Il compatissait. « Personne d'autre ne me croit, disaient-ils. Je ne peux pas en parler, sinon on me prend pour un fou. » Tous ces gens qui, en plein jour, n'avaient personne qui accepte leurs récits, trouvaient, la nuit, la voix chaleureuse de Bubba.

La disparition de Pansy me hantait constamment, et entendre Bubba et ses auditeurs parler de personnes disparues, de temps manquant, et de souvenirs manquants, a ravivé ma mémoire. La disparition de Pansy n'avait pas cessé non plus d'obséder Bubba. Elle nous hantait tous. Maman envoyait de l'argent à des prêcheurs et priait pour qu'elle revienne. Willet la cherchait partout où il se rendait. Moi, j'essayais constamment de trouver un sens à cette énigme, mais Bubba, lui, cherchait la solution dans le ciel. Il y a des choses qui ne changent jamais.

Un été, dans notre enfance, alors que Pansy n'était encore qu'un bébé qui tétait et pleurait à heures fixes, encore laide, colérique et avide, Willet et Bubba avaient traîné un vieux chariot rouge au kiosque de feux d'artifice à l'extérieur de la ville. Ils avaient mis en commun leur argent de poche, une somme modique malgré deux mois passés à tondre les pelouses et arracher les mauvaises herbes de tous ceux qui voulaient bien les engager. C'était la fin de l'après-midi du 4 Juillet, et les feux d'artifice étaient soldés. Ils sont revenus avec tout un tas d'explosifs bon marché : pétards, chandelles, fusées, toupies, torches, etc. Maman a protesté que c'était dangereux. Willet avait onze ans. Papa a répliqué qu'il était assez grand et que rien dans ce chariot ne risquait de tuer quiconque. Nous nous sommes installés au bout du jardin sur des chaises en alu branlantes. Maman a mis Pansy au sein. Willet et Bubba ont déballé soigneusement leur chargement. Papa se tenait à côté avec son meilleur Zippo, qu'il a passé à Willet avec un hochement de tête grave qui m'a donné une envie folle de tenir un objet argenté, moi aussi. Willet voulait allumer les plus beaux d'abord, mais Bubba l'a arrêté. Ce serait plus impressionnant de démarrer modestement, pour monter peu à peu en puissance jusqu'au bouquet final. Ils avaient une bombe à répétition qui promettait une minute entière de pluie d'étoiles et d'illuminations multicolores.

« On n'a qu'à faire péter celui-là en dernier, a suggéré Bubba. Comme ça on pourra en profiter tranquillement. »

Willet s'est rangé à son opinion. Bubba savait être persuasif. Si on fermait les yeux en l'écoutant parler, il était facile d'oublier qu'on avait affaire à un enfant. Willet a allumé un feu de Bengale et me l'a apporté, me disant de l'agiter en l'air.

« C'est une baguette magique, ai-je dit.

– Oui, c'est ça. »

Maman a serré Pansy plus fort et s'est écartée de mon bâtonnet crépitant. Elle ne me faisait pas confiance.

Les premiers feux d'artifice qu'ils ont allumés ne marchaient pas, et Willet a juré à cause de l'argent fichu en l'air. Maman lui a demandé de surveiller son langage, mais papa a dit qu'il avait le droit de jurer sur certains sujets. Les gros mots servaient à ça. Finalement, Bubba a allumé une fontaine et le ciel s'est empli d'étincelles. Même maman a souri. J'ai agité mon cierge magique en l'air et poussé un hourra. Pendant une demi-heure, Willet et Bubba ont fait crépiter, éclater et siffler des feux d'artifice dans la nuit. Willet faisait des allers et retours en courant du tas de munitions à l'endroit où je me tenais au bout du jardin, m'apportant un nouveau feu de Bengale chaque fois que le mien s'éteignait. Je souriais de toutes mes dents, heureuse de constater que j'étais toujours sa sœur préférée malgré l'arrivée récente de Pansy. Je me suis approchée peu à peu des deux garçons vers la fin du spectacle, et maman était trop distraite par la petite pour le remarquer, ou alors pour s'en inquiéter. Le ciel noir était hachuré de lumière argentée, d'explosions rouges et de traces de fumée spectrales. Ils ont allumé la dernière fusée et Willet et Bubba se sont postés de chaque côté de moi. Nous avons penché la tête en arrière et contemplé le ciel nocturne, bouche bée.

« Qu'est-ce que t'en penses, Bert ? a demandé Bubba.

– Je pense que c'est le plus beau spectacle que j'aie jamais vu. »

Par une soirée claire de printemps, alors que les étoiles semblaient particulièrement nombreuses, j'ai écouté jusqu'à ce que Bubba rende l'antenne. Il était largement passé minuit. Je me suis demandé si Willet connaissait l'existence de l'émission de Bubba, s'il était tombé dessus par une nuit d'insomnie, ou en rentrant d'un chantier, épuisé par une journée qui s'était éternisée au boulot. Je savais ce qu'il dirait – que Bubba était cinglé. Mais l'était-il ? En quoi l'histoire de Bubba était-elle plus folle que tous les autres scénarios qu'on avait imaginés au fil des années ?

J'ai arrêté la voiture au milieu d'une route déserte et je suis descendue regarder les étoiles. Je pensais à tous ces gens qui parlaient de lumières étranges et de visiteurs d'une autre planète. Qu'est-ce que ça ferait, d'être soulevée dans le ciel noir ? J'aurais voulu le savoir. Je n'avais pas prié depuis des années, ayant abandonné Dieu avec les autres totems de l'enfance, comme le père Noël et la petite souris, mais j'ai souhaité très fort voir un signe de vie quelconque, et ce souhait m'a fait l'effet d'une prière. Comme toutes les prières que j'avais prononcées dans ma vie, celle-ci est restée sans effet. Le ciel n'a pas bougé, pas changé. Aucune lumière vive n'est apparue. Aucun vaisseau n'a surgi pour m'emmener. La lune ne m'a même pas fait un clin d'œil. Si des créatures d'une autre planète cherchaient des signes de vie, je ne leur suffisais pas. Cependant, si Pansy avait été enlevée par des aliens, comme le prétendait Bubba, est-ce que ça n'aurait pas été plus facile pour nous ? pour Willet et moi ? Comment aurions-nous pu être responsables d'une chose pareille ?

Le lendemain, j'ai téléphoné à la station de radio. Une femme m'a expliqué que l'émission était enregistrée à Jackson, dans une station affiliée.

« Mais vous la diffusez en direct ?

– Oui. Il y a beaucoup de tarés qui appellent en pleine nuit. »

J'ai compris au ton de sa voix qu'elle se demandait si je n'étais pas l'une d'entre eux.

J'ai laissé passer une semaine, puis j'ai pris la route pour Jackson afin d'aller trouver Bubba. Le trajet prenait deux heures et demie, même en pleine nuit. J'ai bu du café dégueulasse à la station-service et je me suis arrêtée deux fois pour consulter le plan. La station de radio se trouvait à l'ouest de la ville et, après m'être trompée à un carrefour, je me suis retrouvée dans un quartier résidentiel avec des chiens qui aboyaient et des hommes regroupés sur leur perron, fumant des cigarettes et buvant de l'alcool à même des cannettes dissimulées dans des sacs en papier. Ils m'ont observée tandis que je passais dans leurs rues au ralenti. Le blanc de leurs yeux jetait une lueur inquiétante, sévère et soupçonneuse.

J'ai trouvé la station, un immeuble en brique à un seul étage, surmonté d'antennes qui dépassaient dans le ciel. Le parking était protégé par une chaîne, mais le portail était ouvert. La porte en verre était fermée à clé. J'ai frappé, espérant qu'on m'entende. Personne n'est venu. Je suis retournée à la voiture et j'ai écouté la voix de Bubba en observant le bâtiment. Je l'imaginais parfaitement à l'intérieur, parlant dans son micro et prenant les appels.

Je me suis demandé lequel des cinq véhicules garés sur le parking lui appartenait. J'ai éliminé les camionnettes avec l'indicatif de la radio. Ça laissait une Camaro blanche avec un aileron arrière et une Pinto jaune moutarde avec le châssis rouillé. J'espérais qu'il conduisait la Camaro, mais je le voyais bien dans la vieille Pinto. Quand Bubba a rendu l'antenne, j'ai fixé les yeux sur la porte fermée, pensant qu'il n'allait pas tarder.

Je m'apprêtais à renoncer quand je l'ai vu traverser le parking. Il avait dû sortir par une autre porte. Il ne s'est dirigé ni vers la Camaro ni vers la Pinto, mais vers une moto que je n'avais pas remarquée, à l'autre bout du parking. Il est passé sous un lampadaire. Il portait un tee-shirt noir et une casquette de base-ball. Il avait les cheveux longs. À part ça, il avait la même tête que l'adolescent de mon souvenir.

J'ai bondi dehors et crié.

« Bubba ! »

Il a pressé le pas, comme s'il voulait m'échapper.

« Bubba ! C'est moi, c'est Bert ! »

Il s'est arrêté, puis retourné. J'ai couru vers lui. Je lui ai jeté les bras autour du cou et j'ai ri.

« Oh, là, là, ça fait une éternité !

– Il est tard, tu ne devrais pas être là. »

Je me suis reculée.

« Tu es encore fâché contre moi ?

– Je ne vois pas ce que tu fais là. »

Son ventre mou dépassait de son jean délavé et il avait des taches de sueur sous les aisselles, bien que la nuit soit fraîche.

« Je t'ai entendu à la radio. Je voulais te voir. »

Il a poussé un soupir, regardé les clés dans sa main et les a fourrées dans sa poche.

« J'imagine que t'es pas venue à pied ? »

J'ai montré la vieille Ford de maman.

« J'ai faim », a-t-il dit.

Je nous ai conduits au Krystal's, où nous avons partagé un sachet de hamburgers à l'oignon et des frites. Il a englouti une demi-douzaines de petits burgers carrés imbibés de moutarde avant que j'en aie terminé un. Il a vidé son soda extralarge et est allé en chercher un autre. Je trouvais que j'avais roulé un peu longtemps pour un silence hostile et un sachet de bouffe dégueulasse, mais au bout d'un moment, il s'est mis à parler. Il m'a assaillie d'une rafale de questions, sans me laisser le temps de répondre.

« Qu'est-ce qui t'a pris, Bert ? Faire toute cette route en pleine nuit ? Et s'il t'était arrivé un truc ? Et si t'étais tombée en panne ? Willet sait que tu es là ? Et ta mère ? Comment va Willet ? Comment va ta mère ? »

J'ai mangé une frite grasse et je l'ai étudié sous les néons impitoyables.

« T'as fini ?

– Je commence à peine.

– Alors déjà, je ne suis pas un enfant, et t'as pas besoin de t'inquiéter d'où je vais et à quelle heure. Ensuite, je voulais te voir. Ça fait presque quatre ans et je m'en suis toujours voulu pour la façon dont tu es parti. Je considérais que c'était ma faute. »

Il a essuyé de la moutarde du coin de ses lèvres avec une petite serviette carrée.

« Alors t'es venue pour racheter ta petite conscience ?

– Je voulais te voir. »

Il a fourré un autre burger dans sa bouche et l'a avalé quasiment sans mastiquer.

« Eh bien, me voilà. Je suis gros. Je suis moche. Je suis cinglé. Tu peux aller faire ton rapport aux bonnes âmes de White Forest. Bubba Speck est taré. Il a pas changé.

– Je ne te prends pas pour un taré.

– T'es bien la seule.

– Ce n'est pas ce que pensent les gens qui t'appellent pendant ton émission. »

Bubba a secoué le sachet de papier pour voir s'il restait des frites. Il évitait mon regard. Je me suis mise à dégoiser pour combler le silence. Je lui ai raconté que je travaillais pour mamie Clem et que je terminais le lycée en mai. Je lui ai dit que Willet travaillait dans le bâtiment. Je lui ai parlé de la mauvaise santé de maman, précisant qu'on n'avait pas vu papa depuis avant la disparition de Pansy.

Bubba a posé les coudes sur l'aluminium froid de la table et m'a toisée. C'était bizarre. Il était bizarre. J'avais commis une erreur en venant à Jackson. J'avais cru que je comptais à ses yeux, qu'il serait content d'avoir de mes nouvelles, mais je me trompais. J'avais passé les quatre dernières années à penser à Pansy, à mon père et à Bubba, mais apparemment, Bubba ne m'avait pas accordé une seule pensée. Il pensait à ses aliens et à ses histoires d'enlèvements extraterrestres. J'étais une gamine quelconque qu'il avait connue autrefois, une gamine à cause de laquelle on l'avait viré de chez lui.

Je me suis levée pour aller remplir mon gobelet de papier. Bubba m'a prise par le bras.

« Bert, quelqu'un sait que tu es là ?

– Non.

– Ni Willet, ni ta mère, ni ta grand-mère ?

– Je suis partie comme ça. Je ne l'ai dit à personne. »

Ses doigts se sont enfoncés dans mon avant-bras et il m'a attirée vers lui. Sa façon de me regarder m'a fichu mal au ventre.

« Personne ne s'inquiéterait si tu disparaissais au milieu de la nuit ? »

De fait, personne ne se serait inquiété, mais je ne voulais pas de la pitié de Bubba.

« Et toi, il y a quelqu'un qui te cherche, là ? ai-je demandé. Il y a quelqu'un qui se soucie de savoir où tu es ? »

Il a relâché mon bras. Je me suis rassise, mon gobelet toujours vide, le ventre toujours retourné. Je savais que j'aurais dû avoir peur, mais je ne pouvais pas avoir peur de Bubba. On était pareils. La disparition de Pansy avait fait virer Bubba de chez lui, elle m'avait rendue invisible chez moi. On ne comptait ni l'un ni l'autre.

Il s'est frotté le visage et a passé les doigts dans ses cheveux longs et gras. Il n'avait que vingt ans, mais on aurait cru qu'il en avait cinquante.

« Je suis crevé. Tu me déposerais chez moi ? J'ai la flemme de prendre ma moto. »

Il était 2 heures du matin. Je n'avais rien prévu. J'avais pensé que je pourrais faire l'aller-retour sans dormir, mais je redoutais la route noire, déserte.

« T'habites où ?

– À trois kilomètres d'ici. Viens passer un moment à la maison. »

Bubba était désormais un inconnu, mais j'avais changé aussi. J'ai roulé en boule les serviettes usagées sur la table et les ai entassées sur le plateau en plastique. Je ne savais pas trop ce qu'il proposait. Je ne pouvais pas prédire ce qui allait se passer si je restais. Je savais que rien ne se passerait si je prenais la fuite. J'avais besoin qu'il se passe quelque chose.

« Demain c'est samedi, a repris Bubba. T'as pas cours.

– Tu dis que tu n'as jamais vu Pansy ce jour-là, mais elle était là. Elle nageait dans la carrière. Comment t'as pu ne pas la voir ?

– Tu le sais, comment.

– Non, dis-moi.

– Viens à la maison. Je te dirai tout ce que je sais. »

J'ai pris mes clés et il m'a suivie dehors.

« Je vais où ? »

Il m'a indiqué la nationale et m'a fait prendre une série de virages. J'ai essayé de mémoriser, mais Jackson était beaucoup plus grande que White Forest, et l'obscurité transformait les repères en ombres. Nous nous sommes arrêtés sur le parking d'un petit immeuble résidentiel hideux. Nous avons grimpé un escalier en métal à l'extérieur de l'immeuble. J'ai suivi Bubba à l'intérieur et je me suis demandé si j'avais perdu l'esprit. Je n'avais pas une seule bonne raison d'être là. Willet serait furieux s'il savait.

Bubba a allumé le plafonnier. Il n'y avait pas grand-chose – un canapé imitation cuir, un fauteuil poire calé dans un coin, une petite télé posée sur des parpaings, des murs nus, et la seule fenêtre était recouverte d'alu, ce qui était déjà le cas chez ses parents, je m'en souvenais de la fois où on était passés après la disparition de Pansy.

« Pourquoi tu mets ça ? »

J'ai désigné la fenêtre.

« Pour qu'ils ne puissent pas me voir quand je dors. Je n'aime pas ça quand ils lisent mes rêves. »

Il a ouvert un mini frigo dans un coin et en a sorti deux cannettes de bière. J'ai retiré la languette de la mienne. Le liquide amer m'a picoté le nez.

« Quel âge t'as, maintenant ?

– Presque dix-huit. »

Il s'est assis sur le canapé. Le faux cuir a crissé bruyamment. J'ai opté pour le fauteuil poire.

Il a bu une grande gorgée de bière.

« Qu'est-ce que tu fabriques ici ?

– Tu m'as invitée à passer.

– Mais pourquoi t'es venue ? »

Je n'ai pas su lui répondre.

Il a vidé sa bière et est allé s'en chercher une autre. Il m'en a proposé une, mais ma première était encore pleine.

« Je ne suis pas parti. J'ai été viré. Ma famille voulait se débarrasser de moi et ils se sont servis de ta sœur comme prétexte. » Il a posé une main sur son torse et roté. L'odeur rance de bière et de graisse a empli la pièce. « Mon père me détestait. Il pensait que j'avais tué ma mère. Si je n'étais pas né, elle serait encore en vie. Tu vois le monstre que je suis. Le genre de monstre qui tue sa propre mère.

– T'étais bébé.

– Et quand ta sœur a disparu, il a cru que je l'avais tuée aussi. Tout le monde l'a cru. Les gens pensaient que je l'avais entraînée dans les bois et que je lui avais fait des horreurs. Les gens croyaient que je l'avais enterrée, ou brûlée, ou que j'avais planqué son corps dans une voiture de passage. Tu sais bien ce qu'ils ont raconté. T'as entendu les rumeurs. »

J'ai secoué la tête, alors que je savais ce qui s'était dit.

« Les gens ont pensé que je l'avais violée. Une enfant. Qui irait faire une abomination pareille ? Et qu'est-ce que ça veut dire, que les gens croient que je suis ce genre de mec ? »

Le visage de Bubba est devenu rouge et marbré. Il avait les yeux humides, mais il n'a pas pleuré. À la radio, il disait ce que ça faisait d'avoir survécu à l'enlèvement. Il parlait des aliens qui étudiaient son cerveau. Il pensait qu'ils voulaient lire sur ses lèvres. Qu'ils traversaient des galaxies pour le retrouver, encore et encore. Il était exceptionnel. Ça devait le valoriser, même si c'était terrifiant. Je ne pouvais pas me résoudre à croire les histoires de Bubba, mais je savais que lui, il y croyait. Il était peut-être fou, mais ce n'était pas un menteur.

J'ai ouvert une deuxième bière et nous avons bu en silence pendant un moment. Mes jambes se sont ankylosées dans le creux du fauteuil poire. Je me suis interrogée sur la vie de Bubba. Que faisait-il après le boulot, quand il était seul ? Rentrait-il ici boire de la bière en solitaire jusqu'à trouver le sommeil ? Ou allumait-il la télé pour regarder les conneries qui passaient à 2 heures du mat ?

« De quoi tu rêves ? lui ai-je demandé. Les trucs que tu ne veux pas que les aliens voient, c'est quoi ?

– Des trucs que je veux pas que tu voies non plus. »

Il s'est excusé pour se rendre aux toilettes. À travers la cloison fine, j'ai entendu le jet d'urine cogner le côté de la cuvette. Je me suis extraite du fauteuil poire et me suis dégourdi les jambes. J'ai regardé ses livres. La plupart étaient des récits d'enlèvement par les aliens à la première personne, mais pas tous. J'en ai sorti un de l'étagère : *Parmi les absents : Une anthologie des personnes disparues*. À quoi rimait un livre pareil ? Les gens réclamaient-ils des anecdotes sur les personnes disparues ? Si oui, pourquoi ? C'était déjà assez affreux quand on était immergé dedans. Pourquoi lire sur ce sujet si on n'y était pas forcé ? J'ai remis le livre à sa place.

Bubba est revenu des toilettes.

« T'as prévu quoi ?

– Prévu quoi ?

– Ce soir, je veux dire. Tu vas pas rentrer cette nuit, si ? »

Je n'avais pas envie de passer des heures toute seule dans la voiture, dans le noir. Je n'aurais pas la voix de Bubba pour me tenir compagnie. À la radio, il n'y aurait que du rock de troisième zone et des émissions religieuses. Willet travaillait sur un chantier à Mobile. Mamie Clem ne m'attendait pas avant midi.

Maman ne remarquerait même pas mon absence, à moins qu'elle soit à court de cigarettes.

« Reste là, a dit Bubba. Tu n'auras qu'à reprendre la route quand il fera jour. »

Il m'a laissé son lit, un matelas à une place sur un sommier en métal, avec une couverture en coton pas plus épaisse que les draps. Il est retourné sur le canapé. Il a dit qu'il y dormait tout le temps. J'ai entendu la télévision ronronner toute la nuit. Je me suis demandé s'il lui arrivait de dormir.

Quand je me suis réveillée, la chambre était dans le noir, bien qu'il soit presque 9 heures du matin. Les fenêtres couvertes d'alu empêchaient la lumière de passer. Je ne me levais jamais aussi tard à la maison, même après une nuit presque blanche en compagnie de mamie Clem et d'un nouveau-né. Je me suis brossé les dents du bout des doigts et passé de l'eau froide sur la figure. J'ai ouvert l'armoire à pharmacie de Bubba, touché sa crème contre l'acné et ses pommades. Il avait un flacon d'aspirine et du Valium prescrit par un médecin.

Dans le salon, il était assis exactement au même endroit que la nuit d'avant. Quelque chose me disait qu'il passait une grande partie de sa vie à cette place, à regarder la télé, à lire ou à fixer le vide.

« Merci de m'avoir hébergée.

– Tu peux pas faire des choses pareilles, tu sais ?

– Quelles choses ?

– Débarquer chez des inconnus et y passer la nuit. »

Il a versé du café d'un percolateur posé sur une plaque chauffante. J'ai pris la tasse qu'il me tendait.

« T'es pas un inconnu.

– Bert, j'ai pas enlevé Pansy. Je l'ai pas vue du tout. Je sais pas ce qui est arrivé à ta sœur. Je sais pas ce qui nous est arrivé, à tous.

– Je t'ai pas accusé.

– Tu t'es forcément posé la question. Sinon pourquoi t'aurais fait tout ce chemin pour voir un mec que tu connais à peine ? »

Je me suis assise à côté de lui sur le canapé grinçant.

« C'est pas parce que j'ai pas enlevé Pansy que je suis inoffensif. T'es trop confiante. »

Il se trompait. Je ne faisais confiance à personne. J'aimais mon frère, je le respectais, mais je ne lui faisais pas toujours confiance. Comme tout le monde, il avait trop de secrets. Maman, mamie Clem, Willet ; ils me cachaient des choses et se les cachaient entre eux.

« Je veux connaître la vérité, lui ai-je dit. C'est tout. »

Là, il m'a embrassée. Il avait une odeur de propre, de savon, comme s'il sortait de la douche. Il a retiré ses lèvres, placé les mains de chaque côté de mon visage, et pressé son front contre le mien. Nos nez se touchaient. Nous respirions à l'unisson.

« Bert », il a murmuré.

J'ai poussé mes lèvres contre les siennes pour le faire taire. Il avait un goût familier, normal pour un garçon avec lequel on a grandi. Je l'ai attiré sur moi. Son corps était une couverture chaude. Il était hésitant, il m'a touchée d'abord par-dessus mon tee-shirt et mon short. Quand j'ai glissé sa main sous mes habits, il a marqué une pause, comme s'il s'attendait à ce que je l'arrête. Je l'ai attiré plus près et j'ai recherché sa caresse avec mon corps. Il a tressailli quand j'ai soupiré dans son oreille. Il a retenu sa respiration quand j'ai effleuré son cou. Il mourait d'envie de moi, mais j'aurais pu me lever et partir, il ne m'aurait pas retenue.

Je le savais. Il a gardé son tee-shirt. Ses jambes étaient blanches comme un cachet d'aspirine et il avait une touffe de poils bruns au-dessus des fesses.

Le canapé grinçait et soupirait à chacun de nos gestes. Les coussins bon marché collaient à ma peau nue. D'après les filles du lycée, la première fois était toujours douloureuse. Elles parlaient du sang sur les draps, de la douleur entre les jambes qui s'attardait pendant des jours, mais je n'ai pas eu mal du tout. Mon corps s'est étiré et ouvert comme s'il avait attendu longtemps cet instant. Bubba a émis des petits gémissements contre mon cou. Puis il s'est contracté. Il s'est retiré et il a joui sur mon ventre.

« Je suis désolé, a-t-il murmuré. Je suis vraiment désolé. »

Je ne savais pas ce que j'étais censée faire ensuite. Mon corps voulait quelque chose de plus, mais Bubba n'a pas esquissé un geste pour continuer. J'ai envisagé de frotter sa main sur moi, mais ça paraissait un peu insistant et pathétique. Le pouvoir que j'avais quelques secondes plus tôt avait disparu. Il restait apathique et sans réaction quand je me pressais contre lui. Il s'est excusé encore et encore jusqu'à ce que je lui dise de la fermer.

« Je vais y aller. Ils commencent peut-être à se demander où je suis passée, tous. »

Il m'a écartée pour se remettre debout. Le canapé a grincé. Il m'a tourné le dos et il a enfilé son jean. J'ai pris une serviette en papier pour essuyer la substance visqueuse, grumeleuse sur mon ventre avant de remettre mon tee-shirt et de remonter mon short en jean, qui s'était roulé sur mes chevilles.

« Tu te rappelles le soir où vous aviez organisé un feu d'artifice ? » ai-je demandé.

Il a enfilé des mocassins sur ses pieds nus.

« Un feu d'artifice ?

– Oui, toi et Willet, vous aviez acheté un tas de feux d'artifice et vous les avez allumés dans notre jardin. »

Il a secoué la tête.

« Je crois pas. Ça devait être quelqu'un d'autre.

– Non, c'était toi. Pansy était encore bébé.

– Ça ne me dit rien, mais il y a plein de trucs dont je ne me souviens pas. Je t'ai dit, je perds la notion du temps. »

Il était pathétique, debout au milieu de son petit appartement hideux. J'aurais dû avoir pitié de lui, mais j'étais en colère. Comment avait-il pu oublier le feu d'artifice ? Cette soirée avait été importante pour moi. Et il s'en fichait complètement.

« Et ça, tu t'en rappelleras ? Dans dix ans, tu te rappelleras que tu m'as sautée sur ton canapé merdique ?

– Parle pas comme ça. Tu salis tout.

– J'aurais pas dû venir. »

J'ai trouvé mes clés et j'ai remis mes tennis.

« Oui, ben ça je te l'ai déjà dit. »

Il était en colère aussi. Ça me l'a rendu de nouveau sympathique. Il valait mieux être fâché que pathétique. Je l'ai enlacé un long moment. Je voulais me rappeler son odeur et la sensation de ses bras dans mon dos. Je me disais que je ne le reverrais peut-être jamais.

« J'oublierai pas, a-il dit, ses lèvres dans mon cou. Je te le promets. »

J'ai repris la route pour White Forest, le soleil dur du matin dans mon dos. Mamie Clem ou maman allaient-elles voir ce que j'avais fait rien qu'en me regardant ? Si c'était le cas, elles n'en ont jamais parlé. Enfin, j'avais un secret rien qu'à moi.

Clementine et Ora enseignèrent à Fern les secrets de leur pratique. Elles lui apprirent à reconnaître les plantes qu'elles faisaient pousser et à préparer des décoctions corsées avec des racines et des baies. Elles lui apprirent à apaiser une plaie douloureuse et à réchauffer un nouveau-né qui avait froid. Les mères adoraient Fern. Elle avait le don de calmer les nourrissons qui hurlaient. Junior n'en revenait pas de la transformation de sa sœur. À quinze ans, ce n'était plus une enfant maigrichonne, mais une jeune fille magnifique, à l'intelligence acérée.

Fern fabriquait des poupées avec les chutes de tissu du panier à couture de Clementine et les offrait aux bébés qui venaient de naître, avant qu'ils soient nettoyés, en écoutant leurs premiers cris. Elle choisissait les poupées en fonction des besoins des nouveau-nés. Certains par leurs pleurs réclamaient de la chaleur, d'autres de la sagesse ou de la compassion ; tous réclamaient de l'amour. Fern écoutait et leur donnait ce qu'il leur fallait.

Les mères convoitaient ses poupées de chiffon. Les enfants les adoraient. C'était comme si elle avait cousu, à l'intérieur, de la magie, un élément capable de consoler un cœur blessé, de soigner la solitude. De fait, elle fourrait au cœur de chaque poupée des herbes séchées : de la lavande pour la paix et le réconfort, de la menthe poivrée pour réveiller l'énergie, du raisin d'Amérique pour le courage, de la valériane pour la protection.

En fin d'après-midi, Fern passait souvent le ruisseau étroit et traversait la voie ferrée pour aller rendre visite à Melvin et sa famille. Melvin avait un an de plus que Junior et Fern, et il gardait ses petits frères et sœurs pendant que son père travaillait à la scierie et sa mère dans la cuisine d'une femme blanche. Fern disait qu'il lui était plus facile de parler avec Melvin qu'avec quiconque, même Junior. Junior aimait bien Melvin, mais ça l'inquiétait de voir sa sœur se rapprocher trop d'un jeune Noir. Il arrivait encore qu'il se produise des lynchages dans les bois autour de White Forest.

Fern apprenait aux petites sœurs et aux petits frères de Melvin à fabriquer des colliers de pissenlit. Elle leur racontait des histoires sur les figuiers étrangleurs capables d'étouffer les cyprès dans leur lente étreinte. Avec Melvin, Fern retirait son chapeau et remontait les manches de ses robes longues. Elle s'allongeait dans l'herbe et laissait le soleil cogner sur son visage et ses bras. Melvin lui disait qu'elle était la plus belle fille qu'il eût jamais vue.

Junior la grondait à cause du soleil. Elle avait la peau plus foncée que jamais, cet été-là. Clementine et Ora firent une réflexion sur la vitesse à laquelle elle bronzait, mais ça n'avait pas l'air de les déranger. Junior la harcelait sur la nécessité de garder sa peau claire, mais elle ne l'écoutait pas. Elle ressemblait de plus en plus à leur mère. Ils vivaient dans cette ville depuis sept ans, ils allaient à l'école blanche, ils appelaient Clementine leur mère, et Chester leur frère. Personne ne soupçonnait qu'ils n'étaient pas blancs, mais combien de temps cela pouvait-il durer si Fern ne surveillait pas son hâle ? Clementine affirmait que les gens croyaient ce qu'on leur disait de croire. C'était peut-être vrai. Peut-être que Fern pouvait passer pour blanche quelle que soit la couleur de sa peau. Junior essaya d'être optimiste. Tout le monde l'était. La Seconde Guerre mondiale était finie et les hommes rentraient au foyer. Tout le monde semblait avoir plus d'argent, tout d'un coup. Les gens souriaient dans la rue. Même les prisonniers allemands sifflaient en taillant le coton : leurs jours dans ce pays chaud et plat touchaient à leur fin.

Junior se mit à fréquenter une fille de la ville. Shirley était la fille d'un menuisier, cadette d'une famille de garçons. Son père buvait trop, mais quand il était sobre, il fabriquait les plus jolis meubles de White Forest. Shirley le laissait l'embrasser derrière le chêne vert à côté de la carrière. Quand elle le touchait, c'était comme si un bâton de dynamite explosait dans son ventre. Il lui dit qu'il l'aimait, et il le pensait. Qu'est-ce que ça pouvait signifier d'autre, ces explosions de désir ? C'était une époque où la plupart des enfants grandissaient sans la moindre information sur la sexualité, mais il était impossible de demeurer ignorant en vivant avec Clementine et Ora. Il savait comment on faisait les bébés, et comment ils naissaient. Jusqu'à Shirley, il n'avait pas compris l'urgence derrière tout ça. La nuit, il restait éveillé, en transe, et se caressait encore et encore jusqu'à être meurtri de désir. Il suppliait Shirley de lui permettre de la toucher sous ses habits, mais elle le repoussait en riant.

« Mes frères te tueraient. »

Il s'en fichait. La mort n'aurait pas été trop cher payer pour ce plaisir.

Il ne lui venait pas à l'idée que Fern éprouvait peut-être le même appétit impérieux. Il pensait que les filles étaient différentes. Son lien avec sa sœur se distendait à mesure qu'ils passaient plus de temps l'un sans l'autre. Autrefois, ils étaient si proches qu'il pouvait entendre ses pensées, mais c'était fini.

L'automne apportait un soupçon de fraîcheur dans l'atmosphère presque tous les matins, mais la chaleur revenait, écrasante, tous les après-midi. Il y avait un cinéma à trente kilomètres à l'ouest, et Chester et lui s'y rendaient souvent en voiture le samedi après-midi pour voir des westerns sur grand écran. La salle était climatisée. Par une chaude journée, c'était divin de passer deux heures dans la pénombre fraîche en se laissant transporter par une histoire. Junior adorait les histoires. En octobre, ils décidèrent d'aller voir un film sur la traque d'un espion nazi. Fern voulut venir avec eux.

Il avait essayé de convaincre Shirley de les accompagner, mais elle devait aller faire des courses avec sa mère et ne pouvait se libérer, dit-elle. Il savait qu'elle n'aimait pas trop Chester. Elle disait qu'il était trop brutal. Shirley avait fait également des commentaires sur Fern. Elle avait remarqué sa peau brune, et affirmait qu'une dame ne devrait pas passer tant de temps au soleil. Il avait expliqué que sa sœur avait toujours bronzé facilement.

« Un peu trop facilement, si tu veux mon avis », avait répliqué Shirley.

Au cinéma, le guichetier dévisagea Fern.

« Elle, elle va devoir s'asseoir au balcon, dit-il.

– Qu'est-ce que vous racontez ? avait pratiquement craché Chester.

– Les nègres, en haut.

– Elle est pas noire, dit Chester. C'est ma sœur.

– Et la mienne. » Junior était gêné que Chester eût protesté le premier.

« Alors vous êtes une bande de négros, et vous allez tous au balcon. »

Les gens dans le hall se tournèrent pour observer la scène. Junior était tout rouge. Chester était tout rouge aussi, mais de colère, pas de honte.

Fern éclata de rire.

« Je m'en fiche, où on s'assoit. »

Chester flanqua un coup de poing dans la figure du guichetier. Le nez de l'homme se mit à saigner et il hurla. Un agent de sécurité apparut et bloqua les bras de Chester dans son dos. Chester se débattit et donna des coups de pied. Le gardien le traîna dehors.

« Fous le camp, dit-il. Et remets plus jamais les pieds ici.

– Lâchez-le ! » Fern s'agrippa à la chemise de Chester. « Il va pas insister.

– Il est exclu du cinéma à vie. Vous l'êtes tous. Je veux plus jamais vous voir ici, compris ? »

Junior entraîna Fern. L'instinct de Chester était de se battre, le sien était de fuir. Qu'est-ce que ça disait sur lui ? Était-ce une marque d'intelligence, ou de lâcheté ?

Chester se libéra des bras du gardien et tituba en avant. Il se retourna et cracha sur les bottes noires luisantes du type.

« T'es qu'une merde, dit-il. T'es même pas digne de lécher ses pompes. »

Ils coururent à la voiture. Chester prit le volant. Junior remarqua un attroupement qui les observait, les visages pleins de haine, de soupçon et de rage. Quand ils regardaient Fern, ils voyaient quelqu'un d'autre. Ils ne voyaient pas la belle jeune fille sensible. Ils ne voyaient pas celle qui était capable de transformer n'importe quel rogaton en œuvre d'art. Ils voyaient une jeune

Noire qui batifolait avec deux jeunes Blancs. Pendant des années, ils avaient réservé leurs regards haineux aux nazis, de l'autre côté de l'Atlantique, mais à présent, ils les ramenaient vers leur pays. Les Noirs devenaient arrogants, disaient-ils. Il était temps de les remettre à leur place.

10

Willet n'a jamais renoncé à sa conviction que Pansy était encore en vie, qu'elle avait été enlevée par notre père. Si on trouve papa, on trouvera Pansy, disait-il. Je ne comptais pas retrouver Pansy, et j'avais tiré un trait sur papa depuis longtemps. Tous les deux, bizarrement, semblaient plus grands en leur absence qu'ils ne l'avaient jamais été quand ils étaient avec nous. Ils avaient pris une dimension surnaturelle, comme des personnages de contes de fées, et je n'aurais pas été surprise d'apprendre qu'ils vivaient sous la forme d'oiseaux ou de bêtes, victimes d'un maléfice. Peut-être qu'ils nous observaient. N'importe quelle théorie semblait aussi valable qu'une autre, mais aucune ne semblait plausible.

Willet se moquait de la plausibilité. Il voyait Pansy partout. Il m'appelait de Memphis, de Bâton-Rouge, de Gulf Shores pour me parler d'une fillette qu'il avait vue au centre commercial, dans un *diner*, ou devant un étal de fruits en bord de route.

« Ça pourrait être elle, annonçait-il.

– Pansy serait plus vieille que ça, maintenant. » Elle avait disparu depuis près de quatre ans, je le lui rappelais. Elle ne serait pas la même.

Mais il continuait à chercher.

Il sortait des chantiers épuisé et sale, et il détestait les hauts bâtiments. Il y avait des hommes qui ne mettaient même pas le harnais de sécurité.

« On dirait des chèvres, ces mecs, disait Willet. Des putains de chèvres, ils n'ont peur de rien. » Willet n'a jamais surmonté l'angoisse de la chute. « On n'imagine pas comment c'est, là-haut. On croit qu'ils sont costauds et bien droits, ces gratte-ciel, mais je peux te dire qu'ils gigotent comme des balançoires, quand y a du vent. »

Je le suppliais de ne pas m'en parler. Que ferions-nous s'il arrivait quelque chose à Willet ? L'argent que je gagnais en travaillant pour mamie Clem aurait pu couvrir nos courses et nos factures de téléphone, mais c'était le grand maximum. Willet nous entretenait, mais ce n'était pas son salaire que je redoutais de voir disparaître. J'avais déjà perdu une sœur. Je ne pouvais pas perdre mon frère.

« Rentre à la maison, disais-je. Démissionne et trouve autre chose. »

Mais rien ne payait aussi bien que le bâtiment. Un jeune homme tel que Willet, sans femme ni enfants, pouvait travailler constamment. Il pouvait se déplacer et dormir sur place dans des baraques hideuses, ou des motels bon marché à proximité. Il travaillait dur et dissimulait ses craintes. Entre deux boulots, il rentrait à la maison et faisait ce qu'il y avait à faire : il repeignait le porche, rafistolait le toit de bardeaux, grattait les moisissures d'un coin du garage. J'ai terminé le lycée et me suis mise à faire davantage d'heures chez mamie Clem. Willet aurait voulu que j'aille à la fac, mais on n'avait pas les moyens. En plus, maman avait besoin de moi. Qui d'autre l'aurait fournie en cigarettes et thé glacé ? Qui d'autre se serait assuré qu'elle mangeait un petit quelque chose tous les jours ? Qui d'autre lui aurait fait suffisamment honte pour qu'elle prenne un bain une fois par semaine ? On aurait dit que rien ne changeait jamais pour Willet et moi. Nous avions été propulsés sur un chemin quand Pansy avait disparu et il n'y avait pas de bifurcation en vue.

Puis, en juillet 1980, papa a refait surface, dans une chambre de motel à Everglades City, en Floride. Son corps a refait surface, je veux dire. Il avait pris la chambre trois semaines auparavant, payé un mois d'avance en liquide, et demandé à la femme de ménage d'éviter sa porte. Il voulait être tranquille. Elle avait obéi. La propreté n'était pas la plus grande priorité au Glades Motel. C'était le genre d'endroit où les gens payaient pour la nuit et partaient au bout de deux heures. Le mois aurait pu s'écouler avant qu'on retrouve papa, mais quelqu'un s'est plaint de l'odeur.

Les policiers présents sur les lieux ont affirmé que c'était le pire spectacle qu'ils aient jamais vu, pire encore que le petit garçon de six ans qui avait pris le pistolet familial pour un jouet et fait sauter la cervelle de sa petite sœur, pire que la vieille dame à qui un alligator avait arraché la jambe gauche pendant qu'elle pêchait des grenouilles. Au moment où ils ont trouvé papa, il suintait comme un vieux fromage, gonflé et tuméfié de la tête aux pieds.

Le gros policier qui avait enquêté sur la disparition de Pansy nous a annoncé la chose. Il a demandé à notre mère de venir au bureau du shérif afin d'examiner des photos de la scène, mais maman a répliqué qu'elle était trop malade pour sortir de chez nous. J'ai appelé Willet au motel où il dormait, à Ocean Springs. Il a traversé tout l'État du Mississippi d'une traite après une longue journée de boulot. On est allés au bureau du shérif le lendemain, et on a examiné les photos granuleuses de Floride.

On a eu au téléphone un inspecteur qui se trouvait sur place et on a tenté de reconnaître papa sous la chair boursouflée vert et bleu. Ça aurait pu être n'importe qui.

« Comment pouvez-vous être tellement sûr que c'est lui ? ai-je demandé.

– Son portefeuille se trouvait sur la table de chevet. Avec son permis de conduire à l'intérieur. Il a donné le nom d'Earl Watkins à l'accueil.

– Oui, mais les empreintes digitales ? ou les dossiers dentaires ? »

Je regardais des feuilletons policiers. Je pensais que les inspecteurs étaient censés vérifier ces trucs-là.

« Ses mains sont trop abîmées pour relever les empreintes, a-t-il dit. Et il lui manque la moitié des dents. Les gencives sont pourries jusqu'à la moelle. »

Selon l'inspecteur, papa était un ivrogne de base, qui avait sans doute vécu dans la rue un certain temps. Son corps montrait des traces d'exposition prolongée au soleil.

« Vous avez fait une autopsie ?

– Le médecin légiste n'a pas jugé que c'était nécessaire. Rien n'indique un crime. Il a été retrouvé sur le lit du motel. Nous pensons qu'il s'est soûlé à mort et ne s'est jamais réveillé. On a déjà vu ça. Ça arrive plus souvent qu'on le croit. »

J'avais déjà vu papa boire, bien sûr, mais je ne l'avais jamais vu ivre. Et il mettait un point d'honneur à prendre soin de son apparence. Ses cheveux étaient courts et bien coupés, il se nettoyait les ongles, se rasait chaque matin. J'avais du mal à concilier les photos et explications du policier avec ce que je savais de lui.

« Il était parti depuis longtemps, a-t-il commenté. Près de quatre ans. La dégringolade, ça peut aller très vite. »

C'était peut-être pour ça qu'il n'était pas rentré. Parce qu'il avait honte.

« Il avait des problèmes avec les autorités, nous a dit l'inspecteur. Il avait répandu des faux billets dans tout Fort Myers. Il allait forcément finir par se faire choper. »

L'homme avait l'air de penser que nous ne savions rien de la petite entreprise de faux de papa, et nous ne l'avons pas contredit. Il y avait un mandat d'arrêt émis contre lui à Mobile, en Alabama. Papa et Chester s'étaient fait arrêter pour avoir volé une voiture un an avant qu'il disparaisse pour de bon. Chester avait passé quelques mois à la prison du comté, mais papa, libéré sous caution, ne s'était pas présenté au tribunal. J'ai repensé à l'année précédant la disparition de Pansy en quête d'un signe annonciateur quelconque, mais je n'ai rien trouvé. Ça avait été notre dernière année ordinaire.

« Parfois, les hommes trouvent le moyen de mourir plutôt que de se faire boucler, a dit l'inspecteur. Toutes mes condoléances. Il faudra nous dire ce que vous désirez faire du corps.

– Il avait des affaires avec lui ? a demandé Willet. Vous avez regardé dans les placards et les tiroirs ?

– Rien de particulier. Une chemise à carreaux, une paire de bottes, une bouteille de rhum vide. Comme j'ai dit, nous pensons qu'il était à la rue.

– Mais il avait réglé un mois d'avance pour une chambre de motel.

– Difficile de dire comment il a trouvé l'argent. Peut-être qu'un touriste lui a refilé un petit paquet de billets, ou peut-être qu'il l'a volé.

– Il y avait des photos, dans son portefeuille ? Des photos d'une petite fille, peut-être ? »

L'inspecteur a répondu que la seule chose qui s'y trouvait était le permis de conduire du Mississippi périmé.

« Donc vous ne pensez pas qu'il voyageait avec une enfant ? »

Le gros policier qui nous avait fait venir au poste est intervenu. « Nous avons recherché cet homme en 1976. Sa plus jeune fille a disparu. On a pensé qu'il y était peut-être pour quelque chose. »

L'inspecteur s'est raclé la gorge. J'ai entendu des bruits de froissement dans le téléphone et l'ai imaginé en train de parcourir une liasse de papiers.

« Pas de trace d'enfant. Écoutez, s'il vivait dans la rue avec une petite fille, je pense que les services sociaux s'en seraient aperçus. On n'a pas énormément de sans-abri, à Everglades City. La plupart de nos SDF se tirent à Fort Lauderdale ou Miami. Il y a plus de touristes pour faire la manche, plus de ponts pour dormir dessous.

– Mais notre père n'était pas SDF, ai-je corrigé. Il avait une maison. La nôtre. »

Ça ne rimait à rien, toute cette histoire.

Le gros policier a sorti une boîte de mouchoirs d'un tiroir et l'a fait glisser vers moi, mais je n'ai pas pleuré. Je me souvenais de la photo de la petite fille qu'ils avaient trouvée sous le liquidambar en Arkansas ; ils étaient sûrs et certains que c'était Pansy. Ils s'étaient trompés à l'époque. Ils pouvaient se tromper maintenant.

« Je m'en veux d'insister, a repris l'inspecteur, mais il faut qu'on sache si vous voulez récupérer le corps. Si vous ne le réclamez pas, il sera enterré dans la fosse commune du cimetière local. Sinon, il faut qu'on organise le transport. Ou vous pouvez vous arranger avec l'un des funérariums de la région pour incinérer les restes et vous les faire expédier. Franchement, c'est sans doute la meilleure solution. Le corps est en sale état. Vous ne risquez pas de faire une veillée à cercueil ouvert. »

Willet a dit qu'on voulait le corps. J'ai été surprise. Ça allait coûter à peu près deux mille dollars de faire embaumer notre père et de le transporter entre deux États. Par-dessus le marché, il faudrait financer les obsèques. Willet avait zéro respect pour notre père de son vivant. Je ne voyais pas pourquoi il s'embêtait à lui présenter ses respects maintenant qu'il était mort, mais Willet a insisté, il voulait enterrer le corps à White Forest.

« C'est ce que voudra maman, a-t-il expliqué.

– On a de quoi payer ?

– J'ai un peu d'argent. Et mamie Clem peut participer. C'est son fils, après tout. »

Willet s'est avancé sur le fauteuil en bois dur et a fixé le policier.

« Vous la cherchez encore, de temps en temps ? Ou vous avez abandonné ?

– Je pense à votre sœur tous les jours. Je me demande ce qu'on a loupé à ce moment-là. Est-ce qu'on a négligé quelque chose ? Mais franchement, je n'ai pas plus de réponses aujourd'hui qu'à l'époque. Ça m'empêche de dormir. »

Willet s'est levé et l'a toisé.

« J'espère bien. »

En sortant du poste de police, nous avons roulé jusqu'au champ qui se trouvait à l'emplacement de l'ancienne carrière. C'était une de ces soirées de la fin d'été où les étoiles semblent exceptionnellement denses et proches. En adoucissant son regard, on avait le sentiment qu'il aurait suffi de tendre la main pour attraper une poignée de lumière. On s'est installés à l'arrière du pick-up de

Willet et on s'est passé une flasque de whisky. On a maudit papa tout en buvant à sa santé.

« Sans doute qu'il n'avait pas Pansy, en fait.

– Ce pauvre enfoiré. J'en étais persuadé, pourtant.

– Faut qu'on l'annonce à mamie Clem. Et à Chester, j'imagine. »

Je n'étais pas emballée à l'idée d'apporter la nouvelle.

« Demain, a fait Willet.

– Je comprends pas ce qu'il fabriquait en Floride. Et s'il était tellement dans la merde qu'il vivait dans la rue, comment il a pu payer un mois de loyer dans un motel ? » J'ai pris un peu de whisky qui m'a brûlé la gorge. « Pourquoi il est pas revenu ? On aurait pu l'aider.

– T'as pas la sensation que nos vies, c'est juste un paquet de questions sans réponses, Bert ? » Willet a bu une longue gorgée. « J'en peux plus, d'avoir que les questions, et jamais les réponses, bordel. »

Au loin, quelque chose a hurlé. Ça aurait pu être un vieux chien de chasse ou une sorcière, une *banshee.* La lune presque pleine brillait derrière un mince voile de nuages. J'ai bu encore un coup. Mes pensées se sont adoucies et mon corps s'est réchauffé. Le whisky m'aidait à surmonter la frousse qui me prenait chaque fois que je m'approchais de la carrière. J'ai bu encore.

« J'ai vu quelque chose dans les bois le jour où Pansy a disparu. »

Willet m'a regardée.

« Comment ça ?

– Quand tu m'as laissée toute seule après le début de l'orage, j'ai vu une espèce de créature dans les bois. Un monstre. Il portait quelque chose. Je pense que, peut-être, il portait Pansy.

– Qu'est-ce que tu racontes, Bert ?

– Je pensais que vous ne me croiriez pas. J'avais honte de voir des monstres à mon âge. Je trouvais ça ridicule.

– Mais putain, Bert, pourquoi t'as rien dit sur le moment ? »

Les nuages ont glissé devant la lune et une étoile a filé dans le ciel. J'ai fait un vœu mais il ne s'est rien passé. L'ancienne carrière n'était rien de plus qu'un monticule de terre, même après toutes ces années. Elle aurait dû être recouverte de mauvaises herbes et de lianes. Papa avait raison au sujet de la carrière. Si même le kudzu ne voulait pas ramper dessus, le terrain devait être toxique. J'ai demandé à Willet pourquoi rien ne poussait.

« Franchement, je comprends qu'il n'y ait pas d'arbres. Mais pas d'herbes sauvages ? Pas de raisin d'Amérique ? Ça n'a pas de sens. »

Willet m'a prise par les épaules et m'a secouée.

« Qu'est-ce que t'as vu, ce jour-là ? Parce que moi, j'ai entendu quelque chose. J'ai entendu quelque chose dans les bois.

– Peut-être que tu as entendu Bubba. »

Il m'a secouée de nouveau. J'avais l'impression d'avoir la tête lourde, qui dodelinait sur mon cou.

« Je ne pense pas que c'était Bubba. C'était le bruit d'un truc plus lourd que Bubba, qui avançait en écrasant les arbres.

– Pourquoi j'ai pas entendu ça ? »

Ma voix avait un drôle de son, comme si elle me parvenait à travers un tunnel. Mes yeux n'arrivaient pas à faire le point sur le visage de Willet.

« Je suis allé voir. Je pensais que c'était peut-être les mecs du lycée. On traînait souvent dans ces bois, tu vois ? Des trucs débiles de gamins, on buvait, on fumait, et on jouait aux hommes forts. »

J'ai pris le visage de Willet entre mes mains pour stabiliser ma vue.

« Le monstre était gros. »

J'étais soûle.

« Le truc, c'est que j'arrive pas à comprendre ce que Bubba fichait là au départ. »

J'ai bu une autre gorgée de whisky et éclaté d'un rire sonore. Willet pensait tout savoir de moi, mais il n'était pas au courant de mon expédition chez Bubba, et je n'avais pas l'intention de lui en parler.

Willet a allumé une cigarette.

« Vas-y mollo avec ce whisky, Bert. »

Son conseil arrivait trop tard. Je me suis cramponnée au rebord du hayon pour m'empêcher de glisser par terre. Je me sentais bien, chaude et molle comme du chou cavalier cuit à l'étuvée. Nous avons fixé le tas de terre qui marquait l'endroit où nous avions vu Pansy pour la dernière fois. Un slip mauve en coton était froissé parmi un monticule de cannettes de bière. Des bouteilles d'alcool jonchaient la zone. Des douilles de balles de fusil de chasse étaient éparpillées par terre parmi les restes colorés d'un feu d'artifice privé. Un moustique s'est posé sur mon bras et a sucé mon sang gorgé de whisky. Une autre étoile filante est passée dans le ciel. Je n'ai pas pris la peine de faire un vœu.

Mamie Clem a surtout eu l'air perplexe quand nous lui avons annoncé la mort de papa. Nous lui avons parlé du motel, et répété ce que l'inspecteur nous avait dit de son mode de vie.

Nous étions attablés dans sa cuisine, cramponnés à nos tasses de café. Il était tôt, même pas 8 heures, et j'avais mal à la tête à cause du whisky de la veille. Mamie Clem était habillée pour la journée dans une de ses longues robes à fleurs. Ses cheveux gris étaient noués en chignon serré sur sa nuque. Elle attendait une patiente ce matin-là.

« Il est parti », a conclu Willet.

Mamie Clem a tourné sa tasse dans ses mains et plissé les lèvres.

« Tu dis qu'il était en Floride ?

– Oui, m'dame. »

Elle faisait la même tête que quand elle essayait de placer un bébé non désiré, à croire qu'elle parcourait mentalement un énorme classeur rempli de possibilités. Elle s'est penchée vers nous, les coudes sur la table, et a laissé échapper un petit grognement. Elle a vidé sa tasse.

Willet lui a parlé des frais de transport du corps.

« J'ai un peu d'argent, mais je crois pas que ça sera tout à fait assez. Et il y a l'enterrement. Rien de luxueux, bien sûr. Juste un petit quelque chose pour maman. » Il a tapoté la table du bout des doigts. « J'ai honte de demander.

– Oh, je vais m'en occuper, a-t-elle dit.

– Tu n'es pas obligée de tout payer. »

Elle a pris la main de Willet qui s'agitait nerveusement.

« Je m'en occupe. Garde ton argent.

– Pourquoi la Floride ? »

Willet a posé sa tasse trop fort et du café a éclaboussé la table. J'allais prendre une serviette en papier pour éponger, mais mamie Clem m'a arrêtée d'un geste. Elle a essuyé le liquide de sa main nue et a fixé sa paume tachée de café.

« Un homme a le droit de vivre sa propre vie, a-t-elle dit. Même un homme qui a une famille. »

C'était bizarre, de dire ça, mais j'étais habituée aux étrangetés de mamie Clem. Pas Willet.

« Mais elle débloque, ou quoi ? a-t-il demandé dans la voiture en repartant. Je vais te dire, ce qu'on devrait faire. On devrait aller en Floride et trouver quelqu'un qui le connaissait, ce fils de pute. On devrait chercher des explications.

– On ne peut pas partir en Floride comme ça.

– Et pourquoi pas ?

– On ne peut pas laisser maman toute seule.

– Et s'il avait quand même emmené Pansy ? Si ça se trouve, il avait une autre famille. Si ça se trouve, il a installé Pansy chez eux.

– N'importe quoi. L'inspecteur a dit qu'il était SDF. »

Willet roulait trop vite sur le chemin de terre et une pierre a volé et fendillé son pare-brise. Il a cogné le volant du plat de la main.

« Putain de merde ! »

Il a stoppé le pick-up en plein milieu de la route. De la poussière grise s'est soulevée et est retombée autour du véhicule. J'ai remonté ma vitre malgré la chaleur.

« Y a quelque chose qui cloche », a dit Willet.

J'étais frustrée aussi. C'était affreux d'en savoir si peu sur notre propre père. Ce n'était pas juste, mais je ne voyais pas en quoi traquer son fantôme jusqu'en Floride allait nous apporter des réponses.

Nous avons enterré papa le mardi. C'était une cérémonie intime, juste moi, maman, Willet, mamie Clem et Chester. Chester s'était fait beau. Il portait un costume large, gris. Il s'était lissé les cheveux avec une huile quelconque et il avait ciré ses chaussures. À en croire son allure et son odeur, il semblait qu'il ait pris une vraie douche.

Maman a mis sa plus belle robe. Elle n'avait pas acheté de vêtements depuis la disparition de Pansy. C'était une robe fluide bleu marine, avec des fleurs roses. Elle avait l'air d'une petite fille ou d'une très vieille femme. Elle toussait tellement fort qu'on entendait à peine le prêtre. Cela dit, ça n'avait pas d'importance. C'était un prêtre lambda, employé par les pompes funèbres et il ne connaissait pas notre père. Bien sûr, entre-temps, nous avions pris conscience que nous ne le connaissions pas non plus. Le prêtre a lu quelques versets et parlé de la valeur d'une vie passée à servir le Seigneur. Il a dit que notre père était dans un monde meilleur. C'était un chapelet de foutaises, et papa aurait détesté. La seule chose qui puait plus que le sermon, c'était le corps de papa. Le cercueil en sapin ordinaire était posé sur la table devant la chaire. Il était fermé, bien sûr, vu l'état avancé de décomposition dans lequel on l'avait trouvé. Le directeur des pompes funèbres avait tenté de convaincre maman de l'incinérer.

« Dans des cas comme celui-ci, c'est l'option la plus charitable. »

Maman a refusé.

« Chez nous, on ne se fait pas incinérer », lui a-t-elle répondu.

J'en apprenais tous les jours sur ma famille.

La raison pour laquelle brûler le corps de papa aurait peut-être été une « option plus charitable » n'a pas tardé à se révéler. Après toutes ces semaines passées à se décomposer dans la chaleur humide de Floride, les produits qu'ils avaient employés pour le conserver ralentissaient à peine le processus. Une douce odeur de pourriture empuantissait la salle. Le pasteur se couvrait le nez d'un mouchoir blanc en récitant l'élégie. Willet et moi, nous échangions des regards horrifiés, les mains en coupe sur notre visage. J'essayais de respirer par le nez, mais le goût de la mort était pire que l'odeur. Mamie Clem faisait semblant d'avoir un rhume et pressait régulièrement un Kleenex sur ses narines. Chester se pinçait le nez entre le pouce et l'index et évitait de nous regarder dans les yeux, tous. Seule maman a gardé les mains croisées sur ses genoux. Seule maman ne pouvait sentir à quel point la situation était pourrie.

Au cimetière, la pluie s'est mise à tomber. C'était un soulagement, car la journée était chaude et moite. Les hommes des pompes funèbres ont sorti deux grands parapluies noirs et les ont tenus au-dessus de nous pendant la brève cérémonie. Mamie Clem a dit quelques mots.

« C'est une chose affreuse que d'enterrer un fils. Et ce n'est pas facile d'enterrer un frère, un mari ou un père. Mais cette tombe est juste le réceptacle d'un corps. Elle ne contient pas Earl. Elle ne pourrait jamais. Nous devons nous en souvenir. Bert et Willet, votre père n'est pas enterré ici. Loretta, ton mari ne reposera pas ici. Chester, tu sais qu'une boîte ne pourrait jamais contenir ton frère. Et quand je penserai à Earl, je penserai à un homme plein de grandes idées et de grands projets, qui charmait tous ceux qu'il rencontrait. Il pouvait être difficile, mais c'est le cas des meilleurs d'entre nous. Il n'était jamais simple. Et j'en remercie Dieu. Il ne sera pas ici. »

Dans la voiture, en rentrant de l'enterrement, Willet a évoqué son idée de voyage en Floride.

« Ça nous ferait du bien de partir un peu », a-t-il dit.

Il n'a pas parlé de trouver quelqu'un qui avait connu papa ou de chercher à savoir où il avait vécu, mais maman n'était pas idiote. Elle savait qu'il n'était pas en train de proposer des vacances. Elle savait ce qu'il cherchait.

« Je viens d'enterrer mon mari, a-t-elle répliqué. Un peu de respect, s'il te plaît.

– Tu ne te demandes pas où il a vécu toutes ces années ? Pourquoi il n'est pas rentré à la maison ?

– Willet ! » Je lui ai donné une claque sur l'épaule. « C'est pas le moment. »

Il a serré les dents si fort que j'ai eu peur qu'il s'en ébrèche une. Il a roulé un ou deux kilomètres sans rien dire, mais juste avant de tourner dans notre rue, il a repris :

« On n'est pas obligés de se décider tout de suite.

– J'ai déjà décidé, a tranché maman. Je ne bougerai pas d'ici. »

En rentrant, j'ai préparé à maman une assiette qu'elle n'a pas touchée et je me suis endormie à poings fermés, tout habillée. La créature des bois m'a rendu visite, mais cette fois, elle ne portait rien sous la pluie. Le monstre me traquait à travers un brouillard épais. J'essayais de m'enfuir, mais mes jambes m'obéissaient à peine. J'essayais de me cacher, mais les arbres ne cessaient de disparaître. J'essayais de hurler, mais pouvais tout juste émettre un chuchotement. Le monstre s'approchait. Il prenait plaisir à ma panique. Il jouait avec moi. Il n'y avait pas d'échappatoire. Il était plus fort et plus rapide, et il connaissait les bois mieux que moi. Je me retrouvais au bord d'une falaise. Un enchevêtrement de lianes menaçantes semblait m'attirer dans le vide. Je contemplais des kilomètres de rochers gris en saillie et d'arbres qui poussaient de travers, avec leurs racines qui cramponnaient la terre. C'était l'ancienne carrière. La créature s'effaçait. C'était là le véritable danger, ce trou où les gens noyaient leur honte. Tous les secrets du diable s'y trouvaient. Je savais que si je me jetais dedans, je découvrirais la vérité. Je comprendrais la vie de mon père et je saurais, enfin, ce qui était arrivé à Pansy. Je n'avais qu'à sauter. De la bile montait dans ma gorge. Je ne pouvais pas respirer. Si je sautais, j'allais mourir, mais je saurais la vérité. Qu'est-ce qui était le plus important ? La vie, ou la vérité ? J'avais besoin de savoir, même si savoir m'expédiait droit en enfer. Derrière moi, quelque chose remuait. Je me retournais pour affronter la créature et là, au bord de la carrière, je voyais pour la première fois le visage de la bête. Ses yeux m'étaient aussi familiers que les miens.

« Ah, c'est toi », je disais, en tombant dans la carrière.

Après qu'on a enterré papa, maman a renoncé à vivre. Elle toussait constamment, s'étranglait et peinait à respirer, mais elle refusait de voir un médecin.

« J'ai pas besoin d'un docteur pour me dire que je suis malade », répétait-elle.

Mamie Clem me renvoyait à la maison avec toutes sortes de tisanes et de pommades pour fluidifier les bronches de maman ou calmer sa toux. Les remèdes marchaient un temps, mais son affreuse toux sifflante revenait toujours. J'essayais de la convaincre d'arrêter de fumer, mais elle disait que le tabac était son seul vice et son seul plaisir et qu'elle n'avait pas l'intention d'y renoncer. Ça ne servait à rien d'insister. Je lui frottais le dos quand elle toussait. Je faisais couler des douches chaudes et restais à côté d'elle dans la salle de bains remplie de vapeur, et nous respirions toutes les deux l'air chaud et moite. Maman n'avait que cinquante ans. Une vie dure, ça peut suffire à rogner la jeunesse, or la vie de maman était plus dure que la moyenne. Sa mauvaise toux était le moindre de ses maux.

Willet allait et venait, passant parfois des mois sur un chantier en Louisiane ou en Géorgie. Il nous envoyait de l'argent que je mettais en sécurité sur un compte auquel maman n'avais pas accès. Elle envoyait moins d'argent aux prêcheurs, à cette période, mais on ne pouvait jamais savoir quand ça allait la prendre de faire un don. Je m'inquiétais pour Willet. À Jackson, un métallurgiste avait fait une chute de neuf étages, atterrissant sur un carré de goudron dur. Il aurait dû mourir, mais il s'était cassé le cou et il avait passé les deux années suivantes à subir des opérations qu'il n'avait pas les moyens de financer.

« Je veux pas finir comme ça, disait Willet. Doit y avoir un meilleur moyen de gagner sa vie. »

Je lui conseillais de prendre un congé, le temps d'essayer de trouver un emploi moins dangereux. Il promettait de m'écouter, mais aussitôt que quelqu'un lui proposait une place sur un chantier, il repartait. La plupart de ses boulots le déprimaient au possible, mais quand on lui a offert de s'intégrer à une équipe à Tampa, il a été ravi.

« Je vais poser des questions sur ce fils de pute, il a dit. Voir si je peux trouver des réponses. »

Mais quand il a appelé de Tampa au bout d'une semaine, il paraissait découragé.

« Si j'étais dans un autre État, ça serait du pareil au même. Il me faudrait une demi-journée pour rejoindre le coin où ils ont retrouvé son corps. »

Il a dit qu'il tenterait de faire le trajet quand il aurait un jour de congé, mais il n'en avait pas souvent, et jamais deux de suite. Il voulait rester une semaine de plus en Floride après le chantier, mais je l'ai supplié de rentrer. L'état de maman empirait.

« Elle a besoin d'un docteur. Mais elle veut pas y aller. »

Willet est rentré. Il a pris rendez-vous chez le médecin et menacé d'y porter maman de force. Elle a gémi que c'était une perte de temps et d'argent, mais elle a cédé. Au rendez-vous, le médecin nous a montré des radios des poumons de notre mère.

On aurait dit qu'un stylo avait éclaté et que de l'encre noire avait fui sur l'image. Sa cage thoracique était pleine de liquide. Elle était en train de se noyer.

« Si vous l'aviez amenée plus tôt... », a-t-il dit.

Il voulait drainer le liquide, mais maman a refusé.

« Je rentre à la maison.

– Vous avez besoin d'être hospitalisée.

– Pourquoi ?

– Vous êtes en train de mourir.

– Je peux mourir à la maison.

– Ça va être douloureux.

– Comme il se doit. »

Nous avons fait de notre mieux pour la mettre à l'aise. Nous l'avons calée avec une demi-douzaine d'oreillers. Nous lui avons apporté tasse de thé sur tasse de thé, avec du miel et du citron. Willet lui enduisait les pieds de Mentholatum, et il s'assurait qu'elle avait toujours des chaussettes en coton propres. Il a cessé de parler de la Floride. Mamie Clem passait presque tous les jours avec des herbes parfumées et de l'encens. Elle nous faisait la cuisine, même si personne n'avait tellement d'appétit. Elle a préparé du poulet et des boulettes, du gombo à la saucisse, des marmites de soupes de légumes. Elle a préparé du pain à la levure et du pain de maïs. Il y avait toujours un de ses quatre-quarts sur la table. J'en grignotais une bouchée par-ci par-là. Les jolis gâteaux jaunes au beurre avaient l'air d'avoir été attaqués par des rats.

On était deux semaines avant Noël et il faisait humide et froid en ce début de matinée. J'ai pris une couverture dans le placard du vestibule avant de passer voir comment allait maman. J'espérais qu'elle n'avait pas eu trop froid dans la nuit. J'avais mieux dormi que depuis des mois et je comptais préparer un petit déjeuner copieux. Maman n'avait plus d'appétit, mais j'avais faim et Willet serait sensible à l'attention. La supérette n'allait pas tarder à ouvrir, et je pourrais aller acheter des œufs, du bacon et du gruau de maïs. Je sentais pratiquement le goût du beurre sur ma langue. J'avais hâte de sortir la poêle. Je voulais remplir notre maison d'une odeur de porc frit. Je m'en souviens tellement bien – mon appétit, le froid coupant et le calme paisible qui régnait chez nous.

Quand je suis entrée dans la chambre, Willet s'y trouvait déjà. Il était accroupi à côté du lit de maman et caressait ses cheveux fins et ternes. Les lèvres tellement pincées qu'elles paraissaient blanches. Les lèvres grises de maman étaient flasques, sa bouche ouverte. Elle avait les yeux écarquillés comme si elle avait vu une apparition terrifiante. C'était peut-être le cas. J'ai compris pourquoi j'avais si bien dormi. C'était la première fois depuis des années que les quintes de toux de maman et sa respiration sifflante ne m'avaient pas tenue éveillée. Je lui ai touché l'épaule ; on aurait dit qu'elle était creuse.

« Ce salaud, il l'a tuée », a dit Willet.

Il parlait de papa.

« Elle s'est tuée elle-même. Elle a renoncé. »

Il a pris une longue inspiration et l'a gardée. Quand il a exhalé, la pièce s'est réchauffée.

« Il faut que je sache, a dit Willet. Je ne peux pas vivre avec ces mystères. »

Au départ, j'ai cru qu'il avait dit « misères », ce qui paraissait tout aussi logique. J'ai posé la tête sur son épaule. Bien sûr qu'il voulait des explications, mais mamie Clem disait toujours que les questions étaient plus abondantes que les réponses et qu'il y avait des mystères qu'il valait mieux ne pas tirer au clair. Willet ne voyait pas les choses ainsi.

Après qu'on a enterré maman, Willet a dit que plus rien ne nous retenait à White Forest. J'aurais voulu qu'il ait raison, mais nous étions liés à cette ville, où que nous allions. Il ne pouvait pas le voir comme moi. Sans doute parce qu'il voyageait un peu partout pour son travail et se sentait plus à l'aise sur la route. Mon expédition pour aller voir Bubba était le plus grand périple que j'aie jamais entrepris ; je ne m'étais jamais autorisée à m'éloigner davantage de maman, de mamie Clem et de l'ancienne carrière où nous avions vu notre sœur pour la dernière fois. Partir semblait imprudent. Imaginez que maman ait eu raison, et que Pansy soit quelque part en train de chercher à rentrer chez nous. Que se passerait-il si elle découvrait une maison vide en arrivant ? Willet m'a traitée de bougre d'imbécile. J'ai argué que ce n'était pas forcément très avisé de quitter tout ce que nous connaissions pour nous précipiter à l'aveuglette en terre étrangère.

« On part pas sur la lune, a-t-il répliqué. C'est juste la Floride. Et j'y vais, que tu viennes ou pas. »

Partir me faisait peur, mais je ne pouvais pas rester seule. J'avais passé toutes ces années à aller chercher des clopes pour maman et à lui apporter de la nourriture qu'elle refusait. Pendant des semaines après sa mort, je me réveillais et errais dans la maison, en quête de quelque chose à faire. Je préparais un grand pichet de thé glacé et devais le jeter. Willet et moi, on ne digérait pas un breuvage aussi sucré.

J'ai demandé pour combien de temps on partait.

« Le temps qu'il faudra », c'est tout ce qu'il a dit.

Willet a bouclé la maison et vendu la vieille Ford de maman pour deux cents dollars en liquide. J'ai entassé mes tee-shirts et mes jeans dans un sac en toile, et, sur un coup de tête, j'ai ajouté le gros recueil de contes de fées. Je savais que Willet m'engueulerait pour avoir pris un livre aussi lourd. Il m'avait recommandé de ne prendre que l'essentiel, mais mes affaires remplissaient à peine le petit sac et je voulais emporter quelque chose qui maintienne comme un lien avec la maison et avec Pansy.

J'ai dit au revoir à mamie Clem.

« Ne va pas chercher les ennuis », m'a-t-elle dit.

La veille de notre départ, je suis allée à l'ancienne carrière et j'ai marché dans les bois hantés. Je me suis plantée sur ce qui était autrefois le bord du plan d'eau, l'endroit même où j'avais crié le prénom de Pansy tant de fois, et j'ai contemplé les saletés que les gens y balançaient – capotes usagées et paquets de cigarettes froissés, bouteilles d'alcool et cannettes de bière, douilles de fusil et lames de rasoir, seringues à l'aiguille cassée. Ça m'a fait honte, de voir les rebuts des secrets avilissants des autres, répandus à l'air libre. Au moins, quand la carrière était pleine d'eau, ces ordures étaient englouties.

Dans les bois, j'ai cherché la clairière où j'avais vu la créature, mais je ne suis pas parvenue à retrouver l'emplacement exact. C'était une journée froide, nuageuse, et on aurait dit que ce n'étaient pas les mêmes bois que ceux où nous avions mangé des baies cet après-midi d'été près de cinq ans plus tôt. L'odeur n'était pas la même, pas aussi fertile ou aussi forte que dans mon souvenir. Je ne sais pas ce que j'essayais de trouver, mais ça n'était pas là sous les arbres. J'ai fait une boucle et je suis revenue en arrière. J'ai pensé que je devrais traverser à pied ce trou rempli de terre. C'était comme si quelqu'un me l'avait soufflé à l'oreille. Ça m'effrayait. Il y avait toutes sortes de bouteilles et de livres, et des tas de petit bois qui jonchaient le sol. Un vélo à dix vitesses, sans pneus, gisait en plein milieu. Beaucoup de gens l'avaient traversé à pied. Ça crevait les yeux. Alors pourquoi avais-je peur ?

Même après toutes ces années, il était facile de voir à quel endroit commençait la carrière. La terre utilisée pour la combler était un ton plus foncée que le sol autour, et pas tout à fait au même niveau. On aurait dit qu'il y avait une pente, comme s'il s'agissait d'un bol peu profond. J'ai retenu ma respiration et posé un pied sur la terre plus foncée. Le sol était plus froid, même à travers la semelle de mes tennis. J'ai frissonné, fait un autre pas. L'argile semblait élastique, épaisse et vivante, comme si elle risquait de m'agripper et de m'attirer sous terre. C'était mon imagination, et je le savais. J'étais venue seule dans le but de me faire peur. C'était comme quand je lisais ces contes de fées à Pansy et que toutes deux, nous frissonnions en imaginant des ogres et des animaux changeant de forme, et l'opaque brouillard d'un sort jeté sous la lune. Comme la patiente hypocondriaque de mamie Clem, qui s'était donné de l'urticaire bien réelle à force de s'inventer des maladies. L'esprit était capable de faire apparaître toute sorte de choses si on lui laissait le champ libre. Je me suis dit que la terre sous mes pieds n'était pas différente de la terre où mamie Clem faisait pousser ses plantes ou de celle de la cour devant notre maison. Cela n'avait pas de sens de laisser mon esprit s'emballer. J'ai respiré un grand coup et traversé la carrière d'une traite, en courant, sautant le vélo abandonné comme une haie sur une piste d'athlétisme. Au même moment, une bourrasque m'a soulevé les cheveux. Pendant un instant, j'ai cru que j'allais m'envoler. Ce n'était pas un vent ordinaire. C'était le soupir collectif des fantômes de la carrière. Ils n'en revenaient pas de mon imprudence. Lorsque je suis arrivée de l'autre côté, je haletais comme si j'avais couru deux kilomètres.

Willet pensait que nous pouvions laisser la région derrière nous d'un coup de voiture. Moi, je savais bien que non. La carrière faisait partie de nos vies, elle en était une part essentielle. Nous ne pouvions pas lui échapper. Quelqu'un avait élevé une pyramide de pierres grises entre une série de croix en bois identiques, une espèce d'autel. Nous n'étions pas les seuls à avoir laissé un morceau de nous-mêmes dans ce lieu. J'ai retiré un galet plat et lisse du sommet de l'édifice et l'ai glissé dans ma poche. La carrière avait beau être maléfique, ou peut-être juste dangereuse, elle était familière. Je voulais en garder un morceau avec moi.

Fern déclara qu'elle et Melvin étaient amoureux et qu'elle attendait un enfant de lui. Elle annonça la nouvelle à Ora et Clementine comme si elle leur parlait de la pluie et du beau temps. Mais Junior voyait bien qu'elle était nerveuse. Elle tortillait ses mains derrière son dos comme des racines noueuses. Clementine fit sortir les garçons de la pièce.

« Nous devons parler seules à seule avec votre sœur », dirent-elles.

Junior et Chester s'assirent par terre dans la chambre qu'ils partageaient et tendirent l'oreille. Junior se sentait bizarre, comme s'il manquait d'oxygène. Il était reconnaissant aux femmes de prendre le relais. Il n'aurait pas su comment parler d'une chose pareille avec sa sœur. Il pressa la tête contre le mur et écouta la conversation.

« Et Melvin, qu'est-ce qu'il en pense ? demanda Ora.

– Je n'arrive pas à le lui dire. »

Les femmes parlèrent avec Fern jusque tard dans la nuit. Chester était furieux. « Je vais le tuer », répétait-il, au sujet de Melvin.

Junior savait que sa sœur n'aurait pas dû porter un bébé. Elle n'avait que seize ans. Melvin était intelligent, et il savait ça aussi, ou bien il aurait dû.

Fern dit à Clementine et Ora : « De toute façon, ma peau fonce. Peut-être que ça ne changera rien.

– Le monde ne fonctionne pas comme ça, répliqua Ora.

– Vous soignez des femmes noires. Vous savez qu'elles ne sont pas différentes de nous. Vous le dites vous-mêmes : le sang est rouge, peu importe la couleur de la peau.

– Ce n'est pas si simple, fit Clementine. C'est une chose d'avoir une personne de couleur comme cliente, mais c'en est une autre de faire ce que tu as fait.

– Qu'est-ce que j'ai fait ? »

La voix de Fern se brisa.

« Chérie, reprit Ora. Me fais pas dire ce que j'ai pas dit. J'apprécie Melvin. Il a l'air d'un bon garçon, mais il pourrait se faire tuer à cause de ça. Tu pourrais te faire tuer. Les gens ne vont pas accepter la chose, surtout pas les habitants de White Forest. Tu te souviens de ce qui est arrivé à Bernice Jackson ? »

Tout le monde savait ce qui était arrivé à Bernice Jackson. Bernice travaillait comme cuisinière pour un banquier et sa femme. Le couple avait un fils âgé d'un an de plus que Bernice. Celui-ci s'était entiché de la servante, et il l'avait violée, ou elle s'était entichée du fils et l'avait séduit – ça dépendait de qui racontait l'histoire. La suite ne prêtait pas à controverse. Bernice rentrait chez elle à pied lorsqu'un groupe d'hommes blancs, parmi lesquels le banquier, l'avait tirée sur le bord de la route et ligotée. Ils l'avaient traînée derrière leur pick-up sur huit kilomètres ou davantage avant de la pendre aux branches d'un chêne vert près de l'ancienne carrière, un sac de jute sur la tête. Sa mère avait supplié le shérif d'arrêter les hommes, qui n'avaient même pas eu le bon sens de taire ce qu'ils avaient fait. Tout le monde en ville avait entendu l'histoire de la bouche d'au moins un des fanfarons impliqués. Mais le shérif avait répondu qu'il n'y avait pas assez de preuves et qu'il ne pouvait pas détruire la réputation de ces braves messieurs sur la foi des accusations extravagantes portées par une femme noire.

Ora croyait-elle qu'ils allaient faire une chose terrible à Fern ? Ou voulait-elle dire qu'ils allaient lyncher Melvin ? Dans les deux cas, c'était une perspective affreuse.

« Laisse-moi te préparer une de mes tisanes pour vider ton utérus. Tu la boiras pendant toute la semaine, et ça te rendra malade. Tu auras des crampes atroces, mais ça fera venir le sang. »

Fern refusa.

« Je veux ce bébé. J'espère que vous m'aiderez à l'avoir, mais je l'aurai même dans le cas contraire. »

Les femmes argumentèrent. Elle avait tout le temps pour avoir des bébés. Un bébé né maintenant, hors des liens du mariage, et d'un père noir, ne leur vaudrait que des ennuis, à elle et à Melvin.

« Eh bien, je ne mettrai pas Melvin en danger, rétorqua Fern. Si vous pensez que reconnaître cet enfant le ferait tuer, je le laisserai en dehors de ça.

– Et comment tu comptes le laisser en dehors de ça ? » L'amertume de Clementine était manifeste. « Il est dedans jusqu'au cou. Tout le monde te voit aller chez lui et passer du temps avec ces mômes. Si je m'étais doutée une seconde que tu te comporterais si lamentablement, je t'aurais interdit de quitter la maison. »

Fern éclata de rire.

« Ne sois pas idiote. Tu ne peux pas m'empêcher de faire quoi que ce soit. »

Clementine émit un bruit qui venait du fond de sa gorge. On aurait dit qu'elle s'étouffait.

« Peut-être que je vais rentrer sur l'île, dit Fern. Là-bas, tout le monde s'en fichera, de mon bébé. Peut-être que Melvin viendra avec moi.

– Tu ne peux pas penser que Melvin va s'en réjouir, dit Clementine. Tu n'es quand même pas stupide à ce point-là. »

Ora tenta de désamorcer la tension.

« Essayons de voir le côté pratique, vous voulez ? Ce n'est pas la fin du monde. On a vu beaucoup de filles dans la même situation.

– Mais ces filles n'étaient pas assez idiotes pour garder leurs bébés ! » s'écria Clementine.

Junior n'en pouvait plus. Fern était sa sœur, et il avait le droit d'intervenir dans cette discussion. Il sortit de la chambre où Chester et lui écoutaient.

« Je vais l'emmener. On n'a qu'à partir tout de suite, avant que quelqu'un apprenne l'existence du bébé. On prendra le train vers le sud, et on trouvera une solution. Je peux travailler comme coupeur dans les plantations de canne à sucre, ou pêcheur. Je crois qu'on a abusé de votre hospitalité, de toute façon.

– Non ! protesta Clementine. Vous savez que je vous considère comme mes propres enfants. Chester vous voit comme son frère et sa sœur. Votre place est ici. »

Mais Junior n'était pas certain que leur place soit à White Forest. Peut-être que lui et Fern ne s'en seraient pas plus mal portés s'ils n'avaient jamais quitté la Floride. Peut-être que Fern ne se serait pas attiré de tels ennuis dans les Everglades. Il n'y avait pas moyen de savoir.

Fern continua ses escapades quotidiennes chez Melvin et elle aidait Clementine et Ora avec les bébés, mais le renflement de son ventre commença à attirer l'attention. Le père de Melvin avait dû le remarquer, car il fit ses valises et déménagea toute sa famille en pleine nuit. Personne ne savait où ils étaient allés.

Fern fut bouleversée quand elle découvrit que Melvin était parti.

« Il ne m'a même pas dit au revoir. »

Ora et Clementine lui dirent qu'il fallait désormais qu'elle arrête de courir partout en ville, exhibant son ventre proéminent.

« J'ai pas honte, répliqua Fern.

– Je ne te demande pas d'avoir honte, précisa Clementine. Je te demande d'être prudente. »

La nuit, quand Junior, Chester et Fern étaient censés dormir, Clementine et Ora discutaient de la marche à suivre quand le bébé serait né. Junior écoutait leurs voix douces, et savait que ce qu'elles décidaient n'y changerait rien. Fern allait garder le bébé et l'élever. Elle n'envisageait aucune autre possibilité.

Junior trouva un travail à la scierie de Jones City. Clementine disait que ce n'était pas nécessaire. Elle aurait préféré qu'il finisse le lycée.

« Il y a beaucoup à faire dans le jardin », fit-elle.

Elle proposa de le payer. Il refusa. Ça ne semblait pas correct.

« Fern va avoir besoin d'affaires, expliqua-t-il. Pour le bébé. »

Clementine répondit qu'elle et Ora avaient les moyens d'accueillir un bébé.

« C'est ce qu'on fait tout le temps. »

Elles leur avaient déjà tant donné. On ne pouvait pas leur en demander davantage. Fern lui intima d'arrêter de se tracasser. Les femmes avaient des bébés et les élevaient depuis le jardin d'Éden, elle saurait se débrouiller.

Junior ne doutait pas que Fern soit capable de se débrouiller avec un bébé. Il l'avait vue avec les nouveau-nés qu'Ora et

Clementine mettaient au monde. Ce qui l'inquiétait, c'était la peau du bébé. Fern avait déjà du mal à passer pour blanche, alors avec Melvin pour père, l'enfant allait fatalement avoir la peau encore plus foncée.

La semaine avant Noël, on aurait pu croire que Fern dissimulait une pastèque sous sa robe. Elle demanda à Junior de l'emmener en ville pour faire des courses. Elle voulait acheter un petit quelque chose à Clementine, Ora et Chester.

« Elles ont été tellement gentilles avec moi. Surtout étant donné… tout ça. »

Elle désigna son ventre.

Junior répondit qu'il se ferait une joie de lui rapporter tout ce qu'elle voudrait, mais Fern avait envie de faire les boutiques.

« Je crois pas que ce soit une si bonne idée que ça, maintenant que t'es si près du terme. »

Elle l'assura qu'elle allait très bien. Il s'inquiétait à l'idée que tant de gens voient son ventre. Ils savaient qu'elle n'était pas mariée. Mais il n'y eut pas moyen de la faire changer d'avis. Elle prévint Junior qu'elle demanderait à Chester s'il refusait. Finalement, il accepta de l'emmener à Murray's, le grand magasin, le samedi matin. Il aurait préféré y aller en semaine, quand il y aurait moins de monde, mais ses horaires de travail ne le permettaient pas. Chester les accompagna.

Les courses se déroulèrent sans accroc. Fern acheta du beau papier à lettres pour Ora et un cadre photo en cuivre pour Clementine. Elle ordonna à Chester et Junior de tourner le dos pendant qu'elle leur choisissait des cadeaux. C'était l'argent de Junior qu'elle dépensait, et il se retint de lancer une plaisanterie sur le fait qu'il finançait son propre cadeau. Junior et Chester achetèrent un ours en peluche pour le bébé à naître.

Quand ils eurent terminé leurs achats, ils firent quelques pas dans la rue et prirent place à une table du *diner*. Fern réclama un milkshake au chocolat.

« Ce bébé adore la glace », dit-elle.

Ils commandèrent des sandwiches au jambon et de la soupe aux légumes.

On venait de leur apporter l'addition lorsqu'un groupe d'hommes franchit les portes du *diner* en criant ; ils paraissaient hors d'eux. L'un d'entre eux désigna Chester et lui dit de les suivre. Il portait une veste à carreaux en flanelle et une casquette de chasse en laine rouge. Tous ces hommes étaient vêtus de tenues plus adaptées aux travaux des champs qu'à une sortie en ville. Junior les avait déjà vus, mais ne connaissait pas leurs noms. Il avait tendance à rester dans son coin.

Il se tourna vers Chester.

« C'est qui ?

– Des fermiers, la plupart.

– Qu'est-ce qu'ils veulent ? » demanda Fern.

Chester secoua la tête.

Ils parlaient tous en même temps, mais Junior finit par saisir l'objet de leur agitation. Une de leurs femmes avait raconté à son mari qu'un petit garçon noir lui avait fait un clin d'œil dans la rue. Effronté, à l'en croire. Les hommes comptaient trouver l'enfant noir et le faire répondre de ses péchés.

« Si on leur donne un centimètre, ils prendront tout ce qu'on a », s'exclama l'un des hommes.

Fern se cramponna au bras de Junior. Il posa une main sur celle de sa sœur. Il fallait attendre que ça passe. Ces hommes n'allaient pas tarder à sortir. Mais Fern ne voyait pas les choses de cet œil. Elle se leva de la banquette, ventre en avant.

« Ça suffit », dit-elle, d'une voix calme et posée, contrastant avec la colère des hommes.

Junior croisa le regard de Chester. Ils avancèrent tous les deux la main vers Fern, comptant la ramener sur la banquette et la protéger, mais elle s'avança.

« Arrêtez ça immédiatement. »

L'homme en casquette de chasse la regarda de haut en bas. Il remarqua son ventre gonflé et ses cheveux décoiffés.

« M'dame. Vous devriez pas être là dans votre état. Votre mari devrait vous ramener à la maison. »

Fern plaça ses mains sur ses hanches et éclata de rire.

« Sauf que je n'ai pas de mari, dit-elle. Et que je ne suis pas du tout malade.

– Fern…, commença Junior.

– Qui est responsable de cette fille ? »

L'homme promena son regard entre Junior et Chester. La meute d'hommes se massa derrière lui. Ils attendaient une réponse. Junior se demanda s'ils faisaient tout en groupe ou s'il arrivait que l'un d'entre eux ait une idée indépendante.

« Je suis responsable de moi-même, répliqua Fern.

– On s'en va », annonça Chester.

L'homme fit un pas en avant et se plaça devant la banquette, empêchant Chester de sortir.

« On cherche pas la bagarre, fit Junior.

– C'est pas correct, fit l'homme. C'est un établissement familial, ici. »

Chester se leva, malgré les efforts de l'homme pour le bloquer. Son nez touchait pratiquement la bouche de l'autre.

« Ce qu'est pas correct, c'est tes mauvaises manières », cracha Chester.

Il arracha la casquette de la tête de l'homme. Celui-ci devint tout rouge, et Junior sut qu'il n'était plus question d'esquiver la bagarre.

Les hommes bondirent en avant tandis que Chester administrait un grand coup de poing dans l'estomac de l'homme. Quand celui-ci se plia en deux, Junior remarqua qu'il avait le dessus du crâne chauve. Il portait sans doute la casquette pour le cacher. Fern couvrit sa bouche de ses mains. Junior la tira en arrière.

L'homme au crâne dégarni recula d'un pas et donna un coup de poing dans le nez de Chester, dont la bouche et le menton se mirent à dégouliner de sang. Ce qui ne fit que le rendre encore plus furieux. Il s'avança vers l'autre poings en avant, le cognant à la tempe et sous la mâchoire. Junior s'interposa et dit à Chester que ça suffisait, maintenant. L'un des autres hommes, Junior ne sut jamais lequel, le cogna en plein dans le rein. La douleur l'envahit, se répandant de ses jambes à ses dents. Fern leur cria d'arrêter, mais personne n'écoutait. Les hommes étaient à six contre deux, et ça aurait dû se terminer avant d'avoir commencé, mais Chester et Junior se battaient mieux que tous les autres. Ils esquivaient plus vite et frappaient plus fort, et ils se tenaient encore debout, longtemps après le moment où ils auraient dû être à terre.

Le propriétaire du *diner* quitta la cuisine et leur ordonna de sortir immédiatement. Il menaçait d'appeler la police. La plupart des clients étaient partis dès le début de la bagarre, mais un attroupement s'était formé sur le trottoir, devant la vitrine du *diner*. Les hommes s'envoyaient au tapis et se relevaient. Il y avait des assiettes cassées sur le sol carrelé. Du soda mêlé de sang sur le coulis.

Junior avait mal au poing. Jusque-là, il ne se doutait même pas qu'il était capable de donner des coups si violents, surtout pas à répétition. Ses jointures craquaient contre les dents, le cartilage et l'os. Il encaissait les coups les uns après les autres. Ce ne fut que lorsqu'un des hommes sortit un couteau de poche qu'il se sentit désavantagé. La lame entailla son avant-bras. Du sang chaud se mit à couler de la plaie. La lame froide faisait un tel contraste avec la chaleur de la lutte corps à corps qu'il sut qu'ils étaient vaincus. Il tenta d'avertir Chester, mais l'homme au couteau était rapide.

Junior oublia Fern pendant la bagarre. Il ne pensa pas au fait que toute cette violence se déroulait sous ses yeux. Il ne pensa pas du tout à elle jusqu'au moment où il la vit se placer entre Chester et l'homme au couteau. Il ne savait pas si elle entendait sauver Chester ou si elle s'était simplement lancée dans la mêlée dans un moment de confusion. La lame du couteau décrivit un arc en direction du ventre de Chester mais se planta dans le ventre de Fern à la place, là où elle portait l'enfant de Melvin. Elle hurla – pas un cri de douleur ou de peur, mais un cri de rage primitive.

La bagarre cessa. Fern s'effondra sur le carrelage froid. Son visage devint pâle. Junior s'agenouilla à côté d'elle. Les hommes qui étaient entrés dans le *diner* si excédés s'éclipsèrent sans bruit. Seuls Junior, Chester et Fern demeurèrent. Même le patron avait disparu. Fern était couchée sur le dos. Sa respiration devenait irrégulière.

« Va chercher ta mère », souffla Junior.

Chester partit en courant.

« Les secours seront bientôt là, dit-il ensuite à sa sœur.

– Le bébé, murmura Fern, le bébé arrive. »

Junior lui dit de tenir bon et de continuer de respirer. Il remonta la robe par-dessus la bosse de son ventre qui se soulevait irrégulièrement. L'entaille était profonde. Des morceaux de coton collaient à la plaie. Ce n'était pas beau à voir, mais Junior pensait qu'elle y survivrait. Il déchira un morceau de sa robe et s'en servit pour stopper l'hémorragie. Sous sa main, il sentit son pouls chaud, bas, et profond dans son ventre. Son sang était épais et visqueux. Le nez de Junior s'emplit de l'odeur cuivrée du sang et de la peur, mais il y avait autre chose, une odeur salée, de poisson. Sa sœur sentait le golfe du Mexique, le soleil tropical et la chaleur des marais, le mulet et le crabe frais, la canne à sucre, l'écorce de cyprès, elle sentait leur mère.

Junior eut un vertige. La plaie à son bras était superficielle, mais il avait perdu du sang dans la bagarre. Il se sentait étourdi et désorienté. Fern respirait par à-coups entre ses dents serrées. Ses yeux étaient étroitement fermés. Elle lui donnait la main, la cramponnait si fort qu'il avait perdu toute sensation dans ses doigts. Elle se cabra et poussa. La sueur coulait abondamment sur son visage et son cou. Elle s'effondra, haletante, dodelinant de la tête sur le sol dégoûtant. Rien n'avait préparé Junior à ce moment. Il pria, ce qu'il n'avait pas fait depuis bien longtemps. Dieu ou quelqu'un répondit, car Clementine apparut à côté de lui. Elle posa sa main sur la sienne, celle qui tenait le tissu sur la plaie au ventre de Fern.

« Fais-moi voir », dit-elle.

Il se recula. Clementine retira le morceau de tissu imbibé de sang et examina la plaie.

« Le bébé arrive. »

Fern se cabra de nouveau et poussa un cri. La plaie de son ventre s'ouvrit encore un peu plus, faisant jaillir du sang frais.

« Il faut qu'elle se détende, dit Junior. C'est pire si elle s'agite.

– Elle est en train d'accoucher », fit Clementine.

Ora apparut. Elle hissa un lourd sac sur l'une des tables, fouilla dedans et en sortit une fiole couleur ambre. Fern ouvrit la bouche quand Ora fit couler quelques gouttes d'un liquide foncé sur sa langue puis la referma. Il ne savait pas ce que c'était, mais l'odeur était amère, et le produit semblait puissant. Clementine et Ora se concertèrent au sujet de la plaie, de l'accouchement imminent et du meilleur remède contre la douleur. Elles étalèrent un tissu propre sous les jambes de Fern, placèrent sous sa tête un oreiller qu'elles avaient apporté. Junior se détendit. Les femmes avaient la situation en main, à présent. Il chercha Chester du regard mais ne vit que les yeux des inconnus qui les observaient par la vitrine du *diner*. Junior reconnut certains des visages, surtout les femmes, qui formaient un cordon infranchissable devant la porte. Elles ne laisseraient entrer personne tant que Clementine et Ora seraient à l'œuvre. Ces femmes étaient venues les trouver pour leurs propres accouchements, ou pour interrompre une grossesse. Elles venaient chercher des antidouleurs et des remèdes contre l'insomnie. Junior se sentit plus en sécurité, à les voir ainsi rassemblées. Elles n'autoriseraient personne à faire du mal à sa sœur.

« La voilà. »

Ora était accroupie entre les cuisses de Fern et regardait entre ses jambes. Junior détourna les yeux. Fern grognait et hurlait. Clementine lui tenait la main derrière son dos et l'aidait à pousser. Junior entendit un claquement humide, puis un silence, plus un long gémissement. Il crut que le gémissement venait de Fern, mais c'était le bébé. Ora tenait le minuscule enfant d'une main et l'examinait. Junior crut que le bébé avait un problème. Il était tellement petit, couvert de masses luisantes d'une substance visqueuse rose et gris, mais Ora sourit et posa le petit paquet glissant sur la poitrine de Fern.

« Une fille, annonça-t-elle. Comme tu l'avais prédit. »

Fern leva la tête pour examiner le bébé. Elle passa les doigts sur son corps qui gigotait. Junior s'approcha à quatre pattes. Il voulait voir ça. Ça lui faisait l'effet d'une espèce de miracle, même s'il savait que des femmes accouchaient tous les jours. Le bébé était plus foncé que Fern. Sa tête était couverte d'une masse de fines boucles noires et lorsqu'elle ouvrit la bouche pour hurler, affamée de lait, ou furieuse d'avoir été tirée dans ce monde froid, Junior aperçut un éclair de blanc sur ses gencives grises.

« Elle a des dents. » Fern rit. « C'est bon signe. Ça sera une dure. »

Junior avança un doigt et toucha l'épaule potelée du bébé.

« Elle est trop petite », observa-t-il.

Ora coupa le cordon ombilical veiné avec des petits ciseaux et récupéra le sang et le placenta dans un pot. Junior savait qu'elle les ferait bouillir et préparerait une tisane assez corsée pour redonner des forces à Fern.

« Elle est parfaite. » Clementine pansa la plaie de Fern avec un tissu propre et un peu d'iode. « Je vais te recoudre », promit-elle à Fern. « Ne t'en fais pas.

– Je ne m'en fais pas », dit Fern.

Elle caressa la délicate oreille en forme de coquillage du nouveau-né et plaça le bébé sur son sein. La petite ouvrit et ferma la bouche à plusieurs reprises avant de s'accrocher au mamelon et de se mettre à téter.

« Dis donc, elle est costaud ! »

Fern semblait aux anges malgré sa plaie au ventre et le traumatisme de l'accouchement dans cet environnement hostile.

Junior se dit qu'elle était née pour être mère. Elle avait eu raison de garder le bébé.

Après la montée d'adrénaline de la bagarre et de la peur qui avait accompagné l'accouchement, il se sentait presque en paix à présent, mais la paix n'était pas de mise. Les cris de la foule dehors enflèrent. Il ne comprenait pas les mots, mais il savait qu'ils étaient en colère.

Ora enveloppa le bébé posé sur le sein de Fern d'un petit châle.

« C'est ce que je craignais », dit-elle.

Clementine prit l'enfant des bras de Fern et l'aida à se lever mais elle se plia en deux, et tomba à quatre pattes.

« Tu peux la porter ? » demanda Clementine à Junior.

Il souleva sa sœur dans ses bras, prenant soin de ne pas érafler la plaie ouverte sur son ventre. Même ainsi, elle gémit de douleur.

Dehors, la foule des curieux grossissait. Certains des visages derrière la vitre étaient tordus par la colère. Les femmes à la porte ne pourraient les retenir bien longtemps. Ora leur fit traverser la cuisine et ils sortirent dans la ruelle de derrière, où elle avait demandé à Chester de les attendre avec la voiture. Junior cala Fern sur le siège arrière et se glissa à côté d'elle. Ora s'assit de l'autre côté avec le bébé. Clementine monta à l'avant avec Chester. Fern tendit les mains vers le bébé, qui pleurait de nouveau.

« Passe par les petites routes », ordonna Clementine.

11

Willet roulait vers l'est, à l'autre bout de l'État du Mississippi. Nous avons laissé derrière nous les routes plates et monotones du delta. La rivière Big Black coulait au sud par rapport à nous, même si elle ne ressemblait souvent qu'à un simple filet de boue. Des forêts denses s'étalaient au nord, interrompues par quelques champs. Des collines soulevaient la terre et je ne pouvais plus voir le moindre brin d'herbe entre le pick-up de Willet et l'horizon. Les arbres devenaient de plus en plus verts et fournis.

Nous sommes entrés en Alabama avant le déjeuner, le premier jour. Je n'étais encore jamais sortie du Mississippi, et je m'attendais à ce que ce soit un grand moment, mais la frontière de l'État ne changeait pas grand-chose au paysage. Les stations-service en bord de route étaient les mêmes. Les gens, quand nous nous sommes arrêtés pour acheter un sachet de cacahuètes bouillies, n'étaient pas différents des habitants du Mississippi. À Tuscaloosa, nous nous sommes arrêtés devant un restaurant, un bâtiment bas en parpaings, pour manger des sandwiches à la viande grillée. Je léchais encore la sauce collante sur mes doigts quand Willet a démarré, prenant la route du sud.

Nous avons passé la plus grande partie de cette première journée à traverser l'Alabama. Willet a désigné un énorme centre commercial sur le bord de la nationale.

« J'ai bossé sur la construction de ce truc. Ça fait même pas un an qu'il est ouvert », a-t-il raconté.

Je me demandais comment on pouvait faire ses courses dans un lieu pareil sans se paumer. Rien que le parking avait l'air plus grand que toute la ville de White Forest.

« Plus de cent boutiques dans un seul bâtiment, a expliqué Willet. Je ferais mes courses là-dedans pour rien au monde. »

Nous sommes entrés en Floride à la tombée de la nuit et Willet nous a pris une chambre de motel bon marché à Tallahassee. Il y avait un restaurant de pancakes ouvert vingt-quatre heures sur vingt-quatre juste en face sur la route. Nous nous sommes gavés de *hashbrowns* et de saucisses au sirop d'érable avant d'aller nous coucher, et nous en avons mangé de nouveau avant de repartir le lendemain matin. Willet comptait arriver à Tampa vers l'heure du déjeuner. Nous avons pris la Suncoast Parkway. La première heure, la circulation nous a ralentis, mais bien vite, la route s'est dégagée et nous avons pu adopter un rythme de croisière soutenu. Les villes que nous dépassions avaient de jolis noms : Gulf Hammock, Crystal River, Homosassa Springs. Les maisons sur le bord de la route étaient souvent peintes de couleurs vives – blanches avec des décorations bleu turquoise ou corail. Nous sommes passés devant des parcs de mobile homes où les habitants, assis sur des chaises en plastique, sous des auvents en plastique, regardaient les voitures filer. De temps à autre, j'apercevais de l'eau à travers les habitations ou les arbres.

« C'est l'océan ?

– C'est le golfe du Mexique. »

La Floride n'était pas comme l'Alabama ou le Mississippi. Le soleil semblait plus éclatant. Ça sentait la saumure et le poisson frais. Nous avions pris un petit déjeuner copieux, mais l'odeur de poisson me donnait faim. J'ai tenté de convaincre Willet de faire étape en avance, mais il a répliqué qu'on ne s'arrêterait pas tant qu'on n'aurait pas traversé la baie de Tampa.

« Qu'est-ce qui nous presse ? On sait même pas ce qu'on cherche.

– On cherche des explications. J'en peux plus de ne rien savoir. »

Plus on approchait de notre destination, plus Willet parlait de notre père. Il exhumait des souvenirs datant d'avant que je sois en âge de me rappeler quoi que ce soit. Il a parlé de la fois où papa avait rapporté un poisson-chat d'un mètre et demi, et de celle où il avait abattu un serpent à sonnettes à quarante mètres. J'aimais écouter les histoires de mon frère comme j'aimais écouter celles de mamie Clem. Ça me faisait bizarre de me rendre compte que les souvenirs de Willet et les miens ne se recouvraient pas. Il m'a raconté des trucs que je n'avais jamais entendus auparavant, comme l'histoire des abeilles.

Willet avait six ans quand papa et tonton Chester avaient eu l'idée de voler du miel dans un arbre où se trouvait une ruche. Il avait supplié papa de l'emmener. Voler du miel s'annonçait une grande aventure, mais papa était un salopard. Il avait dit non. Willet était trop jeune, prétendait-il. Willet avait insisté, et papa avait fini par céder à condition qu'il promette de rester dans la voiture avec les vitres relevées. Ça avait exaspéré Chester au possible. Chester n'avait jamais aimé les enfants. Et il ne s'en cachait pas.

Willet disait que l'arbre ruche était le truc le plus cool qu'il ait jamais vu. Ils s'étaient garés juste à côté, ce qui n'était pas l'idée du siècle. Papa et tonton Chester portaient des gants et des chemises à manches longues et avaient rentré leurs pantalons dans leurs chaussettes. Ils s'étaient attaché des bandanas sur le nez et la bouche. Quand la portière de la voiture s'était ouverte, l'arbre chantait. C'était plus beau qu'un chœur d'église. Willet était resté dans la voiture verrouillée, suant comme un cochon gras et regrettant de ne pouvoir sortir toucher l'arbre chantant. Papa avait attaqué le boulot à la scie à métaux. Les abeilles étaient sorties en masse du tronc creux dans un flux furieux. Chester avait plongé les mains dedans, armé d'un long couteau pour découper le rayon de miel.

Willet avait de la peine pour les abeilles. Papa et tonton Chester les volaient, et c'était mal, aussi mal que de voler dans un magasin ou chez quelqu'un. Le miel appartenait aux abeilles. Quel droit avait-on de débarquer pour arracher l'œuvre de leur vie ?

Il avait ouvert la portière et leur avait crié d'arrêter. Papa avait failli tomber de l'échelle. Il gueulait, mais Willet ne comprenait pas ce qu'il disait à cause du bandana qui lui couvrait la bouche. La première abeille avait piqué Willet au beau milieu de la joue. Ça ne lui avait pas fait trop mal, juste une piqûre d'épingle. Puis une deuxième abeille avait piqué à son tour, et une troisième, et la douleur était devenue cuisante. Il avait détalé. Très vite, il avait complètement perdu de vue papa, tonton Chester et la voiture. Son visage et ses bras avaient enflé affreusement. Il y voyait à peine d'un œil. Il s'était laissé tomber sur un carré d'herbe à côté d'un champ de coton. Couché là, il espérait que papa et tonton Chester avaient volé à ces abeilles tout ce à quoi elles tenaient, car il ne voyait pas en quoi des créatures aussi cruelles méritaient ne serait-ce qu'une minute de bonheur. Sur quoi il s'était évanoui.

J'ai demandé à Willet ce qu'il essayait de me faire comprendre.

« Écoute, tu verras », a-t-il répliqué.

Une fois qu'ils ont eu ramené Willet à la maison, maman avait gémi, pleuré et l'avait dorloté. Il avait passé la semaine suivante à prendre des cachets qui l'abrutissaient et lui faisaient faire des cauchemars affreux. C'était l'un des épisodes les plus traumatisants de son enfance. Pourtant, environ un an plus tard, quand il avait refusé de sortir sous le porche tant que personne n'aurait chassé une fichue nuée de guêpes, maman avait répliqué qu'elle ne comprenait pas pourquoi il s'était mis à avoir tellement peur d'une petite piqûre du jour au lendemain.

Notre père, a-t-il dit, était comme ces abeilles : beau, jusqu'à ce qu'on s'approche trop, après quoi il devenait affreusement cruel. Et la vérité n'avait jamais intéressé maman. Elle couvrait la part sombre de notre père d'un joli glaçage comme elle l'aurait fait avec un gâteau au caramel. Elle ne pouvait pas supporter de regarder tout ce qui était laid ou douloureux. Comment aurait-elle pu oublier les piqûres d'abeille de Willet, sinon, oublier son calvaire ? Comment aurait-elle pu prétendre que papa n'avait rien à voir avec la disparition de Pansy ?

Je ne connaissais pas la réponse et Willet n'en cherchait pas. Il était en train de me dire qu'il avait tout compris, mais je n'en étais pas si sûre. Je voulais croire en la bonté de papa. Je savais qu'il n'était pas honnête. Je savais que c'était un criminel, mais je voulais croire qu'il avait une bonne raison de vivre comme il le faisait. Peut-être que j'étais comme maman. Peut-être que je m'empressais trop de camoufler la vérité afin de transformer l'amertume en sirop.

Pour déjeuner, nous avons mangé des *po' boys* gras au poisson frit à l'entrée de Tampa. Willet a repéré la Tamiami Trail sur la carte et nous avons repris la route en direction du sud, suivant les panneaux indiquant Fort Myers, puis Naples. Une fois que nous avons laissé derrière nous l'opulence ensoleillée et un peu kitsch de Naples, le paysage a changé. Il y avait moins de maisons sur le bord de la route et l'odeur de marée était de plus en plus forte. Nous avons fait des kilomètres entre des arbres denses qui émergeaient de marais couverts d'algues. Nous étions loin de chez nous, et rien ne paraissait familier. Au crépuscule, le brouillard s'est levé, épais et lourd. Au volant, Willet plissait les yeux pour voir la route. Il roulait doucement, feux baissés, et poussait des jurons quand ça n'y changeait rien. Il se serait arrêté si nous n'avions pas été engagés sur une portion de route déserte sans motels ni station-service. Des relents saumâtres et putrides empuantissaient l'atmosphère et le brouillard adoucissait les contours de toutes choses, donnant un côté irréel au paysage, comme si nous nous trouvions à l'orée d'un cauchemar. Nous avions réglé l'autoradio sur une station musicale, mais il y avait désormais plus de friture que de musique. J'ai tourné le bouton, tentant de trouver une autre fréquence, mais rien ne parvenait jusqu'à ce bout de route solitaire. Nous n'avons pas croisé d'autres voitures, et je me suis demandé si la circulation était toujours aussi rare ou si c'était le brouillard qui retenait les gens chez eux. Willet ne savait pas. C'était facile d'imaginer que nous étions les seuls individus au monde, que tous les autres humains avaient été raflés par Dieu pour une fête apocalyptique, alors que nos invitations s'étaient perdues. J'ai sorti de ma poche le galet de la carrière et j'ai refermé la main dessus – un talisman pour me protéger des forces inconnues, un petit morceau du pays.

Nous avons doublé un virage comme en flottant, virage que Willet avait dû sentir plus qu'il ne l'avait vu, et quelque chose a jailli de la brume pour s'élancer dans la lumière de nos phares. Willet a enfoncé la pédale de frein. J'ai glissé en avant et ma poitrine a heurté violemment la boîte à gants.

« Mais putain ! » a crié Willet.

Une créature sauvage, couleur fauve, a tourné la tête et nous a regardés de ses yeux dorés, luisants. La panthère a disparu si vite que je me suis demandé si je l'avais imaginée.

Willet a continué de rouler dans le brouillard. J'ai pressé le galet de la carrière contre mon cœur, qui battait si fort que j'avais l'impression que ma poitrine allait éclater. Qu'est-ce qui allait encore bondir de l'ombre pour nous affronter ? Et comment pouvions-nous nous y préparer ?

Nous sommes arrivés au Glades Motel tard dans la nuit. Willet a demandé la chambre 17, celle où on avait retrouvé papa. La femme de l'accueil a poussé le registre vers nous. Il a signé.

« Pas de chien. Pas de musique forte. Pas de drogues, a-t-elle dit. Nettoyez vos poissons dehors, pas dans le lavabo. Si vous bouchez l'évier avec des écailles, c'est vous qui paierez le plombier. »

Elle avait la voix grave et rauque. À l'odeur, j'ai deviné qu'elle fumait plusieurs paquets par jour. Ça m'a fait penser à maman.

Willet a montré à la femme une photo de notre père. Ce n'était pas un portrait récent. Nous n'en avions pas de récent. C'était un Polaroid fané de papa tenant un gros poisson-chat, tout sourire.

« Vous vous souvenez de cet homme ? a demandé Willet. Il a passé quelques semaines ici en juin.

– Belle prise », a commenté la femme.

Il a insisté.

La femme a poussé une clé en travers de son bureau.

« J'ai déjà oublié à quoi vous ressemblez, vous.

– C'est l'homme qui est mort ici. Vous ne pouvez pas avoir oublié ça.

– Tous les hommes meurent. Je m'encombre pas la mémoire avec ça. »

La chambre était petite, miteuse et mal éclairée : un grand lit avec des draps fins comme du papier et un couvre-lit rêche, marron, une salle de bains si petite qu'on ne pouvait ni ouvrir ni fermer la porte si on était assis sur les toilettes, et, dans un coin, un frigo à hauteur de genou, une cafetière en aluminium et une plaque électrique, le tout généreusement présenté comme une kitchenette. Willet a sorti un lit de camp d'un petit placard et jeté une mince couverture par-dessus.

« Tu peux prendre le lit », a-t-il dit.

Une image de papa en état de décomposition avancée m'est venue à l'esprit et j'ai secoué la tête.

« C'est pas le même lit, Bert.

– Comment tu le sais ?

– T'as vu les photos. Ils auraient jamais pu nettoyer ce matelas. »

Mais je n'ai pas pu m'y résoudre. Je ne pouvais pas m'allonger à l'endroit exact où papa était mort. Willet a haussé les épaules.

« C'est comme tu voudras, mais le lit de camp n'a pas l'air super confortable. »

J'ai écouté Willet ronfler et me suis demandé ce qu'on était venus faire ici. Qu'est-ce qu'on espérait trouver ? Une indication sur la manière dont papa avait passé les dernières années de son existence ? Une idée de la cause de son départ ? Une piste sur ce qui était arrivé à Pansy ?

J'ai rêvé que j'étais assise dans la cuisine de mamie Clem pendant qu'elle s'affairait au fourneau. Quand elle se retournait pour me servir une tasse de thé, elle avait le visage d'un loup. J'étais le Petit Chaperon rouge et elle allait me dévorer toute crue. Je me suis réveillée au petit matin, tout le corps ankylosé par le petit lit raide et la longue route, les yeux brouillés et gonflés, la tête embrumée par un sommeil épuisant. Malgré ça, quand je suis sortie, j'ai failli pleurer devant la beauté du paysage. En dépit de l'odeur de poisson pourri, c'était une matinée splendide. Je n'avais jamais vu le soleil briller si fort à la surface grise de l'eau. Je n'avais jamais vu tant d'oiseaux descendre en piqué et plonger pour pêcher leur petit déjeuner, ou tant d'hommes travaillant dans la lumière matinale à décharger des cageots et des filets pleins de poissons. Du coup, j'ai été moins triste que papa soit mort là. La chambre était hideuse, mais la beauté était à la porte.

Willet a préparé un café amer dans le percolateur, et nous l'avons bu dans des tasses ébréchées. J'ai examiné la pièce à la lumière du jour. Je n'imaginais pas papa en train de se raser devant le miroir embué ou de s'habiller dans la salle de bains minuscule et détrempée. Je ne l'imaginais pas dormir dans ces draps rêches ou boire son café du matin dans une de ces tasses fêlées et sales. Papa aimait l'ordre et la propreté. Il aurait fallu au moins un incendie pour nettoyer cette chambre.

Willet était d'accord.

« Je ne le vois pas passer ne serait-ce qu'une nuit dans ce trou. C'était un salopard, c'est vrai, mais il aimait les jolies choses. Tu te rappelles ses chemises bien repassées et amidonnées ? Comment il astiquait ses pompes ? »

Je me le rappelais. Je me rappelais l'odeur propre et nette de sa crème à raser, et le parfum de clou de girofle de sa brillantine. Je me rappelais qu'il se coupait bien les ongles et les nettoyait soigneusement même quand Chester et lui imprimaient des billets. Mais ma mémoire était-elle fiable, au fond ? Je me rappelais un monstre dans les bois, et Willet disait que les monstres n'existaient pas. Je me souvenais que maman chouchoutait Pansy, mais maman avait nié avoir jamais fait de favoritisme. Je me rappelais le feu d'artifice, l'odeur de soufre et la soirée d'été parfaite, mais Bubba affirmait que ça ne lui disait rien du tout. Et quoi que je me rappelle, ou quoi que j'imagine, ça ne changeait rien au fait que le corps de papa avait été retrouvé dans ce motel dégueulasse.

« Faut que je te demande, a dit Willet. Est-ce que tu te souviens de l'avoir vu soûl, cet enfoiré, même une seule fois ? Parce que moi, non, putain. C'était un salaud, mais c'était pas un poivrot. »

Je me suis versé encore une tasse de café amer et j'ai répondu que non, je ne me souvenais pas l'avoir vu soûl.

« Sans déconner, je lui piquais tout le temps son whiskey, a repris Willet. Je mettais de l'eau dans la bouteille pour qu'il ne se rende pas compte que le niveau baissait, et il a jamais rien dit. Ça montre bien qu'il ne buvait quasiment pas. Comment ce mec qui buvait à peine un petit verre pour les grandes occasions a pu devenir un de ces ivrognes qui dorment dans la rue ? Ça ne semble pas possible. »

Et pourtant, ils avaient retrouvé le corps de papa dans cette chambre de motel immonde. Peut-être que nous n'avions pas vraiment connu notre père.

Avant toutes choses, Willet a voulu qu'on se procure quelques affaires. On a dressé une liste : insecticide, pain et beurre de cacahuète, café. On était passés devant une supérette et un magasin de pêche la veille au soir en arrivant. Nous avons acheté ce qu'il nous fallait et quelques trucs en plus : un jeu de cartes à jouer, une lampe de poche et des piles, des crackers, ainsi qu'un tube de pâte de poisson fumé, un filet d'oranges, un litre de rhum, et un pack de six Coca.

« On va à la pêche aujourd'hui ? a demandé la jeune caissière en enregistrant nos articles.

– Un truc comme ça. »

Elle a souri et rangé une mèche de cheveux blonds décolorés derrière son oreille. Elle a rougi. Willet faisait de l'effet aux femmes. Il avait les épaules larges et puissantes à cause des années passées sur les chantiers de construction. Ses cheveux retombaient sur ses sourcils, lui donnant un charme juvénile. On avait les mêmes yeux marron, le même nez couvert de taches de rousseur, le même menton pointu, mais l'ensemble était plus harmonieux sur son visage que sur le mien, depuis toujours.

« J'ai entendu dire que les mérous mordaient bien », a-t-elle dit.

Willet a fait glisser quelques billets sur la caisse et sorti la photo froissée qu'il avait montrée à la dame de l'accueil du motel la veille au soir. Elle avait au moins dix ans, et elle ne ressemblait sûrement pas du tout à l'homme qu'ils avaient retrouvé mort dans la chambre. Personne n'allait reconnaître papa à partir de cette image floue.

Mais il a tout de même posé la question.

Elle a plissé les yeux pour mieux voir la photo.

« Je crois pas. »

Willet l'a rangée dans son portefeuille.

« Y a une agence de location de bateaux, dans les parages ? »

Elle a rangé nos courses dans un sachet et nous a donné quelques adresses. Elle a ajouté qu'on ferait bien de se dépêcher si on voulait naviguer dans la journée. La plupart des bateaux partaient tôt pour la pêche ou l'observation d'oiseaux. Puis elle a parlé des tunnels.

« Pour les voir, vaut mieux y aller en canoë ou en pirogue. Iggy vous en louera une.

– Des tunnels ? »

Willet lui a pris le sachet des mains.

« Les tunnels de la mangrove. Il y a plein de choses à voir. Des genoux de cyprès, des plantes épiphytes, des tortues, peut-être même un alligator. »

Dehors, la brise fraîche matinale avait disparu. Des mouches vertes bourdonnaient autour d'un oiseau mort près de la benne à ordures. Nous sommes retournés à notre chambre pour ranger les denrées périssables dans le mini frigo et nous enduire d'anti-moustiques. Willet a dit qu'il voulait passer dans les agences de location de bateaux.

« Tu sais conduire un bateau ?

– On conduit une voiture, Bert. Un bateau, ça se pilote. » Il s'est tartiné le cou de crème à l'odeur sucrée. « Tu te souviens quand papa avait emprunté un bateau pour nous emmener au lac Grenada ? » Je me souvenais. Papa adorait pêcher. Mais les lacs et les réservoirs de chez nous étaient des flaques d'eau comparés au golfe du Mexique et à l'océan Atlantique.

« Je vois pas comment quelqu'un pourrait le reconnaître à partir de cette photo, ai-je dit.

– J'en ai deux ou trois autres dans mon sac. »

Il a sorti une enveloppe en papier kraft et étalé les photos sur le lit. On voyait papa appuyé contre son pick-up tout neuf, fumant une cigarette, rayonnant. On voyait papa à côté de maman, regardant tous les deux le bébé dans les bras de maman.

« C'est toi ? » ai-je demandé.

Willet a acquiescé. Et on voyait papa, jeune et souriant, avec tonton Chester et une fille que je ne connaissais pas. Ils étaient adolescents. C'était une vieille photo de très mauvaise qualité, dans des teintes indistinctes de gris pâle et de blanc.

« Où est-ce que t'as eu ça ?

– Je l'ai prise chez mamie Clem.

– Je l'ai jamais vue.

– Je l'ai chipée il y a des années, juste après qu'on a perdu Pansy.

– Qui est la fille ?

– Regarde-la bien, Bert. Dis-moi si tu remarques quelque chose. »

Les cheveux de la fille s'échappaient en une masse de boucles frisottées. Sa peau était plus foncée que celle des garçons, même si ça pouvait être un problème d'exposition. Ses lèvres étaient fermées en un sourire pincé, comme si elle gardait un secret. Ses yeux en amande étaient écartés sur son visage.

« Elle ressemble à Pansy. »

Willet a allumé une cigarette, pris une longue bouffée, et exhalé par le nez.

« Tu le vois, alors.

– Je le vois.

– Ça doit être une cousine, un truc comme ça. Pourquoi on a jamais entendu parler d'elle ? Quand j'ai interrogé mamie Clem, elle s'est refermée comme une huître, et elle a essayé de m'arracher la photo. Elle a dit que sa mémoire fonctionnait plus aussi bien qu'avant, alors qu'on sait très bien tous les deux que c'est des conneries. Elle a la mémoire affûtée comme un couteau à désosser. »

Willet m'a collé l'image sous les yeux, la tenant si près qu'elle me faisait loucher.

« Regarde ses mains, Bert. Elle tient quelque chose. C'est quoi ? »

J'ai pris la photo et l'ai mise à bonne distance pour ajuster ma vision. La fille tenait quelque chose en équilibre dans sa main, un truc délicat avec des ailes, peut-être un papillon ou un petit oiseau, mais c'était difficile à dire sur la photo grise et passée. Willet a sorti un carton et en a extrait une petite figurine. Il a placé l'objet délicat entre nous. Il était léger comme une plume, mais pas fragile : un oiseau sculpté dans de l'écorce ou une coquille de noix, ou une matière que je ne reconnaissais pas. Les ailes étaient écartées en forme de T. Le bec, levé vers le haut.

« C'est de l'écorce de canne à sucre, Bert. »

J'ai admiré les petits détails.

« T'as trouvé ça où ?

– Tu crois pas que c'est ce qu'elle tient sur cette photo ? »

J'ai posé la photo à côté de la sculpture et admis que oui, ça pouvait être le même objet. Willet a pris une autre figurine dans le carton – une tortue, aussi délicatement ciselée que l'oiseau. Enfin, il en a sorti un alligator et il a aligné les figurines les unes à côté des autres.

J'avais sous-estimé Willet. À le voir se jeter dans le travail, payer les factures et s'occuper de tout, on aurait cru qu'il n'avait pas le loisir de faire grand-chose d'autre, mais pendant ce temps, il avait rassemblé des indices. Des indices de quoi, je ne le savais pas. Il ne savait pas non plus.

« Bert, tu sais où ça pousse, la canne à sucre ? Ici. Ici même. Je veux savoir qui elle était, et d'où viennent ces trucs. » Il a désigné la tortue et l'alligator. « Ceux-là, ils ne viennent pas de chez mamie Clem. Quelqu'un les a envoyés à maman par la poste environ un an après la disparition de Pansy. Une simple enveloppe dans la boîte aux lettres, sans adresse d'expéditeur. Mais le cachet de la poste indiquait Everglades City.

– Elle a dit quoi, maman ?

– Je les lui ai jamais montrés. C'était l'époque où plein de gens prétendaient l'avoir aperçue. Et les médiums appelaient. Elle envoyait de l'argent aux foutus télévangélistes. J'interceptais le courrier, et j'apportais les trucs suspects aux hommes du shérif. Ils ont pensé que c'était un genre de farce de mauvais goût. »

Toutes ces années, j'avais cru que Willet et moi, nous partagions cette quête. Que *nous* cherchions notre père. *Nous* cherchions notre sœur. Mais non. Je comprenais pourquoi il avait caché des choses à maman, mais je ne comprenais pas pourquoi il m'en avait caché, à moi.

« T'aurais pu me le dire.

– T'étais juste une gamine. T'imagines même pas les trucs que les gens envoyaient. Des lettres incendiaires, traitant maman de mauvaise mère. Des fausses demandes de rançon, tachées de sang véritable. Une lettre de suicide qui avait l'air d'avoir été écrite par un enfant. Les hommes du shérif ont dit que le monde est plein de détraqués, des gens qui sont prêts à tout pour prendre part à n'importe quelle tragédie.

– Peut-être que c'est vrai.

– Peut-être, mais regarde ces animaux. Ils ont tous été fabriqués par la même personne, tu crois pas ? »

Les figurines se ressemblaient, mais je n'aurais pas su dire si la même personne avait fabriqué les trois. C'était comme le hibou en macramé que j'avais fait au centre aéré quand j'étais petite. Le mien ressemblait à celui qu'avaient tissé les autres gosses, mais il n'était pas exactement pareil. Peut-être que ces figurines étaient des créations de colonies de vacances.

« Et même si c'est le cas, ça veut dire quoi ?

– Ça veut dire qu'on s'est trop empressés de croire ce qu'on nous a raconté. J'en peux plus, Bert. Je veux la vérité. »

Je me suis souvenue de ce qu'avait dit mamie Clem le jour où Marianne avait accouché du petit garçon si adorable. *Les gens croient ce qu'on leur dit de croire.* Mamie Clem pliait la vérité à sa guise chaque fois qu'elle remplissait un de ces faux certificats de naissance ou effaçait toute trace d'une grossesse. Peut-être que Willet avait raison. Nous avions cru ce qu'on nous avait dit de croire. Nous n'allions pas découvrir la vérité à moins d'accepter de faire des trous dans les mensonges.

« Tu crois qu'elle est ici, la vérité ?

– En tout cas, je suis sûr qu'elle est pas à White Forest. »

Une fois tout le monde installé, Chester démarra et s'éloigna du *diner*. Une partie de la foule de Main Street bloquait l'entrée de la ruelle, mais il ne freina pas et les badauds se dispersèrent pour éviter de se faire renverser. Il roulait vite, mais il évitait les parties où la rue était en trop mauvais état et ralentissait quand il y avait des nids-de-poule. Fern s'assoupit. Ora lui frotta les épaules et lui parla d'une voix calme.

« Reste avec nous. C'est pas le moment de s'endormir. »

Ora recommanda à Junior de s'assurer que sa sœur reste consciente.

« Elle a perdu trop de sang. Si elle s'endort, je ne suis pas sûre de pouvoir la ranimer. »

Junior se mit à parler. Il parla de leur mère, dit comme elle aurait tant voulu voir ce bébé. Il parla des oiseaux de l'île, qui donnaient la béquée à leurs petits affamés avant de leur apprendre à voler. Il rappela à Fern l'origine de son propre nom.

« La fougère de résurrection ne meurt pas. Elle reverdit, et elle revit. »

Clementine, à l'avant, fulminait. Elle n'aurait jamais pensé remettre les pieds dans ce *diner*. Elle y avait de mauvais souvenirs, elle aussi. Ora hochait la tête et tentait tour à tour d'apaiser Clementine et Fern.

À la maison, Junior souleva sa sœur et la porta au lit. Ora prit le bébé et Clementine s'occupa des blessures de Fern. Elle la nettoya avec un tissu humide et un peu de savon. Sa plaie au ventre était rouge vif et le sang commençait à former une croûte. Fern était brûlante de fièvre et semblait rêver, alors qu'elle ne dormait pas. Junior, accroupi à côté de sa sœur, lui donnait la main. Clementine passa un long morceau de fil dans la peau du ventre de Fern, et referma la chair déchiquetée en un trait irrégulier.

« La cicatrice sera pas jolie, dit Clementine, mais ça va tenir. »

Clementine s'intéressa ensuite au sang qui coulait entre les jambes de Fern.

« Elle devrait avoir arrêté de saigner. »

Clementine plaça un gros paquet de coton entre les cuisses de Fern. Elle souleva ses jambes sur un tas d'oreillers et un dessus-de-lit plié. Elle appela Ora.

Les femmes se concertèrent. Ora apporta à Fern une tasse tiède de tisane aux herbes pour ralentir l'hémorragie. Fern but le thé par petites cuillerées. Junior berça le bébé, dont le cœur chaud battait à toute vitesse contre le sien. Il plaça son nez dans le cou de la petite et inhala l'odeur de lait frais. Chair, et os, et sang. Il n'avait jamais été aussi terrifié et heureux à la fois. Fern dormait. Junior se demanda s'ils avaient rapporté les paquets qu'ils avaient achetés ce matin. Il pensait à l'ours en peluche qu'ils avaient acheté pour le bébé. Il voulait le lui donner tout de suite. Inutile d'attendre le matin de Noël.

Junior s'assoupit, assis par terre à côté du lit de Fern. Il rêva d'une immense étendue d'eau profonde. Il rêva des oiseaux et du claquement sonore de leurs ailes au crépuscule. Le claquement ne venait pas de son rêve, mais il lui fallut un moment pour s'en rendre compte. Le bruit venait du jardin et du porche avant. Ce n'étaient pas des oiseaux qui descendaient sur leur maison, mais des hommes. Chester criait. Ora se précipita dans la pièce où Junior, Fern et le bébé dormaient.

« Il faut qu'on se cache, lança-t-elle. Ils sont venus pour la prendre. »

Junior ne savait pas si elle parlait de Fern ou de sa fille. Les deux peut-être. Ora prit l'enfant et Junior souleva sa sœur endormie. Elle était molle comme un sac de farine dans ses bras. Ils se glissèrent par la porte de derrière tandis que les hommes tentaient d'entrer par-devant, poussant Chester. Ora fit traverser à Junior les jardins en sommeil à cause de l'hiver, et l'entraîna dans les bois. Ils s'accroupirent à l'ombre d'un grand chêne. Junior appuya Fern contre la base du tronc. Elle ouvrit les yeux mais ne semblait rien voir. Les hommes firent le tour de la maison. Ils piétinèrent les parterres vides, faisant voler des mottes de terre. C'étaient les mêmes qu'au *diner*. Junior repéra l'homme à la casquette rouge. Celui avec le couteau. Chester courait après eux en poussant des jurons et des cris. Junior aurait voulu s'enfoncer davantage dans les bois, mais il avait peur que le moindre mouvement les trahisse.

« Ils sont pas là ! hurla Chester. Et vous êtes sur une propriété privée, fils de putes ! »

Chester était armé d'un fusil. Junior espérait qu'il aurait le bon sens de ne tirer sur personne.

Le bébé se réveilla. Peut-être que les cris l'avaient réveillée, ou peut-être qu'elle avait faim. Elle pleura, un doux miaulement hoquetant qui se mua en hurlement de gorge. Fern la prit et la plaça à son sein, mais c'était trop tard. Les hommes avaient entendu sa voix, et ils accoururent. Junior tenta de soulever sa sœur et le bébé qui tétait, mais il ne fut pas assez rapide. L'homme à la casquette rouge leur arracha le bébé. Fern, encore groggy à cause du sang qu'elle avait perdu et de la potion que lui avait donnée Ora, ne fut pas assez forte pour l'en empêcher. Junior se jeta sur l'homme. D'un coup de poing, il lui fit perdre l'équilibre, mais l'homme était rapide et déterminé. Il partit en courant, le bébé sous le bras. Chester et le groupe d'hommes coururent après lui. Ora les poursuivit.

« Reste avec ta sœur », ordonna-t-elle à Junior.

Fern lui demanda de l'amener auprès du bébé.

« Ama, dit-elle. Elle s'appelle Ama. »

Il trouva ça bien, qu'elle donne à son enfant le nom de leur mère. Junior porta de nouveau sa sœur. Il avait mal aux bras à force de la soulever. Ses jambes étaient faibles et lourdes. Au loin, il entendit un coup de fusil et sut qu'il provenait de l'arme de Chester. Junior avait du mal à ne pas se faire distancer par les hommes et Ora, mais il savait où ils se dirigeaient.

À la carrière, l'homme à la casquette brandit le bébé au-dessus de sa tête. Les autres hommes le regardaient sans rien faire. Ils n'étaient pas aussi déchaînés que lui, mais ils n'allaient pas l'empêcher de faire ce qu'il avait en tête. Ora courut vers lui. Elle lui administra un coup de pied entre les jambes et lui donna une gifle. Il lui cracha au visage.

« Bâtard ! Enfant de négro ! »

Il scandait sans relâche ces mots terribles.

Fern dit à Junior de la reposer. Elle parvint à se tenir debout, mal assurée mais bien droite.

« Elle s'appelle Ama, dit-elle, sa voix tranchant sur le refrain hideux du type. C'est ma fille, et vous n'avez aucun droit sur elle.

Elle porte le nom de sa grand-mère. Elle vient d'une lignée royale. Si vous lui faites le moindre mal, il rejaillira sur votre famille, cent fois, mille fois. Vos enfants seront demeurés et paresseux. Votre femme sera infidèle. Vous ne prospérerez jamais. Vos récoltes flétriront. Vous verrez la pluie après le déluge. Vous verrez la sécheresse quand le sol sera craquelé. Vous aurez soif au milieu de l'océan. Vous vivrez longtemps en mauvaise santé. Vous mourrez seul et abandonné de tous. Et chaque fois que vous souffrirez, vous penserez à moi et à Ama et à la nature sinistre et abjecte de votre âme. »

Les paroles de Fern semblèrent jeter un sortilège. Les hommes à la lisière des bois tombèrent dans le silence. Elle pointa un doigt pareil à une serre. L'homme brandissait toujours le bébé, mais il cessa de scander. Ora et Junior attendirent de voir si Fern allait en dire plus. Ils restèrent au bord de la carrière pleine d'eau, figés. Fern toussa et s'effondra au sol.

Pendant un instant, on aurait cru que toute l'affaire allait se terminer, que l'homme à la casquette allait rendre le bébé à Ora, que les autres hommes allaient s'éloigner sans mot dire. Le calme avant la tempête. Mais Junior vit les yeux du type se durcir. Il s'écarta d'Ora d'un pas et jeta le bébé dans la carrière comme s'il balançait un sac d'ordure sur un tas. Ora plongea pour sauver l'enfant. Elle ne remonta pas. Clementine, debout au bord de la carrière, hurla.

« Qu'est-ce que vous avez fait ? Elle ne sait pas nager ! »

Chester apparut à côté de Fern.

« Ne la laisse pas », lui ordonna Junior.

Il courut jusqu'à la carrière et s'y jeta à son tour. Ses bottes s'alourdirent et menacèrent de l'entraîner vers le fond. L'eau tourbillonnait autour de lui, affreusement froide et noire.

Il décrivit des cercles, plongea aussi profond que ses poumons le lui permettaient. Il ne vit pas trace d'Ora ou du bébé, mais il sut qu'il n'était pas seul dans l'eau. Le mal vivait là, une bête sous la surface. Junior la sentit qui l'attirait plus profond, l'incitait à ouvrir la bouche et les bronches. Il résista, mais il sut qu'Ora et le bébé n'avaient pas été assez forts pour lutter contre cette bête. Il continua de plonger bien après le moment où il sut que c'était devenu futile. Il ne pouvait pas supporter l'idée d'affronter Fern, Clementine et Chester. Tant qu'il était sous l'eau, se disait-il, ils avaient de l'espoir. Lorsqu'il se hissa finalement sur la berge, il avait les mains toutes ridées et les lèvres bleuies par le froid.

Les hommes étaient partis. Pendant que Junior était dans l'eau, Chester avait tiré sur l'homme à la casquette rouge, lui logeant une balle dans le bras droit. Un de ses acolytes avait menacé d'alerter la police, et Chester lui avait dit de ne pas se gêner. Il avait dit qu'il estimait être dans son bon droit, qu'il aurait pu tous les abattre. L'homme à la casquette rouge avait répliqué que la police ne se rangerait jamais du côté des négrophiles et des dégénérés.

« On a fait ce pour quoi on était venus », a-t-il conclu.

Son bras en sang contre sa poitrine, il avait disparu dans les bois. Les autres l'avaient suivi.

« J'aurais dû le tuer, siffla Chester. J'aurais dû tous les tuer. »

Junior savait que l'homme avait raison. La police n'existait pas pour protéger des gens comme lui et Chester, comme Fern et son bébé, comme Clementine et Ora. La police se rangerait toujours du côté des riches et des puissants.

Chester et Junior portèrent Fern jusqu'à la maison, suivis de Clementine. Ses bottes faisaient un bruit de succion, alourdies par l'eau de la carrière. Il était trempé, il avait froid, et il tremblait de peur et de rage. Il essayait de réfléchir à ce qu'il aurait pu faire pour aider Fern, mais il savait que rien n'aurait suffi.

12

Nous avons pris le paquet de photos de Willet et nous sommes sortis pour la journée. Comme nous en avait avertis la caissière de la supérette, il n'y avait personne à l'accueil des agences de location de bateaux. Il y avait des pancartes sur les portes, indiquant comment réserver des excursions ou des embarcations pour le lendemain. Nous avons apporté nos photos à la mairie, où la responsable des archives nous a à peine accordé un regard. Willet a expliqué que nous cherchions des renseignements sur un ancien habitant du nom d'Earl Watkins.

« Ça ne me dit rien. Qu'est-ce que vous voulez savoir ?

– Je sais pas trop. Il y a des adresses à ce nom ? Des arrestations ?

– Il va falloir être plus précis. Et il y a des frais pour consulter les archives.

– Combien ?

– Ça dépend des archives. »

Willet a demandé si les frais s'appliquaient même si elle ne trouvait rien.

« Oui, et dans ce cas, on devrait les multiplier par deux. Si vous me faites perdre mon temps. »

Nous sommes partis sans aucune information. Nous avons parcouru la ville, nous arrêtant dans tous les commerces ouverts.

Personne ne reconnaissait papa. Personne ne voulait le reconnaître. Au Tote-Sum, nous avons montré nos photos à un caissier, un homme efflanqué avec un ventre de buveur de bière et une queue-de-cheval sale qui feuilletait le dernier numéro de *Penthouse* d'une main et grignotait un sachet de couennes de porc frites de l'autre. Il nous a regardés d'un sale œil, disant qu'il était trop occupé pour aider les gens qui n'achetaient rien. Willet a acheté un soda et un paquet de cigarettes. Le caissier a jeté un coup d'œil aux photos, mais à peine.

« Non, j'peux pas dire que je le reconnaisse.

– Allez, quoi, a fait Willet. Vous avez même pas regardé. »

Le type a plaqué bruyamment le paquet de cigarettes sur les photos et s'est replongé dans son magazine et ses couennes.

« Peux pas vous aider. »

On avait droit au même traitement partout où on allait. À la fin de la journée, Willet a intercepté un des capitaines de bateaux qui rentraient d'excursion. Nous l'avons suivi dans son bureau à côté de la marina. Il nous a dit qu'on ne devrait pas fouiner comme ça.

« Mais c'est notre père, ai-je protesté.

– C'est possible, mais je n'ai aucun moyen de le savoir. Je ne vous connais pas. »

L'homme a feuilleté un tas de paperasses, et refusé de regarder les images. Même nous, il nous a à peine regardés.

Willet a posé la photo de papa avec le poisson sur son tas de papiers.

« Mais putain ! Il est mort, cet homme ! On peut pas lui faire de mal. On veut juste savoir ce qu'il fabriquait ici. »

L'homme a repoussé la photo.

« Je suis pas très porté sur la religion, mais si je me souviens bien, même Jésus-Christ a eu la permission de disparaître pendant quelques années. »

Le lendemain, au parc d'alligators, un type rouge comme une betterave a refusé de regarder les photos mais tenté de nous refourguer des billets pour la visite de l'après-midi.

« Vous tiendrez un alligator vivant dans vos bras, jeune femme ! Où pouvez-vous faire un câlin à une bête effrayante, à part ici ? »

Peut-être que les gens qui n'ont expérimenté aucune tragédie dans leur vie éprouvent le besoin de câliner des bêtes effrayantes, mais ce n'était pas mon cas. Cependant, il y avait un mur de photos de visiteurs tenant le petit alligator dans leurs bras. À première vue, il n'avait rien de particulièrement effrayant. Il était pathétique. Sa gueule était maintenue fermée par du gros Scotch, et il avait la peau d'un gris pâle maladif. Les touristes qui le tenaient faisaient de grands sourires ou des grimaces d'horreur feinte, mais je voyais dans leurs yeux qu'ils avaient honte. C'est une chose de capturer une créature sauvage pour survivre, c'en est une autre de la maintenir en captivité pour s'amuser.

Au Wild Catch Cafe, nous avons montré nos photos à une serveuse qui était sympa, mais qui ne nous a pas aidés beaucoup plus. Elle nous a servi du café fort et a pris le temps de regarder les photos. Elle n'a pas reconnu papa. Je lui ai parlé des hommes qui nous avaient envoyés balader et elle a ri.

« Ça, c'est l'accueil typique des Everglades, a-t-elle expliqué. Ils ne font pas confiance aux étrangers, et encore moins à ceux qui posent des questions. On préfère s'occuper de ses affaires, ici, en général. »

Je ne comprenais pas ce qui pouvait bien faire que toute une région soit cachottière et soupçonneuse, mais j'avais l'habitude des secrets. Les femmes de White Forest cachaient beaucoup de choses à leurs maris et à leurs pères, et je n'étais pas certaine qu'elles auraient très bien réagi si deux inconnus étaient venus fourrer leur nez dans leur existence en cherchant les points faibles. Puisque papa était capable de transformer les billets de cinq dollars en billets de cent, il était certainement capable de se transformer en quelqu'un d'autre. Il avait pu se teindre les cheveux, se laisser pousser la barbe ou se raser le crâne. Si personne ne reconnaissait notre père sur ces photos, ça pouvait être dû à une foule de raisons. Et si quelqu'un refusait de le reconnaître, il pouvait aussi y avoir une foule de raisons. Nous ne pouvions pas savoir comment vivait papa pendant les années suivant sa disparition, mais nous savions comment il vivait quand il était avec nous. Papa était un faussaire, un criminel et un voleur. Quand j'étais plus jeune, je ne remettais pas ses activités en question. Il subvenait à nos besoins. Comment, je m'en fichais. En grandissant, j'avais commencé à me demander ce qui pouvait pousser un homme sur la voie de la malhonnêteté. Était-ce une tragédie unique, ou une série de petites injustices ? Et si nous découvrions un événement horrible ? Et si nous apprenions une chose que nous aurions préféré ignorer ?

Au bout de trois jours à arpenter la ville en posant des questions, nous n'avions rien appris de neuf sur notre père. Nous étions à bout de nerfs et je trouvais qu'il était temps de rentrer chez nous. Willet n'était pas encore prêt à renoncer.

« Allons voir la boîte de location de canoës. Celle dont nous a parlé la caissière de la supérette. »

Nous nous sommes trompés de route plusieurs fois, mais nous avons fini par trouver le bâtiment en bois grisâtre avec des canoës empilés dehors. Un vieil homme somnolait sur un rocking-chair sous le porche, une casquette de base-ball bleu pâle descendue sur le front. Il a ouvert les yeux quand nous avons monté les marches.

« Pour la visite guidée, les kayaks viennent de partir. »

Il a frotté sa barbe grise d'une main marquée de cicatrices rouges et gonflée par l'arthrite.

« On cherche seulement des infos », a expliqué Willet.

L'homme a craché un long filet de tabac dans une vieille boîte de café.

« Je m'appelle Iggy. » Il s'est penché en avant. « Vous voulez quoi, comme info ? »

Willet lui a montré notre paquet de photos et il les a examinées. Il ne nous a pas dit d'arrêter de fouiner partout ou de nous occuper de nos affaires.

« Je peux pas affirmer que je l'aie déjà vu. C'est qui, au juste ?

– C'est notre père, ai-je répondu. On pense qu'il a vécu par ici. »

Iggy a secoué la tête et craché de nouveau dans la boîte.

« Sa tête me dit rien, mais ça veut rien dire. Y a beaucoup de gens qui viennent ici et qui se donnent beaucoup de mal pour disparaître.

– Comment ça ? » a demandé Willet.

Iggy s'est levé et nous a fait signe de le suivre à l'intérieur. La boutique était petite, mais pleine de livres et de matériel de camping. Il a sorti un plan d'un présentoir en bois et l'a étalé sur le guichet.

« On est là, en gros. » Il a posé un doigt épais sur la carte. « Alors la plupart des gens pensent que c'est à peu près tout. On peut aller aux Keys, bien sûr, pêcher un peu, mais on est bien situés, pratiquement à l'extrémité de la terre. Sauf que vous voyez ça, là ? » Il a fait glisser son doigt plus bas sur le plan, montrant un amas de petits points. « Eh bien, vous seriez étonnés d'apprendre le nombre d'hommes qui arrivent à passer une saison ou deux sur une de ces petites îles. Elles sont même pas sur la carte, pour la plupart.

– Vous voulez dire que des gens habitent là ? Sans nourriture et sans abri ?

– Ce n'est pas ça qui manque, pour quelqu'un qui sait s'y prendre et qui connaît les lieux. » Iggy a récupéré le tabac coincé derrière sa lèvre inférieure et déposé la chique dans son crachoir. « Les Indiens Calusa vivent sur ces îles depuis des générations. Certaines d'entre elles n'existeraient pas sans leurs monticules de coquillages. On a plus d'un ermite qui y a élu domicile. Ils reviennent ici une fois de temps en temps pour acheter deux, trois bricoles, mais ils vivent pratiquement en autarcie. Le gibier ne manque pas, et c'est le meilleur spot de pêche du monde. »

Willet s'est penché sur la carte pour examiner la zone qu'avait désignée Iggy.

« Comment il faudrait s'y prendre pour retrouver quelqu'un qui habite là-bas ?

– Vous ne trouverez jamais quelqu'un qui ne veut pas être retrouvé. C'est ce qui fait que c'est un endroit si propice pour se cacher.

– Ce serait possible d'y habiter avec un enfant ?

– Si ce serait *possible* ? » Iggy s'est gratté la barbe et a levé les yeux au plafond. « J'imagine, oui. Mais j'ai jamais entendu parler de quelqu'un qui l'aurait fait. Ce serait vraiment une drôle d'idée. C'est pas une vie facile, là-bas.

– Y a pas moyen, j'ai protesté. Papa n'aurait jamais fait ça. »

Je ne voulais pas trop rentrer dans les détails devant Iggy, mais je refusais de croire que papa aurait embarqué Pansy dans une île, loin de tout. Il avait peut-être des raisons de se cacher, mais pourquoi aurait-il emmené Pansy ?

« Y a cinq cents personnes, à tout casser, dans ce bled, a fait Iggy. Avec Chokoloskee, ça fait peut-être six cents. Tout le monde connaît tout le monde. Les touristes vont et viennent, mais si votre père a habité ici un certain temps, il y a forcément quelqu'un qui s'en souvient. »

Nous avions fait la tournée de tous les commerces de la ville et pas un des individus à qui nous avions posé la question n'avait reconnu notre père, ni sur les photos, ni par son nom. Je me suis demandé si papa n'était pas venu à Everglades pour y mourir, plutôt que pour y vivre. Peut-être qu'il avait habité ailleurs. Peut-être qu'il avait vécu sur une de ces îles sans nom, comme l'avait suggéré Iggy. Mais dans ce cas, pourquoi venir dans cette ville pour mourir dans un motel pourri ? Qu'est-ce qui pouvait expliquer ça ?

Willet a serré la main d'Iggy.

« Merci d'avoir pris le temps de parler avec nous.

– Je regrette de pas avoir pu vous aider davantage.

– Moi aussi, mais vous nous avez vachement plus aidés que n'importe qui dans ce patelin. »

Iggy a lâché un petit rire.

« C'est pas très sympa, ici, quand on arrive. Je vous promets que les gens deviennent plus aimables avec le temps. »

Iggy a replié sa carte et nous nous sommes dirigés vers la porte. Nous étions presque sortis lorsqu'il a dit : « Vous savez, si vous voulez vous faire une idée plus juste de la région, vous devriez organiser une sortie sur l'eau. Vous comprendrez ce que je veux dire, quand je vous explique que c'est très facile de disparaître. »

Willet a consulté sa montre. Il était près de midi et nous n'avions pas prévu grand-chose pour la journée. La boutique d'Iggy était à peu près le dernier endroit que nous avions à voir.

« Vous pouvez nous emmener ?

– Je peux vous fournir un kayak et vous dire vers où pagayer.

– J'ai pas envie de me perdre.

– Sûr qu'il vaut mieux pas. Mais vous risquez rien si vous restez sur la rivière. »

Iggy nous a conduits aux bateaux empilés à côté du magasin. Il a posé sa main sur un canoë gris, pas très long.

« Celui-là devrait faire l'affaire. »

Willet l'a aidé à sortir le kayak.

« Le jour de notre arrivée, une fille à la supérette nous a parlé des tunnels de la mangrove…

– Oh, vous allez en traverser plein. La rampe de mise à l'eau est juste de l'autre côté de la route. C'est pas très profond à l'embouchure. Faut la dépasser. Vous n'aurez qu'à pousser sur le fond avec vos pagaies aux endroits où il n'y a pas assez d'eau. Si vous êtes coincés, sautez à l'eau et tirez jusqu'à ce que le kayak recommence à flotter. Il y a un vieil alligator qui prend le soleil à côté de la rampe. Il vous fera pas mal. Faites juste un écart pour pas vous approcher trop. Vous arriverez à un embranchement avec un pont sur votre droite et un bosquet de cèdres sur votre gauche. Si vous vous dirigez vers les cèdres, vous n'allez pas tarder à déboucher dans la baie. Je prendrais vers le pont, et je m'en tiendrais à la rivière. N'ayez pas peur d'utiliser vos pattes de singes. » Iggy a levé les bras au-dessus de sa tête et mimé le geste de se hisser en avant. « Vous attrapez les branches et vous tirez pour avancer. Ça a marché pour vos ancêtres. Ça marchera pour vous. »

Nous avons pagayé à travers les tunnels ombragés de la Turner River à l'eau glauque et peu profonde. Une énorme tortue perchée sur une souche a sorti la tête quand nos pagaies se sont trop approchées. Des genoux de cyprès dépassaient de l'eau brunâtre et des plantes semblaient pousser sans attaches. Des oiseaux se posaient sur les arbres autour de nous, criaillant et battant des ailes. Par la suite, j'ai appris à identifier la poule d'eau, le balbuzard et mon préféré, l'anhinga. J'aimais les voir perchés sur une branche, les ailes écartées, tel Jésus sur la croix.

Suivant le conseil d'Iggy, nous nous sommes servis de nos pattes de singes pour tirer le bateau sous la canopée de branches basses. Les palétuviers poussaient de travers malgré leur hauteur et, dans les zones où l'eau était le moins profonde, je voyais que les racines formaient une masse enchevêtrée, comme des lianes. Nous avons flotté pendant un moment dans une mare stagnante bordée d'herbe. Il faisait chaud pour une mi-janvier. Les moustiques sifflaient constamment. Un poisson a fait un bond en l'air. Un oiseau a lancé un appel dans les arbres. Une araignée tissait sa toile dorée sur une souche. Partout où je regardais, l'atmosphère était dense, lourde et grouillante de vie. Nous avons traversé une nuée de moucherons et j'ai manqué laisser échapper ma pagaie en tentant de les écarter. Les feuilles, les branches et les fragments de mousse qui pendouillaient semblaient s'avancer pour nous caresser au passage. Les troncs d'arbres étaient recouverts de plaques de mousse vert fluorescent. Nous étions à quelques coups de rame du golfe du Mexique, dont les eaux saumâtres étaient peuplées de requins bordés, de raies, de barracudas et de pieuvres. Il y avait des alligators dans la rivière et des serpents le long des rives. L'eau sentait le pourri et le vivant. Le paysage qui s'ouvrait devant et celui que nous laissions semblaient à la fois familiers et tout neufs. Il suffisait d'une variation minime de la lumière et de l'ombre pour que tout se transforme. Était-ce la même rangée de cèdres que nous avions dépassée à l'aller, ou les arbres étaient-ils sortis de terre pour exaucer quelque prière inconnue ? J'ai tendu la main pour toucher un genou de cyprès saillant et, quand j'ai replié le bras, une perle de sang grossissait au bout de mon doigt. Je ne savais pas si je m'étais éraflée contre une épine ou si j'avais été piquée par un des milliers d'insectes qui bourdonnaient autour de nous. Iggy avait raison. Il serait facile de disparaître dans les marais ou le golfe. Qui viendrait vous chercher ici, où tout était beau, dangereux et bizarre ?

Lorsque nous avons rendu le kayak, j'avais des coups de soleil sur les épaules et elles étaient endolories à force de pagayer. Iggy nous a dit de revenir quand on voulait, si on avait besoin d'un bateau, ou de poser des questions. Il espérait que nous allions trouver ce que nous cherchions.

Ce soir-là, Willet a suggéré que nous sortions prendre un vrai repas. Nous nous nourrissions exclusivement de mousse de poisson froide et de crackers dans la chambre, et cette sortie serait une fête. Avec son sol granuleux, ses moisissures dans les coins et ses draps minces et rêches, le motel n'avait vraiment rien d'accueillant. Les ampoules clignotaient à intervalles imprévisibles. Une araignée filiforme et un lézard aux yeux globuleux vivaient dans la douche. J'étais ravie d'abandonner tout ça quelques heures.

Nous avons atterri dans un bar de la région. Il n'y avait pas énormément de choix pour dîner dans cette ville. Les baraques à crabes tombaient à court de marchandise vers le milieu de l'après-midi. Le restaurant du club de tir local proposait des plats sophistiqués à des prix inabordables. Il ne restait que ce bar, annexe d'un restaurant familial baptisé The Crab House. Ils servaient de la bière bon marché et de généreuses portions de friture. Nous avons commandé une assiette de dégustation à partager.

Dans un coin de la salle, un petit groupe de musiciens a branché ses instruments et testé la sono. Le feedback a déclenché un bruit strident dans toute la salle. Les parois en bois étaient ornées de cannes à pêche, d'appâts et de photos d'hommes hissant des filets gonflés dans leurs bateaux. Il était tôt et il n'y avait que quelques rares clients. Willet et moi nous sommes installés face à face sur des banquettes en vinyle, à une table contre le mur. Une vieille femme aux cheveux orange fumait des Pall Mall à la chaîne en étudiant une liasse de papiers étalés sur sa table. Au bar, un homme chauve descendait des rhum Coca, voûté sur son tabouret. Quand la serveuse a apporté notre assiette, Willet a commandé une nouvelle tournée de bières. Nous avons pioché dans les lanières de mérou, les beignets de crabe, d'alligator et les boulettes de maïs. Papa faisait souvent des boulettes de maïs quand il revenait de la pêche, et le mélange de semoule et d'oignons frits a fondu comme un souvenir sur ma langue.

Petit à petit, le bar s'est animé. Les nouveaux arrivants étaient surtout des jeunes, venus pour le groupe, manifestement. Quelques clients plus âgés s'installaient au bar et saluaient le buveur de rhum Coca d'un signe de tête ou d'une tape dans le dos. La caissière que nous avions rencontrée à la supérette le premier matin est entrée, vêtue d'un top turquoise sans bretelles et d'un jean moulant blanc. Ses épaules bronzées étincelaient de paillettes et elle s'était appliqué du fard à paupières bleu. Elle a repéré Willet et s'est approchée.

« Je me demandais si vous étiez encore dans la région, tous les deux. Vous avez pu faire du bateau ? » Elle a désigné un mec qui se tenait derrière elle. « C'est mon grand frère, Audie. Moi c'est Cheryl. »

Elle s'est calée à côté de Willet ; ses cheveux blond platine ondoyaient sur ses épaules. Je me suis soudain sentie affreusement quelconque avec mon jean bleu et mon tee-shirt.

Willet a serré la main d'Audie et m'a présentée en disant que j'étais sa petite sœur.

« Je savais que vous étiez frère et sœur, a répliqué Cheryl. Vous vous ressemblez. Moi et Audie, c'est moins frappant. »

C'était vrai. Les cheveux brun foncé d'Audie bouclaient dans le cou et autour des oreilles, et il avait les yeux presque noirs, alors que ceux de Cheryl étaient bleus. Quand il souriait, il retroussait à peine les lèvres. Cheryl souriait de toutes ses dents, un sourire hollywoodien. Audie paraissait sombre et sérieux. Il s'est glissé sur la banquette à côté de moi et a commandé du thé glacé et un panier de clams frits.

« Prends une bière, mec », a protesté Willet.

Il a secoué la tête.

« Je bosse ce soir. »

Cheryl a expliqué qu'Audie était l'un des meilleurs pêcheurs des Everglades.

« Il vient de m'acheter une Camaro neuve. Et vous devriez voir son pick-up. De toute beauté.

– Fais pas ça, sœurette.

– Faire quoi ?

– Frimer. »

Cheryl a feint une moue boudeuse, donnant une courbe avantageuse à ses lèvres luisantes de gloss. Elle plaisait à Willet, je le voyais. Il avait un faible pour les femmes excessives. Le groupe s'est lancé dans une reprise potable de « Fat Bottomed Girls », et Cheryl a tiré mon frère par le bras.

« Viens danser avec moi. »

Willet m'a laissée avec Audie, qui sirotait son thé en examinant ses mains. Pendant les années où les filles de ma classe se lissaient les cheveux au fer à défriser et se mettaient du mascara, je vivais dans l'ombre de ma sœur disparue. Mon expédition chez Bubba était ma seule expérience avec un homme. Grâce à mon travail chez mamie Clem, l'accouchement n'avait pas de secret pour moi, mais je ne savais pas du tout comment parler à un inconnu. J'en ai voulu à Willet de m'avoir laissée toute seule avec Audie. J'ai bu une gorgée de bière et fourré un beignet dans ma bouche. Ça me faisait bizarre d'être assise à côté de quelqu'un sans dire un mot. Quand je n'ai plus supporté ce silence, j'ai dit le seul truc qui m'est venu.

« Tu aimes pêcher ? »

Il a toussoté et m'a regardée.

« Tu as déjà pêché ?

– Un peu. Papa nous emmenait à la pêche à la ligne.

– Où ça ?

– Dans le Mississippi.

– J'y suis jamais allé.

– Tu loupes pas grand-chose.

– Qu'est-ce qui vous amène ici ? »

Je lui ai expliqué qu'on cherchait quelqu'un qui soit susceptible d'avoir connu notre père.

« Ça m'étonnerait qu'on trouve quelque chose.

– On sait jamais, a-t-il dit. Pas impossible que vous dénichiez des infos. Mais soyez prudents. La curiosité, c'est pas spécialement bien vu, par ici. »

J'ai répliqué qu'on avait eu le temps de s'en rendre compte. Il a ri et demandé combien de temps on comptait rester dans la région. Je n'imaginais pas qu'on s'attarde encore très longtemps. On ne pouvait pas passer notre vie à courir après le fantôme de notre père.

« Je suis sûre qu'on va pas tarder à rentrer. »

Audie a expliqué qu'il habitait avec Cheryl et leur père, même s'il payait le loyer d'un appartement de son côté.

« Je veux pas laisser Cheryl toute seule avec papa. Il perd la boule. »

Leur mère les avait quittés des années auparavant, mais pas de la même façon que papa nous avait quittés, nous. Elle était partie s'installer à Miami avec un homme et avait fondé une deuxième famille. Mais enfin, je savais ce que ça faisait d'être abandonné par un parent et de devoir s'occuper de l'autre.

Audie a consulté la Rolex en or rutilante à son poignet et plaqué un billet de cent dollars sur la table.

« Bon, si vous décidez de rester encore un peu, je vous emmènerai en mer, toi et ton frère. Ce serait bien que vous voyiez les îles, pendant que vous êtes là. »

Il est parti sans dire au revoir à sa sœur.

J'espérais qu'on irait les voir avant de quitter les Everglades, ces îles. Les récits d'Iggy au sujet des hommes qui vivaient sur les anciens monticules Calusa avaient éveillé ma curiosité. Si papa avait vécu là, même pour une courte période, peut-être qu'il n'avait pas habité en ville ou dans la rue, en fin de compte. Peut-être avait-il été un de ces hommes qui s'efforcent de disparaître sur ces îles. Willet est revenu et a commandé une autre tournée de bières.

« Où est Audie ?

– Il a dit qu'il devait y aller. »

Willet a ramassé le billet de cent.

« Ça vient d'où, ça ?

– C'est lui qui l'a laissé. Pour la note.

– Ça doit être le pêcheur le plus prospère du monde. Qui laisse cent dollars pour un verre de thé glacé et un panier de clams ? »

Cheryl est revenue à la table, une couche de gloss toute fraîche sur les lèvres, et elle a bu une longue gorgée de bière. Elle s'est assise si près de Willet que leurs épaules se touchaient.

« Restez un peu, par pitié. On n'a jamais l'occasion de voir de nouvelles têtes, dans le coin », a-t-elle dit.

J'ai répondu qu'on avait déjà montré nos photos dans toute la ville et qu'on n'avait rien appris du tout.

« Si votre père a habité la région, c'est obligé que quelqu'un se souvienne de lui. À moins qu'il soit juste passé en coup de vent. Les touristes ne restent pas. Les gens ne se fatiguent pas à se souvenir d'eux, sauf s'ils font un truc exceptionnel.

– Comme quoi ? »

Elle nous a parlé de l'homme qui avait arraché l'œil de son fils avec un hameçon, de la femme ivre qui était tombée de son bateau lors d'une croisière au crépuscule, et du gamin qui avait grimpé à un sumac vénéneux pour relever un pari.

« Il a enflé comme un ballon. Il est resté aveugle une semaine entière. »

Papa disait toujours que la carrière était maudite, mais il se passait des choses atroces partout. Peut-être que Willet avait raison, que les malédictions n'existaient pas, qu'il y avait seulement de mauvaises gens qui commettaient des actes mauvais, ou des imbéciles qui faisaient des imbécillités. J'ai touché le galet de la carrière dans ma poche. Je l'avais apporté parce qu'il me faisait l'effet d'un lien avec l'endroit où tous nos ennuis avaient commencé, un rappel de ce que nous cherchions, un talisman ou une clé. C'était peut-être naïf de présupposer qu'un lieu spécifique était plus maléfique qu'un autre en ce monde. C'était peut-être le monde entier qui était dangereux.

L'île n'était pas tout à fait comme dans son souvenir. Les gens étaient moins accueillants. Personne ne se souvenait de lui, ni de Fern. Un homme affirma se rappeler sa mère, l'appela « la vieille négresse indienne ». Junior dut faire appel à toute sa volonté pour se retenir de lui flanquer un coup de poing. Ora aimait à dire que tous les êtres humains étaient pareils. Quel que soit l'endroit où ils habitaient, ce qu'ils faisaient pour vivre, ou la langue qu'ils parlaient, sous la peau, ils étaient identiques. Junior ne l'avait jamais crue avant de revenir à Chokoloskee, mais à présent, il voyait qu'elle avait raison. Les gens bien, comme sa mère, Clementine et Ora, resteraient des gens bien où qu'ils habitent. Et les individus comme les hommes qui avaient tué le bébé de Fern et causé la mort d'Ora – ils étaient partout. Il se demanda quel genre d'être il était, lui-même, sous sa peau. Il était trop en colère pour être bon.

Fern s'installa dans un foyer pour filles difficiles tenu par un trio de nonnes. Sa sœur était la fille la moins difficile qu'il ait jamais connue, mais au moins elle avait un toit. Elle lui dit de partir.

« Clementine a besoin de toi, dit-elle. Je ne pourrai jamais y retourner, mais tu dois y aller. »

Il ne partit pas immédiatement. Il campa quelques jours et observa les oiseaux qui s'envolaient sur l'eau, mais il savait que sa sœur avait raison. Il lui promit de lui rendre souvent visite, et lui recommanda de l'appeler si elle avait besoin de quoi que ce soit.

« Tout ce dont j'ai besoin a disparu », dit-elle.

Elle le regarda s'éloigner en voiture, mais n'agita pas la main.

Il fit le trajet du retour d'une traite et arriva à White Forest exténué et demi-fou de chagrin.

« Je n'étais pas sûre que tu allais revenir, dit Clementine.

– Moi non plus. »

Il expliqua qu'il allait rester un peu, mais qu'il ne voulait plus se faire appeler Junior. Junior, c'était un nom d'enfant. Ça impliquait une relation avec son père, or il savait qu'il ne le reverrait jamais. Clementine proposa de lui fournir un nom tout neuf, une nouvelle identité. Elle lui montra sa pile d'actes de naissance et expliqua la procédure. Elle avait le moyen de lui offrir une nouvelle naissance. Il la remercia, mais répondit qu'elle n'avait qu'à l'appeler par son prénom : Earl. Par la suite, cependant, pendant que Clementine dormait et que Chester était à la chasse aux écureuils, Earl déroba un acte de naissance et les outils nécessaires à la création d'une nouvelle identité, au cas où. Ça pouvait toujours servir. Il se doutait qu'il pourrait en avoir un jour besoin.

Chester s'était mis à suivre les hommes qui avaient provoqué la mort d'Ama et d'Ora. Il rapporta à Earl qu'ils se réunissaient, tard le soir, dans la carrière. Il lui parla de leurs capes blanches et de leurs propos ignobles. Il lui parla de l'homme sur lequel il avait tiré : comme Fern l'avait prédit, tout s'était mis à dérailler dans sa vie.

« Tu ferais mieux de ne pas t'approcher de cet endroit, le prévint Earl. Tu vas te faire tuer. »

Peu après le retour d'Earl, Clementine recueillit une adolescente du nom de Loretta. Ses parents avaient trouvé la mort quand leur voiture avait calé sur une voie ferrée. Earl ne parvenait pas à comprendre pourquoi le couple n'avait pas abandonné le véhicule. Loretta avait quelques années de moins qu'Earl et Chester. Cela faisait un bout de temps que Clementine n'avait pas accueilli d'enfants. Après la Grande Dépression, les abandons furent moins fréquents, mais Loretta était une exception, devenue si brutalement orpheline, à l'âge de treize ans.

La peine d'Earl pour sa sœur s'était enracinée profondément en lui et son chagrin lui donnait une intensité qui s'ajoutait à son charme naturel. Loretta, pleine de son deuil tout frais, tomba folle amoureuse de lui et n'éprouva pas le moindre remords lorsqu'elle tomba enceinte à l'âge de seize ans. Ils se marièrent, et elle fit une fausse couche. Elle en accusa Clementine, déclarant que quelque chose dans ses pommades ou tisanes avait dû provoquer le décollement du fœtus. Elle déclara qu'elle prendrait un vrai médecin pour ses futurs bébés. Earl répliqua que s'ils étaient de lui, tous les enfants à venir seraient mis au monde par Clementine, et que ce serait elle qui les soignerait en cas de maladie, comme elle l'avait fait pour lui et Chester. Il n'avait aucune confiance dans les médecins et les hôpitaux. Si elle ne pouvait pas accepter ça, c'était fini. Pendant des années, il sembla qu'elle ne retomberait jamais enceinte. Earl estimait que ça valait mieux. Ce furent des années difficiles. Un groupe d'étudiants d'une université du Nord vint tenter d'inciter les Noirs à s'inscrire sur les listes électorales. Deux d'entre eux furent retrouvés noyés dans une rivière des environs, des pièces de tracteur attachées aux jambes pour les empêcher de remonter à la surface. On en découvrit un autre, un Noir, pendu au chêne vert à côté de la carrière.

Des croix brûlaient sur la pelouse de quiconque osait prendre publiquement parti pour les droits civiques. On jetait des pierres dans leurs fenêtres. On brûlait des églises. Les Blancs crachaient sur les Noirs dans la rue. Personne ne payait pour ces crimes.

Lorsque Loretta tomba de nouveau enceinte en 1960, Earl s'inquiéta. Il en savait assez long sur la génétique pour comprendre que tout bébé engendré par lui porterait le sang de sa propre mère. Le sang noir, le sang séminole, pouvait très bien donner un bébé à la peau foncée, même si lui et Loretta avaient le teint blanc comme de l'ivoire. Il fut soulagé quand Willet naquit avec la peau rose. Loretta lui donna le prénom de son défunt père. Lorsque leur fille arriva deux ans plus tard, tout aussi rose, elle lui donna le prénom de sa défunte mère. Loretta voulait une ribambelle d'enfants, mais ils ne venaient pas facilement. Elle et Earl furent tous deux surpris lorsqu'ils s'aperçurent qu'elle était de nouveau enceinte, dix ans après la naissance de Willet. Lorsque Pansy naquit avec le teint hâlé et la tache de naissance mauve, Earl se sentit mourir un peu. Les choses changeaient dans le monde, mais à White Forest, l'évolution se faisait au ralenti. Un bébé à la peau brune, même légèrement comme la petite, allait éveiller les soupçons.

13

Après notre première semaine en Floride, nous n'avions rien appris de plus, mais nous avions rencontré une poignée de personnes assez sympas pour nous aider à chercher. Cheryl, Audie et Iggy semblaient comprendre le pourquoi de notre quête d'informations sur notre père. Cheryl nous a suggéré de nous rendre à Chokoloskee, le petit village de pêcheurs, situé sur une île juste au sud d'Everglades City.

« Vous ne pouvez pas vous en aller sans avoir montré vos photos là-bas », a-t-elle souligné.

Cheryl ne voulait pas qu'on reparte à White Forest. Elle était amoureuse de Willet, et elle voulait nous convaincre de prolonger notre séjour coûte que coûte.

À la fin de la semaine, Audie nous a emmenés en mer. Je voulais voir un peu les îles les plus reculées, celles dont Iggy nous avait parlé. Sur les cartes, la région s'appelait les Ten Thousand Islands, mais Audie a expliqué que personne ne savait combien il y en avait, en fait.

« Moins de dix mille, a-t-il dit. Mais plus qu'on aurait le cœur à en compter. »

Audie nous a fait traverser les mangroves puis nous nous sommes engagés sur le golfe. Le long des rivières et dans les zones marécageuses, les arbres poussaient dru et, tandis qu'Audie le faisait zigzaguer entre les troncs épais et les racines énormes qui dépassaient de l'eau, j'ai eu peur que le bateau se coince. Je voyais ce qu'avait voulu dire Iggy, à quel point c'était facile de disparaître. Un homme aurait pu se tenir à quelques mètres du bateau sans qu'on le voie, dans le feuillage dense. Audie a accéléré quand nous sommes arrivés en eaux plus profondes, mais les îles vertes semblaient toujours surgir de nulle part. Il les contournait sans ralentir ni consulter le plan.

Je lui ai demandé comment il savait à quel moment tourner. Il m'a expliqué qu'il avait passé toute sa vie sur ces eaux et qu'il n'avait pas besoin de carte. Il a indiqué des repères – un banc de sable, un banc de boue, un buisson d'herbes marines, un boqueteau de palétuviers –, affirmant que ce n'était pas autre chose que de s'orienter sur la terre ferme. Sauf que c'était autre chose. Sur la terre ferme, les bâtiments, les routes et les panneaux ne se déplaçaient pas avec les vents et les marées. Nous avons fait du surplace un moment près d'un bosquet de palétuviers, et je me suis demandé comment quiconque aurait pu accéder à une île pareille. Elle semblait impénétrable. Les racines enchevêtrées dépassaient de la surface de l'eau et les feuillages verts épais empêchaient d'y voir, passé le bord. Audie nous a fait faire le tour de l'île et il a désigné une petite bande de sable et de coquillages, à peine visible à moins de savoir où regarder.

Autour des îles, l'eau était de la couleur d'un thé très infusé, mais elle s'est éclaircie, tourbillonnante, quand nous avons atteint le golfe, prenant une teinte bleu turquoise vif. Audie a coupé le moteur tandis qu'une bande de pélicans blancs prenaient leur envol, faisant claquer leurs ailes à la surface de l'eau. J'ai regardé le ciel jusqu'à me faire mal au cou. La journée était chaude, mais une brise fraîche soufflait sur l'eau. J'avais les cheveux humides à cause des embruns et mon tee-shirt collait à ma peau.

« Y aura bien plus à voir au crépuscule, a dit Audie.

– Putain, mec, c'est là que tu travailles ? La vache, sûr que c'est autre chose qu'un chantier de construction.

– C'est autre chose que la plupart des boulots, a reconnu Audie. Mais il fait froid, au large, en pleine nuit. »

Il a demandé à Willet s'il était déjà allé à la pêche.

« J'ai attrapé quelques poissons-chats dans ma vie. Ça se limite à peu près à ça.

– Si tu veux te faire du cash, un peu d'aide serait pas de refus. Ça fait un moment que j'envisage d'embaucher, mais la plupart des mecs de la région sont à leur compte. C'est pas le même genre de pêche, mais tu pourrais t'y faire.

– On va pas rester assez longtemps pour que tu prennes un taf », ai-je protesté.

Willet m'a ignorée. Il avait un bras autour des épaules de Cheryl. Elle s'appuyait contre lui avec une telle aisance, un tel naturel, qu'on aurait juré qu'ils étaient ensemble depuis des années. Je ne l'avais jamais vu avec une fille auparavant. Il y avait plein de lycéennes dans notre école qui flirtaient avec lui, mais Willet ne les regardait jamais. Il était toujours trop pris par son boulot pour vivre une relation normale, mais maintenant que maman était partie, il n'avait plus besoin de travailler autant. Je n'avais pas envie qu'il s'attache trop à Cheryl. Ça lui rendrait notre départ d'autant plus difficile, or j'étais convaincue qu'on allait partir bientôt. On avait essuyé trop d'échecs pour rester.

Au crépuscule, Audie a dirigé le bateau vers la colonie d'oiseaux. Deux dauphins ont bondi hors de l'eau derrière nous et se sont mis à danser dans notre sillage. Les créatures grises et lisses ressemblaient à des enfants qui jouent dans un champ. Cheryl était aux anges.

« Ça porte chance quand ils nagent avec toi, Bert. »

J'espérais qu'elle avait raison. Un peu de chance ne nous aurait pas fait de mal.

Audie a stoppé le bateau derrière une longue rangée de palétuviers située au milieu d'une vaste étendue d'eau. On aurait dit que leur feuillage avait blanchi, cependant les grappes claires étaient en fait des oiseaux – des milliers d'oiseaux, petits et gros. Ils s'abattaient sur les arbres avec vacarme. Leurs ailes claquaient dans les airs et ils s'interpellaient en plein vol. Un cri rauque et pénétrant. Audie a désigné une bande, puis une autre. Il a identifié les espèces pour nous : aigrettes neigeuses, pélicans bruns, spatules rosées, ibis blancs, hérons bleus.

« Ils viennent se poser là toutes les nuits, a-t-il expliqué.

– Pourquoi ici ? ai-je demandé.

– C'est là qu'ils habitent. Où iraient-ils d'autre ? »

Les nuées descendaient sur les arbres les unes après les autres. J'ai touché le galet de la carrière dans ma poche et caressé sa surface froide, lisse. White Forest paraissait bien loin de ces eaux lumineuses et de ces oiseaux aux cris sonores. Willet avait l'air plus heureux que je ne l'avais vu de ma vie. Il a fait un grand sourire à Cheryl, qui le lui a rendu ; tous deux semblaient nimbés de lumière.

Lorsque Audie a ramené le bateau à quai, j'ai trouvé une cabine téléphonique et introduit une poignée de pièces de dix cents dans la fente. La voix de mamie Clem m'a paru métallique et lointaine. Je me l'imaginais parfaitement, debout devant l'évier de sa cuisine, le combiné coincé entre son oreille et son épaule, le cordon tendu par-dessus la table où j'avais passé tant de matinées à boire du café en grignotant une part de quatre-quarts au citron.

Je lui ai demandé comment elle allait. Mollie Jordan était prête à accoucher, a-t-elle dit. Mollie était une fille de quatorze ans qui niait avoir jamais couché avec un homme. Quand on lui avait demandé comment elle était tombée enceinte, elle avait regardé mamie Clem avec des yeux candides et répliqué : « Les voies du Seigneur sont impénétrables. » Mamie Clem appelait son enfant à naître Jésus, deuxième du nom. Le père de Molly insistait pour que le bébé soit vendu et qu'on fasse disparaître toute trace de la grossesse de sa fille. Mamie Clem soupçonnait que c'était lui, le père du bébé, mais elle a eu beau lui poser la question sur tous les tons, Molly refusait de l'accuser de quoi que ce soit.

« Désolée de ne pas être là pour t'aider, ai-je dit.

– Oh, t'en fais pas pour ça. Ce sera un accouchement facile. Elle a une santé de fer. J'espère qu'on la reverra pas dans un an, c'est tout. »

Je savais que Molly reviendrait. Mamie Clem allait lui faire un topo sur la contraception, et la jeune fille allait continuer à soutenir que, n'ayant pas de sexualité, elle n'avait pas à s'en faire pour ça. En outre, la contraception était un péché. Si Dieu voulait faire venir un bébé dans ce monde, qui était-elle pour s'opposer à sa volonté ? Mamie Clem s'efforçait de persuader les adolescentes qui venaient la trouver qu'empêcher une grossesse était plus facile que d'y mettre fin, mais les filles n'arrivaient pas à se résoudre à prendre la pilule et les garçons n'achetaient jamais de capotes. C'était mal de coucher en dehors du mariage, certes, mais c'était encore pire de le planifier.

« La logique religieuse n'a rien de logique », déclarait mamie Clem.

Nous avions eu cette discussion à maintes reprises.

« Vous apprenez des choses sur votre père ? »

Je lui ai expliqué que personne ne semblait le connaître.

« Bah, je ne m'en ferais pas trop pour ça. Vous savez tout ce que vous avez besoin de savoir. »

J'ai réfléchi à tout ce que je connaissais sur papa, et je me suis aperçue que ça représentait très peu de choses. Je savais que, le soir, il aimait le pain de maïs rassis imbibé de babeurre, et les biscuits frais avec de la confiture de figues le matin. Je savais qu'il portait presque tous les jours une chemise en coton doux et un jean repassé. Je savais qu'il détestait aller à l'église, non pas parce que les sermons étaient arides et assommants, mais parce que les paroissiens étaient des hypocrites bien-pensants. Je savais qu'il ne nous autorisait pas à dîner au *supper club* cent pour cent blanc, ni à nager dans la piscine cent pour cent blanche. Ça ne suffisait pas. Je voulais en savoir plus.

« Il vous aimait, a repris mamie Clem. C'est ça, le plus important. »

Elle se trompait. Je voulais quelque chose de mieux que l'amour, une chose plus grande, de plus de valeur. Je voulais la vérité.

Le lendemain matin, Willet et moi avons traversé la chaussée qui menait sur Chokoloskee. Il avait plu dans la nuit et l'eau marron foncé faisait des tourbillons de chaque côté de la route. Des détritus charriés par le vent jonchaient la voie – feuilles mortes et branchages, cannettes de bière et mégots. L'azur de la veille avait viré au gris. Les ordures, le ciel lourd et l'eau m'ont rappelé la carrière. On aurait dit que nous nous retrouvions toujours à chercher quelque chose au milieu des eaux noires. Willet roulait doucement. J'avais les pieds sur le tableau de bord, même si je savais que ça le rendait fou. Il me disait que je finirais les genoux dans la figure si jamais nous plantions le pick-up. Je lui répliquais de ne pas planter le pick-up.

Bien vite, le soleil brûlant du matin a dissipé les nuages et séché le bitume. J'ai inhalé l'air épais, propre, assaini par la pluie. Je cachais dans ma paume le galet que je transportais partout. Ce matin-là, il était pareil à un morceau de glace dans ma main, lisse, froid et glissant. Parfois il palpitait, chaud et doux, et parfois il semblait inerte et banal. Je ne savais pas ce qui faisait que cette pierre devenait chaude ou froide, mais j'imaginais qu'elle contenait les souvenirs de toutes les personnes qui l'avaient tenue dans leur main, avaient marché dessus ou l'avaient sortie de la boue. Si c'était vrai, peut-être contenait-elle les souvenirs de Pansy. Peut-être qu'elle nous guiderait jusqu'à elle.

Sur l'île de Chokoloskee, la plupart des maisons étaient sur pilotis. Même les caravanes étaient surélevées, et je me suis demandé comment il se faisait que les vents forts ne les renversaient pas. Voitures et bateaux étaient garés sous les habitations battues par les vents, ce qui semblait pratique. Pourquoi s'embêter à aménager un parking ou un garage quand on pouvait ranger sa voiture sous sa maison ? Toute l'île était surélevée grâce aux monticules de coquillages laissés par les Indiens Calusa plus de deux cents ans auparavant. Ça faisait une impression étrange, de rouler sur les reliefs d'un dîner ancestral, oublié depuis longtemps.

C'était Cheryl qui nous avait donné l'idée de montrer les photos à l'alimentation générale de Chokoloskee. Elle aurait voulu nous accompagner, mais son père était dans un de ses mauvais jours et elle ne pouvait pas le laisser. J'aimais autant. C'était notre quête, à Willet et à moi. Ça me paraissait déplacé d'amener une étrangère.

Willet a parcouru toute la longueur de la petite île, ne tournant qu'à deux reprises, et nous avons abouti à l'extrémité sud, où le Smallwood's Store surplombait l'eau. J'avais cru qu'Everglades City était le bout du monde, mais je me trompais. C'était samedi, et les enfants réclamaient des glaces tandis que leurs mères achetaient des conserves et des kilos de farine. Côté sud du magasin, une demi-douzaine d'hommes bavardaient assis sous un porche en bois gris. Ils contemplaient l'horizon en inventant des histoires pour Dieu et pour eux-mêmes. Je suis persuadée que si les hommes s'assoient côte à côte sur les tabourets de bar, s'ils se tiennent au coude à coude quand ils pêchent, c'est parce que les mensonges coulent plus facilement dans cette configuration. Les femmes sont différentes, je l'avais appris en travaillant avec mamie Clem. Les femmes préfèrent vous regarder dans les yeux quand elles vous mentent.

Nous avons abordé les hommes et leur avons demandé s'ils voulaient bien jeter un œil aux photos de Willet. Je pensais qu'on n'aurait pas plus de chance avec eux qu'avec les marchands et les serveuses d'Everglades City, mais un vieillard a soulevé la photo de papa avec le poisson.

« Eh bien, ça fait quelques années, mais il me semble que ça pourrait être le type qui m'a acheté mon vieux skiff. » Il s'est donné une claque sur la jambe avant de se tourner vers son voisin. « Tu te souviens de ce gars-là ? Il m'a refilé une liasse de faux billets. Et puis il s'est évaporé.

– Ah oui. Je me rappelle, tu menaçais de le descendre si tu le revoyais un jour. Il a bien fait de disparaître, à mon avis.

– C'était quand ? a demandé Willet.

– Oh, ça devait être il y a cinq ans à peu près. Peut-être plus. » Il a ri et secoué la tête. « En fait, les faux billets en question, ils étaient super faciles à écouler. Mon erreur, ça a été de laisser ma femme essayer d'en déposer une partie sur notre compte bancaire. Ils ont repéré l'embrouille, mais dans la vie courante, les billets faisaient parfaitement l'affaire. »

Je sentais l'excitation qui exsudait de Willet.

« Vous avez une idée d'où il pouvait habiter ? »

On aurait dit qu'il venait de courir un cent mètres.

L'homme a sorti un paquet de cigarettes de sa poche de chemise et Willet l'a aidé à se protéger du vent pour en allumer une. Il a tiré une longue bouffée. De la fumée sortait de sa bouche quand il a repris la parole.

« J'ai pas posé la question. J'ai tout de suite vu que c'était un homme qui préférait rester sur sa réserve. Je respecte ça.

– Mais vous avez dû lui céder l'acte de propriété. Il y avait bien des papiers.

– Ouh là, non. C'était juste un vieux skiff. Il valait pas le prix qu'il a payé, pour être honnête. On a conclu l'affaire sur une poignée de main. Pas de paperasse. »

Willet avait le souffle coupé, et je me sentais faible. La véranda en bois semblait tanguer avec les vaguelettes en dessous. J'ai posé une main sur la rambarde pour reprendre mon équilibre. Tout notre voyage n'avait ressemblé qu'à une simple chasse aux fantômes, jusqu'à cet instant.

La porte moustiquaire qui donnait sous le porche s'est ouverte et deux petits garçons se sont précipités vers l'homme dans le rocking-chair.

« Papy, a crié le plus jeune, tu peux nous donner toute ta petite monnaie ? »

Le vieil homme a froncé les sourcils, mais ses yeux pétillaient d'amusement.

« Voyons voir. » Il s'est tâté les poches avec des mains constellées de taches brunes. « Je me demande si j'ai même une pièce d'un cent pour des terreurs comme vous.

– On n'est pas des terreurs, papy ! On a obéi à maman à fond. »

Il a sorti quelques pièces de dix cents de la poche de sa chemise et les a posées sur le tas de photos sur ses genoux.

« Ça va faire assez, non ? »

Le plus grand a empoché les pièces.

« Allez, papy, tu peux faire mieux que ça. »

Il a fouillé les poches de son pantalon et en a sorti encore quelques pièces de dix cents, une de cinq, et un dollars en pièces de vingt-cinq.

« Ça devrait suffire pour deux barres chocolatées », a-t-il dit aux garçons.

Le plus petit a jeté ses bras autour du vieillard et l'a remercié pour l'argent de poche.

« Maman a dit qu'on partait dans dix minutes. Elle a dit ça il y a cinq minutes. »

Le grand-père a répondu qu'il serait prêt. Le garçon est retourné dans la boutique avec son frère pour dépenser l'argent qu'ils avaient récolté.

« Attendez une minute, a fait Willet. Vous avez bien dû lui parler, à cet homme, quand vous lui avez vendu le bateau. Qu'est-ce qu'il a dit ? Il a parlé de sa famille ? De sa fille ? »

Le vieil homme s'est levé du rocking-chair gris pâle et a dit à Willet de faire attention à ne pas trop fouiner.

« C'est pas une bonne idée de poser tant de questions que ça. »

Il lui a rendu le paquet de photos.

« Qu'est-ce que c'est censé vouloir dire ?

– Exactement ce que ça veut dire. Soyez pas indiscrets. »

Il a disparu dans le magasin.

Nous avons marché jusqu'à l'autre bout du porche, nous éloignant des hommes assis. Willet ne cessait de serrer et desserrer les poings.

« Je comprends pas pourquoi tout le monde est méfiant à ce point-là. C'est pas comme si on cherchait un trésor. »

Je me suis tournée vers l'horizon. Des vaguelettes léchaient les pilotis de la terrasse. Une brise chaude ramenait mes cheveux en arrière.

« Et qu'est-ce qu'on cherche, au juste ? »

Willet n'a rien répondu pendant un long moment. Nous sommes restés plantés là, contemplant le golfe en écoutant les cris des mouettes. Finalement, Willet a fait volte-face et il est reparti d'un pas décidé vers l'autre bout du porche en bois.

« J'aimerais bien le savoir, putain. »

Nous avons parcouru l'île en voiture et montré les photos à tous ceux qui acceptaient de les regarder. Au parc, un groupe d'enfants jouaient au base-ball sous les yeux de leurs mères. Aucune des femmes sur la ligne de touche n'était décidée à nous aider. En voyant les images, elles ont secoué la tête. Elles portaient de lourdes chaînes en or au cou. Leurs bagues et leurs boucles d'oreilles étaient constellées de volumineuses pierres visiblement coûteuses. Elles avaient des sacs à main en cuir souple en bandoulière. L'île grouillait de belles voitures – grosses cylindrées vintage et pick-up flambant neufs, avec enjoliveurs chromés et bouchons de radiateur étincelants. Nous sommes passés devant un mobile home avec une piscine installée sur la terrasse. L'église baptiste avait été repeinte récemment. Nous trouvions très bizarre de voir des voitures de luxe garées sous des mobile homes, nous en avons parlé. À White Forest, les gens qui vivaient dans les trailers, c'était les pauvres, ou ceux qui se foutaient de tout, comme tonton Chester. Ces gens n'étaient pas pauvres et, de toute évidence, ils ne se fichaient pas des apparences.

« Qu'est-ce qu'ils peuvent bien faire comme travail, les gens d'ici ? ai-je demandé.

– Ils pêchent, surtout. Et putain, ça paie mieux que j'aurais cru, on dirait. T'as qu'à voir Audie qui lâche des billets de cent pour régler une addition de dix dollars. »

Nous sommes rentrés au motel en fin d'après-midi. Le ciel était d'un blanc aveuglant et la journée aussi chaude qu'en plein été. En passant devant les canaux, j'ai repéré trois gros alligators qui se prélassaient sur le bord de la route. À White Forest, mamie Clem devait être en train de se nettoyer après s'être occupée d'une patiente ou de préparer une potion avec des herbes sèches. Si j'avais été là-bas, j'aurais retiré les draps du lit pour les laver, stérilisé ses instruments ou nous aurais préparé un thé. Mamie Clem m'aurait raconté une de ses histoires. Elle devait bien travailler en silence en mon absence, mais c'était difficile à imaginer. Je m'étais habituée à entendre sa voix tous les jours. Qu'aurait-elle pensé de cet endroit ? Je me suis posé la question. Qu'aurait-elle pensé de ces gens avec leurs belles voitures et leurs bijoux luxueux, des alligators se prélassant sur le bas-côté, ou de l'appel constant des oiseaux du littoral ?

Mamie Clem me manquait, mais je savais que je n'étais pas près de la revoir. L'homme sous le porche avait reconnu notre père. À présent, nous savions que ce dernier avait passé du temps sur cette île. Qu'il avait acheté un bateau. Et ce qu'on savait se bornait là. Ça n'allait pas bien loin, mais une simple goutte d'eau suffit à donner de l'espoir à un agonisant.

Earl fit une halte à la caravane de Chester en rentrant d'un voyage où il avait réussi à échanger plus de cinq mille dollars de faux billets contre des vrais. En prenant sa part, celui-ci avertit Earl qu'il devrait mieux surveiller ses enfants. Chester quittait rarement sa caravane, mais quand il le faisait, c'était pour se rendre à la carrière, le lieu où tous les cauchemars d'Earl semblaient trouver leur origine.

« Ils vont nager là-bas. Ça finira mal. »

Chester était obsédé par la carrière depuis le jour où ils avaient perdu Ora et le bébé de Fern dans ses eaux. Les jours et les mois suivant le retour d'Earl de Floride, où il avait amené Fern, Chester s'y rendait presque toutes les nuits. Il expliqua à Earl que l'homme qui avait tué le bébé et ses comparses s'y réunissaient pour parler de ce qu'ils avaient fait, et de ce qu'ils comptaient faire. Parfois, les hommes portaient des tuniques blanches. Lorsqu'une croix fut incendiée dans le jardin du président du NAACP, Chester affirma que c'étaient eux qui avaient fait le coup. Quand un jeune homme de couleur qui parcourait le comté pour convaincre la population noire de s'inscrire sur les listes électorales disparut, Chester jura qu'ils étaient responsables. Au fil des années, les hommes abandonnèrent leurs tuniques et cessèrent de se retrouver en secret. Ils montèrent une section du White Citizen Council et le premier venu pouvait lire leurs projets dans le journal local. Ils parlaient héritage et fierté, ils citaient la Bible.

Earl retirait un certain réconfort des nouvelles que Chester lui donnait de l'homme qui avait eu la cruauté de jeter le bébé de Fern dans les eaux sombres de la carrière. Il ne savait pas si c'était les suites de la malédiction jetée par sa sœur ou la justice divine, toujours est-il que l'homme souffrait : ses récoltes se flétrirent à cause de la rouille, sa fille s'enfuit à Chicago pour épouser un militant des droits civiques, sa femme le quitta pour un homme qui avait la moitié de son âge, et l'arthrite fit gonfler ses articulations. Mais ce n'était pas suffisant. L'homme aurait beau souffrir et souffrir encore, ça ne rachèterait jamais ses actes ignobles.

Depuis vingt ans, Chester rapportait à Earl ce qu'il voyait à la carrière et dans les bois. Le caractère maléfique de ce site ne quittait jamais l'esprit d'Earl. Rien de bon ne pouvait s'y produire. Il avait interdit aux enfants de s'y rendre. Il demandait à sa femme de les garder à la maison, mais elle répliquait qu'Earl était superstitieux, trop prudent. Elle obéissait juste pour lui faire plaisir, comme eux tous. Il passait bien trop de temps en voyage pour avoir de l'autorité dans sa maison. Il ne pouvait pas faire autrement ; il fallait qu'il fasse circuler les billets, et il fallait qu'il prenne des nouvelles de Fern, même si elle paraissait rarement contente de le voir. Vingt ans s'étaient écoulés depuis ce jour fatidique à la carrière, et Earl savait qu'elle vivait encore avec, chaque minute. Il vivait avec lui aussi, avec la culpabilité et le chagrin. Il n'avait pas réussi à sauver la fille de Fern des eaux sombres de la carrière. Chaque fois qu'il voyait sa sœur, son sentiment de culpabilité s'alourdissait.

Fern vivait désormais seule dans une petite maison de location sur pilotis à Chokoloskee, et passait le plus clair de ses journées à sculpter des animaux dans de l'écorce de canne à sucre et des morceaux de cyprès. Il lui donnait de l'argent pour compléter les revenus modestes qu'elle s'assurait en vendant ses objets et en prenant des petits boulots de temps à autre, mais il ne pouvait pas lui donner ce dont elle avait vraiment besoin. Il ne pouvait pas lui rendre la fille qu'elle avait perdue. Le fait qu'Earl ait réussi à engendrer trois enfants, qu'il ait deux filles à lui, paraissait injuste, même si Fern ne le disait jamais. Aucun d'eux ne se remit jamais de ce jour-là à la carrière. C'était la raison pour laquelle Chester continuait de se rendre à ce trou minable dans le sol et c'était sans doute aussi pour ça qu'il vivait seul dans une caravane dégueulasse et ne faisait confiance à personne.

Et voilà que Chester lui annonçait que ses propres enfants allaient nager dans cette mare maudite, tentant le diable et ignorant les avertissements de leur père. Chester avait raison. Ça finirait mal.

« Je vais leur parler, dit-il.

– Ils y sont en ce moment même. » Chester alluma une cigarette et cracha la fumée dans la figure d'Earl. « Ou en tout cas, ils y étaient il y a une heure. Je les ai vus. »

Earl partit sans passer voir Clementine. Il gara son pick-up sous un arbre à la lisière des bois qui menaient à la carrière et resta assis dans la lumière mouchetée d'ombre. Son cœur battait à tout rompre. Il fuma une cigarette pour se calmer. La chaleur de midi transformait sa voiture en four. La sueur dégoulinait sur son visage et son corps, le laissant trempé et fiévreux. Il imagina le pire : des pièges à dents d'acier, des animaux sauvages, des plantes vénéneuses, des esprits maléfiques. Les enfants n'avaient rien à faire dans ces bois. Plus il s'attardait dans cette chaleur oppressante, plus ses pensées s'assombrissaient. Il ne cessait de revoir le moment où Ora et la petite Ama avaient disparu dans l'eau noire de la carrière. Il ne cessait d'entendre le hurlement de Fern.

Il descendit de voiture et s'engagea dans les bois. Un corbeau croassa. Les brindilles craquaient sous ses pieds. Ses yeux étaient inondés de sueur. Il s'essuya le visage du revers de la main et ramena ses cheveux en arrière. Le temps passait à l'envers. Il avait l'impression d'être de nouveau un enfant et il s'attendait à moitié à entendre Clementine et Ora l'appeler pour le dîner. Le ciel se transforma au-dessus des arbres et le gris l'emporta sur le bleu. L'atmosphère paraissait chargée d'électricité. Tous ses poils étaient hérissés.

Ses mains tremblaient au moment où il arriva à la carrière. Elle n'avait pas changé. Il marchait parmi les fantômes des Chickasaw et des Choctaw, des soldats confédérés, des soldats africains, des prisonniers allemands et des propriétaires terriens cupides. Ils se rassemblèrent autour de lui, les pécheurs et les saints, et le cernèrent lorsqu'il repéra la fillette flottant au milieu de l'eau profonde et noire. Seule.

14

Willet avait accepté la proposition d'Audie, si bien qu'il travaillait presque tous les soirs et dormait une grande partie de la journée. Ses horaires nous compliquaient les choses.

« Comment veux-tu qu'on cherche des infos si tu passes tes journées à pioncer ?

– Je ne passe pas mes journées à pioncer. Et on a besoin d'argent, si on veut rester un peu.

– Je ne vois vraiment pas pourquoi on reste si on n'a pas le temps de chercher des pistes.

– Mais putain. On va chercher. Je comprends pas pourquoi t'es tellement pressée de rentrer à White Forest. Il n'y a rien, là-bas. Détends-toi. Essaie de t'amuser un peu. »

On n'était pas venus dans les Everglades pour s'amuser, et j'en voulais à Willet de débiner si cruellement le seul chez-moi que j'aie connu de ma vie.

« Il y a mamie Clem, là-bas, lui ai-je rappelé.

– Mamie Clem, elle a pas besoin de nous. Elle s'en sortira très bien sans ton aide.

– Combien de temps ?

– J'en sais rien. Donnons-nous un mois ou deux et on verra ce qu'il en ressort. »

Nous avons quitté le motel pour nous installer dans l'appartement vide d'Audie. Il nous l'avait proposé en disant que c'était dommage de le laisser inoccupé.

« La vache, ça va nous faire une sacrée montée en gamme », a dit Willet.

Il m'a laissé la plus grande chambre. La cuisine n'avait rien d'extraordinaire, lino et appareils marron de base, mais c'était un luxe de pouvoir se faire frire un œuf sans être obligé de se pencher sur un mini réchaud. La première semaine, j'ai préparé un quart-quarts au citron avec la recette de mamie Clem et je l'ai apporté à Cheryl et Audie pour les remercier. Puis j'en ai fait un pour Iggy. J'avais encore des questions au sujet des espèces qu'on avait vues dans la colonie d'oiseaux et des îles. S'il existait des explications à la présence de papa, je pouvais peut-être les trouver là-bas. Après tout, il avait acheté un bateau. C'est bien qu'il avait l'intention d'aller quelque part sur l'eau.

Iggy a dit qu'il n'y avait qu'un seul moyen d'en apprendre davantage sur les îles. Il m'a fait monter dans une pirogue. Nous avons traversé le marécage peu profond, dépassant des prairies et des bosquets de cyprès. Ce n'était pas comme le bateau d'Audie. Nous étions plus près de l'eau, plus près des créatures qui nageaient et rampaient dans la boue. Notre embarcation ne faisait pratiquement aucun bruit. D'après Iggy, les visites sur bateau à moteur étaient en train de tuer les Everglades. Il détestait tout spécialement les hydroglisseurs qui filaient sur l'eau, blessant les lamantins en vomissant une odeur d'essence, le tout avec un bruit d'enfer. J'en avais vu passer à toute vitesse, avec les guides qui pilotaient dangereusement pour frimer et criaient pour se faire entendre par-dessus le vrombissement des moteurs. Ça ne m'avait pas paru très attirant. Je préférais l'isolement paisible du kayak ou de la pirogue.

« Mais la colonie d'oiseaux ? me suis-je enquise. On peut pas la voir sans moteur.

– Bien sûr que si. C'est pas très loin. On peut y aller à la rame.

– Et les requins ? Et les marées ? C'est pas dangereux ? »

Il m'a raconté des expéditions de pêche et de camping avec son père. Ils voyageaient en kayak pendant plusieurs jours, et pagayaient souvent bien plus loin que la colonie d'oiseaux. Ils campaient sur des îles plus avant dans le golfe. J'ai fait observer qu'il semblait facile de se perdre, mais Iggy a répliqué que ça faisait tout le sel de la chose.

Au cours du mois suivant, Iggy m'a appris tout ce qu'il a pu sur la navigation à la rame dans les Everglades. Il me laissait prendre son plus petit kayak quand je voulais. Mes explorations m'ont enhardie et je me suis aventurée après la zone où les rivières débouchaient dans le golfe. J'ai appris à me décoincer avec la pagaie quand je m'embourbais.

Willet passait de plus en plus de temps à travailler avec Audie ou à roucouler avec Cheryl, mais nous cherchions des indices sur papa quand nous pouvions. Si papa avait effectivement enlevé Pansy, Willet estimait qu'elle pouvait tout à fait se trouver dans la région. Nous la cherchions dans tous les lieux où des enfants étaient susceptibles de se rassembler – le parc, le terrain de foot, l'école. Nous avons passé plusieurs après-midi à regarder des écoliers monter dans leurs cars scolaires, mais nous n'avons jamais vu personne qui ressemble à Pansy, même si nous ne savions pas à quoi pouvait ressembler notre sœur près de cinq ans plus tard. C'était trop, d'imaginer qu'on pourrait tomber sur Pansy après tout ce temps. Si nous la repérions, que ferions-nous ? Elle aurait onze ans, à présent, elle ne serait plus l'enfant que nous avions laissée à la carrière. Quelle que soit sa vie, ce ne serait pas la même qu'à White Forest. Si ça se trouve, elle nous avait complètement oubliés. Si ça se trouve, elle ne voulait pas qu'on la trouve. Pourtant nous cherchions.

Je dormais avec le galet de la carrière sous mon oreiller. Je me plongeais dans le livre de contes de fées. Souvent, je lisais à haute voix, comme si Pansy était là. Willet passait la plupart de ses nuits sur le bateau ou avec Cheryl. J'étais souvent des jours sans le voir. Certaines nuits, je rêvais de la carrière et de la créature des bois, mais la plupart du temps, je ne rêvais de rien. Notre lien à White Forest s'amenuisait à mesure que nous nous installions dans notre nouvelle vie. Je passais de plus en plus de temps seule, à errer dans les rues et le long des canaux de cette petite ville.

Des semaines, puis des mois se sont écoulés, et chaque fois que je parlais avec mamie Clem elle paraissait plus lointaine. J'appelais moins souvent. Le téléphone coûtait cher. Willet ne se plaignait jamais, mais j'avais des scrupules à faire grimper des factures que je ne pouvais pas payer. Je me lassais d'entendre les récits de mamie Clem au sujet des bébés et des femmes qui accouchaient. Je ne voulais plus d'histoires sur des gens que je ne connaissais presque pas, je voulais des réponses au sujet de papa et Pansy. J'en parlais à Willet, mais désormais, ses priorités étaient Cheryl et son travail avec Audie. On aurait dit qu'il ne se souciait plus de la raison initiale de notre venue en Floride. En tout cas, il ne voulait pas s'en aller.

Au printemps, plusieurs jours de mauvais temps d'affilée m'ont contrainte à rester dans l'appartement assez longtemps pour commencer à devenir folle. La pluie battante et grise transformait les rues en ruisseaux. Des alligators venaient avec l'eau et j'ai vu l'un de ces animaux gris traverser pesamment le parking de notre immeuble. C'était le début de la saison humide. Iggy m'avait prévenue que ça n'allait pas tarder. J'ai passé une journée entière à regarder des feuilletons à l'eau de rose et des talk-shows jusqu'à me ramollir le cerveau. Je mangeais de la confiture de raisins sur des crackers en guise de déjeuner et de dîner. Je buvais du café à toute heure. Ça me rappelait les jours qui avaient suivi la disparition de Pansy, quand nous nous nourrissions de caféine et de bouillie.

Willet conservait les photos et les sculptures d'animaux sur la commode de sa chambre. Je passais des heures à les déplacer telles les pièces d'un puzzle, dans l'espoir de les voir révéler leur secret. La nuit, il pleuvait si fort qu'on aurait dit des rafales de mitraillette sur les vitres. Le tonnerre venait par vagues, retentissant pendant plusieurs minutes d'affilée. Quand on entendait des coups de tonnerre, chez nous, on disait que c'était le diable qui battait sa femme. Je me suis dit qu'à ce rythme-là, la femme du diable n'allait pas résister bien longtemps. Un matin, quand je me suis réveillée, un silence étrange régnait dans l'appartement. Il pleuvait, mais quelque chose manquait à l'intérieur. Je me suis rendue à la cuisine dans un demi-sommeil pour préparer du café et j'ai failli pleurer en m'apercevant que c'était impossible. J'ai actionné l'interrupteur, mais le plafonnier n'a pas émis son bourdonnement usuel. J'ai décroché le téléphone et j'ai été soulagée d'entendre la tonalité. J'ai appelé Willet chez Cheryl. L'électricité était coupée là-bas aussi.

« Elle est coupée partout. Regarde dehors. Tu verras pas une seule lumière. »

Il a proposé de passer me chercher, mais je n'avais pas plus envie d'être coincée chez Cheryl et Audie que de rester seule dans l'appartement.

« Tu pourrais pas rentrer ? »

Willet a expliqué qu'il ne pouvait pas abandonner Cheryl sans électricité. Son père était plus désorienté que jamais.

« Et moi ? Pourquoi ça te fait rien de m'abandonner, moi ?

– Bon Dieu, Bert. T'es adulte, maintenant. Personne t'abandonne. Si t'avais un problème, je serais là, et tu le sais. Je vais pas rappliquer juste parce que tu t'emmerdes. D'après Audie, l'électricité va être rétablie dans pas longtemps. Patiente un peu. »

Je lui ai raccroché au nez et j'ai fixé la cafetière froide. J'ai retiré les moisissures d'un paquet de pain de mie et mangé les tranches rassises avec du beurre et du sucre à la cannelle. J'espérais que ça me rendrait malade. Je suis allée chercher les photos et les figurines d'animaux et je les ai disposées sur la table de la cuisine. C'était la pièce avec le plus de fenêtres, la seule où je pouvais voir autre chose que des ombres par les jours sans soleil. J'ai trouvé une bougie à moitié consumée et un chandelier ébréché dans un tiroir et j'ai examiné la collection un long moment, déplaçant les différents éléments en m'efforçant de trouver un sens à tout ça. J'aurais voulu avoir des pouvoirs magiques, comme les sorcières des contes de fées. Avoir le don de prophétie. Je suis allée prendre le galet de la carrière sous mon oreiller, et je l'ai placé sur la table. J'ai trouvé le vieux livre de contes de fées, celui que je lisais avec Pansy, et je l'ai apporté aussi, même si je connaissais ses histoires par cœur. J'ai contemplé tous les objets que j'avais rassemblés. Il me semblait que la réponse devait se trouver là, quelque part. J'ai saisi le livre et il s'est ouvert à la page du conte « Le diable et sa grand-mère ». Je n'avais jamais tellement aimé cette histoire. Je ne pouvais pas comprendre pourquoi la grand-mère du diable aurait trahi sa propre chair afin de sauver l'âme d'une poignée d'inconnus. Ça ne me plaisait pas qu'elle trompe le diable pour lui faire révéler la réponse à son énigme. Même le diable, me disais-je, devrait être en mesure de faire confiance à sa grand-mère.

J'ai lu le conte tout haut, plissant les yeux pour distinguer les mots à la lueur tremblotante de la bougie. L'histoire était exactement comme dans mon souvenir et je savais que, quand je condamnais la grand-mère, je me rangeais du côté du diable, mais je m'en fichais. Je tenais le galet de la carrière contre ma poitrine. La chaleur grandissait et se répandait comme le kudzu pendant un été chaud et humide.

C'est là que j'ai compris. Seule dans la cuisine froide et grise, entourée par les éléments disparates de ma propre énigme, j'ai su. Mamie Clem ne valait pas mieux que la grand-mère du diable quand il s'agissait de tromperies et de secrets. J'ai deviné qu'elle en savait davantage qu'elle ne le laissait paraître. Mais si mamie Clem possédait les réponses, c'était l'âme de qui, qu'elle espérait sauver ?

J'ai posé la photo représentant papa, tonton Chester et la fille sur le livre de contes et j'ai approché la bougie pour étudier l'image. J'ai serré le galet dans mon poing. Il a tiédi, est devenu brûlant. Ma paume s'est mise à me cuire. La bougie tremblait comme si le vent soufflait dans la cuisine.

Je n'obtiendrais jamais la moindre réponse tant que je ne poserais pas les bonnes questions. J'ai tiré le cordon du téléphone en travers de la table de la cuisine, et j'ai repris place devant mon autel de photos et de sculptures en bois. Mamie Clem a répondu au bout de deux sonneries. Elle m'a demandé comment allait Willet, quel temps il faisait en Floride. Elle m'a parlé d'une femme qui avait fait une fausse couche à sa vingt-deuxième semaine de grossesse. Mamie Clem enterrait les enfants mort-nés dans un coin du jardin qui leur était spécialement consacré et donnait aux mères qui n'étaient pas arrivées à terme des herbes amères qu'elle faisait pousser sur la terre recouvrant les tombes. Ces herbes étaient censées préparer le corps des femmes à des grossesses futures, mais je me doutais que le rituel était plus psychologique que physique. Cependant, je me fichais des pratiques de mamie Clem et du bébé perdu par une inconnue. Je n'avais pas de place pour la sympathie. J'avais besoin d'explications.

« Parle-moi de papa. »

On aurait cru que la pluie grise adoucissait tout. Même ma voix semblait étouffée.

« Parle-moi de papa, de tonton Chester et de la fille sur la photo. »

Je l'ai entendue respirer, mais mamie Clem n'a rien dit.

« Pourquoi tu veux pas nous parler de cette fille ? C'est le portrait craché de Pansy. Tu le sais parfaitement.

– Oh, Bert, c'était il y a si longtemps. »

J'ai entortillé le cordon du téléphone autour de mon index jusqu'à ce que le bout de mon doigt devienne blanc et froid.

« Tu m'as raconté des histoires plus anciennes. Pourquoi tu veux pas me raconter celle-là ?

– Ton frère n'avait pas le droit de me prendre cette photo.

– Qu'est-ce que ça peut bien faire ? Papa est mort. Maman est morte. Il n'y a plus personne à qui poser la question. C'est pas juste. »

J'ai retiré mon doigt du cordon et regardé le sang affluer au bout. Il est devenu écarlate, puis rosacé.

« Ce coup de fil doit coûter une fortune », a dit mamie Clem.

J'ai ri.

« On t'a déjà demandé de l'argent ?

– De l'argent, je t'en ai donné plein ces dernières années.

– Tu m'as payée pour mon travail. » Des postillons m'ont échappé, atterrissant sur les pages du livre de contes. « Je l'ai gagné, cet argent. Tu es venue nous voir, et tu as réclamé ma présence. Tu as dit que tu avais besoin de moi. »

Aussitôt que j'ai dit ça, j'ai su que c'était faux. Mamie Clem n'avait besoin de personne. Alors pourquoi était-elle venue me chercher l'année suivant la disparition de Pansy ? Se sentait-elle coupable à cause de ce qu'elle savait ? Ou voulait-elle me garder près d'elle et me tenir occupée afin de s'assurer que je ne fourrerais pas mon nez partout ?

Mamie Clem a poussé un long soupir. J'ai presque senti son haleine tiède à travers le téléphone.

« Je savais que ta mère refuserait mon argent. Je t'ai donné du travail parce que c'était la meilleure solution que j'aie trouvée pour aider ta famille après le départ d'Earl.

– Alors quand tu disais que tu avais besoin de moi, tu mentais ? Comme tu mens sur tout le reste.

– C'était une joie de t'avoir avec moi quand tu travaillais là.

– Comme tu mens à tous ces enfants qui ne grandissent pas avec leurs vrais parents. Qu'est-ce que tu crois qu'ils vont faire, quand ils s'apercevront qu'ils ne ressemblent à personne de leur famille ? Ils éprouveraient quoi, à ton avis, s'ils savaient qu'une vieille femme les a vendus au plus offrant ?

– Ce n'est pas comme ça que je travaille. » Elle paraissait fâchée. « Je ne fais pas d'enchères.

– Ça revient au même. Tous ces bébés dans des foyers qui ne sont pas les leurs...

– Des foyers qui sont *meilleurs*. Avec des vies meilleures.

– Ce n'est pas pour ça que tu le fais.

– Et comment tu saurais pourquoi je fais ce que je fais ? Je m'attendais à mieux de ta part. »

Il y a eu un coup de tonnerre et les lumières ont clignoté, mais se sont éteintes à nouveau. Ça semblait logique que je reste dans la pénombre. Ma discussion avec mamie Clem n'éclairait en rien nos secrets de famille. Sa façon d'esquiver la vérité me rendait folle.

« Je sais ce que tu attends de moi. Tu attends que je la ferme et que je ne pose pas de questions.

– Je m'attends à ce que tu comprennes qu'il y a beaucoup d'enfants qui ne naissent pas de la bonne mère, et que tout ce que j'essaie de faire, c'est de remettre les choses en ordre.

– Tu n'es pas Dieu. Ce n'est pas à toi de décider ce que c'est, l'ordre. »

Elle a poussé un petit rire.

« Parce que t'as l'impression que Dieu, il en a quelque chose à faire des bébés nés dans le delta du Mississippi ? Ou en Floride, d'ailleurs ? Peut-être qu'il se soucie des enfants nés à New York ou à Los Angeles, mais je n'ai vraiment pas le sentiment qu'il accorde une pensée à ceux dont je m'occupe. Je ne crois pas qu'il pense à moi, et je ne crois pas qu'il ait jamais pris une minute pour toi. »

La vérité de ses mots m'a cueillie comme une gifle. Bien sûr, que je prenais le parti du diable. Prendre le parti de Dieu n'avait jamais été une option. Soit il n'existait pas, soit il se fichait de notre existence. Elle a repris d'une voix plus douce et moins courroucée.

« Un jour, quand tu auras des enfants à ton tour, tu comprendras.

– Je n'en aurai pas. » Je me suis levée et je me suis mise à faire les cent pas dans la petite cuisine. « Pas question que je fasse venir un enfant dans ce monde. Je ne prendrai pas ce risque.

– Tu es jeune. Tu changeras d'avis. »

Le cordon du téléphone s'est enroulé autour de moi pendant que je marchais.

« Tu ne me connais pas.

– Ça va pas, la tête ? Je te connais mieux que tu te connais toi-même. »

J'ai pivoté pour me dégager du cordon entortillé et j'ai eu un étourdissement. Je me suis appuyée contre la table. Le petit alligator sculpté est tombé, roulant sur le linoléum.

« Bert ? » La voix de mamie Clem semblait soudain à l'autre bout du monde. « Bert ? »

Si elle refusait de me dire ce qu'elle savait au sujet de papa, de Pansy et de la fille de la photo, que pouvions-nous bien avoir à nous dire ? Notre relation était un mensonge de bout en bout, et si j'avais pu revenir en arrière pour retirer les heures que j'avais passées à travailler avec elle, je l'aurais fait. Je la détestais parce qu'elle avait raison au sujet de Dieu, et pour m'avoir fait remarquer une des nombreuses facettes de mon insignifiance, une de plus.

« Je sais que tu es bouleversée... »

Mamie Clem continuait de parler, mais je n'écoutais plus.

J'ai posé le combiné sur la table à côté du livre, des photos et des sculptures. Sa voix n'était pas plus forte que le couinement d'une souris. Je suis sortie de l'appartement sous la pluie battante. Le parking était désert, à part une demi-douzaine de voitures et un alligator visiblement campé là en attendant de pouvoir récupérer son coin habituel au bord d'une rivière quelconque.

J'étais pieds nus, seulement vêtue d'un des vieux tee-shirts blancs de Willet qui me tenait lieu de pyjama presque toutes les nuits. En l'espace de quelques secondes, le tissu s'est plaqué à mon corps ; j'étais comme nue, si quelqu'un prenait la peine de regarder. Ça n'a pas été le cas. Ou du moins, personne n'a bravé l'orage pour venir me demander des comptes. J'ai fixé le long alligator gris et je l'ai mis au défi de venir m'attaquer, mais il n'a pas bougé. Il a dû se dire que je n'en valais pas la peine. Ou peut-être a-t-il su, rien qu'à me regarder, qu'il ne faisait pas le poids à côté des monstres de ma propre famille.

Quand Willet est rentré, je dormais à plat ventre sur le canapé, toujours vêtue du tee-shirt trempé. J'avais laissé la porte de l'appartement ouverte et la moquette merdique du salon était gorgée de pluie. Le téléphone, que j'avais laissé décroché sur la table de la cuisine, émettait des bips continuels. Je ne savais pas du tout combien de temps mamie Clem était restée en ligne après que j'étais partie, et je m'en fichais. Les photos, les figurines et le livre étaient toujours étalés sur la table mais j'avais dû récupérer le galet de la carrière, à un moment donné. Je n'en avais aucun souvenir. Quand Willet m'a secouée pour me réveiller et que j'ai ouvert les yeux dans la lumière et le bourdonnement de l'électricité qui avait été rétablie, j'ai senti une zone sensible entre mes seins, un bleu qui se déclarait. L'hématome faisait deux fois la taille du caillou, comme si je l'avais cogné contre mon sternum avec violence, à plusieurs reprises, en visant grossièrement.

« Mais putain ! » Willet, debout au-dessus de moi, avait l'air à la fois en colère et perplexe. « Ça fait une heure que j'essaie de t'appeler ! »

J'ai roulé sur le dos et décollé de ma peau le tissu mouillé du tee-shirt. Il faisait froid dans l'appartement. La clim s'était mise en route quand l'électricité était revenue. J'ai frissonné. Le visage de Willet me paraissait tour à tour flou et net. Il m'a aidée à me lever du canapé et m'a fait couler un bain chaud.

« Tu vas attraper la mort. »

J'ai plongé dans l'eau tiède et inspiré la vapeur propre et chaude. J'ai tâté la meurtrissure sur ma poitrine et je me suis interrogée sur la force qu'il m'avait fallu déployer pour faire une marque comme celle-ci. Je n'avais aucun souvenir des quatre heures qui venaient de s'écouler. Je n'aurais pas pu dire combien de temps j'étais restée plantée sous la pluie, sur le parking, ni si j'étais allée plus loin. Je n'aurais pas su dire si je m'étais approchée de l'alligator ou si j'avais battu en retraite, mais j'aurais juré que je sentais ses écailles sous ma paume. Peut-être que je l'avais imaginé, ou qu'il vivait dans mes rêves, avec la créature des bois hantés et les visiteurs extraterrestres de Bubba. J'avais passé les cinq dernières années à gober les récits et les bobards de mamie Clem. Je ne savais plus faire la différence entre la réalité et la fable. Les contes de fées semblaient au moins aussi plausibles que les histoires de ma grand-mère, et j'avais l'impression d'être Blanche-Neige, qui se réveille après un long sommeil empoisonné.

Sa fille nagea jusqu'au bord de la carrière et se hissa hors de l'eau. Elle avait des croûtes d'argile sombre sur les cuisses. Elle passa ses bras autour de la taille de son père. Il la souleva et berça son petit corps mouillé. Il y avait des roulements de tonnerre et des éclairs. Il pleuvait, mais ce n'était pas une pluie ordinaire. C'était une pluie de colère. La chose dans l'eau voulait son enfant. Elle avait pris le bébé de Fern, elle avait pris Ora et, maintenant, elle voulait Pansy. Il la serra contre lui et courut. Il se courbait au-dessus d'elle, comme s'il pouvait la cacher à Dieu ou au diable. Les bois l'engloutirent et il se trompa plusieurs fois de direction, bien qu'il connaisse le moindre centimètre de ces sentiers. Quelque chose bourdonnait et palpitait dans le ciel. Quelqu'un l'observait. Il sentait un regard qui le suivait dans les bois. Les fantômes coururent à côté de lui jusqu'à ce qu'il retrouve son chemin, émergeant à quelques mètres de l'endroit où son pick-up était garé. Les fantômes s'évanouirent.

Il installa l'enfant à bord et se mit en route. Il avait parcouru cent soixante kilomètres lorsqu'il revint à lui et prit conscience de ce qu'il venait de faire. Sa fille, à côté de lui, posait question sur question : *Qu'est-ce qui va pas, papa ? Où on va ? Pourquoi Bert et Willet peuvent pas venir avec nous ? Et maman ? Et le dîner ?*

Il envisagea de faire demi-tour. Il pouvait la ramener à Loretta, et tout redeviendrait normal, sauf que rien ne serait jamais normal pour lui ou cette enfant qui ressemblait tant à sa sœur. Il aurait dû le faire à sa naissance, dès qu'il avait vu la tache de naissance sur sa jambe et ses quelques dents, dès qu'il avait vu que sa peau n'était pas rose et pâle. Pansy ne ressemblait pas du tout à ses frère et sœur. En fait, c'était Fern en miniature. Chaque fois qu'il regardait Pansy, il voyait sa sœur enfant. C'était comme si, inexplicablement, le bébé de Fern était né une seconde fois. Il n'avait pas su sortir cette enfant des eaux de la carrière. Il n'était pas question qu'il laisse ce trou maléfique engloutir une autre fillette. Il fit ce qu'il aurait dû faire six ans plus tôt – il amena l'enfant à Fern.

15

Après le déluge des premiers jours, la saison humide se borna à des semaines de pluie intermittente. Les rivières inondaient leurs berges, et quand Iggy m'emmenait naviguer, nous filions à des endroits où nous avions à peine assez d'eau pour flotter auparavant. Nous n'avions plus besoin de pousser sur le fond avec nos pagaies pour avancer. Le plafond de certains tunnels de la mangrove était si bas par rapport au niveau de l'eau que nous n'avions plus la place de passer dessous.

La chaleur de l'été se mêlait à la pluie pour créer un environnement propice à la prolifération des moustiques. Je m'enduisais de répulsif chaque fois que je mettais le pied dehors. Même ainsi, mes bras et mes jambes étaient constellés de volumineuses cloques qui me démangeaient. Quand je me plaignais, Iggy expliquait que les plantes et les animaux des Everglades avaient besoin de cette humidité supplémentaire pour supporter la saison sèche.

« La pluie, c'est pas pour toi et moi, Bert. Dieu envoie toute cette flotte pour des créatures qui valent mieux que nous. »

J'ai répliqué que je n'étais pas certaine de croire en Dieu. Il a répondu que Dieu existait, que je croie en lui ou non.

Iggy m'a sauvée, ce premier été. Sans lui, je me serais sentie trop seule pour survivre. Willet était plus heureux que je ne l'avais jamais vu. Il aimait travailler avec Audie, et il se faisait plus d'argent qu'il en avait jamais gagné dans le bâtiment. Il était fou de Cheryl. Il ne parlait plus jamais de chercher des informations sur papa.

J'ai emprunté plusieurs fois son pick-up pour me rendre à Chokoloskee de mon côté. Je sillonnais les rues de l'île, scrutais le visage de tous les enfants que je croisais. Le magasin où nous avions rencontré le vieil homme et ses petits-fils a fermé cette année-là. Le propriétaire est tombé malade et aucun membre de sa famille n'a voulu reprendre l'affaire. Il existait des méthodes plus lucratives pour gagner sa vie dans les Everglades.

En juin, j'ai eu dix-neuf ans. Nous avons dîné au Crab House pour fêter ça. Willet m'a offert un bracelet en argent avec une breloque en forme de canoë, ainsi que les clés de son pick-up. Il s'était acheté une voiture, une Mustang flambant neuve.

« J'aurai peut-être besoin du pick-up de temps en temps. Mais tu peux le conduire quand tu veux. »

Audie et Cheryl m'ont offert des breloques à accrocher sur le bracelet, un alligator et un dauphin. Iggy m'a aussi offert une breloque, une loupe miniature.

« Comme t'es toujours en train de chercher quelque chose », a-t-il fait.

Après le dîner, ils m'ont emmenée sur la marina et Willet a retiré une bâche qui recouvrait deux kayaks bleu vif.

« Celui-ci est à toi », a-t-il dit en en faisant tanguer un du bout du pied.

Je n'en revenais pas qu'il m'ait acheté un bateau. Je n'avais jamais eu de cadeaux d'anniversaire, tout au plus une part de gâteau et quelques cartes postales.

« Et l'autre, il est pour qui ?

– Moi. Mais Iggy peut s'en servir, ou Cheryl, si elle en a envie. »

Je n'imaginais pas Cheryl en train de pagayer dans les rivières.

« Comment t'as pu te payer tout ça ? »

Willet a fait un grand sourire et Audie a expliqué : « La pêche a été bonne cette année. »

Je ne comprenais pas comment Willet pouvait s'en sortir aussi bien. Nous étions en Floride depuis six mois. Déjà, il était bronzé en permanence et les moustiques ne le bouffaient pas comme moi.

« Sors-le quand tu veux, Bert. Fais attention à la météo et sois prudente, mais il est à toi. »

Avec mon propre kayak, je n'aurais plus besoin de l'aide de Willet, d'Iggy ou de qui que ce soit pour aller sur l'eau. Un truc de plus que je pouvais faire toute seule.

« Je pensais que ça te plairait, a dit Willet.

– Ça me plaît. J'adore. »

Je ne voulais pas paraître ingrate, mais j'en voulais davantage. Je voulais récupérer mon frère. Notre complicité me manquait. L'époque bénie de liberté où nous traînions dans les bois et nagions dans la carrière sans la moindre notion du temps, ni de la contrainte, avant que ces deux choses ne virent au désastre. Rien n'était plus pareil.

Mamie Clem m'a envoyé un colis par la poste. Je l'ai ouvert tard le soir, alors que Willet était sur l'eau et l'appartement silencieux. C'était un paquet d'herbes sèches pour faire de la tisane – rien de médicinal, juste un mélange que j'aimais. Elle avait ajouté une pommade pour mes piqûres de moustiques et une breloque en forme de sablier. Je ne lui avais pas adressé la parole depuis ce jour de pluie près de quatre mois auparavant, mais manifestement, elle était restée en contact avec Willet. Je me suis préparé une tisane avec les herbes et j'ai ouvert l'enveloppe qu'elle avait glissée dans le colis.

Chère Bert,

Je sais que tu es en colère contre moi et je comprends. C'est dur de vouloir des réponses et de ne pas les obtenir. Je veux que tu saches que je ne suis pas fâchée contre toi. Tu m'as demandé pourquoi j'étais venue te chercher quand tu avais quinze ans. La raison, la voilà : je me suis reconnue en toi. Quand j'avais ton âge, j'avais la vie dure. On s'habitue au malheur quand on ne connaît rien d'autre. Je ne voulais pas que tu t'y habitues. Après la disparition de ta sœur et de ton père, je voulais que tu connaisses autre chose que la tristesse et le deuil. Je suis venue te chercher parce que je pensais pouvoir t'aider à échapper au chagrin.

J'avais tort.

On ne peut jamais sauver une autre personne de son deuil. Je n'aurais pas dû essayer. Le temps est la seule chose qui rende le deuil supportable, non parce qu'il vous fait oublier, mais parce qu'on apprend à vivre avec l'absence. Elle devient une partie de nous. Le petit sablier est plein de graines de fleurs des champs, plutôt que de sable. Si tu les semais sur un lopin de terre, elles pousseraient. À partir de rien, il pousserait quelque chose.

Quand j'étais jeune, je voulais voyager et voir le monde. Tu es déjà allée plus loin que je l'ai jamais pu. Mais le monde, j'en ai vu défiler un sacré bout à White Forest. Tout ce que le monde a à offrir se trouve ici.

Je ne regrette pas d'être venue te chercher. La plupart des jeunes femmes que je traite sont faibles et prêtes à tout. Tu n'as jamais été faible, ni prête à tout. Moi non plus. Pas même quand mes parents sont morts. Pas même quand j'ai accouché. Pas même quand j'ai cru avoir tout perdu. Pas même quand je t'ai sortie du ventre de ta mère.

Nous nous ressemblons plus que nous n'en avons le droit, Bert.

Bon anniversaire. Je t'aime.

Clementine

P.-S. : L'histoire de l'enfance de ton père, ce n'est pas à moi qu'il revient de la raconter.

Je n'ai pas appelé mamie Clem et je ne lui ai pas répondu tout de suite, mais je gardais la lettre pliée sur moi presque tout le temps. Je la glissais dans ma poche chaque matin avec le caillou de la carrière, la sculpture d'anhinga et la photo représentant papa, tonton Chester et la fille. Je rangeais le tout dans un sachet de plastique scellé, pour ne rien abîmer quand j'étais sur l'eau. Willet n'a jamais demandé ce que j'en avais fait. Il m'avait remis les indices, exactement comme il m'avait remis les clés de son pick-up. L'un dans l'autre, Willet avait réussi à tourner la page et à vivre sa vie, mais moi je n'y parvenais pas. Pas encore.

J'avais la sensation que les réponses se trouvaient juste sous mes yeux, comme s'il y avait un point aveugle dans mon champ de vision. Si je parvenais à adoucir mon regard ou à déplacer légèrement mon angle de vue, les ombres et les fantômes se réuniraient pour former une réalité matérielle et vraie. Les énigmes des Everglades n'étaient pas plus faciles à résoudre que celles de la carrière et des bois hantés. À la place des chênes, des pacaniers et des frênes, on avait des palétuviers, des cyprès et des gommiers rouges, mais les ombres étaient identiques. La créature de mon enfance, n'importe quelle créature, pouvait se cacher entre ces arbres aussi facilement que chez nous.

Les quelques mois suivants, j'ai passé chaque matinée de beau temps sur l'eau, dans mon kayak. J'ai exploré les îles, les criques et les baies. Iggy m'a appris à lire une carte et à me servir d'une boussole. Il m'a appris à lire le ciel. Je m'aventurais de plus en plus loin du littoral, laissant derrière moi les rivières pour aborder franchement la vaste étendue des eaux du golfe. J'imaginais papa en train de suivre les mêmes itinéraires sur le skiff qu'il avait acheté au vieillard de Chokoloskee. Mon bracelet à breloques cliquetait contre ma pagaie et je commençais à sentir dans mes épaules une force nouvelle. L'eau me calmait l'esprit. Je me rappelais que Pansy était incroyablement à l'aise sur l'eau ; elle nageait et faisait la planche sans crainte. Je n'avais pas son audace pour ce qui était de la nage. J'avais besoin de la sécurité de mon kayak, d'une paroi pour me tenir à distance des eaux tourbillonnantes, menaçantes, mais j'ai compris, enfin, ce qu'elle devait éprouver au moment où nous l'avions laissée dans la carrière. J'ai compris pourquoi elle n'avait pas eu envie de renoncer à une telle sensation de paix pour aller arpenter les bois en quête de baies. Nous avions eu tort de l'abandonner, et elle avait eu raison de rester. J'aurais voulu pouvoir le lui dire.

Après mes sorties en mer, je passais toujours quelques heures avec Iggy. Il m'a appris à pagayer plus efficacement et à chercher un abri en cas de tempête.

« Bientôt, je vais te faire guider des touristes dans les tunnels », a-t-il annoncé.

Ça me paraissait plus motivant que de vendre des souvenirs bon marché à des familles couvertes de coups de soleil, le seul autre boulot auquel j'aurais sans doute pu prétendre, au vu de ma formation. De toute évidence, nous n'étions pas près de retourner à White Forest, même si j'aurais sans doute pu partir toute seule. Je n'éprouvais plus le besoin impérieux de rentrer. Je commençais à avoir le sentiment de n'avoir pas de place dans le monde. Je ne savais pas du tout ce que j'étais censée faire de ma vie. Je ne me voyais pas recommencer à travailler avec mamie Clem. Cheryl m'a promis de me tenir au courant s'ils embauchaient à la supérette, mais je ne pressentais pas un grand bonheur à saisir le prix de la crème de poisson et des appâts vivants sur une caisse enregistreuse. Willet me disait de ne pas m'en faire. Il gagnait assez d'argent pour nous deux, mais je savais que je ne pouvais pas dépendre éternellement de lui. J'étais assez grande pour subvenir à mes besoins. Iggy employait quelques guides touristiques, en saison, surtout des étudiants en botanique ou en biologie marine qui étaient en vacances. Je ne possédais pas leur expertise, mais il pouvait m'en apprendre assez pour satisfaire les touristes.

« La plupart d'entre eux, ce qu'ils veulent, c'est surtout des histoires de dingues, disait Iggy. Et ça, c'est pas ce qui manque. »

Iggy m'a parlé des Calusa et des Séminoles qui peuplaient autrefois la région. Il avait du sang séminole, du côté de sa grand-mère maternelle.

« Je le revendique pas officiellement. J'ai pas envie d'être catégorisé dans un groupe ou un autre. Si on le revendique, il faut vivre comme eux. »

Je comprenais.

Iggy m'a parlé du magnat du sucre de l'Arkansas, qui s'était fait descendre en pleine ville. Le type se vantait d'avoir tué cinquante hommes, plus la reine des hors-la-loi. Les habitants des Everglades croyaient aux deuxièmes chances. Ils étaient convaincus qu'un homme au passé douteux avait droit de repartir de zéro, mais ce type-là, ça ne l'intéressait pas, de repartir de zéro. Il avait volé leurs terres et une de leurs femmes.

« Il fallait le tuer, ce type. Quand y a un type comme ça, qu'il faut absolument abattre, on peut pas se tourner les pouces en attendant que la police s'en charge. »

Iggy m'a appris à distinguer les serpents venimeux de ceux qui étaient inoffensifs. Il m'a appris la différence entre les alligators et les crocodiles. Il m'a montré comment retirer la chair des pinces de crabe sans l'effilocher. Il m'a donné des conseils pour m'orienter dans le labyrinthe d'îles et de tunnels de la mangrove. Il m'a appris à prêter attention aux marées et aux vents. Il m'arrivait de me perdre, mais je retrouvais toujours mon chemin.

« Qu'est-ce que tu as fait ? » lui demanda Fern quand Earl débarqua chez elle avec Pansy le lendemain, tard dans la soirée.

Fern donna le bain à Pansy et lui prépara un sandwich, mais la petite refusa de manger. Earl s'assit à la table de la cuisine et se prit la tête entre les mains. Il avait l'impression de se réveiller d'un long sommeil, un sommeil profond.

« Elle est malade, dit Fern. Fiévreuse. »

Elle coucha l'enfant dans son propre lit avec une des poupées de chiffon de White Forest. La poupée contenait un sachet de lavande séchée, précisa-t-elle à Earl. Une fragrance apaisante. Et au niveau du cœur, un berceau vide, pas plus gros que son petit doigt, sculpté dans un morceau de bois flotté gris et tendre.

« Ils vont te chercher. Ils vont vous chercher tous les deux.

– Je peux pas la renvoyer là-bas. »

Il raconta à Fern comment il l'avait trouvée, flottant dans la carrière.

Fern fut indignée.

« Quelle mère laisse faire une chose pareille ?

– Loretta ne comprend pas. Elle n'a pas vécu la même chose que nous. »

Fern répliqua qu'une telle négligence était inexcusable.

« Tu comprends bien que tu ne pourras jamais y retourner, dit-elle. Sous aucun prétexte. »

Il repensa à l'acte de naissance qu'il avait subtilisé à Clementine tant d'années auparavant. Il avait toujours su qu'il en aurait besoin un jour. Il pouvait devenir quelqu'un d'autre.

« Tu peux quitter ta femme ? demanda Fern. Tu peux quitter tes enfants ? Tu peux quitter Clementine et Chester ? Pour toujours ? »

Il jura que oui, il pouvait. C'était une chose affreuse qu'ils projetaient, mais pas plus affreuse que tout ce qu'on leur avait infligé.

Ils la veillèrent pendant trois jours, pressant des linges frais sur son front et changeant les draps quand la fièvre tombait. Fern envoya son frère à Naples pour acheter des vêtements à la fillette. Il revint avec quelques tee-shirts et shorts en coton et une paire de sandales en plastique.

Il appela Chester, qui l'informa que la police le recherchait. Il savait que Chester ne le trahirait jamais, mais il n'avoua pas qu'il avait Pansy. Il dit qu'il serait absent un long moment et ne voulait pas qu'on le retrouve. Chester dit qu'il comprenait. Pendant que Pansy dormait, il parla avec Fern de ce qu'ils allaient faire. Earl fit remarquer qu'il fallait raconter quelque chose à l'enfant afin de lui expliquer pourquoi elle avait été arrachée à son foyer.

« On n'a qu'à lui dire qu'il y a eu un accident. C'est une enfant. Ses souvenirs vont s'estomper. »

Earl repensa aux années d'avant la mort de sa mère, quand il était aussi jeune que Pansy. Ses souvenirs de ces années étaient fragmentaires et flous, mais ils n'avaient pas disparu. Fern devina ses pensées.

« Clementine disait toujours que les gens croient ce qu'on leur dit de croire. Ta fille croira ce que tu lui diras. »

Le quatrième jour, au réveil, Pansy avait de l'appétit et Fern lui apporta un bol de bouillon à peine tiède et une pochette de crackers. Fern avait l'air heureuse. Il ne pouvait plus ramener Pansy à présent. Trop de temps s'était écoulé, la police le cherchait et sa femme ne lui pardonnerait jamais, tout comme il ne lui pardonnerait jamais d'avoir laissé ses enfants nager dans la carrière et jouer dans les bois. Les choses étaient allées trop loin. Il ne pouvait plus défaire le chaos qu'il avait créé. Et en regardant Fern s'occuper de Pansy, il fut convaincu d'avoir fait ce qu'il devait. Sa sœur avait besoin d'un enfant à aimer.

16

C'est à la fin juillet que j'ai tiré le kayak sur la rive d'une île au sud de la baie de Chokoloskee. Nous étions dans les Everglades depuis près de sept mois et, s'il y avait une chose qui ne me surprenait plus, c'était les orages imprévisibles qui semblaient éclater sans crier gare dans un ciel serein et passer tout aussi vite.

Ce matin-là, une bourrasque soudaine a balayé l'eau. Le bleu éclatant du ciel a laissé place au gris ardoise. Le tonnerre s'est mis à gronder. La pluie arrivait de l'Atlantique. J'ai traîné le kayak jusqu'à un abri en hauteur sur le banc de sable. La matinée avait été caniculaire et je pagayais depuis des heures. Une pluie rafraîchissante serait la bienvenue. À voir les nuages, je ne pourrais pas repartir avant au moins une heure. L'île où j'avais atterri était un ancien monticule de coquillages calusa, et j'ai cru entendre des rires d'enfants en dépassant les palétuviers qui bordaient la rive, mais ce n'étaient que des oiseaux, ou peut-être les fantômes d'une famille de jadis.

La pluie s'est mise à tomber, noire et presque horizontale. Au sommet de l'île, j'ai trouvé une petite cabane de pêcheur posée sur des blocs de béton. Même en ville, les gens fermaient rarement leur porte à clé, et je n'ai pas été surprise de la trouver ouverte. J'ai passé la tête à l'intérieur. Il y avait un pot de beurre de cacahuète et une pochette de crackers intacte sur le plan de travail. Une demi-douzaine de boîtes de mousse de viande et de soupe sans marque étaient empilées à côté d'une marmite en alu et d'un tas de journaux. Un réchaud de camping et une bouteille de propane trônaient à côté d'un petit évier. J'ai trouvé une réserve de serviettes en papier, un rouleau de film plastique, et un tube de papier alu. Trois cannes à pêche et un filet d'une bonne taille étaient appuyés contre un mur. Une boîte de matériel de pêche était rangée derrière un sac de couchage roulé. Je me suis demandé s'il arrivait souvent que quelqu'un dorme dans cette petite cabane, et pourquoi. Venait-on ici pour échapper à quelque chose ou pour être seul ? Iggy m'avait parlé des ermites qui vivaient sur certaines de ces îles, mais je voyais bien que personne n'habitait là en permanence. Ça sentait le moisi et le renfermé. Les surfaces étaient couvertes d'une fine couche de poussière. J'ai allumé l'une des lampes à gaz, me disant que ça ne gênerait personne si j'utilisais un peu de carburant. J'ai pris un journal dans la pile près de l'évier et me suis installée sur une des chaises pliantes. Le *Gulf Breeze* publiait les horaires des marées et des comptes rendus de pêche de gros poissons, ainsi que des annonces pour des foires et des ventes de bateaux. Ce n'était pas une lecture franchement palpitante, mais c'était tout ce que j'avais.

J'ai feuilleté le numéro de février 1980 en me demandant pourquoi quelqu'un irait garder un journal vieux de plus d'un an. La plupart des articles portaient sur le prix des crabes et la saison de base-ball du lycée. Mais à la quatrième page, sous la pliure, j'ai trouvé l'article suivant.

UN PÊCHEUR RAPPORTE AVOIR VU DE PRÈS LE SINGE DES MARAIS
par Letitia Duplass, journaliste

Grandin Bell posait des pièges à crabes près de Dead Man's Key, juste après minuit, quand il a repéré des mouvements inhabituels parmi les palétuviers.

« J'ai entendu un bruit bizarre, raconte Bell. J'ai d'abord pensé à un gros alligator, mais là, j'ai repéré des yeux jaunes luisants, à environ trois mètres de hauteur. Il était plus gros que tous les hommes ou les ours que j'ai jamais vus et la puanteur était à tomber par terre. »

Bell explique qu'une odeur « de chair en décomposition » a empli l'atmosphère quelques instants avant qu'il repère la créature, qu'il décrit comme « un gros gorille qui a besoin d'une coupe de cheveux ».

Les dernières observations de l'énorme créature d'apparence simiesque remontent à plus de cent ans. On parle encore plus souvent de l'odeur épouvantable associée à sa présence. On l'appelle le Bigfoot du Sud, le Singe des Marais, le Gorille puant, et autres surnoms. Le Singe des Marais fait partie du folklore des Everglades et on le considère en général comme un mythe.

J. L. Stinson, biologiste de l'université de Floride spécialisé dans la faune et la flore de la région, estime que Bell a pu voir un gros ours noir. Selon lui, l'odeur forte évoquée par Bell peut être attribuée à plusieurs causes, par exemple un animal mort sur les berges de la rivière.

Bell réfute l'assertion de Stinson. « Je sais ce que j'ai vu, et je le prouverai coûte que coûte. » Bell organise des excursions dans les marais toutes les nuits pour traquer la bête. « Je n'ai pas l'intention de lui faire du mal, dit-il. Je veux juste prouver mes dires. »

Bell emmène des passagers presque tous les soirs, quand la météo le permet. Le tarif est de cinquante dollars par passager. Il explique que l'argent qu'il recueille sert à couvrir ses dépenses en carburant, en outre, il compte investir dans des jumelles de vision nocturne et de l'équipement photographique.

Les personnes intéressées peuvent retrouver Bell au coucher du soleil sur le ponton d'embarquement nord-est, au bout de Sweet Nectar Road. Les premiers arrivés sont les premiers servis.

L'homme sur la photo avait une barbe fournie et des cheveux d'un noir de jais. Il souriait. Il était plus gros que dans mon souvenir, ou sa barbe donnait l'impression qu'il avait les joues plus remplies, mais je l'ai reconnu. Je l'aurais reconnu n'importe où. L'homme qui se faisait appeler Grandin Bell était mon père.

J'ai approché la photo tout près de mon visage puis l'ai tenue à bout de bras. J'ai passé les doigts dessus, tout doucement, comme pour éviter de faire baver l'encre. J'ai imaginé que je sentais les contours de ses fossettes. L'article était daté de quatre mois avant le jour où nous avions reçu l'appel concernant le corps de papa. L'inspecteur nous avait affirmé qu'il avait les dents pourries et le corps détruit par l'alcool, qu'il avait passé des années à vivre dans la rue, mais sur cette photo, papa semblait fort et en bonne santé. Avec les dents droites et blanches. Je me suis creusé la cervelle pour trouver une explication, mais je ne cessais de revenir à la solution la plus sensée : nous avions enterré le cadavre pourrissant d'un inconnu. La puanteur lors des obsèques était la puanteur de la tromperie, la pestilence des mensonges et des secrets qu'on laisse mariner trop longtemps. Mais pourquoi ? J'ai eu envie de remettre le kayak à l'eau en plein orage pour aller trouver Willet mais la pluie tambourinait sur le toit de la cabane et le vent gémissait dans les arbres. Ça aurait été du suicide de repartir à ce moment-là. J'ai attendu.

J'ai étalé le contenu de ma pochette en plastique à côté de l'article : le galet de la carrière, la lettre de mamie Clem, la sculpture de l'anhinga et la photo de papa adolescent. J'ai comparé le visage de la photo et celui de l'homme du journal. Il fallait chercher la ressemblance, mais je la voyais. Le sourire, les yeux, la légère inclinaison de la tête. C'était bien lui.

J'ai murmuré : « Papa. »

J'ai posé ma main sur le galet. Il était tiède et continuait de se réchauffer. Le vent, la pluie, la mer agitée sous mon kayak m'avaient emmenée ici, dans cette cabane, à ce journal, aussi sûrement que la chaleur oppressante nous avait livrés à la carrière le jour de la disparition de Pansy. Willet affirmait que les monstres n'existaient pas, mais je savais qu'il se trompait. J'avais la superstition dans le sang. Ignorer les signes ne m'avait jamais aidée à m'approcher de la vérité. Quoi qu'en dise Willet, la créature des bois existait, la carrière était maudite, les fantômes m'avaient coupé le souffle, et toutes les explications rationnelles du monde ne rendraient pas la chose moins terrifiante. Mais même si ça me faisait peur, j'ai fermé les yeux et j'en ai réclamé davantage.

En août, ça allait faire cinq ans que Pansy avait disparu, et encore plus longtemps que papa nous avait quittés. Maman avait essayé d'attendre qu'ils lui reviennent, mais attendre, espérer et prier n'avaient absolument pas aidé. Elle était morte sans rien. Willet avait joué les détectives amateurs en rassemblant des indices et en les montrant à des inconnus. Sa méthode ne nous avait pas rapprochés de la vérité. Mamie Clem nous avait distraits avec des mensonges et des secrets. Tonton Chester se planquait dans sa caravane comme un ermite sans île. Bubba, ce pauvre Bubba qui avait mis le pied par erreur dans notre tragédie familiale, ne pouvait que désigner le ciel et accuser les autres. Et moi, je m'entêtais dans le déni. Je croyais en tout ce qui était incroyable. Tous, nous avions passé des années à détourner les yeux du moindre aperçu de la hideuse vérité, mais j'en avais assez de regarder ailleurs.

J'ai repris le kayak aussitôt que la pluie a laissé place à une bruine monotone. Les vagues passaient par-dessus le rebord de l'embarcation, trempant mes jambes et mon siège. Mon bracelet à breloques claquait bruyamment contre ma pagaie. J'avais rangé l'article de journal, soigneusement plié, dans la pochette en plastique où je conservais ma collection d'indices, qui grossissait.

J'ai rejoint le littoral en début d'après-midi. Le soleil a percé entre les nuages et dissipé toute trace de fraîcheur laissée par la pluie. L'Osprey était à quai, ce qui signifiait que Willet et Audie n'étaient pas en mer. J'espérais que Willet serait à l'appartement. Il était rare qu'il y passe la nuit désormais, mais certains jours, il venait en coup de vent prendre une douche et faire une sieste pendant que Cheryl était au travail. Je m'inquiétais de la réaction que déclencherait chez lui ma découverte. Et s'il ne voyait pas la même chose que moi sur cette photo ? Sur le parking, j'ai sorti l'article du plastique. C'était le visage de papa, familier sous la barbe. Il le verrait comme moi. Je le forcerai à voir la vérité.

Mais quand je suis entrée, Willet était assis sur le canapé avec Cheryl. Il était tout le temps fourré avec elle et je n'en pouvais plus. Elle avait changé Willet d'une façon que je n'aimais pas. Et à présent que j'avais une chose importante à dire à mon frère, elle était là, monopolisant son attention en pleurant comme une imbécile.

« Salut, Bert, a-t-elle dit d'une voix pâteuse. Je suis vraiment trop conne.

– Pourquoi tu n'es pas au boulot ?

– Tu n'es pas conne, a dit Willet. Laisse-nous une minute, a-t-il ajouté à mon intention.

– Mais Willet… »

Je lui ai tendu l'article.

« Pas maintenant. »

J'aurais dû prêter attention au ton de sa voix. J'aurais dû attendre et lui parler quand je pourrais le coincer seule à seul, mais je ne pensais pas à ce que j'aurais dû faire. Je pensais seulement à ce que j'avais appris, qui changeait tout. Nous étions venus dans cette ville pour chercher des informations sur notre père. J'avais des informations. Comment Cheryl aurait pu dire quoi que ce soit de plus important ? J'ai poussé la coupure de journal entre Willet et Cheryl.

« Regarde seulement. »

Willet a écarté ma main d'une claque, laissant une déchirure en travers de l'image du visage de papa.

« Putain, Bert ! »

J'ai ramené le papier contre ma poitrine pour le protéger d'une blessure supplémentaire. J'ai parlé d'une voix égale, même si j'ai eu du mal.

« C'est important. »

S'il me regardait, je savais qu'il allait comprendre, mais il gardait les yeux fixés sur Cheryl.

« Pas maintenant. »

J'ai su à ce moment-là que Willet ne valait pas mieux que tous les autres membres de notre famille. Il avait peur de la vérité. J'étais livrée à moi-même, toute seule dans ma quête d'explications. Je me suis enfermée dans ma chambre et j'ai examiné le papier déchiré. Ce n'était pas trop terrible. Quand je rapprochais les bords, je voyais à peine la coupure. Il me suffisait d'un morceau de Scotch. En revanche, je ne pourrais pas recoller les morceaux avec Willet.

J'ai essayé de me rappeler la dernière fois qu'il avait mentionné papa ou Pansy. Il avait renoncé à eux. Il avait renoncé à moi. Le morceau de journal s'agitait dans ma main. Mon corps entier tremblait et j'avais froid, froid jusqu'aux os, comme par une journée d'hiver humide. Mes bras me faisaient mal d'avoir trop pagayé dans la mer agitée. Mes vêtements étaient trempés et tachés de sel. J'ai passé mes doigts dans mes cheveux dégueulasses, emmêlés, et j'ai tressailli. J'étais seule. Willet se souciait davantage de Cheryl que de moi. J'ai retiré mes habits mouillés. Je claquais des dents et j'avais des crampes aux jambes. Il faisait bon dans la pièce, mais je ne parvenais pas à me réchauffer. Je me suis pelotonnée sous un tas de couvertures et j'ai fermé les yeux.

À travers les cloisons minces de l'appartement, j'ai écouté les murmures de Cheryl et de mon frère. J'ai entendu les sanglots de Cheryl et sa voix indistincte, étranglée par les larmes. La conversation de l'autre côté du mur était presque impossible à saisir, mais un mot a surnagé : *enceinte*. Cheryl était enceinte. Elle était enceinte et perdue comme toutes les filles qui venaient voir mamie Clem. Et j'ai su ce que ça voulait dire. Cheryl allait me prendre complètement mon frère. Je l'avais déjà perdu.

Ils ont parlé pendant plus d'une heure. Les sanglots de Cheryl se sont apaisés. Leurs voix sont devenues plus douces et plus difficiles à distinguer. Le froid dans mon corps s'est évaporé pour laisser la place à une rage bouillonnante. Cette caissière de supérette, au bout du monde, avait piégé mon frère, et elle allait détruire sa vie. C'était tellement évitable, tout ça. Willet le savait. Je le savais. Nous avions grandi dans l'ombre de l'affaire de mamie Clem. Aucune fille n'était obligée d'avoir un bébé qu'elle ne voulait pas. J'ai attendu de les entendre quitter l'appartement puis je me suis forcée à sortir de mon lit et j'ai pris une longue douche. Ils seraient chez Cheryl, sans doute, ou bien au bar. Willet se sentirait affreusement coupable. Je pouvais l'imaginer en train de la servir, lui apportant des mouchoirs et des tartines. Il était tellement parfait avec maman quand Pansy avait disparu : il n'oubliait jamais de refaire du café et d'en offrir des tasses à tous les visiteurs. Du café et des bonnes manières, c'était tout ce qu'il pouvait offrir quand Pansy avait disparu, mais à présent, il avait d'autres options.

J'ai appelé mamie Clem. Le téléphone a sonné une demi-douzaine de fois et je me suis demandé si elle était en train d'accoucher une femme ou de travailler dehors. Quand elle a enfin décroché, elle avait une voix fluette et faible.

« Oh, bonjour, Bert. C'est toi. »

Elle paraissait déçue.

« Tu es occupée ?

– Pas plus que d'habitude. »

Elle a éternué, puis toussé.

Mamie Clem n'était jamais malade. Elle mangeait bien et prenait ses propres tisanes médicinales par mesure préventive à la saison de la grippe.

« Tout va bien ?

– J'ai renversé quelques-unes des jardinières pour changer la terre. C'est beaucoup de travail, j'y suis allée trop fort. »

Quelques années plus tôt, je l'avais aidée à renverser ces jardinières pour faire tourner les cultures. C'était un travail pénible et salissant. J'avais eu mal aux épaules et au dos pendant des jours et je pensais que mes ongles ne seraient plus jamais propres. Mamie Clem avait soixante-dix ans et je ne voyais pas beaucoup de femmes de son âge qui se seraient lancées dans une entreprise pareille, mais mamie Clem n'était pas une femme comme les autres.

« Tu devrais demander à Chester de t'aider pour ce genre de trucs.

– C'est plus simple de le faire moi-même. »

Elle a toussé de nouveau. Une toux douloureuse, aurait-on dit.

« Tu devrais peut-être voir le médecin.

– Qu'est-ce que tu veux ? »

Elle paraissait impatiente.

« C'est Willet. Il a mis sa copine en cloque et j'ai besoin que tu nous envoies les herbes.

– Elle en est à combien de semaines, la fille ?

– Je ne sais pas, pas beaucoup.

– Tu sais que ça ne fonctionnera pas si la grossesse est trop avancée. Et si tu me la passais ?

– Elle n'est pas là.

– Passe-moi Willet, alors.

– Il n'est pas là non plus. »

Elle s'est tue. J'ai cru que la ligne avait coupé.

« Ils t'ont demandé de m'appeler ? »

J'ai reconnu que ce n'était pas le cas, mais ajouté que je savais que Willet n'était pas prêt à devenir père. Mamie Clem a émis un bruit qui pouvait être un éternuement contenu ou un renâclement de dégoût.

« Si Willet veut mon aide, tu lui dis de m'appeler. Ou tu lui dis de m'amener sa copine, et je ferai ce que je pourrai pour les aider tous les deux. Mais tu sais parfaitement que ça, ce n'est pas correct.

– Mais… »

J'ai entendu un grand fracas. Notre appartement sentait le pain brûlé et le moisi, mais pendant une seconde j'ai perçu une odeur de citron, forte, chaude et sucrée.

« Mamie Clem ? »

Elle n'a pas répondu.

J'ai eu une image de mamie Clem étalée par terre dans la cuisine, un filet de sang au coin de sa bouche. Elle portait ses bottes de travail en cuir et l'une de ses longues jupes délavées. Ses cheveux détachés coulaient sur le carrelage blanc comme de l'eau. J'étais tellement habituée à ce que les gens meurent, ou partent. C'était facile de l'imaginer disparue.

« Mamie Clem ?

– J'ai fait tomber le gâteau. »

J'ai été soulagée d'entendre sa voix.

« Je sortais un gâteau du four et il m'a glissé des mains. »

Était-ce possible de sentir un gâteau à travers le téléphone ou l'avais-je entendue en cuisiner si souvent que le son avait enclenché une espèce de mémoire sensorielle ? Ou est-ce que je perdais la tête ?

« J'ai trouvé une photo de papa.

– Laquelle ? »

Je l'entendais en train de ramasser les débris sur le sol. Elle respirait fort, son haleine sifflait sous l'effort de balayer ou de s'accroupir. Elle avait l'air épuisée.

« Dans le journal. Il avait une barbe. Il se faisait appeler Grandin Bell. »

J'ai entendu un bruit sourd et je me la suis représentée en train de s'asseoir à la table de la cuisine. Je me suis assise à notre table et j'ai imaginé que j'étais en face d'elle. J'aurais voulu avoir un thé devant moi. J'aurais voulu avoir une tranche du gâteau abîmé.

« Grandin Bell ?

– C'est ça.

– Tu es sûre ? »

Je lui ai lu l'article et j'ai décrit la photo du mieux que j'ai pu.

« C'est lui. J'en suis certaine. »

Mamie Clem a toussé et je l'ai entendue se moucher.

« Je ne crois pas que ce soit papa qu'on a enterré à White Forest. Je crois que papa est vivant. »

J'ai attendu qu'elle me dise que c'était ridicule.

« Si ton père est vivant, il s'est donné un mal de chien pour le dissimuler. Tu ferais bien d'être prudente. »

Elle me croyait.

« Papa ne me ferait pas de mal.

– Un homme aux abois fera pratiquement n'importe quoi pour se protéger. »

Que savait-elle au juste ? Je le lui ai demandé, tentant de ne pas me donner l'air de l'accuser de quoi que ce soit. Je ne voulais pas qu'elle se braque. Je ne voulais pas me disputer avec elle. Elle a toussé de nouveau et j'ai attendu qu'elle ait fini. J'ai entendu le son du robinet. Elle remplissait la bouilloire ou mouillait une éponge pour nettoyer les débris du gâteau par terre. Mamie Clem ne pouvait jamais restée immobile pendant un coup de téléphone.

« Bert, tu as reçu ma lettre ?

– Ne change pas de sujet.

– Ça fait plus de trois mois qu'on s'est parlé pour la dernière fois. Et là, tu appelles comme si de rien n'était, et tu me demandes des services que tu n'as aucun droit de demander.

– Mais…

– Tu étais furieuse contre moi parce que je faisais adopter des bébés.

– Non. J'étais en colère parce que tu mentais à ce sujet. J'estime que ces bébés ont le droit de connaître la vérité.

– La vérité, à savoir que leur mère ne voulait pas d'eux ?

– La vérité sur qui ils sont vraiment. La vérité sur leurs familles.

– Mais ça avance à quoi, ce genre d'information ? Et si tu devais découvrir que nous n'avons pas une goutte de sang en commun, ça te ferait quoi ? »

C'était inconcevable. Mamie Clem et moi, nous nous ressemblions par tant d'aspects. Si nous n'étions pas parentes, qu'est-ce que je lui devrais, et qu'est-ce qu'elle me devrait, elle ? Mamie Clem m'avait mise au monde avec ses propres mains, et elle était venue me secourir quand j'en avais besoin. Pourquoi se serait-elle donné toute cette peine si nous n'étions pas une vraie famille ? J'ai dit tout ça, et elle a éclaté de rire.

« Mais c'est bien ce que je dis. Nous *sommes* une famille. Quoi qu'il advienne. Parfois, les gens ne naissent pas de la bonne mère. Je ne mens pas à ces enfants. Je leur fais une famille. J'ai fait une famille pour ton père, pour toi, pour ton frère et pour ta sœur. Ce n'est pas une question de sang ou de patronyme, tout ça n'a aucune importance. Vous êtes ma famille. Vous êtes à moi et moi à vous. Tu peux piquer une crise et ne pas m'adresser la parole pendant un ou deux ans ou pour le restant de tes jours, ça n'y changera rien. Tu comprends ? »

Je ne comprenais pas, pas à ce moment-là. Je pensais qu'elle raisonnait à partir de postulats imaginaires. Je pensais qu'elle essayait d'éviter de parler de papa. Je pensais qu'elle s'employait à me distraire de la nouvelle de la grossesse de Cheryl.

« Je suis fatiguée, a-t-elle conclu. Je suis contente de te parler, mais il faut que je me repose. Si Willet et cette fille veulent mon aide, tu leur dis de me passer un coup de fil. Et si tu pars à la recherche de ton père, sois prudente. Évite de lui faire peur. »

Elle a raccroché avant que je puisse poser une autre question.

Willet n'est pas rentré ce soir-là ni le suivant. J'ai appelé chez Cheryl et demandé à lui parler.

« Il est en mer avec Audie, a dit Cheryl. Mais on a un truc à t'annoncer. On allait t'appeler. Tu veux bien nous retrouver au Crab House ce soir ? »

Je ne voulais pas dîner avec Cheryl et Audie. Je connaissais déjà la nouvelle. Je voulais parler avec Willet, mais j'ai accepté de les rejoindre là-bas. Je me disais que je parviendrais à prendre Willet à part pour lui montrer la photo de papa.

Quand je suis arrivée au Crab House, ils étaient déjà là tous les trois. Ils étaient installés dans la salle de restaurant, pas dans le bar comme d'habitude, et il y avait un broc de thé glacé sur la table à la place du sempiternel pichet de bière. Cheryl a eu un grand sourire et elle s'est levée pour me faire la bise avec effusion. Elle était pleine d'une espèce d'énergie maniaque et ça ne m'a pas plu.

« Willet, ai-je dit. J'ai besoin de te parler. Seule à seul.

– Assieds-toi.

– Mais, Willet…

– On veut t'annoncer quelque chose. S'il te plaît. »

Je ne me suis pas assise. J'étais déjà au courant de la grossesse de Cheryl et je n'avais pas l'intention de feindre la surprise.

« Je sais qu'elle est enceinte. »

Je n'ai regardé ni Cheryl ni Audie. J'ai gardé les yeux fixés sur Willet.

« Mamie Clem dit que si tu l'appelles, elle vous aidera à régler ça, mais j'ai un truc à te montrer. C'est important. »

Willet s'est levé tellement vite que la table a tremblé. Il m'a agrippée par le bras et m'a traînée dehors. La soirée était douce et une odeur de poisson frit s'échappait du restaurant. On entendait du rock qui venait du bar.

« Non mais, qu'est-ce qui te prend, putain ?

– Et toi, qu'est-ce qui te prend ? j'ai répliqué. Tu sais que tu n'es pas obligé.

– J'aime Cheryl.

– Tu la connais à peine, et tu sais pas dans quoi tu te fourres. »

Je lui ai parlé des nuits que j'avais passées à veiller les nouveau-nés, toutes ces nuits où je les avais écoutés pleurer. Willet ne s'imaginait pas à quel point ça pouvait être difficile, un bébé.

« Je ne laisserai pas mamie Clem tuer mon enfant.

– Ce n'est pas un enfant. C'est des tissus. Il est plus petit qu'une graine de citrouille, et de toute façon, on n'est pas venus ici pour que tu puisses mettre une nana en cloque et foutre ta vie en l'air. On est venus pour papa et Pansy. Comment tu peux oublier ça ? »

Un homme a ouvert la porte et une bouffée d'air frais de la clim nous a cueillis.

« Ma vie n'est pas foutue. J'en ai marre de vivre dans le passé. Je ne peux pas continuer. Je ne peux pas continuer à revivre la même putain d'histoire tous les jours de mon existence. Notre père nous a abandonnés. Notre sœur a disparu. C'est bien malheureux, mais j'y peux foutre rien. Et toi non plus. Faut qu'on tourne la page. Tu vois pas ?

– Non. Et t'es pas fichu d'avoir un enfant. Pansy n'a pas disparu. On l'a abandonnée. Tu l'as abandonnée. Tu étais l'aîné. T'étais censé t'occuper de nous. Si t'es pas foutu de surveiller ta petite sœur, comment tu pourrais être responsable d'un bébé ? »

Il m'a regardée comme si j'étais une étrangère, quelqu'un qu'il ne reconnaissait pas.

« Rentre à la maison, a-t-il ordonné. Va à l'appartement, ou rentre chez mamie Clem, mais je veux pas te voir ici ce soir.

– Tu peux pas me forcer à partir.

– J'ai demandé Cheryl en mariage. Elle a dit oui. On est heureux. C'était ça, la nouvelle. »

Je l'ai planté devant le restaurant et je me suis frayé un chemin sur le parking en poussant du coude les membres d'une grande famille. Ils devaient être une bonne douzaine, au moins trois générations ; j'ai foncé dans le tas. Je les haïssais sans les connaître. Je les haïssais parce qu'ils avaient l'air entiers, complets et heureux. De retour à l'appartement, j'ai mangé du thon en boîte avec des crackers et bu une bière tiède. J'espérais que Willet appellerait pour s'excuser, mais le téléphone n'a pas sonné. Je savais ce que j'avais à faire. J'allais devoir l'accomplir seule.

Earl était en train de pêcher lorsqu'il remarqua une forme étrange qui se déplaçait entre les arbres sur une île proche, une créature énorme et sombre. Depuis plus de trois ans, il vivait comme un fantôme. Il n'employait plus le prénom Earl, même pas avec Fern. La plupart du temps, il n'employait pas de prénom du tout. Il ne parlait à personne, sauf si c'était indispensable. Il lui arrivait de passer une nuit chez Fern, mais la plupart du temps, il dormait sur le bateau qu'il avait acheté à Chokoloskee ou campait sur l'une des îles. Il avait planqué ses faux billets parmi les palétuviers. Tous les quelques mois, il faisait une expédition à Naples ou à Miami où il pouvait dépenser le cash dans l'anonymat puis rapporter les articles contre de vrais billets. La plus grande partie de ces sommes revenait à Fern et à Pansy, même si Pansy n'était plus Pansy. Fern l'appelait Hope. Elle avait eu raison, pour ce qui était de la mémoire de l'enfant. Plus le temps passait, moins elle semblait se rappeler la période d'avant le jour où il l'avait récupérée dans la carrière. La première année, il lui était arrivé de poser des questions sur sa mère, son frère et sa sœur, mais c'était fini. La fillette avait neuf ans et elle était plus intelligente que tous les enfants qu'il ait connus. Fern lui fit la classe à domicile les deux premières années, ne voulant pas la quitter des yeux, mais en CE2 elle l'avait inscrite à l'école publique. Elle ne pouvait pas cacher éternellement la petite.

L'isolement ne gênait pas Earl, mais parfois les cauchemars se faisaient aussi vifs que le Gulf Stream et la distraction des autres lui manquait. Quand ses terreurs nocturnes le laissaient en sueur, paniqué et sans sommeil, il couchait les histoires terribles de son esprit sur un petit cahier qu'il transportait partout. Obscurément, ça l'aidait d'écrire toutes ces choses et il était toujours surpris par les détails qui lui venaient – des bribes de conversation, la fraîcheur de l'air quelque cent ans plus tôt, la douleur d'une plaie ancienne. Parfois, il avait de la peine à cause ce qu'il avait fait, prendre une enfant à sa mère, s'enfuir, abandonner sa famille à White Forest, mais il n'était pas du genre à s'appesantir sur ses regrets. Il avait perdu sa propre mère à un jeune âge et son propre père l'avait abandonné. C'était ça qui l'avait mené à Clementine, Ora et Chester. À quoi aurait ressemblé son existence s'il ne les avait jamais rencontrés ? La vie prenait des détours mystérieux, merveilleux et tragiques. Sa plus jeune fille s'en sortirait bien.

Quand Earl repéra la forme étrange dans les arbres, il rama jusqu'à l'île pour voir de quoi il s'agissait. Il n'employa pas son moteur de secours, craignant que le bruit fasse fuir la créature. Des histoires circulaient sur un Bigfoot du Sud, un Singe des Marais, un Gorille puant. Chaque communauté a ses légendes. Ce que vit Earl toutefois n'était pas une créature de légende ; c'était un homme en costume de singe. Earl le comprit à sa manière de bouger. Il se tenait trop droit pour être un singe quelconque. Les dernières années, Earl s'était teint les cheveux et laissé pousser la barbe, il avait pris du poids, afin de se cacher. Il savait qu'il existait toutes sortes de raisons pouvant pousser un homme à revêtir un déguisement.

Ce jour de novembre 1979, Earl tenta de parler à l'homme déguisé en singe, mais celui-ci disparut dans un petit abri et Earl n'avait pas l'inconscience d'entrer chez quelqu'un sans y être invité. Cependant, il était curieux, et l'homme lui donna une idée. Le travail lui manquait, même si le seul travail qu'il ait jamais connu était la fabrication de faux billets et le blanchiment d'argent. La tromperie était un art pour lequel Earl possédait un don inné. La vision de l'homme costumé en singe l'entraîna à concevoir une nouvelle combine. Son stock de fausse monnaie ne durerait pas. Il allait falloir qu'il finisse par trouver un autre moyen de gagner de l'argent. Et il devait tester sa nouvelle identité, s'assurer qu'elle tiendrait dans le monde. Il ne pouvait pas vivre éternellement comme un fantôme. Les semaines suivantes, Earl acheta des bouteilles de rhum, des bonbonnes de gaz et des cartouches de cigarettes et les déposa près de l'abri de l'homme. Après quelques expéditions, celui-ci finit par sortir et demanda à Earl ce qu'il fabriquait. Il avait la voix rauque, enrouée, comme s'il ne s'en servait pas trop souvent. Il signifia à Earl qu'il n'avait pas besoin que de nobles âmes autoproclamées se mettent en tête de le sauver. Earl l'assura qu'il n'avait pas une âme noble.

« Parle-moi du costume de singe », demanda Earl.

L'homme ne répondit pas tout de suite. Il alluma une cigarette et perdit son regard dans le lointain, derrière Earl. Il avait l'air gêné.

« Je l'ai trouvé. Dans une benne de l'Armée du Salut, après Halloween. Je me suis dit qu'il pourrait me servir à effrayer les curieux.

– T'as beaucoup de visiteurs, par ici ? »

L'homme haussa les épaules.

« Parfois les touristes viennent jusqu'ici en bateau. Je veux pas qu'ils campent sur ma terre. »

Earl savait que l'île n'appartenait pas à l'homme. Personne ne possédait de terres sur ces eaux, même si le gouvernement tenait à les réquisitionner et à tout réglementer à mort. Mais il comprit ce qu'il voulait dire. L'homme avait décidé que cet endroit était chez lui, et il n'avait pas envie de le partager.

« Je m'appelle Grandin Bell », dit Earl. Il tendit la main. « J'ai une proposition à te faire. Si elle te plaît pas, je m'en irai, et tu me reverras jamais. C'est promis. »

L'homme le regarda dans les yeux pour la première fois, semblant chercher à décider s'il était digne de confiance. Finalement, il serra la main d'Earl.

« Jonathan Biggums. Je t'écoute. »

Earl leur servit chacun un verre et exposa son plan : le circuit du Singe des Marais.

« La légende existe déjà. Les gens ont envie d'y croire. » Earl expliqua qu'il partagerait les profits avec lui, mais Jonathan lui fit remarquer qu'il n'avait pas tellement d'occasions de dépenser de l'argent. « Je peux t'apporter ce dont tu as besoin. Alcool, cigarettes, gaz, eau fraîche, livres. Tu pourrais vivre plus confortablement. »

Tandis qu'ils mettaient au point les détails, Earl apprit comment Jonathan s'était retrouvé à Dead Man's Key. En rentrant de la guerre du Vietnam, il était venu camper sur l'île, prévoyant d'y rester quelques semaines. Mais il avait aimé la paix du lieu et au fil des années il n'avait vu aucune raison d'en partir.

« Je supporte tout, sauf les gens », disait-il souvent.

Jonathan apprit à supporter Earl, cependant. Ils devinrent amis.

Le circuit était populaire. Les touristes étaient prêts à payer le prix pour un frisson facile. Il manqua renoncer à la combine lorsque la journaliste le contacta. La jeune femme n'avait pas beaucoup plus de vingt ans et elle lui avoua qu'elle était journaliste une fois seulement qu'ils furent sur l'eau. Il l'avait prise pour une simple touriste qui posait beaucoup de questions. Elle l'avait photographié sans sa permission tandis qu'il bavardait avec un homme de l'Arizona. Il souriait, et on aurait cru qu'il avait posé. Quand l'article sortit, il eut peur que quelqu'un de sa vie d'avant le reconnaisse. Pendant des semaines, il dévisagea les passagers de son bateau et se demanda si l'un d'entre eux était un policier de la région ou un agent du FBI. Il se dit qu'il allait peut-être devoir disparaître à nouveau, mais personne ne vint à sa recherche.

Earl aimait travailler avec Jonathan, mais Jonathan aimait boire. Pendant des années, l'isolement et le manque de ressources avaient jugulé sa soif. Il se prenait une cuite deux fois par an, quand il se rendait sur le continent pour encaisser sa pension et faire des stocks de provisions, mais il n'avait pas assez d'argent pour être un ivrogne. Avec les visites guidées, cependant, il se retrouva avec plus d'argent qu'il n'en avait eu depuis des années. Quand il envoyait Earl lui faire des courses, il réclamait plus d'alcool que de nourriture.

En juin 1980, Earl trouva Jonathan étalé à plat ventre sur le sol de sa cabane. Son pantalon était taché d'urine séchée et son visage croûteux de vomi. Il cramponnait une bouteille de rhum vide dans sa main droite. Il avait les pieds nus et les orteils du gauche étaient mauves et enflés à cause d'une plaie infectée sur la plante. Earl fut bouleversé de voir son ami dans un tel état, mais ça lui donna une idée. Les deux hommes faisaient à peu près la même taille et le même poids. Jonathan était nettement plus jeune, mais ça ne se voyait pas. Toutes ces années à se cacher, à mentir, à espérer que personne ne le reconnaîtrait : Earl pouvait y mettre fin. Personne ne cherchait Jonathan et il ne manquerait à personne.

Earl enveloppa le cadavre de Jonathan dans une bâche et le chargea sur son bateau. Il repartit à la rame, négociant les bras d'eau où s'emmêlaient les racines des palétuviers. C'était le début de la soirée lorsqu'il atteignit le quai où il garait son pick-up. La lumière commençait à se retirer du ciel. Il se prit le pied dans une racine en portant le corps du bateau à l'arrière de son véhicule. Il mit un chapeau à larges bords et une paire de lunettes de soleil malgré le crépuscule. Au Glades Motel, il paya en liquide – de vrais billets, pas de la monnaie de singe. Le plus délicat était d'apporter le corps dans la chambre sans se faire voir. N'importe qui était susceptible de jeter un coup d'œil par la fenêtre d'une des chambres et de s'interroger sur ce qu'il traînait à l'intérieur de la chambre 17. Il compta sur la discrétion innée du genre d'hommes qui descendent dans ce type de motels.

À l'intérieur, il retira les bottes et les chaussettes de l'homme, et l'odeur de pourri qui émanait de ses pieds le prit à la gorge. Il disposa quelques bouteilles de rhum vides dans la chambre, pendit deux chemises dans le placard. L'idée, c'était de donner l'impression que l'homme avait passé au moins deux jours ici avant de mourir. Il ne savait trop avec quel degré de précision la police pouvait déterminer l'heure du décès, mais il était certain que ce n'était pas une science exacte. Et ce serait plus difficile à calculer une fois la décomposition bien avancée ; d'après l'odeur, le processus était lancé. Il déposa le portefeuille sur la table de chevet. Celui-ci contenait son permis de conduire du Mississippi, périmé. Il vérifia à deux reprises que les poches de l'homme ne contenaient rien qui puisse permettre de l'identifier. C'était le cas. Lorsqu'on retrouverait ce corps, tout le monde penserait qu'il appartenait à Earl Watkins, et si Earl Watkins était décédé, il pouvait cesser de fuir et de s'inquiéter. Personne n'allait chercher un mort.

17

D'après le plan d'Iggy, Dead Man's Key se trouvait à vingt-sept kilomètres au sud-ouest d'Everglades City. J'ai chargé le nécessaire sur le kayak – une bâche en plastique pour m'abriter, des barres de granola et des lanières de bœuf séché. J'ai rempli des bouteilles de lait et de soda vides d'eau fraîche. Août n'était pas la meilleure période pour entreprendre une telle expédition. C'était le mois où la météo était le plus imprévisible et où les eaux montaient le plus haut, mais je ne pouvais pas attendre. Peut-être que je ne trouverais rien à Dead Man's Key, mais l'article disait que mon père y était passé. Peut-être qu'en le suivant à la trace je découvrirais une chose importante.

Je n'ai parlé à personne de mon projet. Iggy aurait tenté de me dissuader. Willet et moi ne nous adressions pas la parole. Je lui ai laissé un mot à l'appartement, mais c'était rare qu'il passe désormais. Je ne révélais pas grand-chose. *Partie sur l'eau pour quelques jours. De retour bientôt. Ne t'inquiète pas.*

J'ai attendu que la météo annonce du beau temps pour plusieurs jours. Peut-être un orage dans l'après-midi, mais dans l'ensemble, ils prévoyaient un ciel clair et sec. Chaud, comme toujours. Un temps idéal pour les barbecues, les pique-niques et la baignade. J'ai rempli le sac étanche du kayak avec mes provisions. Je me disais que je pouvais être absente deux jours, voire trois, avant que quiconque ne commence à se tracasser.

J'ai lancé le kayak sur la Barron River juste après l'aube. Le soleil du petit matin déversait une lumière blanche sur les vaguelettes et la brise sentait le sel et le frais. J'ai trempé ma pagaie dans l'eau tiède et sépia près de l'embouchure de la rivière et propulsé mon embarcation vers l'étendue d'un vert profond de la baie de Chokoloskee. Un gros morceau de bois flotté décoloré par le soleil dépassait de l'eau comme un bras géant tendu vers le ciel. Je suis descendue pour tirer le kayak par-dessus une étroite bande de sable ; mes pieds nus faisaient un bruit de succion sur la surface molle et humide. Bien vite, j'ai atteint des eaux plus profondes. Tandis que le soleil montait, je me suis orientée vers le sud, pagayant dans le sens du courant, même si je savais que je devrais virer vers l'ouest à un moment donné. Je redoutais un peu de m'aventurer si loin, mais c'était une belle matinée et la marée m'était favorable. J'ai évité les canaux fréquentés où les bateaux de pêche filaient à travers la baie, rapportant les prises de la soirée. Je me suis demandé si Willet et Audie étaient sur l'eau. J'ai traversé la colonie d'oiseaux en pagayant à l'ombre des palétuviers. Il régnait un silence insolite et j'ai supposé que les oiseaux étaient partis chasser, mais avec le recul je me demande s'ils ne savaient pas quelque chose que j'ignorais. Peut-être les oiseaux essayaient-ils de m'avertir.

La chaleur est montée rapidement. Il y avait quelques nuages blancs dans le ciel d'un bleu éclatant, mais ils étaient bien trop frêles pour contrer le soleil brûlant. La sueur dégoulinait sur mon visage et ma poitrine. Mes mains glissaient contre la pagaie. Si j'avais simplement été en promenade, j'aurais fait une pause ou même demi-tour par une matinée si chaude, mais j'ai insisté, ne voulant pas dévier de mon programme si précocement. Je projetais une halte quelque part le long d'Indian Key Pass en milieu de journée pour me reposer et manger quelque chose. Il y avait là des îles avec des plages de sable et des abris potables, et des chickees éparpillés dans l'eau – des abris en bois en hauteur, avec des toits de chaume, dans le style des anciennes maisons séminoles. Pendant la saison touristique, les abris étaient souvent occupés par des campeurs, mais en été, la plupart seraient sans doute vides. Il faisait chaud, mais clair. J'espérais que le beau temps se maintiendrait, mais des orages éclataient presque tous les après-midi, quoi qu'en dise la météo, comme ça avait été le cas à White Forest cinq ans auparavant, l'été de la disparition de Pansy.

Avec des coups de pagaie bas et souples, comme me l'avait enseigné Iggy, je ramais en direction d'une vaste série d'îles basses, au loin. Un banc de dauphins dansait devant moi et je voguais dans leur sillage, sachant que l'eau serait toujours suffisamment profonde là où ils nageaient. J'ai imaginé que ces dauphins me guidaient vers mon père. J'ai bien avancé le premier matin, allant plus loin et plus vite que je l'avais anticipé mais, après midi, le ciel est devenu gris et la brise s'est muée en vent puissant. J'ai entraîné mon kayak vers une petite île. L'eau résistait sous moi. Je me suis sentie toute petite, d'un coup. Je me suis appuyée sur la pagaie et j'ai tiré de toutes mes forces vers la bande de sable en lisière de l'île. Lorsque le fond de l'embarcation a raclé le sable, j'ai sauté dehors et traîné le kayak plus haut. Je l'ai attaché à une racine robuste et me suis assise sur un gros morceau de bois flotté. J'ai vu le ciel gris s'assombrir à travers l'épaisse canopée de feuilles vert et argent. Ça ne me gênait pas de me mouiller. C'était le vent qui m'inquiétait. J'avais lu des articles sur des hommes qu'il avait entraînés en mer et dont on n'avait plus jamais entendu parler. Je savais que les vents tropicaux pouvaient se lever sans prévenir, mais la saison des tempêtes avait été calme. Nous avions eu beaucoup de pluie, mais rien de destructeur. Cependant, accroupie à l'abri des palétuviers, je me suis demandé si je ne devrais pas faire demi-tour. J'ai mangé une barre de granola et bu un peu d'eau.

Il a plu une grande partie de l'après-midi. J'étais gelée et épuisée quand l'orage s'est calmé, mais j'étais décidée à repartir. Il restait quelques heures de jour. J'ai lancé le kayak et repris mon chemin. La mer était agitée, mais j'ai fait comme Iggy m'avait appris, m'assurant que le nez de mon kayak prenait les vagues de face. C'était facile de voir qu'une vague plus forte, arrivant par le flanc, m'aurait renversée. La chaleur est revenue. Le courant a changé de sens. Je m'employais à me diriger vers l'ouest, mais la marée ne cessait de me ramener vers le nord.

Iggy m'avait appris à lire les bouées de signalisation sur le chenal, et j'ai reconnu quelques repères le long de l'eau. J'ai consulté mon plan et tourné en direction de West Pass. Bien vite, j'ai pagayé à travers un épais bosquet d'arbres, sur une bande d'eau pas plus large qu'un gros ruisseau. D'après la carte, j'aurais dû me diriger vers l'ouest par un grand chenal, mais ma boussole me disait que j'allais vers l'est. Ça n'avait pas de sens. L'est, c'était le contraire exact de ma destination. J'ai pensé que ma boussole déconnait, et j'avais bien l'intention de dire deux mots à Iggy sur ses instruments de merde.

Mais au bout d'une heure dans le passage, je me suis rendu compte que le soleil baissait derrière moi, et j'ai dû me rendre à l'évidence : la boussole n'y était pour rien ; le plan était faux, ou bien j'avais mal lu les bouées. J'ai fait demi-tour. Je me suis retrouvée sur la même île où je m'étais abritée plus tôt, épuisée et frustrée. J'ai décidé de camper pour la nuit pour repartir en forme le lendemain. Il se faisait tard et je ne voulais pas être sur l'eau à la nuit tombée. Je savais que les prédateurs étaient surtout actifs à l'aube et au crépuscule. Les attaques de requins étaient rares, mais ça pouvait arriver.

Et il y avait des prédateurs plus agressifs dont se méfier. J'avais entendu les récits. Je connaissais l'histoire de la mère qui pêchait sur les berges de l'Allen River, le coin où elle pêchait depuis plus de dix ans, où elle se sentait aussi en sécurité que chez elle, jusqu'au moment où un alligator avait jailli de l'eau et refermé ses énormes mâchoires sur le torse de son fils de deux ans. Elle n'avait pas eu le temps de crier que la créature avait entraîné l'enfant sous la surface. J'avais rencontré cette femme. Elle racontait l'histoire à qui voulait l'entendre, et il y avait toujours un moment où on aurait pu croire que ça se terminait bien, où l'on espérait qu'elle allait dire que le petit garçon s'en était sorti, que l'alligator avait été abattu par un chasseur de passage, ou que tout cela n'avait été qu'une sorte de gros malentendu, mais ça se terminait toujours de la même façon. Elle n'avait jamais revu son fils, jamais vu une éclaboussure, aucun signe de lutte. Il avait disparu dans les eaux boueuses, ne laissant aucune trace de son passage sur terre.

« Je n'ai même pas pu lui dire adieu », disait-elle.

Comme si c'était *ça*, le plus tragique.

Et je connaissais l'histoire du pêcheur qui s'était entaillé la paume avec son couteau à désosser et avait trempé la main dans le golfe du Mexique pour se rincer. Il fallait que le requin soit déjà en train de nager sous son bateau pour avoir attaqué si vite. L'homme s'est rendu à l'hôpital par ses propres moyens, pourtant les médecins ont dit qu'il avait perdu tant de sang qu'il aurait dû être inconscient. Ils lui ont amputé le bras au-dessus du coude, laissant un réseau de cicatrices violacées autour du moignon. L'homme a fait observer que c'était sans doute la pire blessure au couteau à désosser de l'histoire de l'humanité.

Et j'étais au courant pour les adolescents qui avaient filé en douce du pique-nique organisé par l'église pour aller se rouler des pelles dans un bosquet de cyprès le long d'un canal. Ils n'avaient pas du tout calculé le nid de mocassins d'eau, mais toute l'assemblée avait accouru en entendant les hurlements de la fille. Le médecin avait fait une plaisanterie sur l'efficacité de la contraception vipérine.

Il circulait des histoires de serpents corail et d'ours, de crocodiles et de panthères, de sables mouvants et de plantes vénéneuses. Je ne voulais pas devenir une anecdote que les gens se répétaient.

J'ai mangé une barre de granola et enduit mon cou et mes chevilles de répulsif anti-moustiques. Le soleil s'est couché sur l'eau et le ciel a viré au jaune, puis au noir. J'ai bien gravé les directions dans mon esprit. Quand je repartirais le lendemain, je me dirigerais vers l'ouest, sans me préoccuper du plan. Malgré le répulsif, les moustiques sifflaient contre mon visage et mon cou. Je me suis enroulée étroitement dans la bâche et allongée sur le sable. Un oiseau a poussé un cri, une grenouille a coassé, et l'eau clapotait contre le rivage. Je me suis efforcée d'éviter de trop penser aux bêtes sauvages qui m'entouraient. Iggy disait que la plupart des animaux laissaient tranquilles ceux qui les laissaient tranquilles. J'espérais qu'il avait raison. Le ciel nocturne s'est empli d'étoiles et j'ai contemplé quelques minces nuages qui flottaient devant la lune. J'avais beau me tourner et me retourner dans tous les sens, je n'arrivais pas à me mettre à l'aise. Le sable était comme du béton. Entre la surface d'une dureté implacable et les bruits étranges, je pensais que je ne m'endormirais jamais. J'ai dû somnoler, car une douleur pénétrante à l'épaule droite m'a réveillée alors que le ciel commençait juste à s'éclairer des premières lueurs grises du matin. J'ai massé mon épaule endolorie en espérant que ce n'était qu'une crampe.

J'avais des moustiques plein le nez et dans les oreilles. J'ai craché par terre pour chasser les insectes de ma bouche. Quand je me suis extraite de ma bâche, j'ai senti quelque chose ramper le long de mon mollet. Le flacon de répulsif que j'avais emporté était déjà à moitié vide, mais je m'en suis pulvérisé les mains abondamment et m'en suis enduit le visage et le cou. J'avais mal au dos et aux jambes d'avoir dormi sur le sable dur, et les épaules meurtries d'avoir tant ramé. Mes mains étaient raides comme des pinces à force de cramponner la pagaie et j'avais désespérément envie d'un café. Mais mon humeur est remontée avec le soleil, qui semblait léviter au-dessus de l'eau comme un ballon orange accroché à un fil. Il baignait le ciel de corail et de rose, plus vifs que n'importe quel néon. Le spectacle a presque suffi à me consoler de mon petit déjeuner d'eau tiède et de lanières de viande séchée. Une fois le jour pleinement levé, j'ai lancé le kayak. Je ne savais pas l'heure qu'il était. Ma montre avait cessé de fonctionner.

J'ai pagayé dans l'eau peu profonde. Plusieurs fois, j'ai dû sortir et tirer le bateau en pataugeant jusqu'à des canaux plus propices à la navigation. Je me suis tordu la cheville en trébuchant sur les racines de palétuvier et les coraux. Des fragments de coquillages coupants m'ont écorché les pieds. J'avais mal aux bras et aux épaules et le haut de mes jambes était rouge vif à cause du soleil. Plusieurs fois, j'ai cru entendre un moteur au loin, mais je n'ai croisé personne. Vers midi, le niveau de l'eau s'est stabilisé et j'ai pu naviguer dans les canaux sans me retrouver coincée. J'ai failli enfoncer ma pagaie dans un lamantin, que j'avais pris pour un rocher marbré jusqu'à ce qu'il ouvre un œil paresseux, manquant me faire chier dans mon froc. La plupart des îles que je dépassais étaient petites et inaccessibles, car les racines des palétuviers formaient un réseau de mains assez dense pour barrer la voie aux intrus. Les hérons arpentaient le littoral, guettant leurs proies. Des balbuzards décrivaient des cercles dans le ciel. Un crocodile à dents de scie pas plus long que mon avant-bras me surveillait de la crique ombragée où il se reposait. Les moustiques ont redoublé d'agressivité. Ils ont formé une nuée furieuse autour de mon visage et il m'a fallu tout mon courage pour ne pas lâcher ma pagaie. Iggy affirmait que toutes les créatures remplissent une fonction divine, mais je ne voyais aucune raison à l'existence des moustiques.

En fin d'après-midi, j'étais rongée de pustules douloureuses, de coups de soleil et de frustration. Franchement, j'étais perdue. Aucune des balises que je cherchais ne se trouvait là où je le pensais. Quelle que soit la direction vers laquelle j'orientais mon kayak, tout se ressemblait. Avec tout ce que j'avais déjà pagayé, ça semblait impossible que je n'y sois pas déjà, mais les repères que je cherchais n'apparaissaient pas. C'était comme si mon plan se rapportait à une autre Floride, une Floride qui n'existait plus.

J'ai repéré un chickee délabré au large d'une petite île, guère plus qu'un banc de boue sous un hamac en bois. J'ai décidé de m'arrêter pour la journée. Je ne savais pas où je me trouvais, mais l'abri en bois surélevé signifiait que je n'étais pas obligée de dormir sur le sable dur cette nuit-là. Mes pieds se sont enfoncés dans la boue et je suis tombée à genoux en débarquant. Le kayak m'a paru lourd, comme s'il portait le poids de mon angoisse. Je l'ai attaché à un pilotis en bois et j'ai grimpé l'échelle qui menait au chickee. Le toit de chaume était usé, mais il me protégeait un peu du soleil brutal. Je me suis tartiné le cou et les épaules de répulsif en tentant d'éviter de penser à ce qui se produirait quand je n'en aurais plus. Ma peau brûlée par le soleil était irritée et sensible. Je n'avais pas mangé depuis des heures, mais je n'avais pas faim.

On était en fin d'après-midi, le soleil était encore bien au-dessus de l'horizon lorsque je me suis allongée sur la plate-forme en bois ; j'ai fermé les yeux. Je me suis réveillée en sursaut quelques heures plus tard, lorsque quelque chose a grimpé le long de ma jambe pour aller s'enfouir dans l'élastique de mon short. J'ai passé ma main autour de ma taille et chassé une grosse araignée. Des insectes qui rampaient, qui creusaient, qui mordaient, qui piquaient semblaient se déplacer sur chaque centimètre de ma peau. J'étais en infériorité. J'ai poussé un juron et hurlé, même si personne ne pouvait m'entendre. Si seulement j'avais eu une tente, un truc avec une fermeture éclair et une moustiquaire. J'ai remis du répulsif, sachant que dès le matin le flacon serait vide. J'ai monté la bâche sur la plate-forme et me suis roulée dedans pour me défendre contre les insectes. J'ai essayé de ne pas pleurer. J'avais été stupide d'entreprendre ce voyage seule. Le lendemain je ferais demi-tour. Je pourrais peut-être réessayer avec un meilleur équipement.

J'ai eu la nausée en pensant à l'ampleur de mon échec. Je n'avais rien découvert sur mon père et, à présent, j'étais dévorée par les insectes et cramée de coups de soleil, et j'étais perdue quelque part où on pouvait très bien ne jamais me retrouver. Je me suis détestée. Mon frère fondait une famille et commençait une nouvelle vie sans moi. Je n'avais pas réfléchi à mon propre avenir. J'étais trop occupée à courir après le passé, à courir après les fantômes de papa et de Pansy.

C'était le crépuscule et les nuages s'amoncelaient, bloquant le coucher du soleil. Tout semblait gris, mouillé et sale. Déprimée, je m'apitoyais sur mon sort en écoutant le bourdonnement des insectes, le clapotis de l'eau et les cris des oiseaux. Mon tee-shirt râpait ma peau à vif, car le coton s'était raidi à cause de l'eau de mer et de la sueur. Mes paumes étaient pleines d'ampoules purulentes. Je puais le répulsif et la crasse rance. L'idée d'une baignoire pleine d'eau bien propre et de savon parfumé a manqué me faire sangloter. J'aurais donné n'importe quoi pour manger autre chose qu'une barre de granola trop sucrée ou des lanières de viande trop salée. Je voulais une bière ou un Coca, n'importe quel liquide gazeux. J'ai rêvé de ces choses quand je suis parvenue à dormir. C'était magnifique, et dans mon rêve je savais que ce n'était pas la réalité. *Quoi que tu fasses, ne te réveille pas.*

À la première lueur de l'aube, quelque chose a bruissé dans l'eau sous le chickee. De petits animaux qui trottinaient, un caquètement résonnant comme un rire, un sifflement vicieux ; j'espérais que ce n'était qu'un rêve. Je me suis arrachée à mon sommeil et dégagée de la bâche. Il faisait encore sombre, rien qu'une faible lumière grise dans le ciel. Le bruit venait de mon kayak. Je suis descendue voir de quoi il s'agissait. Une paire d'yeux orange luisants a rencontré les miens. Je me suis précipitée en avant, espérant que mes grands gestes suffiraient à effrayer la créature. C'est là que j'ai vu la deuxième paire d'yeux. Puis la troisième. Des ratons laveurs dévoraient ma maigre réserve de nourriture. J'ai tapé dans mes mains et chargé en criant. Ils ont détalé vers les arbres, et j'ai examiné les dégâts.

L'un des ratons laveurs s'attardait à proximité. Il reculait de quelques pas chancelants, mais ne me quittait pas des yeux. La bête avait une drôle d'allure. C'était un petit raton laveur, rien à voir avec ceux du Mississippi, qui pouvaient devenir aussi gros que des chiens. Celui-là n'était pas plus gros qu'un chat domestique, mais je voulais tout de même qu'il s'en aille. J'ai sifflé et agité les mains dans sa direction. Au lieu de s'enfuir, il s'est approché. Il s'est approché en *titubant*. Il avait la dégaine et les manières d'un homme ivre mort. On racontait qu'il y avait des fûts de *moonshine* sur les îles, et des barriques de rhum datant de l'époque de la prohibition. Peut-être que ce raton laveur était tombé sur une réserve d'alcool. Il émettait un bruit bizarre, un jappement suraigu. Ce n'était pas un cri que j'associais aux ratons laveurs. J'ai reculé, espérant maintenir une certaine distance entre nous. Heureusement, un nuage a bougé, exposant la lune descendante, qui m'a éclairée davantage.

J'étais là, aux pays des crocodiles et des alligators, des requins et des raies, des ours noirs et des panthères, et mon plus grand danger prenait les traits d'un raton laveur ivre qui aboyait. Ça aurait été comique si je n'avais pas été perdue et exténuée.

Je me suis redressée de toute ma hauteur et j'ai fait autant de bruit que possible, mais ce n'était pas un raton laveur ordinaire. Au lieu de filer, il a piqué un sprint et m'a chargée. J'ai hurlé et couru vers la plate-forme du chickee. La bête s'est cramponnée à ma jambe et a planté ses dents acérées dans la chair de mon mollet. J'ai senti quelque chose se déchirer sous mon genou. J'ai donné des coups de pied à la bête avec ma jambe libre, et me suis contorsionnée pour l'attraper. Il a enfoncé ses dents et ses griffes plus profondément dans ma chair et une douleur cuisante s'est répandue dans tout mon corps. Je l'ai attrapé à deux mains et j'ai tiré. Il s'est détaché de ma jambe dans une furie de grondements, se débattant violemment. J'ai jeté le démon loin de moi.

Ma jambe blessée pissait le sang et je ne pouvais pas regarder le trou déchiqueté sans avoir envie de vomir. J'ai filé vers mon kayak, gardant l'animal à l'œil. Il se préparait à charger de nouveau. J'ai cherché derrière moi la seule arme dont je disposais. Quand le raton laveur a bondi vers moi, je l'ai claqué du plat de ma pagaie. Il a fait un vol plané et il est retombé avec un bruit écœurant au bord de l'eau. Il n'en avait pas encore assez. Il est revenu à l'attaque avec ses pattes de rongeur dressées. J'ai brandi la pagaie et l'ai abattue sur la petite tête de l'animal. Il a jappé et tenté de s'échapper, mais j'étais trop furieuse pour le laisser filer. Il m'a fallu une dizaine de coups pour l'achever, mais quand j'en ai eu fini, le raton laveur était presque fendu en deux. Des bouts d'entrailles sanguinolentes et de fourrure grise restaient collées au bout de ma rame.

Je me suis accroupie à la lueur de la lune qui s'en allait, couverte de boue, de sang et de transpiration, haletante, terrifiée et désorientée. J'avais tué un être vivant dans une crise de rage, et je n'avais aucun remords. Je l'aurais tué de nouveau si j'avais pu. J'aurais passé le restant de mes jours à tuer ce raton laveur que je n'aurais pas eu l'impression d'en avoir gâché une seconde. Mon cœur semblait battre dans mon corps entier, une rage palpitante, fiévreuse.

J'ai hurlé vers le ciel, avec une fureur qui montait de mon ventre et se répandait dans mes veines. J'étais en colère contre moi-même et contre tous ceux qui m'avaient conduite dans ce désert sauvage et aqueux au bout du monde. J'étais furieuse contre mes parents pour leur négligence et leur absence. Furieuse contre ma mère parce qu'elle avait renoncé à vivre.

Furieuse contre ma sœur parce qu'elle n'était née que pour être perdue. Furieuse contre mon frère, qui aurait dû nous surveiller mieux. Furieuse contre la femme de Pittsburgh à cause de ses prédictions aussi sinistres qu'exactes. Furieuse contre mamie Clem à cause de tous les secrets et mensonges, et parce qu'elle se prenait pour Dieu avec les bébés qu'elle mettait au monde, puis vendait. Furieuse contre Bubba, ses extraterrestres à la con et son existence triste, pathétique. Furieuse contre Cheryl parce qu'elle était tombée enceinte. Furieuse contre les eaux noires de la carrière et les eaux noires du golfe, et furieuse contre la créature des bois hantés et l'abominable raton laveur. J'ai donné toute ma colère au ciel nocturne, hurlant jusqu'à ce que ma voix ne soit plus qu'un gémissement. Une bête sauvage quelconque m'a rendu mon hurlement, comme si c'était une discussion entre nous.

À bout de forces, je me suis assise au bord du kayak et j'ai versé de l'eau fraîche sur la plaie béante creusée par les griffes et les dents du raton laveur. Ça m'a brûlée. Le ciel du matin s'est éclairci et ma terreur et ma rage se sont changées en douleur. Je n'avais plus de nourriture et il ne me restait que deux litres d'eau potable. Personne ne savait où j'étais ni comment me chercher. J'ai retiré mon tee-shirt et l'ai noué sur ma blessure à la jambe. Avec la perte du sang et la retombée de l'adrénaline, j'étais faible et je tremblais.

J'ai tiré le kayak au bord de l'eau, tombant à genoux plusieurs fois. La douleur se répandait dans tout mon corps chaque fois que je prenais appui sur ma jambe blessée. J'ai abandonné la bâche et le répulsif. Je ne supportais pas l'idée de grimper à l'échelle pour les récupérer. Ça n'avait pas d'importance. Soit je parvenais à rentrer dans la journée, soit je n'y arriverais pas du tout. J'ai poussé le kayak dans l'eau et je suis montée à bord. Un brouillard épais flottait sur l'eau, m'empêchant totalement d'y voir devant moi. La moindre brise me faisait frissonner. Mes dents s'entrechoquaient si fort que ma mâchoire me faisait mal. J'ai pagayé à l'aveuglette, consultant la boussole pour me diriger vers l'est. Si Dieu existait, pas de doute, il était en train de se moquer de moi en cet instant. Je m'étais fourrée dans de beaux draps. Le soleil du matin s'est levé, dissipant la brume, mais le fait d'y voir de nouveau ne clarifiait pas mon itinéraire. La mangrove était un labyrinthe.

J'étais partie en quête d'un mort et je me sentais moi-même proche de la mort. La fièvre s'est abattue sur moi. Je grelottais sous le soleil accablant. La peau nue de mon dos et de mes épaules me brûlait et se contractait. Quand j'enfonçais ma pagaie dans l'eau, j'avais peur que quelque chose me l'arrache des mains. J'avais mal à la tête et mes bras étaient lourds. Je ne savais pas du tout dans quelle direction j'allais. J'avais l'impression que mon kayak tournait en rond.

Les hallucinations ont commencé vers midi. Des rêves de gens que je n'avais jamais vus sont venus à moi comme des contes pour enfants. Une odeur de poisson pourri m'a empli les narines et je me suis demandé si les eaux en dessous de moi étaient empoisonnées ou si, comme la carrière, elles étaient maudites. Peut-être que les eaux n'avaient rien de maudit. Peut-être que la malédiction voyageait avec moi. J'ai fermé les yeux pour me protéger du soleil brûlant et j'ai attendu la mort.

Je me suis retrouvée à la carrière, dans les eaux où ma sœur avait disparu. J'ai rêvé de soldats et d'esclaves, d'hommes riches et de femmes impuissantes, de musique blues par une nuit sombre.

J'ai rêvé du chef Choctaw qui avait cédé la terre sur laquelle se trouvait la carrière. J'ai rêvé d'hommes à la peau sombre, menés à coups de fouet et sous la menace du fusil, qui creusaient la carrière avec des outils rudimentaires sous le soleil et sous la lune. Les hommes extrayaient cinq cents kilos de roches grises du lit de la source, une ramification des rivières alentour. Les rivières sculptaient les rochers des montagnes à huit cents kilomètres de là. Les montagnes s'élevaient des mers préhistoriques. Les mers, formées à partir d'anciens glaciers. Au moment où les rochers érodés par les eaux et polis par la glace se déposaient dans la terre plate près des bois, ils étaient de la taille de la paume d'un homme et gris comme la mort. J'ai rêvé des choses qu'ils tiraient de la terre rocailleuse : des poteries fossilisées, des blocs durcis de bois flotté, des éclats d'os, un fragment de crâne humain, de la chair tachée de sang.

J'ai senti l'odeur de pourri du soufre et le fumet chaud, salé, du sang. J'ai senti les cigarettes de ma mère et le parfum de beurre du quart-quarts au citron, et l'arôme de raisin des jacinthes en fleur. Et j'ai senti les mains de ma mère, sèches et gercées, sur mon visage. J'ai senti l'haleine chaude de Bubba dans mon oreille. J'ai senti le *ploc* tiède des gouttes de pluie sur mon ventre. J'ai senti la corde se balancer entre mes poings, mes paumes pleines d'ampoules, suintantes. Et j'ai entendu la toux de ma mère, comme un râle. J'ai entendu une chanson triste, terrible. J'ai entendu des hommes qui scandaient quelque chose et des femmes qui hurlaient et des enfants qui s'enfuyaient, terrifiés. J'ai entendu le diable murmurer et j'ai entendu un bébé pleurer. J'ai entendu le crissement du métal contre la pierre.

Et j'ai su que nous étions tous pareils – les gens du delta et les gens des Everglades, les gens des rivières et ceux des sources froides, bouillonnantes, et ceux des eaux chaudes du golfe et des marais et des océans, ceux qui avaient vécu il y a cent ans et ceux qui n'étaient pas encore nés. Mes ancêtres dormaient sous l'eau, dormaient sous les rochers, dormaient sous les monticules de coquillages, les palétuviers et les bosquets de cyprès, dormaient sous le bois dur et sous le cèdre tendre, sous la canne à sucre et le coton. Mais papa ne dormait pas. Je l'ai senti avec moi à la surface de l'eau. Il y avait tant de choses que je voulais lui dire, tant de questions à poser.

Le grondement de la mort qui approchait ressemblait étrangement au bruit d'un bateau à moteur. J'ai ouvert les yeux. Les fantômes et les rêves se sont évanouis. Un petit skiff tirait mon kayak sur l'eau.

« Hé ! » j'ai crié.

L'homme sur le skiff ne m'a pas entendue, ou il a fait comme si. Nous avons contourné les îles. De l'eau m'éclaboussait doucement tout le corps. Ma gorge me brûlait. J'ai essayé de hurler de nouveau, mais je n'ai pas pu. L'homme s'est retourné vers moi et m'a fait un hochement de tête. Il portait une longue barbe et une casquette de marin. Il avait la peau couleur cuir et son sourire était extrêmement familier.

Arrêtez, j'ai pensé. *Arrêtez, que je vous voie.*

Mais l'homme a continué. Nous nous dirigions apparemment vers le large. Ma jambe palpitait de douleur. Ma bouche s'est asséchée. J'ai cherché la bouteille d'eau fraîche à tâtons, mais elle avait disparu. L'homme a ralenti, presque jusqu'à s'arrêter, tandis que nous approchions d'une plage sablonneuse. Il a attaché son skiff et m'a tirée vers lui, une main après l'autre sur le câble de remorquage. Sur la rive, il m'a soulevée du kayak et m'a portée au bout d'une piste étroite. Nous sommes arrivés à une structure en bois, pas un chickee au toit ouvert ou un abri au toit de chaume rudimentaire, mais une cabane de deux pièces, avec un réchaud à gaz et une citerne d'eau de pluie.

Il m'a déposée sur un lit, un matelas pour une personne sur un tas de palettes en bois. Il a retiré le tissu de ma jambe, versé sur la plaie un liquide froid qui m'a piquée. De la sueur s'accumulait sur mon ventre nu, mais je grelottais. L'homme m'a couverte d'une couette douce. Il a approché un gobelet en cuivre plein d'eau de mes lèvres et m'a tenu la tête afin que je puisse boire. L'eau froide en glissant sur ma langue a chassé mes visions cauchemardesques. L'homme a enveloppé ma jambe de bandes de tissu propres. Il a posé sa main rugueuse sur mon front. Il m'a glissé un cachet dans la bouche et a de nouveau approché l'eau de mes lèvres. J'ai résisté, parce que je ne savais pas ce qu'il me donnait, jusqu'à ce qu'il passe son pouce sur ma gorge. Là, j'ai avalé sans réfléchir. Il m'a raconté une histoire dont je ne devais pas me souvenir, sauf parfois dans mes rêves.

Ma vue s'est brouillée et mes paupières sont devenues lourdes. Je piquais du nez, même si je luttais pour rester éveillée. Je connaissais cet homme. C'était lui, la créature des bois, celle que j'avais vue à la lueur d'un éclair le jour où nous avions perdu Pansy. Il m'avait retrouvée, ou je l'avais retrouvé. Et j'ai su avec certitude ce que j'avais toujours soupçonné, sans pouvoir me l'avouer. La créature des bois n'était pas un monstre, et ce n'était pas non plus une apparition. Ce n'était pas le produit de mon imagination galopante. C'était mon père.

Elle avait l'air solide. Les muscles de ses bras et de ses jambes étaient noueux et épais. Ses cheveux, éclaircis par le soleil et emmêlés, lui tombaient sous les épaules. Elle avait un joli visage ; pas le genre à faire tourner les têtes, mais le genre que quelqu'un serait content de voir tous les matins en mangeant ses œufs.

Earl pansa ses plaies et couvrit sa peau brûlée par le soleil d'une de ses chemises. Il lui donna de l'eau fraîche. Si ces plaies étaient dues à un animal sauvage, il savait qu'il n'avait pas beaucoup de temps. Deux ou trois aspirines ne lui suffiraient pas. C'était dommage. Il aurait aimé bavarder avec elle un moment. Il avait l'impression que ça faisait des années qu'il n'avait pas eu une vraie discussion avec qui que ce soit à part sa sœur, et même ces visites étaient rares. Devenir quelqu'un d'autre, c'était comme imprimer des billets. Il fallait laisser sécher l'encre avant de les mettre en circulation. Son encre était encore trop fraîche.

Dans une grande poche du short de la fille, protégée par une fermeture éclair, il trouva un sachet plastique contenant un caillou gris, l'article de journal sur les visites qu'il organisait, une des sculptures de sa sœur, une lettre d'une écriture qu'il reconnut et une photo qu'il n'avait pas vue depuis trente ans. Il glissa la photo dans un livre sur sa table de chevet. Il serra la pierre dans son poing. Elle était plus froide que l'eau de la carrière le jour où il avait plongé, et plongé, sans réussir à sauver le bébé de sa sœur, sans réussir à sauver Ora. Il jeta le galet aussi loin qu'il le put dans le golfe et espéra que les eaux l'emporteraient bien loin. Il remit le reste des trésors de la jeune femme dans le sachet plastique et y ajouta le carnet dans lequel il écrivait depuis si longtemps. Les histoires lui appartenaient autant qu'à lui. Peut-être lui apporteraient-elles un peu de paix.

Au poignet, elle portait un bracelet en argent martelé. Il inspecta les breloques, cherchant un indice de qui elle était devenue. Elle était devenue une aventurière, décida-t-il. Elle était devenue curieuse et courageuse. Le sablier s'était cassé et avait répandu son contenu sur l'île. L'année suivante, des fleurs sauvages du Mississippi pousseraient sur le sable de Floride.

Il la porta à son bateau, laissant le kayak sur l'île. Il penserait à elle chaque fois qu'il sortirait avec. Il la déposa à un endroit où il savait que quelqu'un la trouverait rapidement. Il attendit au large de la rive et observa. Il ne fallut que quelques minutes pour qu'un homme la repère et appelle les secours. Il dirigea son bateau vers le sud tandis que la sirène de l'ambulance retentissait.

Il disparut dans la mangrove et passa voir le stock de billets qu'il avait planqué quelques années plus tôt. Il avait cru que mourir mettrait fin à toute tentative de le chercher, mais il se trompait. Il avait échappé à la justice. C'était plus dur d'échapper à sa propre famille. Les billets se trouvaient bien là où il les avait laissés. Des vrais, pour la plupart. En cas de nécessité, il pouvait repartir de zéro quelque part. Il espéra qu'il n'aurait pas à en arriver là.

Elle l'avait appelé papa.

« Ton père est mort », avait-il répondu.

Et c'était vrai. L'homme qu'elle avait connu n'était plus.

18

Je me suis réveillée dans une telle blancheur que j'ai cru que j'étais au ciel, mais c'était une chambre d'hôpital, froide, stérile et trop éclairée. J'avais mal aux yeux et à la gorge. Quelqu'un m'a pris la main et l'a pressée. J'ai rendu la pression, toujours incapable de voir quoi que ce soit à part les lumières blanches et le carrelage blanc au plafond.

Willet a parlé.

« Bert ? Bon Dieu, Bert, tu es avec nous ? »

J'ai essayé de répondre, sans succès.

Une femme est entrée, une infirmière. Elle m'a glissé une paille dans la bouche et m'a recommandé de boire à petites gorgées, sans précipitation. L'eau tiède a dégouliné sur mon menton, mais j'ai réussi à avaler. J'ai toussé. Ma vue s'est éclaircie et j'ai aperçu le visage de l'infirmière, rond, mou, et bienveillant. Elle avait les cheveux aussi blancs que le plafond. Elle m'a souri, sans dévoiler ses dents, mais gentiment.

« Vous avez fait une sacrée frousse à votre frère.

– Je suis désolée, suis-je parvenue à dire.

– Il va vous pardonner, à mon avis. » Elle s'est affairée dans la chambre, prenant des notes sur un bloc et remplissant la tasse sur ma table de chevet d'eau fraîche. Elle a fait claquer sa langue sur son palais en travaillant, un petit bruit humide. « Je reviendrai plus tard, a-t-elle dit. Reposez-vous. »

Quand elle est sortie, Willet est apparu dans mon champ de vision.

« Putain, Bert, qu'est-ce qui t'a pris ?

– Comment je suis arrivée ici ? »

Willet a expliqué qu'un homme m'avait trouvée sur une table de pique-nique près du port. Couverte de coups de soleil et mangée par les moustiques. Je portais une chemise de travail en jean, une chemise d'homme, avec un bout de papier épinglé dessus, sur lequel figurait un seul mot, griffonné en majuscules d'une main tremblante : *RAGE ?*

L'hôpital a lancé une série de vaccins. J'avais déjà reçu la première piqûre, a expliqué Willet. On me ferait la seconde dans quelques jours. Le médecin avait dit que nous avions de la chance qu'ils aient des réserves de vaccins. Je souffrais de déshydration et d'érythème cutané à cause du soleil. Un sachet de liquide était relié à mes veines. Les brûlures allaient s'atténuer. Mes bras et mes jambes bouffés par les moustiques, roses et croûteux de lotion à la calamine, allaient guérir.

« J'ai faim », ai-je annoncé.

Willet a promis de me rapporter un panier de boulettes de maïs et de mérou frits. J'ai vu à quel point il s'était inquiété quand il avait pensé qu'il risquait de me perdre. J'avais honte de la façon dont je m'étais comportée quand j'avais appris la grossesse de Cheryl et j'ai tenté de le lui dire, mais il a balayé le sujet d'un geste, comme si tout cela n'avait pas d'importance. Je lui ai parlé de l'homme sur l'eau, celui qui avait nettoyé ma plaie et m'avait donné sa chemise. J'ai tenté de lui parler de notre père, mais Cheryl est arrivée et s'est mis en tête de me couver.

Elle m'a dit de ne pas parler autant.

« Tu devrais essayer de dormir », a-t-elle recommandé.

Déjà, elle devenait maternelle.

Cheryl et Willet m'ont laissée à l'hôpital. Ils ont promis de revenir avec mes fritures et une tarte au citron pour le dîner. Une fois seule, j'ai examiné mes affaires. Les vêtements que je portais avaient disparu, remplacés par une blouse d'hôpital propre, mais mon sachet de trésors était posé sur une étagère à l'autre bout de la chambre. J'ai demandé à l'infirmière de me l'attraper. Il manquait le galet de la carrière, ainsi que la photo de papa, Chester et la fille, mais à la place, il y avait un épais carnet de petite taille, aux pages abîmées par l'eau. La couverture était plus souple que de la peau et quand je l'ai ouvert, il y avait un mot griffonné sur le rabat. *Pour toi.* L'encre avait bavé par endroits, mais l'écriture était lisible. En lisant les premières pages au sujet de la naissance de la carrière, je me suis demandé ce que c'était – histoire ou légende ? –, et si ça avait de l'importance. Je me suis demandé quelles parties de ma propre aventure étaient réelles et quelles parties purement oniriques. J'ai passé le reste de la journée entre le sommeil et la veille, ouvrant brièvement les yeux quand l'infirmière venait vérifier mes constantes, ou quand quelqu'un laissait échapper un plateau dans le couloir. À un moment, j'ai remarqué qu'Iggy était là. Assis sur la chaise en plastique à côté de mon lit, il pleurait. J'ai dit :

« Tout va bien.

– Je savais que t'allais faire une connerie. »

Le téléphone sur la table de chevet a sonné en fin d'après-midi. Mamie Clem m'a dit qu'elle était sacrément contente d'entendre ma voix.

« Willet m'a raconté que tu étais allée te fourrer dans le pétrin et pas qu'à moitié. Ça valait le coup ? » a-t-elle demandé.

J'ai réfléchi. Le médecin avait dit que j'aurais pu mourir, et je savais qu'il n'exagérait pas, mais j'étais partie en quête de mon père, et j'étais convaincue de l'avoir trouvé. J'avais le livre d'histoires, ce qui représentait davantage que tout ce que j'avais eu auparavant.

« Ça valait le coup. »

Mamie Clem a demandé si je voulais qu'elle vienne s'occuper de moi. Ça aurait été merveilleux de l'avoir là, en train de me servir du thé chaud et de la soupe, mais je n'aimais pas l'imaginer faire toute cette route seule au volant. Elle a laissé échapper une toux légèrement sifflante. Je savais que mamie Clem aurait tout lâché pour moi séance tenante, mais j'étais grande désormais, et je ne pouvais pas lui demander ça.

« Je vais me débrouiller toute seule. »

Comme promis, Willet et Cheryl sont passés en début de soirée avec un repas du Crab House. Ils ont déballé les barquettes en plastique pleines de poisson frit et de tranches de piment au vinaigre. Audie était avec eux. J'ai mangé sur un plateau et ils ont disposé des chaises autour de mon lit et mangé sur leurs genoux. L'infirmière est passée. Je lui ai offert une boulette de maïs.

Willet, Cheryl et Audie m'ont posé des questions, mais ils ne se taisaient jamais suffisamment longtemps pour me laisser parler. Je voulais évoquer avec Willet l'homme qui m'avait sauvée, mais je savais que Cheryl et Audie trouveraient mon histoire invraisemblable. Ils diraient que j'avais tout inventé. Notre père était censé être mort. Nous l'avions enterré. Comment pouvais-je affirmer qu'il était en vie sans paraître naïve ou délirante ? C'était une histoire pour mon frère, une histoire de famille. Je ne pouvais pas la lâcher comme ça devant tout le monde. Alors je leur ai parlé du raton laveur, expliqué comment j'avais tourné en rond, malgré mon plan et ma boussole. Audie ne cessait de répéter qu'il était désolé que je me sois perdue. Il s'excusait pour la médiocrité du balisage. Je mettrais des mois à comprendre pour quelle raison il se sentait responsable.

Après ma sortie de l'hôpital, j'ai passé une semaine chez Willet et Cheryl. J'ai détesté. Le père de Cheryl errait dans la maison en pleine nuit, ouvrant des portes ou cognant dessus comme si elles étaient verrouillées. Il marmonnait tout seul et nous criait dessus sans raison. Ma plaie et mes coups de soleil guérissaient petit à petit. Je retournais à l'hôpital régulièrement, pour des piqûres de rappel et des examens, mais au bout de cinq jours, j'ai insisté pour rentrer à l'appartement. Je m'étais habituée à habiter toute seule et j'aimais ça.

Quand je racontais l'histoire de l'homme qui avait pansé mes plaies et s'était occupé de moi, les gens supposaient que j'avais été secourue par un des ermites des Everglades. Et j'imagine que c'était le cas, même si je pensais connaître l'identité de l'ermite en question. Willet, quand je lui ai exposé les faits, était sceptique. Je délirais et je racontais n'importe quoi après qu'on m'avait amenée à l'hôpital, et il croyait que c'était une hallucination. Quand je lui ai montré l'article de journal avec la photo, il a pâli. Il avait reconnu papa.

« Ça peut pas être lui.

– Et pourtant si.

– Non, il est mort. On l'a enterré, cet enfoiré.

– Willet...

– Non ! »

Il a donné une claque pour écarter la coupure de journal entre nous. Il avait l'air en colère.

« Regarde ses yeux, Willet. Regarde son sourire.

– C'est pas possible. »

Il savait que c'était possible. Si un homme était capable de disparaître et de se transformer en quelqu'un d'autre, c'était notre père. J'ai avoué à Willet ce que je faisais sur le kayak, que je cherchais papa.

« Je le cherchais, mais c'est lui qui m'a trouvée.

– Déconne pas, Bert.

– C'est vrai. »

J'ai sorti le cahier d'histoires en guise de preuve. Willet l'a feuilleté en secouant la tête.

« Ça se peut pas.

– Il est en vie.

– Impossible. »

Willet m'a préparé un verre de jus de fruits et m'a regardée prendre les analgésiques et les antibiotiques prescrits.

« J'ai besoin que tu me promettes un truc, Bert. » Un des cachets s'était coincé dans ma gorge et j'ai bu une gorgée de jus de fruits pour le faire couler. « J'ai besoin que tu me promettes de ne jamais repartir le chercher.

– Mais, Willet !

– Pas toute seule. Pas sans moi. Promis ?

– Mais tu es toujours super occupé. Tu es toujours en train de bosser, ou avec Cheryl. Et maintenant tu vas avoir un bébé…

– Bon sang, Bert. C'est pas négociable. C'est trop dangereux. On pourra y retourner un jour, toi et moi, mais tu n'y vas pas sur un foutu kayak, et pas seule. Compris ?

– Sérieusement ?

– Oui, mais je vais pas aller remuer la merde avant l'arrivée du bébé. Le père de Cheryl, c'est déjà assez compliqué à gérer.

La dernière chose dont ce bébé a besoin, c'est de deux grands-pères cinglés. Tu peux comprendre ça ?

– Mais le bébé sera pas là avant des mois.

– Il faut que tu me fasses confiance, Bert. »

J'avais envie de lui faire confiance. J'avais envie de croire qu'il tiendrait parole. J'ai accepté, mais je ne pouvais compter sur personne, à part moi. Willet voulait prendre le cahier avec les histoires, mais je ne l'ai pas laissé faire. La nuit, j'en lisais des extraits et me demandais la proportion de vérité qu'ils renfermaient. Mamie Clem avait toujours dit que papa aimait écouter ses histoires autant que moi. Désormais, je savais qu'une histoire pouvait prendre une nouvelle vie à force d'être racontée, reracontée et réimaginée. Si les histoires dans ce cahier étaient vraies, ça signifiait que mamie Clem n'était pas de mon sang. Ça signifiait que tonton Chester n'était pas mon oncle. Ça signifiait que j'avais une tante, quelque part, une tante qui élevait ma sœur. Ça signifiait que Pansy était vivante. Si ces histoires étaient vraies, bon nombre des certitudes que j'avais sur ma vie étaient mensongères. Mais je ne me sentais pas dupée. Je me sentais éclairée.

Mon corps a guéri, même si je devais garder à vie ma cicatrice irrégulière à la jambe. Iggy m'a embauchée pour guider des touristes dans les tunnels de la mangrove. Je montrais les plantes épiphytes, qui poussaient hors sol, et les tortues, et les poules d'eau, et les anhingas. Je leur apprenais à se servir de leurs bras comme des singes, pour tirer leur embarcation. Parfois, quand je sentais qu'ils avaient envie d'un peu de baratin, je leur racontais mon voyage en kayak, le raton laveur enragé, et l'ermite des Everglades. J'étais devenue l'une des histoires des Everglades. Au moins, cette histoire, je l'avais écrite moi-même.

En janvier, Cheryl est entrée en travail en pleine nuit. Willet était sur l'eau avec Audie. Elle avait prévu d'accoucher à l'hôpital mais elle m'a appelée pour me dire qu'elle avait changé d'avis.

« Willet dit que tu sais faire.

– Toutes les femmes savent faire », j'ai répondu.

J'aurais préféré disposer du sac de mamie Clem, avec le forceps et les herbes antidouleur, mais j'ai fait avec ce qu'on avait. J'ai stérilisé une pince de cuisine à l'eau bouillante par précaution. Heureusement, je n'en ai pas eu besoin. J'ai massé les reins de Cheryl tandis qu'elle gémissait et ahanait pendant toute la nuit. Quelques cris de douleur lui ont échappé, mais une fois qu'elle a commencé à pousser, le bébé est sorti presque tout seul. Une fille, comme elle l'avait prédit.

Ce bébé, c'était toi.

Elle t'a baptisée Rachel. Je lui ai demandé si c'était un hommage. Non, c'était juste un prénom qu'elle aimait. Elle ne voulait pas que tu te sentes chargée du poids du nom de quelqu'un d'autre. Laisse-moi te dire : c'est un geste magnifique. Futile, sans doute, car nous sommes tous chargés du poids des bagages de nos ancêtres, mais au moins, tu sais que ta maman n'a jamais voulu te faire porter les péchés des autres. Elle voulait pour toi un vrai début. Tu devrais la remercier.

Tu étais un gros bébé rose, et je t'appelais ma petite cochonnette, jusqu'à ce que Willet me fasse arrêter. Il disait que c'était insultant. J'adorais tes joues rebondies et tous les plis de graisse sur tes cuisses. Tu étais en bonne santé, robuste et superbe. Cheryl me laissait te porter chaque fois que j'en avais envie. Je t'ai trimballée partout pendant des mois. Ton odeur de lait restait sur moi et tous ceux qui nous voyaient ensemble croyaient que tu étais ma fille.

Je m'en voulais à mort pour toutes les fois où j'avais pensé que ce serait mieux pour Willet que Cheryl ne mette pas son bébé au monde. Je n'avais pas moyen de savoir que ce bébé, ce serait toi. Je n'avais pas moyen de savoir à quel point tu serais différente des bébés que je prenais dans mes bras chez mamie Clem. Comment puis-je l'expliquer ? Quand tu m'as regardée, même ces premières semaines, c'était avec un amour féroce et possessif. Tu agrippais mes cheveux ou mon tee-shirt avec tes petits poings potelés, et tu ne lâchais pas. Cheryl devait ouvrir tes doigts minuscules un par un, pour te forcer à me lâcher. Et je ne voulais jamais te lâcher, moi non plus. Même quand tu m'as arraché une mèche de cheveux, ça ne m'a pas gênée. Je voulais que tu aies de moi tout ce dont tu avais besoin. Je voulais faire partie de toi.

Willet te couvrait de cadeaux, de balançoires, de parcs à jouets pleins de blocs en bois tendre. Cheryl t'habillait de froufrous et de rubans, toujours dans une nuance de rose. Je savais que l'intention était bonne, mais je savais aussi que tu n'avais pas besoin de jouets ou de robes à froufrous. Tu avais besoin de moi. J'avais besoin de toi. Quand Pansy a disparu, je n'arrivais pas à comprendre pour quelle raison quiconque irait arracher un enfant à sa mère. Pouvait-on faire plus cruel ? Mais les premiers mois de ta vie, il y a eu des dizaines de fois où j'ai fantasmé de m'enfuir avec toi. Je nous voyais vivre dans une petite maison, avec un petit jardin. Peut-être un chat. Je t'imaginais parfaitement en train de ramper, de marcher, de courir dans la cuisine pendant que je préparais à manger.

C'est un petit matin de juillet, presque un an après ma désastreuse expédition en kayak, que des agents fédéraux ont arrêté ton papa et tonton Audie pour trafic de marijuana. Ils en ont arrêté des dizaines d'autres. Les infos de cette semaine-là disaient qu'ils avaient pris tous les hommes de la région, ce qui bien sûr n'était pas vrai. Ils n'ont pas arrêté Iggy, ni le type qui prenait des photos des touristes avec un bébé alligator dans les bras. Ils n'ont pas arrêté le père de Cheryl et Audie. Ils n'ont pas arrêté l'homme qui m'avait secourue. Ils ont saisi les voitures de sport, les 4×4, et les hors-bord. Ils ont saisi les chaînes Hi-Fi et les projecteurs vidéo, les Rolex et les diamants.

Cheryl m'a appelée le matin même. Elle m'a demandé de venir te garder. Elle a dit que Willet et Audie seraient bientôt libérés sous caution et que nous pourrions parler de la suite. Je ne comprenais pas. J'ai protesté.

« Mon frère n'est pas un criminel.

– Il t'a protégée, Bert. » Je l'agaçais. « Il ne voulait pas que tu saches. Il t'a toujours protégée. »

J'ai appelé mamie Clem. Elle m'a dit de rester calme.

« Je vais trouver un truc. Il y a des moyens de le sortir de là. »

Cheryl a payé la caution de Willet et Audie avec l'argent de son père. Quand j'ai fait observer que je ne savais pas que son père avait de l'argent, elle a levé les yeux au ciel, et m'a dit de cesser d'être si naïve. Cela faisait des mois qu'ils mettaient leur argent sur son compte. Les fédéraux ne prendraient jamais les économies d'un vieillard malade et sénile, affirmait-elle. Elle se trompait. Après des mois d'enquêtes et d'interrogatoires, ils ont gelé les comptes où était stocké l'argent.

Quand le père de Cheryl est mort, elle a dit qu'elle était contente qu'il n'ait jamais compris ce qui s'était passé ces derniers mois.

« Il n'aurait pas aimé être mêlé à tout ça. »

Je me suis installée avec toi et ta maman dans la maison de ton grand-père, qu'il possédait de plein droit avant le début du trafic. Les agents fédéraux avaient saisi toutes les voitures et il ne nous restait que le vieux pick-up de White Forest. Ils ont pris le bateau de pêche d'Audie, et aussi les kayaks. J'ai éprouvé une certaine satisfaction à leur expliquer qu'un des kayaks était perdu dans la mangrove.

Ton arrière-grand-mère a tenté de sauver Willet. Elle a proposé de lui fournir une nouvelle identité, mais il aurait fallu qu'il reparte de zéro, ailleurs. Il ne pouvait pas rester à Everglades City, ni rentrer à White Forest. Il a répliqué qu'il ne pouvait pas abandonner Cheryl, et qu'il ne pouvait pas t'abandonner. Mamie Clem a proposé de fournir des faux papiers à Cheryl aussi.

« C'est mieux que le programme de protection des témoins. Même le gouvernement ne saura pas où vous êtes. »

Mais Willet a dit qu'il ne pouvait pas passer le reste de son existence à faire semblant d'être quelqu'un d'autre. Il s'attendrait en permanence à ce que quelqu'un le reconnaisse ou apprenne la vérité sur son passé. Il a plaidé coupable et écopé de dix ans de prison. L'avocat l'a assuré qu'il pouvait sortir au bout de sept, pour bonne conduite.

Ton oncle Audie a pris quinze ans. Il passait de la drogue depuis plus longtemps que Willet et il avait des liens étroits avec les Colombiens. Au cours des mois où les procès ont eu lieu, j'ai appris comment fonctionnait la contrebande. Ce n'était pas compliqué. Avec leurs bateaux de pêche, les hommes allaient rejoindre un vaisseau mère dans l'Atlantique. Ou bien ils attendaient que des hélicoptères larguent des ballots flottants à un point convenu d'avance. Ils repêchaient les ballots et les planquaient dans les mangroves des Ten Thousand Islands, jusqu'à ce qu'il n'y ait plus de danger, puis les chargeaient à l'arrière de pick-up. Les mêmes types qui livraient du poisson frais dans les supermarchés et les restaurants de fruits de mer livraient de la marijuana sur toute la côte est des États-Unis. Les hommes embrouillaient les agents de la DEA en inversant les balises maritimes, en déplaçant les repères, et en empruntant des itinéraires compliqués impossibles pour les novices. Si la carte d'Iggy était fausse, c'était que des hommes comme Audie et Willet changeaient la donne perpétuellement. C'était à cause d'eux que je m'étais perdue dans les îles.

Presque tout le monde était au courant du trafic. Les policiers locaux prévenaient les hommes quand les agents de la DEA se mettaient à poser des questions, et ils les rencardaient sur les zones où ceux-ci cherchaient. Les hommes déplaçaient la drogue, ils avaient toujours une longueur d'avance. Les médias nationaux les baptisaient « cow-boys de la mer ». Ils appelaient leurs ballots de marijuana des « mérous carrés ». Tout le monde savait. Tout le monde sauf moi. Tant de secrets et de mensonges. À partir de là, j'ai fait le vœu de connaître la vérité et de dire la vérité, même quand elle était désagréable à entendre. En particulier quand elle était désagréable à entendre.

Voilà la vérité : ton père n'est pas un méchant homme. Il voulait s'occuper de nous. Il s'est occupé de moi et de maman quand papa et Pansy ont disparu. Il s'est occupé de toi et de ta maman. Je ne suis pas fière de moi, car j'ai été l'une de celles qui lui ont pris beaucoup. Peut-être que s'il n'avait pas éprouvé un besoin si impérieux de nous faire vivre, il ne serait pas tombé dans le trafic consistant à faire entrer des ballots de marijuana par le golfe du Mexique, en plein pendant les années « Dites non à la drogue » de l'Amérique reaganienne. Ou peut-être qu'il aurait tourné criminel de toute façon. Il est, après tout, le fils de son père.

Willet et Audie étant derrière les barreaux, ta maman et moi, nous nous sommes occupées de toi. Elle est retournée travailler à la supérette. Elle ne pouvait plus se permettre d'être mère au foyer. Je travaillais pour Iggy, sur l'eau, comme guide. En général, je bossais le matin et ta mère faisait la fermeture au magasin. Entre les deux, on se relayait et on se racontait ce que tu avais fait ce jour-là, à quelle heure tu avais mangé, si tu avais vomi, ou pleuré. Tu étais un bébé facile. Tu riais souvent, tu dormais bien, et tu mangeais avec appétit. Toute la ville s'est entichée de toi. Il allait s'écouler un certain temps avant le prochain baby-boom dans les Everglades, puisque la plupart des hommes forts et en bonne santé étaient à l'ombre.

Pendant que Cheryl travaillait, je t'emmenais faire de grandes promenades à pied en ville. Je suivais le chemin au bord du canal, et je regardais dans les yeux les alligators qui prenaient le soleil sur les berges. Je te serrais plus fort contre ma poitrine quand je voyais ces créatures, et je pensais à toutes les choses que je serais prête à sacrifier si un jour tu étais en danger.

Tout. Je sacrifierais tout pour toi.

Un jour, lors d'une de ces balades, nous sommes passés devant la cour de l'école alors que la cloche sonnait la fin des cours. J'ai regardé les enfants traverser la pelouse verdoyante en courant pour rejoindre une file de bus et de voitures qui attendaient. Je l'ai vue. Longues boucles brunes et peau bronzée. Yeux verts en amande, ce sourire familier. Ma respiration s'est bloquée et tu as dû le sentir, car tu t'es mise à pleurer. Tu ne pleurais jamais en promenade. Ton gémissement soudain a attiré l'attention de la fille et de la femme qui conduisait la voiture, la femme qui ne pouvait pas être sa mère, mais qui lui ressemblait tant que j'avais du mal à le croire. La fille a croisé mon regard et quelque chose est passé sur son visage, reconnaissance ou inquiétude. J'ai ouvert la bouche pour parler, mais elle est montée dans la voiture et elle a détourné les yeux. Je suis restée plantée là, abasourdie, sur un trottoir grouillant d'enfants, avec toi, qui hurlais dans mes bras. Je ne savais pas quoi faire. Je suis rentrée à la maison.

Le mois d'après, j'ai calé nos promenades pour nous faire passer devant l'école à la même heure chaque jour. La plupart du temps, je voyais la fille. Je crois qu'elle me voyait aussi. Un jour, j'ai trouvé le courage de lui parler.

« Tu vas bien ? Tu es en sécurité ? »

Elle a caressé ta joue.

« Joli bébé, a-t-elle dit.

– Elle n'est pas à moi. »

Je voulais dire que je n'étais pas ta mère, mais je me suis mal exprimée.

« Bien sûr que non, a dit la fille. Personne n'est à personne. »

Elle s'est détournée et elle est montée dans la voiture qui l'attendait. La femme au volant m'a jeté un regard soupçonneux en s'éloignant. Je me suis rendu compte que Pansy devait avoir près de treize ans à présent, juste un de moins que l'âge que j'avais quand elle avait disparu.

À cet instant, je me suis retrouvée à White Forest, dans la vieille maison, avec maman, Willet et Pansy. Je sentais le pain de maïs dans le four et l'odeur des serviettes propres dans le panier à linge. Je voyais Pansy se prélassant, sur le dos, suçant un glaçon devant le ventilateur. J'entendais Willet maudire la chaleur. Et si nous n'étions pas allés à la carrière ? Et si la carrière n'avait jamais été creusée ? Est-ce que ça aurait changé quelque chose pour nous ?

Je suis retournée à l'école le lendemain et le jour suivant, mais je n'ai jamais revu la fille. J'ai interrogé les autres et on m'a dit qu'elles avaient déménagé. Personne ne semblait savoir où. La plupart du temps, je suis convaincue que la fille que j'ai vue était Pansy, mais ensuite je commence à me dire que la coïncidence est trop énorme. Ça ne pouvait pas être ma sœur. Juste après l'avoir vue, j'ai envisagé d'appeler les enquêteurs qui avaient cherché Pansy des années auparavant, mais la police ne nous avait jamais apporté de bonnes nouvelles. Ce n'était pas maintenant qu'ils allaient nous aider. J'ai appelé mamie Clem, lui ai confié que j'avais vu une fille qui pouvait être Pansy, mais que je ne faisais pas confiance à mes yeux. Il s'était écoulé tant d'années.

Mamie Clem semblait plus faible chaque fois que nous parlions et j'appelais plus souvent pour m'assurer qu'elle était vivante. J'ai convaincu Cheryl de faire un voyage à White Forest à la saison humide, quand tu aurais un an. Il n'y avait pas beaucoup de touristes à ce moment-là, et je savais qu'Iggy pourrait se passer de moi, et la supérette d'elle. Nous avons roulé pendant deux jours, refaisant à l'envers la route que j'avais prise avec Willet trois ans plus tôt. Tu étais une petite voyageuse parfaite. Tu dormais beaucoup et ta maman et moi chantions des chansons idiotes de notre enfance. *Personne ne m'aime, tout le monde me déteste, alors je vais manger des vers.* Et *Ils ont construit le navire Titanic.* Des chansons sur l'isolement, la mort et la tragédie, sur des mélodies joyeuses, et je me suis demandé comment nous pouvions transmettre une telle tristesse, mais tu riais et tapais dans tes mains pour en réclamer davantage.

Mamie Clem a été tellement heureuse de te voir. Elle a dit que ça se voyait que tu avais été mise au monde par des mains expertes et aimantes. Elle t'a prise sur ses genoux et t'a bercée jusqu'à ce que tu t'endormes. Elle t'a murmuré des histoires à l'oreille, et j'ai tendu le cou pour les entendre. Elle avait l'air plus frêle et plus mince, mais elle était on ne peut plus vivante. Le soir, pendant que tu dormais à côté de ta mère, mamie Clem et moi avons bavardé en buvant du thé. Je lui ai montré le cahier avec les histoires. Elle a passé la main sur les pages recouvertes d'encre et ses yeux se sont remplis de larmes.

« Merci de partager ça avec moi, a-t-elle dit. Ce n'est pas facile pour moi de parler de cette époque, quand ton père était petit. On a perdu tellement. »

Je lui ai raconté que j'avais commencé mon propre cahier d'histoires, un carnet tout neuf avec mes souvenirs de notre enfance et le récit de notre voyage en Floride. Ma mémoire était comme une série de grottes reliées les unes aux autres, chacune contenant un fait nouveau et surprenant. Plus j'écrivais, plus j'en savais.

« C'est comme ça, la mémoire », a-t-elle commenté.

Je lui ai demandé si, d'après elle, Fern aurait fait une bonne mère.

« La meilleure. Je n'ai aucun doute là-dessus. »

Elle t'a offert une poupée de chiffons qui sentait le citron. Elle a précisé que la poupée avait un cœur magique qui te protégerait et te rendrait heureuse. Elle nous a serrées toutes les trois dans ses bras avant que nous repartions : moi, toi et ta mère.

Je comprends à présent pourquoi mamie Clem m'avait caché tant de choses. Elle n'avait pas voulu reconnaître que nous n'étions pas du même sang, mais je savais que ça n'avait pas d'importance. Nous étions une famille, tous. Pour le meilleur ou pour le pire, nous étions liés.

J'ai vu un rideau bouger en passant devant le trailer de Chester et j'ai aperçu son visage derrière la fenêtre crasseuse. Il a posé une main sur la vitre et j'ai agité la mienne pour lui faire au revoir, mais nous ne nous sommes pas arrêtées.

Nous sommes passées devant l'ancienne maison de maman et papa avant de quitter la ville. Ta mère voulait voir où ton père avait grandi. Mais j'ai refusé de passer à l'endroit où Pansy avait disparu, devant l'ancienne carrière. Il n'était jamais rien sorti de bon de ce terrain. Il n'était jamais rien sorti de bon de ses eaux, de ses rochers, ou des bois qui l'entouraient. C'est un lieu pour les fantômes et les esprits, un endroit où le passé vit pour toujours, mais ce n'est pas un endroit pour toi.

Je te dis tout ça parce que je ne veux pas que nos secrets te noient.

Ton papa sortira de prison vers le moment où tu commenceras l'école. Tu ne le connaîtras pas. Aller lui rendre visite une fois par mois ne sera en rien comparable à l'avoir à la maison tous les jours. Je soupçonne que tu vas lui en vouloir d'avoir manqué tant de choses. Essaie de lui pardonner. Il fera de son mieux pour bien s'occuper de toi.

Tu auras une belle vie si tu le souhaites. Tu voyageras. Tu liras des livres. Tu rencontreras des gens qui parlent d'autres langues. Tu mangeras de la cuisine exotique. Tu accoucheras dans des hôpitaux où des médecins et des infirmières veillent à écarter toute infection. Tu croiras en Dieu. Tu croiras en la science. Tu croiras au diable, aux monstres et aux contes de fées. Tu croiras aux extraterrestres et aux conspirations gouvernementales et à la perception extrasensorielle. Tu iras voir des diseuses de bonne aventure, des prêtres et des professeurs. Tu te mettras à la pâtisserie. Tu écriras de la poésie. Tu chanteras dans un groupe. Tu chercheras la vérité et la raison pour laquelle le monde n'a pas de sens, quand des bombes font tomber des bâtiments, quand des tyrans sont élus, quand des amis se pendent, quand des bébés meurent parce que personne n'a pris la peine de les nourrir. Tu transporteras avec toi la malédiction de la carrière, et les secrets des marais, des rivières et de l'océan.

Je t'apprendrai à faire du kayak. Tu seras contente d'avoir mal aux épaules après une longue journée à pagayer. Tu ne te perdras jamais sur l'eau, car l'eau fait partie de toi. Mais peut-être un jour rameras-tu très loin, et te retrouveras-tu au bout du monde, là où vivent les alligators et les crocodiles, où nagent les lamantins, où tournent les requins, où jouent les dauphins, et où les morts marchent à travers la mangrove.

N'aie pas peur.

Tu es issue d'esclaves dans les champs de coton et de riches planteurs, de prêcheurs et d'aides-cuisinières, de guérisseuses et d'assassins, de menteurs et d'honnêtes gens, d'intolérants et d'opprimés, de monstres et de saints. Tu es issue de l'eau, de la terre et du sang.

Et un jour tu les sentiras peut-être qui t'observent, ces créatures tapies derrière les arbres, cachées dans l'eau, pointant à l'horizon, ces créatures qui vivent sous les sables mouvants, au-dessus des nuages sombres, ou au-delà des étoiles. Mais je te le dis, ce ne sont pas des bêtes, des fantômes ou des extraterrestres venus lire tes rêves. Ces yeux que tu sens, qui t'observent, ce sont les yeux des gens de ta famille.

Ils ne te veulent aucun mal.

REMERCIEMENTS

Mes récits sur le sud-est de la Floride relèvent de la pure fiction, mais je me suis inspirée d'histoires vraies et je remercie les personnes qui m'ont laissée poser trop de questions. Parmi elles, Lynn McMillan du Smallwood Store, ainsi que Justin et Alli de Shurr Adventures. Merci en particulier à Alli qui m'a guidée à travers les tunnels de la mangrove et m'a appris à me servir de mes « pattes de singe ». Je suis infiniment reconnaissante au capitaine Kent d'Allure Adventures, qui m'a fait faire un tour des Ten Thousand Islands et raconté ses souvenirs des Everglades dans les années 1980. Par ailleurs, j'ai lu des articles de reporters dont Mike Clary et Peter B. Gallagher, et regardé le documentaire passionnant de Billy Corben *The Godfathers of Ganja.* Merci à eux et à tous les journalistes qui se chargent quotidiennement de relater la vérité.

Merci à Sandra Bond pour son soutien sans faille et pour avoir confié ce manuscrit à Chelsey Emmelhainz, qui a immédiatement su trouver une dizaine d'améliorations considérables. À Beth Canova pour ses remarques pertinentes, sa patience infinie et ses conseils sûrs. À Caitlin Thomas et Stella Connell pour avoir aidé à faire connaître ce travail. À Jordan Koluch, Erin Saward-Hiatt, Sarah Vostock et toute l'équipe de Skyhorse pour avoir fait vivre ce livre et beaucoup d'autres.

Comme toujours, je dois beaucoup aux Lighthouse Writers Workshop, ma base littéraire. Un grand merci aux membres du Salon Denver pour leur écoute. Et merci au Amtrak Residency Program pour l'aventure sur rails.

Amour infini à ma famille, en particulier ma mère. Et enfin, à mon mari, qui pagaie à mes côtés sur le vaste océan, sur les lacs de montagne glacés, dans les eaux chaudes du golfe, et dans la vie – par grands vents comme par marée basse, je te veux dans mon équipe.

Imprimé en France
par Normandie Roto Impression s.a.s., à Lonrai
N° d'impression : 2200419